KB240169

高山 大三國志

9 역사란 무엇인가

고산고정일

고산 대삼국지 9 역사란 무엇인가

황제의 꿈

 늦가을 어느 따뜻한 한낮, 와룡호 기슭에 강유가 혼자 서서 아름다운 풍정(風情)을 바라보고 있었다.

 일찍이 공명이 몹시 사랑하던 호수이다.

 공명은 낚싯줄을 늘이고 앉아 얼마나 내정과 외교, 그리고 전략에 대해 깊은 생각을 했던가.

 공명의 모습은 영원히 이 세상에서 사라지고 없지만 와룡호의 풍정은 공명이 있던 그 시절과 조금도 변함이 없었다.

 '승상께서 5년만 더 살아계셨더라면……'

 안타까워해야 아무 소용 없지만 강유는 가슴이 답답하 속으로 뇌까렸다. 삼군을 통솔하는 중임을 짊어진 강유의 두 어깨는 무거웠던 것이다.

 위나라 대도독이요 태위인 사마의와 자신을 비교해 볼 때, 아무래도 한 걸음 양보하지 않을 수 없는 안타까움을 강유는 떨쳐 버릴 수 없었던 것이다.

 그때……무장 한 사람이 성긴 숲속을 빠져나와 가까이 다가왔다.

맹장 위연의 목을 벤 마대였다.

"전할 소식이 있습니다."

"어떤 소식입니까?"

"요동의 공손연이 반란을 일으키고 이를 사마의가 무찔렀다고 하는데, 그 처형 방법이 몹시 잔인했다고 합니다."

마대는 첩자의 비밀 보고 내용을 강유에게 자세히 말했다.

강유는 가만히 귀를 기울인 채 호수를 바라보고 듣더니 이윽고 중얼거렸다.

"역시 승상의 말씀이 적중하는 것 같군."

"승상께서 뭐라고 하셨습니까?"

"위나라는 곧 사마씨 일족에 의해 지배될 거라고……."

"그럼 중달이 조예를 밀어내고 그 자리를 차지한다는 겁니까?"

"아니오, 중달은 영리한 사람이니까 그런 짓은 하지 않겠지. 군사권을 완전히 손아귀에 넣고 위제를 허수아비로 만들겠지. 실은 내가 승상께 배운 천문으로 점을 쳐 보았던바 위제는 머지않아 죽게 되어 있소."

"하지만 위제는 나이 이제 35세인데……."

"딱하지만 명년 봄쯤 젊은 나이로 죽게 될 거요."

강유는 단호히 그렇게 말했다.

공명이 강유에게 남긴 말은 틀림이 없었다.

바로 사마의가 공손연 부자를 참살한 밤이었다.

낙양 궁전 깊숙한 침소에서 위나라 황제 조예는 잠이 들자 곧 이상한 꿈에 시달렸다.

갑자기 피비린내나는 바람이 확 불어닥치는가 싶더니——

"폐하……."

슬픔에 젖은 목소리로 부르며 나타난 것은, 조예가 곽 부인을 총애한 나머지 사약을 내려 죽게 한 모황후였다.

조예가 벌떡 일어나자 모황후의 망령은 수십 명 궁녀들을 데리고 침상 저쪽에 서 있었다.

"뭐냐?"

"폐하, 제발 제 목숨을 돌려주옵소서."

"무슨 소리! 너는 투기한 죄로 인해 사약을 받은 것이다."

"아닙니다! 절대 아닙니다!"

조예는 베개를 집어던졌다. 이어 베개 밑에 있던 호신용 단검을 뽑아들고 바닥으로 뛰어내렸다.

"어서 꺼져라!"

얼떨결에 발이 미끄러져 앞으로 넘어졌다.

그 바람에 자기 칼로 자기 가슴을 찌른 조예는 그대로 까무러치고 말았다. 시종이 달려왔을 때는 많은 피를 흘려서 겨우 숨결만 붙어 있었다. 급히 전의가 달려와 응급 치료를 한 덕분에 겨우 목숨만은 건질 수 있었다.

그러나 조예는 다시 침상에서 일어날 수 없는 몸이 되었다.

이상한 꿈은 사마의도 꾸었다.

그가 아직 양평에서 전후 처리에 골몰하고 있을 무렵이었다.

명제 조예가 사마의의 무릎을 베개 삼아 베고 누워 있었다.

"짐의 얼굴을 보라!"

조예가 말하므로 위에서 내려다보았더니 명제의 얼굴은 여느 때의 얼굴이 아니었다.

"이상한 꿈도 있구나!"

사마의는 꿈에서 깨어나서도 자꾸 불길한 예감이 들기만 했다.

사마의는 드디어 개선길에 올랐다. 그에게는 이미 명제의 조서가 내려져 있었다.

곧 장안으로 부임할 것. 도읍에는 들를 필요가 없다.

사마의를 경계하는 위나라 조정의 움직임이 반영된 조서였다. 되
도록이면 먼 변경으로 사마의를 쫓아 버릴 속셈이었다.
사마의는 이것에 별 불만 없이 길을 서둘러 백옥(白屋)이란 곳까
지 이르러 숙영했다. 그곳에 급사가 달려왔다.
명제의 조서를 가져온 것이다.
사마의가 펴보니 이렇게 씌어 있었다.

즉시 도읍으로 올라오라!

더욱이 같은 뜻의 조서가 3일 동안에 다섯 번이나 내려졌고, 마침
내는 조예의 친필 조서가 전달되었다.

경의 도착을 이제나저제나 하고 기다리고 있노라. 도착하거든
즉시 대궐의 작은 문으로 들어와 짐한테 곧장 오도록.

이 친서에는 어지간한 사마의도 당황하지 않을 수 없었다. 곧 특별
수레를 마련하여 밤낮을 가리지 않고 단숨에 달리게 했다.
백옥에서 낙양까지 400리가 넘는다. 사마의는 도중에서 하룻밤만
눈을 붙인 채 달리고 달려 가복전(嘉福殿)의 조예 앞으로 나아갔다.

이보다 앞서——.
'내 수명은 다 됐다.'
깨달은 조예는 어느 날 시중 광록대부 유방(劉放)과 손자(孫資)
를 불러 추밀원(樞密院)의 공무 일체를 맡겼다. 또 문제 조비의 아
들인 연왕(燕王) 조우(曹宇)를 대장군에 임명하라고 명했다.

"황태자 방(芳)을 잘 보좌하기 바란다."

그러나 조우는 정치가로서의 역량이 없다는 이유로 굳이 사양했다. 사람됨이 공손하고 온후했는데, 자신은 책이나 읽으며 평생을 보내고 싶다 하였다.

하는 수 없이 조예는 다시 유방과 손자를 불러 물었다.

"앞으로 조우를 대신해서 황태자를 보좌할 사람으로 누가 적당하겠는가?"

황태자의 보좌역은 황족 중에서 골라야 되었다. 두 사람은 일찍부터 조상(曹爽)의 도움을 받고 있었으므로 묻기가 무섭게 조상을 천거했다.

조상은 조조의 조카인 조진의 맏아들이다.

그의 아버지 조진은 무장으로 조조와 조비·조예 3대를 섬기며 대사마까지 올랐으나, 진창에서 제갈공명에게 참패한 뒤 병으로 죽고 말았다.

"조상이 적임이란 말인가?"

"예에, 폐하. 조상을 황태자 보좌로 삼으시고 연왕은 영지로 돌아가게 하는 것이 좋을 줄로 아옵니다."

"그럼 그렇게 하지."

조예는 36세밖에 안 되었지만 이미 병이 깊어 생각이 제대로 돌아가지 않았다. 조상이 사마의와 사이가 나빠 말도 잘 하지 않는 사이란 것을 잊고 있었다.

유방과 손자는 조예로부터 조칙을 받아들자 이를 연왕 조우에게 주었다.

'그대에게 영지로 돌아갈 것을 명한다. 다시 조정에 들어오는 것을 금한다.'

한 번 읽고난 조우는 별로 표정을 바꾸지도 않았다.

"나 대신 누가 황태자의 보좌가 되었는가?"

조용히 물었다.

"소백(昭伯 : 조상)이옵니다."

잠시 허공을 바라보고 있던 조우는 이윽고 힘없이 혼잣말처럼 중얼거렸다.

"폐하께서 돌아가신 뒤 싸움이 일어나지 않으면 좋을 텐데……."

어진 사람인 조우가 자기 영지로 물러간 다음, 조예는 조상을 대장군에 임명하고 어린 황태자 조방을 보좌케 했다.

'이제 내가 죽은 뒤의 위나라는 무사태평할 거다.'

그렇게 생각하자 조예는 갑자기 맥이 탁 풀어지며 죽음의 길로 한 발 다가선 듯했다.

칙명을 받은 사마의는 도읍으로 달려 돌아왔다.

조예의 얼굴에 죽음의 빛이 역력했다.

"태위, 나는 두 번 다시 태위를 만나보지 못할 줄 알았는데, 용케 늦지 않게 돌아와 주었구려.……이제 여한 없이 이 세상을 뜨게 되었소."

"폐하! 신은 돌아오면서 날개가 없는 것이 안타까웠사온데 다행히 용안을 뵙게 되오니 다시없이 기쁘옵니다."

조예는 머리맡에 황태자 조방과 대장군 조상과 시중 유방과 손자를 불러세우자 말했다.

"일찍이 유현덕은 백제성에서 병이 깊어 죽을 시기가 가까워진 것을 알자, 어린 자식 유선을 제갈공명에게 부탁했었다. 그것에 의해 공명은 고금에 없는 지모를 다하고 충성을 다하여 끝내는 진중에서 죽고 말았다. 구석진 작은 나라 촉나라에서도 그러하였거늘 하물며 우리 위나라는 천하의 3분의 2를 차지하는 큰 나라가 아닌가. 태위와 종형(宗兄 : 曹爽)과 그리고 원로 대신들이 힘을 합쳐 어린 태자를 잘 지켜주기 바란다.……오나라에는 육손, 촉나라에는 강유라는 무서운 군략가가 있다. 그들이 살아 있는 한 마음을 놓을 수 없다. 황태자야, 너는 태위의 뛰어난 군략만 믿으면 된다. 태위를 아버지로 생각하고 존경하며 따라야 한다.”
조예는 자기 아들에게, 사마의의 품에 안기라고 명령했다.
사마의는 조방을 안아 올리며 맹세했다.
“폐하, 마음 놓으시옵소서. 신이 살아 있는 한 어린 황제를 받들어, 오나라와 촉나라가 단 한 발짝도 국경을 침범하지 못하게 하겠습니다.”
그러나 이때 사마의가 과연 촉나라 후주 유선에 대한 공명처럼, 진심에서 우러나오는 충성심을 가지고 그같은 맹세를 했는지는 알 수가 없다.
사마의는 이미 황태자 조방의 보좌역으로 자신이 임명되리라고 내다보고 있었던 것이다.
삼군을 통솔하는 대권만은 자신이 쥐고 있지만, 조상이 대장군이 되어 태자의 후견인으로 있는 이상 사마의는 그 휘하에 있는 셈이 된다.
조예가 자기 아들에게, 사마의를 아버지로 알고서 공경하라고 유언했지만 같은 말이라도 유현덕이 공명에게 말한 것과는 어딘가 큰 차이가 있었다.
현덕은 공명에게 이렇게 말했던 것이다.
“황태자가 모자라고 어리석어 도저히 임금의 자리에 앉을 수 없다고 생각되거든, 승상이 대신 촉나라 황제가 되어 주오.”
사마의는 그 사실을 알고 있었던 것이다.
어찌 됐거나 3대 임금 조예는 경초 3년(239년) 3월 하순에 죽었다. 재위 13년, 아직 36세의 젊은 나이였다.

명제 조예는 젊어서 총명한 군주로 문무백관의 존경을 받았었다.

그러나 여느 제왕의 범주를 벗어나지 못한 듯 너무도 여자를 좋아
했다. 아무리 초인적인 인간이라도 후궁 3천의 꽃송이 전부에게 이
슬을 베풀 수는 없었다.

더욱이 조예는 허약 체질이었고 황음(荒淫)을 일삼아 수명을 재
촉했다. 그는 자식을 낳지 못했다.

그래서 제왕 방과 진왕 순(詢)을 어렸을 때부터 데려다 키웠고
어느 쪽인가 장차 황태자로 삼을 작정이었다.

둘 다 조씨의 핏줄을 이어받은 것은 확실했으나 그들이 누구의 자
식인지는 궁중의 비밀이었다.

이윽고 조예는 임종 직전 제왕 방을 황태자로 책봉했던 것이다.

황태자 조방은 이때 겨우 여덟 살이었다.

사마의와 조상은 곧 태자 조방을 황제의 자리에 앉게 했다.

연호를 정시(正始)로 고치고 곽 황후는 곽 태후가 되었다. 아무
튼 이리하여 위나라는 사마의와 조상의 쌍두 체제로 출발했다.

조상의 자는 소백(昭伯). 공신 조진의 아들이라 어려서부터 명제
의 신임을 받아 급속도로 대장군까지 뛰어올랐다. 조예가 아직 천자
가 되기 전부터 친밀했고 즉위한 뒤에는 늘 가까이 있으면서 승진을
거듭했다.

조상은 조방이 즉위하자 무안후(武安侯)에 봉해졌고 1만 2천 호
의 식읍을 받았다. 입궐할 때에는 칼을 차고 신을 신은 채 전각에
올라도 좋다, 궁전 안을 재빠른 걸음으로 걷지 않아도 된다, 시종은
천자에게 그의 입궐을 전할 때 조상의 이름을 부르지 못한다, 하는
세 가지 특권이 주어졌다.

이 특권은 사마의도 마찬가지였다. 그는 병마의 대권을 쥐고 있는
데다가 직속 병력 3천을 거느릴 수 있는 특권을 누리고 있었다.

다시 말해서 신진기예(新進氣銳)의 조상과 노련하기 이를 데 없
는 사마의가 어린 천자를 보좌하고 있어, 출발부터 파란을 예상케

했다.

조상도 처음 한동안 자신은 도저히 문무 양면에 있어 사마의에게 미치지 못한다는 것을 알고, 정치에 대한 것을 모두 그에게 상의했다. 조상은 뛰어난 인물은 못되었다. 그러나 교만하거나 우쭐대는 사람은 아니었다. 오히려 그의 성격은 조심성이 많은 편이었다.

단 한 가지 큰 흠이 있었다. 사람을 보는 눈이 없었던 것이다.

조상의 집에는 언제나 수백 명의 식객이 들끓고 있었으나, 잘난 사람, 못난 사람 뒤범벅이 되어 있었다.

그 중 몇 사람은 겉으로 보기에 아주 슬기로운 사람처럼 보였지만 사실은 경박한 무리들이 끼어 있었다. 그들은 서로 기맥을 통하며 출세할 기회를 노렸다.

하안(何晏)·등양(鄧颺)·이승(李勝)·정밀(丁謐)·필궤(畢軌) 등 다섯 사람이 그들이었다.

이 밖에 정말 슬기로운 사람으로 대사농(大司農) 환범(桓範)이 있었다.

불행하게도 '슬기주머니'로 불리는 환범은 몸이 약해서 조상과 마주 앉아 오랜 시간 이야기를 나눌 기회를 별로 갖지 못했다.

아무리 조심성이 많은 사람이라도 사귀는 사람에게는 끌리게 마련이다.

앞에 말한 다섯 사람에게 둘러싸여 밤낮 같은 말을 듣고 있는 가운데, 조상은 그런가 하는 생각이 들기 시작했다.

"병마의 대권을 다른 사람에게 맡겨서는 안 됩니다. 그로 인해 뒷날 어떤 화가 나라에 미치게 될지 모릅니다."

"사마의란 사람은 그 생김새나 사주(四柱)로 볼 때 아무래도 반역을 일으킬 사람입니다."

"그 증거로 사마의는 장군의 선군(先君 : 曹眞)과 함께 제갈량과 싸울 때, 언제나 분명히 패할 싸움터로만 선군을 교묘히 보냈습니다. 그로 인해 선군께서는 몸과 마음이 피로한 나머지 일찍 돌아가시게 된 것입니다."

매일같이 이처럼 부추김을 당하고 있느라면 여간 마음이 굳지 않고서는 자기도 모르는 사이에 그 말에 솔깃하게 된다.

조상도 차츰 사마의가 말할 수 없이 엉큼한 야심가로 생각되었다.

어느날 조상은 입궐하여 문무백관을 모은 다음 어린 임금을 보좌하는 대장군으로서 발언을 했다.

"사마의는 공이 높고 덕이 두터운 위대한 인물인지라 태부(太傅)로 승진시키는 것이 마땅한 줄로 아옵니다."

이것은 조상의 선제공격이었다.

태부가 되면 병마의 대권을 내놓아야만 한다. 지위만 높지 실권은 없는 자리가 태부였다.

어린 임금에게 판단력이 있을 리 없다.

칙명이 내려졌다.

그리하여 병마의 대권은 조상의 손으로 돌아갔다.

조상은 동생인 조희(曹羲)를 중령군(中領軍), 조훈(曹訓)을 무위장군(武衞將軍), 조언(曹彦)을 산기상시(散騎常侍)로 삼아 각각 어림군 3천을 주어 궁중을 자유로이 출입하게 하고 자기 신변을 튼튼히 했다.

그리고 하안·등양·정밀을 상서에 임명하고, 필궤는 사예교위, 이승은 하남 윤으로 발탁했다.

이 다섯 사람에게 둘러싸인 조상은 완전히 위나라의 총지배자가 된 기분이었다. 하안 등 다섯 사람은 당시의 문화적 유행을 이끄는 재사들이었다.

조상의 집 사랑방은 이런 문학 청년들의 모임 장소가 되었다. 이들은 그곳에서 서로 재능을 자랑하며 토론을 벌였다. 이른바 '청담(淸談)'의 시작이다. 그들은 현실 세계의 따분함을 떠나 세계의 본질, 우주의 원리와 같은 형이상학(形而上學) 속에서 놀았다.

이 시대에 크게 유행한 현학(玄學 : 老莊계통 철학)도 이때 비롯된 것이다.

그런 풍조의 중심에 하안이 있었다. 하안은 「노자」와 「역경」을 즐겨 읽었고 또 청담을 즐겨했다.

본디 하안은 자를 평숙(平叔)이라 하며 후한 끝무렵의 대장군 하진(何進)의 손자이다.

어머니는 윤씨(尹氏)로 그가 어렸을 때 남편이 죽자 조조의 첩이 되었다. 윤씨가 뛰어난 미인이었기 때문이다.

하안도 그 어머니를 닮아 아주 미남자였다.

그가 어머니를 따라 조조의 집에 들어간 것은, 조조가 아직 사공(司空) 벼슬하던 무렵의 일이었다.

이때 조조는 또한 진의록(秦宜祿)의 아내였던 여자를 첩으로 사랑하고 있었다. 그 여자도 진의록의 아들을 데리고 조조의 첩이 되어 있었는데, 그 아들 아소(阿蘇)와 하안은 한집에 살며 서로 친했다. 아마도 환경이 비슷했기 때문이었으리라.

진의록은 여포(呂布)의 부하로서 원술(袁術)에게 사자(使者)로 보내졌던 인물이다.

그가 원술에게 원군을 청하러 간 사이 하비성(下邳城)은 조조의 맹공을 받아 함락되었고 거기 있던 그의 아내는 전리품으로 조조의 첩이 되었던 것이다.

진의록에 대해선 후일담이 있다.

진의록은 뒷날 조조에게 항복하고 작은 현의 지사로 임명되었다.

그 진의록에게 장비가 찾아가서 말했다.

"이 못난 자식! 여편네를 빼앗은 사나이 밑에서 벼슬을 하고 있다니. 나하고 함께 우리 주군 유 황숙을 섬기자."

진의록도 과연 그렇다 싶어 승낙했다. 그런데 가다가 중간에서 마음이 바뀌어 도망치려다가 장비에게 들켜 죽임을 당하고 말았다.

아무튼 조조는 하안이나 아소를 친자식과 다름없이 귀여워했다.

아소는 어려서부터 눈치가 빨랐으나 하안은 그렇지가 않았다.

하안은 좋은 옷을 주지 않으면 입지 않았고 조조의 친자식과 똑같은 비단옷을 입겠다고 울면서 떼를 썼다.

이 때문에 적자(嫡子)인 조비의 미움을 꽤나 받아 늘 얻어맞았고 "아비 없는 자식!"이라는 욕을 수없이 들었다.

그러나 하안은 독서를 즐겼고 건장한 청년으로 성장하여 뒤에 조조의 딸인 공주를 아내로 맞았다.

그런데 하안은 귀공자이고 미남이어서 여자들이 줄줄 따랐다.

조비는 이 무렵 천자가 되어 있었지만, 이런 하안을 미워하여 아무런 벼슬도 주지 않았다.

행보고영(行步顧影)이란 말이 있다. 길을 걸을 때 자기 그림자를 돌아본다는 뜻인데, 하안은 그림자를 보고서 자기의 스타일을 고칠 만큼 제 멋에 함빡 취해 있었다. 또 분을 늘 가지고 다니며 여자처럼 화장을 했다고도 한다.

하안을 미워하던 문제가 죽고 명제의 대가 되자 하안에게 조금 햇볕이 비쳤다. 벼슬을 주었던 것이다.

어떤 여름날 명제 조예가 하안에게 물었다.

"경은 여자처럼 늘 분을 바른다고 하는데 정말 분을 발랐소?"

조예는 자기 앞에 앉아 있는 하안의 얼굴이 너무도 희멀끔하기 때문에 그렇게 물은 것이다.

"황공하옵니다. 그러나 지금은 어전이라 얼굴에 분을 바르지 않았사옵니다."

그래도 조예는 믿지 않았다.

환관을 시켜 뜨거운 수제비를 가져오게 했다.

그것을 후후 불어가면서 먹게 하면 금방 땀이 날 것이다. 하안은 과연 뜨거운 수제비를 먹자 땀을 흘렸으며 빨간 수건을 꺼내어 닦았지만 희멀끔한 얼굴빛은 그대로였다.

그런 하안이 대장군 조상의 힘을 빌려 상서령이 된 것이다.

한편 사마의는 태부로 승진되자, 병을 핑계하고 집 안에 틀어박혀, 멀리서 조상의 오만불손한 거동을 싸늘하게 지켜보고 있었다.

사마사와 사마소 두 아들도 스스로 관직에서 물러나 조용히 지내며 좋은 기회가 오기만을 기다렸다.

조상은 연일 술잔치로 날을 보냈다. 또 옷이며 가정 집물도 모두 천자와 같은 것으로 쓰며, 각국에서 바치는 진상물도 값비싼 것은 모두 자기가 차지하고 나머지만 대궐에 올렸다.

물론 집 안은 미녀들로 가득 차 있었다.

누각도 대궐에 못지않은 것들이 잇따라 세워졌다.

한번 이렇게 되자, 조상은 걷잡을 수 없는 사치와 방탕으로 치달았다.

사마사와 사마소는 물었다.

"아버지, 조상의 방자한 행동을 언제까지 보고만 계실 생각이십니까?"

"좀더 두고 보는 것이 좋다. 파멸이란 것은 스스로 틀러 오는 것이니까."

사마의는 차갑게 대답했다.

못나고 교활한 소인일수록 자기 분수를 모른다. 분수에 넘치는 지위를 얻게 되면 그것에 만족할 줄을 모르고 터무니없이 더 높은 지위를 바란다.

상서로 임명된 하안이 그러했다.

상서라면 행정부의 장관이다. 그만한 능력도 자격도 없는 주제에 큰 꿈을 꾸고 있었다.

'잘하면 내가 승상이 될 수도 있지 않을까?'

그래서 평원(平原)의 관로(管輅)란 사람이 관상을 잘 본다는 소문을 듣고 그를 어느날 자기 집으로 초청했다.

관로는 신점(神占)으로써 조조를 깜짝 놀라게 했던 그 인물이다.

마침 등양도 찾아와 자리를 같이했다.

하안은 술자리 분위기가 무르익자, 천연덕스러운 태도로 말을 꺼냈다.

"들으니 선생은 관상을 잘 본다는데, 오늘은 관상에 대해 일체 말이 없으니 어찌된 일이오?"

"본디 그 계통에 밝은 사람은 그 일에 대해서 말을 하지 않는 것이 예의인 줄 압니다."

"과연 겸손하신 말씀이긴 한데……."

하안은 관로를 바라보며——

"심심풀이라도 좋으니 한 번 우리들의 운명을 보아주지 않겠소? 과연 우리들이 삼공(三公)에 오를 수 있을는지?"

이렇게 말하고 다시 덧붙였다.

"요즘 늘 이상한 꿈을 꾸고 있어서 말이야. ……쇠파리가 내 코끝에 윙윙 소리를 내며 모여들거든. 이게 무슨 조짐인지 모르겠어."

관로는 잠깐 시간을 둔 뒤에 입을 열었다.

"옛날 순임금 때 고양씨(高陽氏)에게 여덟 아들이 있었고 고신씨(高辛氏)에게도 역시 여덟 아들이 있었습니다. 순임금은 고양씨 아들에겐 땅을 맡아 다스리게 했고, 고신씨 아들에겐 의리와 사랑과 우애와 공경과 효도를 백성들 사이에 가르치게 했다고 합니다. 또 주나라 성왕(成王)을 보좌한 주공(周公)은 화평과 은혜와 겸손과 공경하는 덕을 가지고서 살아야 한다고 가르치고 또 실제로 이것을 행했다 합니다. 오늘날 두 분은 높은 자리에 앉아 대단한 세도를 부리고 있지만 불행히도 그 덕을 사모하는 사람은 거의 볼 수 없고, 그 위력을 무서워하는 사람도 없습니다. 즉 두 분께선 조신하여 착한 길을 걷고 있지 않은 겁니다. 이상한 꿈을 계속 꾸고 있다고 하셨는데, 코는 말하자면 산과 같은 것입니다. 산은 높고 또 든든해서 영원히 변치 않습니다. 산 자체는 높은 지위에 오래 앉아 있게 되는 것을 뜻합니다. 그런데 이 산을 향해 쇠파리가 모여든다고 하셨는데, 파리는 썩은 냄새를 맡고 모이는 것입니다. 즉 그 높은 지위가 사실은 썩은 냄새를 풍기고 있다는 증거입니다. 그러므로 튼튼한 것으로 보이던 높은 지위가 하루아침에 무너질 위험에 놓여 있는 것입니다. 파리를 쫓기 위해서는 행동을 삼가고 착한 일에 마음을 기울여 조금이라도 사람의 도리에 벗어나는 일을 해서는 안 될 것입니다. 그렇게만 하면 삼공에 오를 수도 있을 것입니다."

일장 교훈을 듣자 하안은 금방 기분이 상하여 호통을 쳤다.

"이봐! 우리는 늙은이의 잔소리를 들으려는 것이 아니다!"

관로는 웃었다.

"늙은이의 잔소리로밖에 들리지 않는 분들에게 더 이상 말하고 싶지 않습니다."

이렇게 말하고 인사도 없이 자리에서 일어나고 말았다.

"에잇! 미친 늙은이 같으니!"

"관상 따위 공부한다는 놈들은 모두 저런 따위의 입버릇을 갖고 있거든!"

하안과 등양은 불쾌한 기분을 얼버무리기 위해 억지로 웃어넘기고 말았다.

관로는 집에 돌아오자, 장인을 보고 오늘 자기가 겪은 이야기를 한 다음 이렇게 예언했다.

"그런 놈들이 상서로 앉아 있다니! 위나라 장래가 걱정입니다. 머지않아 망하고 말 겁니다."

장인은 깜짝 놀라 목을 움츠렸다.

관로는 웃으며 말했다.

“그들은 죽은 사람이나 진배 없으므로, 나는 조금도 겁내지 않습니다.”

“죽은 사람이나 다름없다니?”

“등양의 행동거지를 살펴보았더니 사나이의 기백이라고는 찾아볼 수 없는 허수아비처럼 느껴졌습니다. 이것을 관상법에서 ‘귀조(鬼躁)’라고 합니다. 목숨을 오래 부지하지 못합니다. 다음에 하안을 보았더니 이건 더 형편 없었습니다. 혼이 몸에서 떠나 이승 저승을 헤매고 있었습니다. 혈색이 완전이 가시고 정기가 다 떨어져 허물만 남은 것 같았습니다. 이것은 관상법에서 ‘귀유(鬼幽)’라고 합니다. 그것을 본인들이 조금도 깨닫지 못하고 있으니 가련하고 한심할 뿐입니다.”

“아무리 그렇더라도 지금은 엄연히 상서가 아닌가. 그들 두 사람이 자네한데 욕먹은 것을 분하게 여겨 포졸이라도 보낸다면 어떻게 할 텐가?”

“장인 어른, 조금도 걱정하실 것 없습니다. 저에게 포졸을 보낼 만한 패기마저 그들에게는 없으니까요.”

“자네 혼자 멋대로 그렇게 생각하고 있을 뿐이야.”

“아닙니다. 제가 본 관상은 절대로 틀림없습니다. ……그들은 마치 천하가 제 것인 양 으스대고 있지만, 그 목숨은 얼마 남지 않았습니다.”

“자네는 자신의 재주만 믿고 조정의 고관이 얼마나 무서운 것인지를 모르고 있어.”

늙은이는 사위가 저지른 일에 겁을 먹고 몸을 떨었다. 잘못하다가 자기마저 죽을까 싶어 부랴부랴 집에서 멀리 떠나 버렸다.

그러나 관로는 태연했다.

하안 등을 미워하고 있던 사마사 형제는 관로의 그런 말을 전해 듣고 매우 기뻐했다.

하지만 인간의 황금기란 한 10년쯤 계속되는 모양이다. 귀신 같은 점쟁이 관로의 예언이 있었으나 조상과 그를 둘러싼 하안 등은 좀처럼 망할 것 같지 않았다.

특히 하안은 관리 등용의 책임자인 전선거(典選擧)가 되어 더욱 권력을 휘둘렀다.

그러나 하안은 학자로서 업적을 남겼다. 노자를 주석한 〈도덕론(道德論)〉은 오늘날까지 그 일부가 전해져 노자 연구의 귀중한 자료가 되고 있다.

그때 왕필(王弼)도 노자 연구가로 유명했다. 하안은 왕필이 쓴 노자주(老子註)를 보고 감탄하고 자기의 도덕론을 다시 도론(道論)·덕론(德論)으로 고쳐 썼을 정도였다.

왕필은 '건안칠자'의 하나인 왕찬(王粲)의 종형 왕개(王凱)의 손자로 자를 보사(輔嗣)라고 한다.

왕찬과 왕개는 일찍이 형주 유표(劉表)의 가신이었는데, 유표는 왕찬의 글재주를 사랑하여 자기 딸을 주어 사위로 삼으려 했었다.

그런데 왕찬이 너무나도 못생긴 남자라 딸을 왕개에게 주었다.

그 사이에서 태어난 것이 왕업(王業)이다. 왕업은 위나라를 섬겨 높은 관직에 올랐다.

한편 왕찬은 그의 스승인 채옹(蔡邕)의 촉망을 받아 스승의 장서를 모두 물려받았는데, 왕찬이 죽은 뒤 그의 두 아들이 모반 사건에 연좌되어 처형되었다. 이리하여 채옹의 장서 수만 권은 모두 왕업의 것이 되었다.

왕필은 어려서부터 이 장서를 읽으며 남다른 재능을 갈고 닦았던 것이다.

어려서 신동이었던 왕필은 10여 세 때 「노자」 철학에 심취하여 어른들과 당당히 토론을 벌였다.

아버지 왕업이 상서랑(尙書郞)으로 있을 때였다. 아버지의 동료

가운데 배휘(裵徽)라는 인물이 있었다. 어느날 20세 안팎인 왕필을 보고 이런 질문을 던졌다.

"도대체 무(無)는 만물의 근원인데, 성인 공자는 무에 대해 아무런 말씀이 없었고 노자는 되풀이하고 있는 까닭은 무엇인가?"

왕필은 거침없이 대답했다.

"성인께서는 '무'를 터득하고 계셨습니다. 그러나 무는 입으로 설명할 수가 없습니다. 그러므로 말하지 않았던 것입니다. 거기에 비한다면 노자는 '유(有)'일 수밖에 없습니다. 그가 수없이 무를 풀이하고 있는 것은 '무'를 깨우치지 못했기 때문이겠지요."

이 무렵 하안이 비로소 왕필을 만나 감탄했다.

"공자도 '늦게 태어난 자는 두렵다.〔後生可畏〕'라고 했지만 이 젊은이야말로 바로 하늘과 사람의 근원에 대해 더불어 이야기할 수 있겠구나!"

하안은 이때 전선거 겸 이부상서로 인재 등용 권한을 가지고 있었다. 하안은 가충(賈充)·배수(裵秀)·주정(朱整)을 황문시랑(黃門侍郎)에 등용했고, 이어 왕필의 등용을 제안했다.

"왕필은 비록 재주가 있으나 아직 약관이오. 황문시랑과 같은 학문의 최고 권위자가 앉을 자리를 주기에는 아직 이르지 않는가!"

그래서 왕필은 상서랑의 보좌관인 태랑(台郎)에 임용되는 데 그쳤다.

임관되자 왕필은 관례를 좇아 조상에게 인사를 하러 갔다.

왕필은 조상을 만나자 느닷없이 말했다.

"매우 긴한 말이 있사오니 측근을 물리쳐 주십시오."

조상은 그의 말대로 측근을 물리쳤다.

그러자 왕필은 도(道), 즉 만물의 근원에 대한 철학적 자기 주장을 도도히 설명하는데 그칠 줄을 몰랐다.

'무슨 중대한 이야기라도 있는가 싶었더니 그래 겨우 학문 이야기

인가!'

조상은 하품이 나왔으나 쓴웃음을 지으며 억지로 귀를 기울였다.

왕필은 이렇듯 관직에 나가서도 학자풍 태도를 조금도 고치지 않고, 관계에서 이름을 올리겠다는 생각이 조금도 없었다. 그렇기 때문에 황문시랑 자리가 비어도 그 자리에 등용되지 못했다. 하안은 이것을 몹시 애석하게 여겼다.

"자네는 어째서 그렇게도 욕심이 없는가? 이왕 벼슬길에 나섰으면 승진하겠다고 열심히 노력하는 것이 도리가 아닌가?"

그러면 왕필은 웃을 뿐이었다.

본디 그는 온화한 성격으로 음악을 좋아했고 투호(投壺)의 명수였다.

투호란 귀족들의 놀이로서 일정한 거리에 있는 항아리에 화살을 던져 넣는 것이다.

온화한 성격의 왕필도 학문 토론에서만큼은 날카롭기 그지없었다. 그리하여 그는 자기의 재주를 자랑한 나머지 남을 비웃는 버릇이 있어 쓸데없는 적을 곧잘 만들었다.

위나라 최고 권력자로 올라앉은 조상은 여자보다는 사냥을 좋아했다. 거의 매일같이 하안과 등양을 데리고 사냥을 나갔다. 사냥은 다른 오락보다 즐겁고 사내다운 쾌감을 맛볼 수 있었다.

조상은 그 쾌감을 맛보기 위해, 정치는 거의 돌보지 않고 모든 것을 관원들에게 맡겨 두었다. 병마의 조련에도 힘쓰지 않았다.

보다못해 아우 조희가 간했다.

"형님께선 위나라를 통치하는 중책을 맡고 계신 몸이오니 사냥 같은 것은 석 달에 한 번 정도로 하시고 승상부에 나오셔서 정사를 보살펴 주시기 바랍니다. 만에 하나 나가 계신 동안에 적군이 침입했다는 급보라도 있으면 작전에 차질을 가져오게 됩니다."

"그런 공연한 걱정은 마라. 너희들이 있지 않느냐. 변이 일어났을 때는 너희들이 곧 처리하면 된다. 모반할 놈은 지금 한 놈도 나라 안에 없다. 내가 며칠 도성을 떠났다고 해도 조금도 무서워 말고, 너는 중령군으로서 어림군 3천 기를 거느리고 대궐을 지키고 있어라."

조상은 전혀 들은 척하지 않았다.

늘 앓다시피 하는 대사농 환범이 조상의 무분별한 행동을 듣고, 어느날 지팡이를 짚고 찾아왔다. 마침 뜰에 나와 잡아온 사슴을 활로 쏘고 있는 조상을 보고 간했다.

"소인들의 듣기 좋은 말에 끌려들어서는 안 됩니다."

"그대는 자기 병이나 고치는 데 전념하고 있으면 된다."

조상은 싸늘하게 비웃으며 입도 열지 못하게 했다.

수성 (守成)

　실권을 거의 빼앗긴 사마의는 태부의 벼슬인데도 병을 핑계삼아 집 안에 틀어박혔다. 두 아들 사마사, 사마소는 이를 갈았지만 별 도리가 없었다.

　조상이 위나라의 권력을 한손에 쥐고 흔들고, 그 아래에서 하안, 등양, 정밀이 나란히 국가의 대신이 되어 권세를 자랑하고 있었다. 그 중에서도 특히 하안이 날뛰었다.

　하안은 권세를 믿고 낙양과 야왕(野王)에 있는 황실 재산인 뽕나무밭 수백 경을 제멋대로 가로채기도 했다. 그러나 관리들도 하안의 권세가 무서워 누구 하나 거스르는 자가 없었다.

　그러나 그들이라고 세상 평판에 신경쓰지 않은 것은 아니었다.

　어느날 그들은 조상에게 말했다.

　"지금 위나라는 국민 상하가 잠시의 평화를 누리며 온갖 향락에 빠져 있습니다. 이런 풍조를 일신하기 위해서라도 한번 원정군을 일으키는 것이 좋겠습니다."

　조상도 이 말에 동감이었다.

"그렇다면 과연 어느 나라를 쳐야 좋겠소?"

이승(李勝)이 대답했다.

"병법에 약한 자를 치고 강한 자를 멀리 하라는 말이 있습니다. 지금 오나라와 촉나라가 우리의 적국인데 그 중에서 촉한이 약합니다. 촉을 먼저 침이 옳습니다."

이리하여 위나라 정시 5년(244), 조상은 장안으로 가서 10여 만의 군을 일으켰다. 그리고 낙곡(駱谷) 길을 택해 한중을 침공했다.

촉나라는 이때 연희 7년이었다.

조상이 침공한다는 소식을 듣자 비위(費褘)를 대장군에 임명하여 강유, 왕평과 더불어 이들을 맞아 싸우게 했다.

비위는 본디 외교관이었다. 제갈공명이 살았을 때 그의 촉망을 받아 자주 오나라를 오갔었다.

손권도 그의 외교 솜씨에 감탄하며 말한 일이 있었다.

"당신은 보기에 믿음직해서 맹약을 맺고 싶은 마음이 들게 하오. 틀림없이 촉나라의 대들보가 될 것이오. 그러면 우리 오나라에 자주 오지 못할 것이니 나는 그것이 아쉽기만 하구려."

동맹국의 지도자에게서 이런 칭찬을 들었다면 그가 어떠한 인물이었는지 알고도 남음이 있다.

비위는 장완과는 달리 유능한 벼슬아치 형의 인물이었다. 적극적인 점이 없다는 데는 장완과 같았으나 날카로운 판단력을 가지고 있었다.

서류를 결재할 때 대충 훑어보면 내용을 파악했고, 그 속도가 남보다 빨랐는데 한 번 본 것은 결코 잊지 않는 기억력이 있었다.

언제나 아침 식사를 들면서 정무를 처리했고 짬을 이용하여 손님을 접견하며 담소했다.

대장군이 된 비위의 후임으로 동윤(董允)이 중서령(中書令)이 되었다.

동윤은 강직한 사람으로 간악한 환관 황호(黃皓)의 세력을 억누르고 후주 유선이 주색에 빠지지 않도록 견제했다. 비위의 빠른 집무 태도를 본받으려 했으나 늘 결재 서류를 산더미처럼 쌓아 놓고 허덕거려야 했다.

동윤은 한탄하며 말했다.

"인간의 능력엔 이렇듯 차이가 있는 것일까? 나 같은 것은 비위의 발 밑에도 미치지 못한다. 온종일 책상에 달라붙어 있어도 일에 쫓기기만 한다."

비위는 대장군이 되자 위군과 적극적으로 싸우지 않고 주로 방어에만 힘쓰는 전술을 썼다.

조상은 대군을 이끌고 한중 깊숙이 침입했지만 촉나라 성을 하나도 점령하지 못했다.

적이 천험을 이용하여 방어만 할 뿐 적극적으로 나와 싸우지 않기 때문이었다. 강유가 나가 싸우려 했지만 비위가 굳게 억누르며 허락하지 않았다.

이렇게 되자 조상의 위군은 보급의 어려움을 겪게 되었다.

징발한 소나 말, 나귀가 험하기로 이름난 촉나라 산길에서 깊은 골짜기로 떨어지기 일쑤였고, 그때마다 처절한 비명만이 메아리쳤다.

전세가 불리함을 깨닫고 참군 양위(楊偉)가 조상에게 건의했다.

"철수해야 합니다. 이대로 있다가는 아군은 자멸하고 맙니다."

그러자 등양이 반대했다.

등양과 양위는 조상 앞에서 격론을 벌였다. 나중에 양위가 조상에게 대들었다.

"등양과 이승은 나라를 그르치는 원흉입니다. 단호히 베어야 합니다."

조상은 그 말에 불쾌한 낯빛을 지었으나 양위의 말처럼 군을 철수하지 않을 수 없었다.

연희 9년(246) 촉나라에서는 장완, 동윤이 잇따라 세상을 떠났다.

비위가 장완의 뒤를 어어 승상이 되었다. 강유와 더불어 촉나라를 걸머지는 대들보가 된 것이다.

그런데 강유는 공명의 군사적 후임자라는 자부심이 있었다. 특히 그는 농서(隴西)지방의 저족(氐族)·강족(羌族) 사정에 밝다는 것을 내세우며——

"농서 땅은 한치도 적에게 내주지 않는다!"

이렇게 뽐내고 있었다.

이런 강유를 견제한 것이 비위였다. 비위는 강유가 군사 행동을 일으키려고 할 때마다 1만 이상의 병력은 주지 않았다.

강유가 혹시 군사적 모험에 치달아 나라를 위태롭게 할까 걱정했기 때문이다.

비위는 이렇게 말했다.

"우리의 능력은 승상(제갈공명)에게 도저히 미치지 못하오. 그런 승상조차도 중원을 토평하지 못하셨소. 하물며 우리들로서는 도무지 무리요. 지금은 다만 훌륭한 정치를 하여 국가의 존속을 꾀하는 것이 좋소. 공업(功業)을 이룩하는 일은 후세 유능한 사람이 나타나기를 기다렸다가 하여도 늦지는 않으리다. 요행을 바라고 단숨에 승패를 결하겠다는 생각은 버리시오. 만일 실패한 다음 뉘우쳐도 이미 돌이킬 수는 없소!"

재상으로서의 비위는 촉나라 국정을 맡은 10년 동안, 이와 같은 정치 자세를 굳게 지켜 촉한을 평화롭게 지켰던 것이다.

같은 무렵 오나라의 형편은 어떠했을까?

오나라 적오(赤烏) 7년(244), 병사한 고옹(顧雍)의 뒤를 이어 육손이 승상의 자리에 올랐다.

이때까지도 영웅 손권은 건재했다. 건재할 뿐 아니라 수많은 미녀들에 둘러싸여 있었다.

손권은 장남 손등(孫登)을 황태자로 책봉했는데 그는 애석하게도 적오 5년 33세의 젊은 나이로 죽었다.

손등은 국민의 우러름을 받는 몹시 인자한 황태자였다. 어쩌면 오 나라의 국운은 이 황태자의 죽음으로 쇠퇴의 길을 걷게 되었는지도 모른다.

손권은 총애하는 왕 부인 소생의 손화(孫和)를 황태자로 삼았다. 그런데 무슨 생각에서인지 손화의 친동생 손패(孫霸)를 노왕(魯王) 에 봉하고 총애했다.

군주의 이런 태도는 당장 가신들에게 영향을 준다. 오나라 가신들 은 어느덧 황태자파와 노왕파로 갈라져 파벌 싸움을 벌였다.

손화와 손패의 어머니 왕 부인은 황후가 되자 권세를 휘둘러 자기 의 경쟁자인 후궁 여자들은 모두 내쫓았다.

왕 부인에게 쫓겨난, 손휴(孫休)를 낳은 또 하나의 왕 부인이 있 었다. 이 왕 부인은 공안(公安)으로 추방되어 그곳에서 쓸쓸히 죽 었다.

이때 왕 황후에 강력히 맞서 후궁에서 세력을 잡은 것은 손권의 큰딸 전 공주(全公主)였다.

전 공주는 손권에게 참언을 했다.

"아바마마께서 병환으로 계실 때 황후는 기쁜 듯 시녀들을 데리 고 술잔치를 벌이기도 했어요."

손권은 불길처럼 화를 내어 당장 황후를 별궁에 가두라고 명령했다. 이때 황태자파였던 표기장군 주거(朱據)가 간했다.

"황태자의 생모이신 황후를 별궁에 유폐하심은 폐하의 큰덕을 해 치는 일이옵니다. 더욱이 황후께서 그런 짓을 하지 않았다는 증거 가 있사옵니다. 잘 조사하여 황후의 억울함을 풀어 주시옵소서."

그러나 손권은 더욱 화를 내어 오히려 주거를 하옥시키고는 마침 내는 주살했다.

육손은 이때 승상이 되었지만 형주목 겸 상대장군으로 전략상 요충지인 형주에 주둔하고 있어 임지를 떠날 수가 없었다. 그래서 조정에 있으면서 손권의 신임을 받고 있는 대장군 제갈각(諸葛恪)에게 편지를 보내어 조신들의 파벌 싸움을 진정시키라고 부탁할 뿐이었다.

제갈각은 제갈근의 맏아들이다. 어려서부터 재주가 비상했다.

이런 이야기가 있다.

각이 황태자 손등과 어려서 함께 놀고 있을 때의 일이다. 황태자가 무엇이 마음에 들지 않았는지 큰 목소리로 욕을 했다.

"원손(元遜)아, 넌 말똥이나 먹어라!"

원손은 제갈각의 자이다.

그러자 각도 지지 않고 응수했다.

"그렇다면 황태자님은 달걀이나 잡수십시오."

옆에서 마침 이 응수를 듣고 있던 손권이 각에게 물었다.

"말똥이나 먹으라는 소리를 듣고 어째서 너는 달걀이나 먹으라고 대꾸했느냐?"

"예, 나오는 곳이 같아서입니다."

이때 손권은 크게 웃음을 터뜨렸다.

참으로 재치있는 응수였다고 생각되었기 때문이다.

그리고 말했다.

"그 아버지에 그 아들이라 하더니 장래가 촉망되는구나."

그러나 아버지 제갈근은 각의 지나친 총명을 탐탁지 않게 여겼던 모양이다.

'그 아이는 우리 가문을 보존할 아이가 아니다.'

극단적으로 말해서 제갈씨 일족을 멸망케 할 염려가 있다고 눈살을 찌푸렸던 것이다.

성장하고 나서 제갈각의 인생은 천성적 재능과 아버지가 쌓아올린 신망에 힘입어 아주 순조로웠다.

그런데 그의 성격은 뒤에서 묵묵히 하는 일보다 표면에 나서서 화려하게 활동하는 일에 알맞았던 것 같다.

손권은 처음에 그를 군량 관리관으로 임명했지만 이런 수수한 일거리는 그의 성미에 맞지 않았다.

그때 마침 오나라는 산월(山越) 지구의 평정에 마음을 졸이고 있었다. 이때 제갈각은 자원해서 산월을 평정하여 멋진 성공을 거두었다.

각은 이 공적에 의해 위북장군(威北將軍)에 임명되고 도향후(都鄕侯)에 봉해졌다.

그러나 이때 아직 생존하고 있던 아버지 제갈근은 씁쓸한 표정이었다.

"각은 크게 우리 가문을 일으키지 않고 오히려 우리 일족을 헛되게 만들까 두렵구나."

그런 제갈각이 어느덧 오나라 가신의 제2인자가 되어 있었다.

각은 육손의 부탁에도 불구하고 별로 활동하지 않았다. 제갈각으로서는 파벌 싸움에 중립을 지킨 셈이었지만 육손으로서는 답답한 노릇이었다.

육손은 더 이상 참을 수 없게 되었다. 전 공주와 그의 남편 전종(全綜), 진남장군 여대(呂岱) 등이 노왕 손패를 위해 황태자 손화의 폐위를 음모했던 것이다.

육손은 손권에게 격렬한 상소문을 올렸다.

　　황태자는 나라의 정통이므로 이에 반석(盤石)의 무게를 더하지 않으면 안 됩니다. 한편 노왕은 기껏해야 번신(藩臣)일 뿐입니다. 당연히 그 처우에 차별을 두어야 하옵니다.

손권은 노왕 손패에게도 황태자와 똑같은 지위와 권력을 주려 했던 것이다.

그런 만큼 손권은 육손의 말에 귀기울이지 않았다.

한편 육손의 상소에 바짝 긴장한 것은 노왕이었다.

"이대로 있다가는 우리가 육손에게 당하고 말 것이 아닌가!"

이리하여 그들은 육손의 죄 20가지를 꾸며내어 서류로 만들어 손권에게 제출했다.

지난 날의 손권이라면 이런 참소에 귀기울이지 않았을 것이 틀림없다. 그러나 늙어 판단력이 흐려진 손권은 문책의 사자를 형주까지 보냈다.

육손은 이 문책을 받고 분격한 나머지 쓰러져 죽고 말았다. 향년 63세였다.

이리하여 노왕파가 승리한 것처럼 보였다. 별궁에 유폐된 왕 황후는 마침내 울화병이 나서 스스로 목숨을 끊었다.

손권은 이때 이미 다른 여자를 총애하고 있었다. 반 부인(潘夫人)이었다. 반 부인은 종의 신분으로 있다가 손권의 사랑을 받고 손량(孫亮)을 낳았다.

남녀의 사랑만큼 변덕이 심한 것도 없다. 손권은 반 부인에게 홀딱 빠졌고 손량을 금이야 옥이야 하고 귀여워했다.

그런 것도 모르고 가신들은 육손이 죽은 뒤에도 황태자파다, 노왕파다, 하며 싸우고 있었다.

손권은 손량이 어서 크기만 기다리고 있었으리라. 적오 13년(250) 8월, 손권은 놀라운 결단을 내렸다.

"황태자 손화는 그 덕이 없어 폐서인하고, 노왕 손패에게는 죽음을 내리노라. 대신 손량을 황태자로 세우겠노라!"

황태자파에게도 노왕파에게도 이것은 날벼락이나 다름없었다. 그러나 이미 절대 권력자인 황제 명령이 떨어진 이상 어쩔 도리가 없었다.

이듬해인 태원(太元) 원년(250) 5월, 손량의 어머니 반 부인을 황후로 올렸다. 반 황후는 그 성질이 음흉하고 질투심이 강했으며 늙은 손권에게 달콤한 말로 보비위하는 데에만 힘썼다.

그러나 일대의 영걸 손권도 이제는 그 수명이 꺼져가고 있었다. 손권은 이미 71세였다.

태원 2년(252) 2월, 손권이 병석에 누웠다. 누가 보아도 다시 살아날 가망은 없어 보였다.

반 황후는 손권이 죽고 난 뒤의 자기 처지를 곰곰이 생각했으리라. 그리고 불안을 느꼈으리라.

반 황후는 중서령 손홍(孫弘)을 불러 은밀히 부탁했다.

"부탁이 있어요. 한고조가 죽고 난 뒤 여후(呂后)가 어떻게 했는지 자세히 조사해 주지 않겠어요?"

반 황후는 여후처럼 정권을 한손에 잡으려고 했을까? 아니, 여후처럼 될 생각은 없었겠지만 생명을 스스로 지키려고 결사적인 몸부림을 쳤으리라.

그런데 밤낮으로 손권의 병을 간호하느라고 몹시 지쳐 있었다. 그래서 반 황후도 병석에 눕게 되었다.

이때 후궁 여자들이 서로 의논하여 반 황후의 목에 명주를 감아가지고 양쪽에서 힘껏 잡아당겼다. 교살한 것이다. 후궁들에게 그만큼 인심을 잃고 있었던 것이다.

후궁들은 병사라고 거짓 보고를 했다. 손권도 반 황후가 죽은 나흘 뒤 세상을 떠났다.

아직 열 살도 채 안 된 손량이 오나라 천자가 되었다.

그리고 제갈각이 대장군으로서 어린 황제를 보필하게 되었다.

이 무렵 위나라 사정은 어떠했는가?

조상은 자기 특권을 과시하듯 연호를 바꿔 정시 10년을 가평(嘉平) 원년(249)으로 했다.

다시 이승을 승직시켜 형주자사에 임명했다.

조상은 이승을 불러 명령했다.

"그대를 하남윤에서 형주자사로 승진시킨 것은 다른 이유에서가 아니다. 사마의에게 부임 인사를 보내기 위해서다. ……사마의는 그 동안 줄곧 병을 핑계삼아 집에만 틀어박혀 있는데, 아무래도 꾀병인 것 같다. 그러므로 그대가 부임 인사차 가서 사실을 알아가지고 오라."

"알았습니다. 꾀병인지 아닌지 꼭 알아가지고 오겠습니다."

이승은 사마의의 집으로 찾아갔다.

문지기로부터 전갈을 받은 사마의는 사마사와 사마소 두 아들을 보고 말했다.

"아무래도 조상은 내가 마음에 걸려 이승이란 놈에게 엿보고 오라 한 모양이다."

"어떻게 할까요, 아버님? 만나시겠습니까?"

"만나야지. 단, 병자로서 말이다."

사마의는 웃으며 서둘러 병실을 만들게 했다.

얼마 뒤, 기다리고 있던 이승은 밖으로 나온 사마사로부터 이런 말을 들었다.

"아버지께서는 한 달이나 누워 계시다가 요즘에야 겨우 일어나셨습니다. 아직 몸이 쾌차하시지 못한지라 잠시만 만나보시겠다고 하십니다."

"진작 병문안을 드리지 못해 죄송합니다."

"좌우간 들어오십시오."

"고맙습니다. 문안을 드릴 수 있어 다행으로 생각합니다."

이승은 속으로 별렀다.

'기어코 꾀병인지 아닌지를 알아내고 말 것이다.'

침실로 들어와 병상으로 다가간 순간 이승은 깜짝 놀랐다.

사마의의 얼굴빛은 전혀 핏기가 없었다. 죽을 상으로밖에 보이지 않았다. 교묘한 화장으로 병자를 가장한 것을 이승은 알아차리지 못했다.

'벌써 죽을 시기가 닥쳐온 거다. 곧 장례를 치르게 됐는걸!'

이승은 속으로 혀를 날름거리며 말했다.

"오래 병석에 누워 계신 것을 우리 모두 걱정은 하고 있었습니다만 이토록 심하신 줄은 꿈에도 생각지 못했습니다. ……실은 소관이 이번에 형주자사로 임명되었기에 부임 인사차 찾아뵙게 되었습니다."

그러자 사마의는 멍청한 눈으로 이승을 바라보며 대답했다.

"아아……그런가? 병주 말이지. 병주는 북쪽 끝이야. 오랑캐 놈들이 자주 침범해 오기 때문에 각별히 조심해야 돼."

"태부님, 소관은 병주가 아니라 형주자사로 임명되었습니다."

그러자 사마의는 또 뚱딴지 같은 소리를 했다.

"아아, 그래. 자네는 병주에서 돌아왔단 말이지."

"태부님, 그런 것이 아닙니다. 저는 지금부터 한수(漢水) 근처의 형주로 가기 때문에……."

이승이 말을 계속하려 하자 사마소가 설명했다.

"아버지는 약간 귀가 멀어 잘 듣지 못하십니다."

'귀가 먼 게 아니라 정신이 흐려진 거겠지.'

이승은 그렇게 생각했다.

"그럼 종이와 붓을 주십시오."

이승은 형주자사가 된 내용을 종이에 적어 사마의의 얼굴 앞에 펴 들었다.

"태부님, 아시겠습니까?"

"으, 음. ……알았어. ……나는 병 때문에 기억력이 없어지고, 눈도 흐려지고, 귀도 멀어서 아주 폐인이나 다름없어. ……이 사람아, 형주는 우리 위나라의 요충이야. 자사로서 모든 걸 잘……
……."

긴 시간에 걸쳐 힘겹게 말을 마치자, 사마의는 자못 숨이 차고 목이 타는 듯이 손짓으로 물을 가져오게 했다.

물을 마신다는 것이 목구멍으로는 잘 넘어가지 않고 대부분 입가로 흘려 버렸다. 모든 기능이 마비 상태에 빠진 것처럼 보였다.

'이젠 됐다!'

이승은 속으로 외쳤다.

사마의는 혀가 꼬부라진 목소리로 말했다.

"보다시피 나는 이번에 20년이나 한꺼번에 늙어 버렸어. 지옥 사자가 내일이라도 데리러 올 것만 같네. ……자식들은 아직도 믿을 만한 사람이 못되니 자네들이 좀 도와주지 않겠나. ……대장군께는 내가 자식들을 진심으로 부탁하더라고 전해 주게나."

겨우 말을 끝내고는 힘이 다 빠진 듯 두 눈을 감고 숨을 헐떡여 보였다.

훌륭한 연극이었다.

이승은 완전히 속고 말았다.

말을 달려 조상의 집으로 온 이승은 목격한 사실을 자세히 보고하고 단언했다.

"중달의 죽음은 이미 조석으로 임박해 있습니다. 이제 중달에 대한 걱정은 할 필요가 없습니다."

"설마 놈에게 속은 건 아니겠지?"

"그럴 리가 있습니까. 소관은 아비의 임종을 직접 본 일이 있어서 잘 알고 있습니다. 사마의의 상태는 임종 직전의 상태와 똑같았습니다. 중달이 다시 회복할 가망은 전혀 없습니다.”
“됐다!”
조상은 싱긋 웃었다.
“사마의가 죽으면 위나라에서 나를 방해할 사람은 한 사람도 없
다.”
“축하드립니다.”
“중달……그놈 빨리 죽으면 좋겠는데.”
“앞으로 살아 보아야 고작 며칠입니다. ……지금도 벌써 죽은 거
나 다름없습니다.”
“이승, 두고 보아라! 내가 머잖아 위나라 황제가 될 것이다!”
조상은 입에 담지 못할 말을 내뱉고 크게 웃었다.
조상은 결코 악인은 아니었다. 그러나 환경 여하에 따라 아무렇게
나 변할 수 있는 소인배밖에 안 되었던 것이다.

기다리던 날

　사마의는 이승이 돌아가자 벌떡 일어나 앉았다. 측근들에게 죽을 상으로 보인 화장을 깨끗이 지우게 한 다음 두 아들에게 일렀다.
　"조상이 이승을 시켜 내 근황을 살피게 한 것은, 어리석은 놈들의 부추김에 끌려 마침내 위나라를 차지하려는 속셈이 움직였기 때문인 것으로 볼 수 있다. 조상은 이승으로부터 내 목숨이 거의 꺼져 가고 있다고 들으면, 반드시 천자를 대궐 밖으로 납시도록 한 다음 자신은 사냥을 하러 나갈 것이다. 그리고 자기가 없는 사이에 천자가 어느 놈의 손에 의해 독살되도록 하여 변란을 일으킬 것이 틀림없다. 그 변을 미리 막지 않으면 안 된다."
　사마의의 집은 바야흐로 긴장에 휩싸였다. 거의 10년 동안 은인자중(隱忍自重)해 온 것이다.
　여기서 비밀이 새 나간다면 공든 탑이 무너진다.
　이때 사마의의 부인 장씨(張氏)는 이름을 춘화(春華)라 하였는데 하내군 평고(平皐) 출신이다. 장춘화의 아버지 장왕(張汪)은 위나라 벼슬아치로서 속읍현 지사를 지낸 인물이다. 어머니는 하내군의 명문 산씨(山氏) 출신으로 산도(山濤)의 종조모 뻘이었다.

장 부인은 젊었을 적부터 꿋꿋한 성미에 예사롭지 않은 교양을 갖추고 있었다.

사마의와의 사이에 3남 1녀를 낳았다. 즉 사마사, 사마소, 사마간(司馬幹), 남양공주(南陽公主)가 그들이다.

사마의가 중풍이라며 꾀병을 앓는 것은 집 안의 종들도 모르는 비밀이었다. 그런데 이승이 다녀간 며칠 뒤 책을 바람에 말리고 있는데 갑자기 소나기가 내렸다.

사마의는 '병'이라는 것을 깜박 잊고서 밖으로 뛰어나가 책을 거둬들였다. 이때 계집종 하나가 그 모습을 보았다.

'계집종의 입을 통하여 남편의 꾀병이 조상에게 알려진다면 어떻게 될까?'

장 부인은 그렇게 생각하고서 계집종을 죽였다. 그러고는 부인 자신이 태연히 계집종 대신 부엌에 나가 음식 마련을 했다.

한편 조상은 천자 조방에게 아뢰었다.

"고평릉(高平陵)으로 행차하시어 선제(先帝)께 제사를 올리시기 바라옵니다."

아직 소년인 천자에게 거절할 꾀 같은 것이 생길 리 없었다.

문무백관을 거느리고 화려한 행차를 꾸며 대궐을 나섰다.

조상은 사냥 가는 차림으로 아우 세 사람과 심복들을 데리고 어림군 3천기를 거느린 채 그 뒤를 따랐다.

이 사실을 전해 들은 대사농 환범은 조상의 속셈을 알아차렸다.

'이건 안 되지!'

환범은 병 든 몸으로 말을 타고 달려가서 조상에게 간했다.

"대장군! 장군은 대궐을 지키는 총책임자입니다. 그런 자신만이 아니고 아우들까지 모두 데리고 대궐을 비우시니 어찌된 일입니까! 만일 안 계시는 동안 생각지 못한 변이라도 일어나면 어떻게 하실 작정입니까?”
“듣기 싫다!”
조상은 호통쳤다.
“이 위나라에 반역을 꾀할 놈은 아무도 없다. 공연한 걱정은 하지
마라!”
“그게 아닙니다. 나는 대장군 자신의 속마음을 염려하고 있는 겁
니다!”
“고얀지고! 말이면 다 하는 줄 아는가! 누구 없느냐? 당장 환범
을 물러가게 하라!”
조상은 시종들에게 일러놓고 앞으로 나갔다.
사마의는 이 날이 있기를 고대하고 있었다.
“그래, 조상이 폐하를 선제의 능으로 행차하게 하고 자신은 사냥
을 나갔단 말이지!”
사마의는 지체하지 않고 두 아들을 비롯해 지금까지 온갖 싸움터
에서 생사 고락을 함께해 온 장교와 군사들을 이끌고 들어앉아 있던
집에서 뛰쳐나갔다.
“조상은 선제의 능을 참배한 다음, 아우들과 심복과 어림군을 이
끌고 사냥을 떠날 것이다. 그리고 사냥을 하고 있는 사이 어린 황
제를 죽일 것이 틀림없다. 일찍이 하달했던 내 명령대로 행동하도
록 하라.”
명령이 떨어지자 사마의의 군대는 즉시 사방으로 내달렸다.

　　문을 닫자 홀연히 화색이 돌고
　　군사 치달리니 위풍을 드날리네

번개처럼 빨랐다.
더욱이 사마의는 천문을 볼 줄 알았기 때문에 온몸에 투지가 용솟

음쳤다.

이날 초저녁 샛별이 달에 접근했다. 그것은 장군이 살해될 조짐이었다.

먼저 사마사가 부하를 이끌고 사마문(司馬門)에 포진했으며, 사마의도 몸소 한 무리를 지휘했다.

때마침 사마의가 조상의 관저 앞을 지날 때였다.

저택 수비를 맡고 있던 막하의 장수 엄세(嚴世)가 누각 다락에 뛰어올라가 활시위를 당겨 사마의를 쏘려고 했다.

그러자 손겸(孫謙)이란 자가 옆에서 말했다.

"장군, 기다리십시오. 앞으로 사태가 어떻게 바뀔지 알 수가 없잖습니까?"

엄세는 마음을 다잡으며 두 번 세 번 시윗줄에 화살을 메겼지만 그때마다 팔꿈치를 꽉 잡혀 쏠 수가 없었다.

그럭저럭 하는 사이에 사마의를 쏠 기회를 잃고 말았다.

사마의는 곧바로 대궐로 들어가서 선언했다.

"지금부터 위나라의 대신 대관들의 대리를 임명한다."

사도 고유(高柔)를 대장군 대리로 삼아 조상의 병영을 점거하게 했다.

태복 왕관(王觀)에게는 중령군 직책을 대행케 하여 조의의 병영을 점령하게 했다.

이어 일찍부터 촉망하고 있던 젊은 관리들에게 저마다 중요한 직책을 맡긴 다음, 사마의는 곽 태후 앞으로 나아갔다.

"태후께 아뢰옵니다. 대장군 조상은 폐하께서 아직 나이 어리신 것을 요행으로 알고, 선제께 위탁받은 대임을 저버리고서 마치 자신이 황제인 양 행동하고 있습니다. 이는 태후께서도 이미 알고 계실 줄 아옵니다. 조상이야말로 나라를 해치는 무서운 존재이니,

빨리 제거하지 않으면 후환이 곧 밀어닥치게 될 것이옵니다.”
사마의는 거침없이 말했다.
“지금 폐하께서도, 조상도, 다 멀리 나가고 없으니 나로서는 어떻게 해야 좋을지 짐작이 가지 않는구려.”
곽 태후는 놀라고 당황해서 그저 어리둥절할 뿐이었다.
“걱정하실 것 없사옵니다. 신이 폐하께 드릴 상소문을 품속에 이미 지니고 있고, 간신을 무찌를 계책을 세워두고 있사옵니다.”
사마의의 늠름한 태도와 날카로운 말씨에 눌린 곽 태후는 그가 말하는 모든 것을 승낙했다.
상소문은 태위 장제(蔣濟)와 상서령 사마부(司馬孚)가 써두었었다.
그것을 환관 한 사람에게 들려 고평릉에 가 있는 소년 황제에게 올렸다.
사마의 자신은 대군을 이끌고 병기가 들어 있는 무기고로 향했다.
금방 도성 안에는 대소동이 일어났다.
“대체 어떻게 된 거지?”
조상의 부인 유씨(劉氏)는 급히 뒷문으로 나와 백성들이 거리를 왔다갔다하는 모습을 바라보았다.
대궐에 남아 있던 관리가 말을 달려와서 알렸다.
“마님, 큰일났습니다! 대장군께서 도성을 떠나신 틈을 타 태부 사마의가 갑자기 전투 준비를 하고 있습니다.”
“하지만 태부께서는 중환으로 누워 계시다던데……?”
“그것은 거짓이었습니다. 태부는 직접 지휘를 하고 있습니다.”
“뭐야! 그게 정말인가?”
유씨는 불길한 예감에 그 자리에서 까무러치고 말았다.
안에서 심복 대장 반거(潘擧)가 노궁수 수십 명을 데리고 달려나왔다.
“태부가 반란을 일으켰다고요? 걱정 마십시오. 소장이 사마의를 처치하고 오겠습니다.”

외치며 달려나가려 했다.

그때 그 노궁수를 한 부대가 가로막았다.

“반거! 노궁수들에게 활과 화살을 버리도록 하라! 태부께서는 곽 태후의 분부를 받아 천자께 상소문을 올렸다. 반역을 꾀한 사람은 바로 조상이다!”

엄세를 제지했던 바로 그 손겸(孫謙)이 외쳤다.

도성은 단번에 사마의의 수중으로 들어갔다.

사마의가 하는 일에는 한 치의 틀림도 없었다.

도성 안의 대소동은 군사들에 의해 진압되고, 무기고는 사마의 휘하의 손으로 들어갔다. 사마의 자신은 성문을 나와 낙수 강가에 진을 쳤다.

낙수에 가설된 배다리는 모두 사마의 군사들이 지키고 있었다.

사마 노지(魯芝)란 사람은 조상의 부하였지만 사마의의 갑작스런 거사에 놀라 어쩔 줄을 모르고, 참군 신창(辛敞)에게로 말을 달려갔다.

“어떻게 하면 좋지? 사마의를 무찌를 것인가, 아니던 이대로 가만히 있어야 할 것인가. 혹은 조상 장군을 배반할 것인가…….”

신창도 잡자기 판단을 내리기 어려워 중얼거렸다.

“아무튼 부하 군사를 거느리고 성 밖으로 달려가 폐하께 알리는 것이 옳지 않을까.”

“그럼 그렇게 하자.”

신창이 안으로 들어가 허둥지둥 옷을 갈아입는 것을, 마침 그의 누님인 헌영(憲英)이 보고 눈살을 찌푸리며 물었다.

“너 왜 그러느냐? 뭘 그렇게 당황하고 있지?”

“누님, 놀라지 마시오. 폐하께서 고평릉에 나가 계신 틈을 타서 태부 사마의가 성문을 닫아 버렸습니다. 즉 모반을 일으킨 것이지요.”

“모반?”

“그렇습니다! 사마의는 천자의 옥좌를 노리고 성문을 닫아 도성을 점령한 것입니다.”

“그렇지 않을 거야. 사마 공은 반란을 일으킬 사람이 아니다. 아마 조상 장군의 횡포를 보다못해 이를 제지시키려는 것이겠지. 지금 잘못 생각하면 몸까지 위험하게 될지 몰라.”

“그럼 대체 어떻게 해야 합니까?”

“침착해라. 태부와 조 장군의 사람됨을 비교해 봐. 조 장군은 2만 군대를 거느리고 싸운다 해도 싸우기 전에 지고 말 것이야.”

“어째서요?”

“장병들이 조 장군을 따르지 않기 때문이지. 위나라 군대는 모두 태부가 된 사마중달이 다시 자기들을 지휘하는 대장군이 되어 주기를 바라고 있어.”

“사마 노지가 지금 밖에서 기다립니다. 같이 성 밖으로 빠져 나가려고 약속을 했거든요.”

“폐하께로 곧장 달려가는 것이라면 그것은 벼슬한 사람의 의무요, 책임이 아니겠는가. 어서 가도록 해.”

신창은 누님의 격려를 받자 노지와 함께 성문을 지키고 있는 작은 부대로 달려가 외쳤다.

“폐하가 계신 곳으로 간다!”

그리고 성문을 열게 하여 곧장 고평릉을 향해 말을 몰았다.

한편 이 보고를 받은 사마의는——

“그들이 취한 행동은 틀리지 않다. ……그러나 조상의 지혜주머니로 불리는 대사농 환범이 나와 맞서는 일은 없도록 해야 한다.”

이렇게 말하고 사마의는 급히 사람을 환범의 집으로 달려보냈다.

환범은 병상에 누워 있었다. 아들들에게서 사마의가 사람을 보내 왔다는 말을 듣자 병상에서 일어나 옷을 갈아입었다.

"나는 조 장군 밑에 있는 사람이다. 태부한테 굴복하여 상관을 배신할 수는 없다. 그렇다고 중달 같은 인물에 반항하는 것은 자살이나 다름없다."

"아버지, 그러면 어찌 하시겠습니까?"

"남쪽으로 가야지. 폐하가 계신 곳으로 간다."

고평릉은 낙양 남쪽에 있었다.

환범 부자는 말을 달려 평창문까지 왔다.

문이 잠겨 있는 것은 말할 것도 없다.

그 평창문을 지키는 수문장은 옛날 환범 밑에서 일하던 사번(司蕃)이었다.

환범은 됐다, 하고 기뻐했다.

"사번, 문을 열어라!"

"정당한 이유 없이 문을 열 수는 없습니다!"

"이걸 보아라."

환범이 소매 속에서 꺼내든 것은 죽판(竹板)이었다.

그때는 조칙을 적는 데 대나무를 썼다. 그래서 조판(詔板)이라고도 했다.

"이것은 곽 태후의 교지다. 나는 이것을 폐하게 전할 임무를 띠고 있다. 어서 문을 열어라!"

"그 조판을 확인하고 싶습니다."

"닥쳐라! 아랫사람이 함부로 다루는 물건이 아니다. 너는 내가 지난날 벼슬을 올려준 은혜를 잊었느냐! "

호통을 치자 사번은 하는 수 없이 문을 열었다.

문을 빠져나온 환범은 뒤를 돌아보며 외쳤다.

"사번! 어째서 모든 성문이 닫혔는지 그 이유를 알고 있는가!"

“모릅니다.”

“태부가 반란을 일으킨 것이다. 그대도 나와 같이 가자.”

“소장은 태부를 섬기고 있는 사람입니다.”

“그렇다면 좋을 대로 해라.”

환범 부자는 순식간에 들 저쪽으로 멀리 사라졌다.

사번은 이를 붙잡으려 했으나 붙잡을 도리가 없었다. 하는 수 없이 사정을 낙수 본영에 보고했다.

사마의는 혀를 찼다.

“환범 같은 사람이 내가 싫다고 달아나다니? 환범이 만일 조상의 총참모가 되어 작전을 지휘하게 되면 그리 간단히 해치울 수는 없다.”

그러자 장제가 옆에 있다가 말했다.

“걱정하실 것 없습니다. 둔한 말은 먹다 남긴 콩을 그리워한다고 합니다. 따라서 조상은 결코 환범의 충고를 받아들여 그를 참모로 삼지는 않을 것입니다.”

못난 말은 엊그제 먹던 콩을 다시 먹고 싶어한다. 이것을 ‘잔두지련(殘豆之戀)’이라 하는데 즉 자기의 지난 날 신분과 지위를 차마 못잊어한다는 뜻으로 쓰이는 말이다. 장제는 지금 이 말로 조상은 이 기회에 삼군을 호령하여 사마의와 승부를 결정짓고 말겠다는 용기를 일으키지 못할 것이라고 지적하고 있는 것이다.

환범이

“사마의를 죽이지 못하면 장군께서 당하고 맙니다. 죽느냐 사느냐, 결전은 피할 수 없습니다.”

이렇게 권고해도 조상은 그저 떨기만 하고 움직이려 하지 않을 것이 뻔하다.

장제는 그렇게 내다보았던 것이다.

“환범의 말을 듣지 않는다면 일은 아주 쉽게 해결할 수 있다.”

사마의는 허윤(許允)과 진태(陳泰)를 불러 명령했다.

"지금부터 곧장 조상에게로 가라. 태부는 절대로 반란을 일으켜 천자의 자리를 노릴 생각은 없다고 전해라. 다만 오나라와 촉나라가 언제 국경을 침범할지 모르는 상황에서 조 장군에게 맡겨 놓는 것이 마음이 놓이지 않아 중달 자신이 직접 군의 지휘권을 잡겠다는 결심을 한 것뿐이라고 말이다."

즉 조상을 해칠 생각은 조금도 갖고 있지 않다고 생각하게끔 한 것이다.

허윤과 진태를 보낸 다음 이번엔 전중교위(殿中校尉) 윤대목(尹大目)을 불러, 장제가 쓴 편지를 조상에게 전하라고 명했다.

"나는 그대가 조상의 신임을 받고 있는 것을 알고 있다. 그래서 이 심부름을 시키는 거다. 나는 결코 엉뚱한 야망을 갖고 있지 않다. 다만 위나라의 앞일을 걱정할 뿐이란 것을 맹세한다고 전해라."

"알았습니다."

윤대목은 다른 길을 택해 조상이 있는 사냥터로 말을 달렸다.

그 무렵 조상은 매를 하늘로 날리고 개를 숲속으로 풀어 보내며 사냥에 한창 열중하고 있었다.

거기에 급보가 전해졌다.

"태부 사마의가 반란을 일으켜 낙양을 점령했습니다."

조상은 어찌나 놀랐던지 하마터면 말에서 떨어질 뻔했다.

"그, 그럴 수가! 중달이 천자의 자리를 노리다니! 그럴 리가 없다!"

조상은 얼굴이 새파랗게 질려 천자가 있는 고평릉으로 말을 달렸다.

조상이 그곳에 도달한 것과, 환관이 사마의가 올리는 상소문을 가지고 도착한 것은 같은 때였다.

조상은 직접 상소문을 받아 떨리는 손으로 들고 읽었다.

상소문의 내용은 이러했다.

　정서대도독 태부 신(臣) 사마의 삼가 머리를 조아려 아뢰옵니다. 신이 옛날 요동에서 돌아오자, 선제께옵서는 폐하와 진왕(秦王) 순(詢) 및 신(臣) 등을 병상 가까이로 부르시더니 신의 손을 잡으시고 간곡히 뒷일을 부탁하셨사옵니다. 지금 대장군 조상은 유명(遺命)을 어기고 나라의 법을 어지럽게 하여 안으로는 임금을 얕보는 행동을 일삼고 밖으로는 권세를 함부로 부렸사옵니다. 황문(黃門 : 宦官) 장당(張當) 같은 자로 도감(都監)을 삼아 지존(至尊 : 天子)을 감시하고 신기(神器 : 帝位)을 엿보는가 하면 곽 태후를 영녕궁(永寧宮)으로 옮겨 골육의 정을 상하게 했사옵니다. 온 천하에 원망의 소리가 드높고, 백성들은 두려움에 휩싸여 있사옵니다. 이는 선제께서 폐하께 분부하시고 신에게 부탁하신 참뜻이 아니옵니다.

　신이 비록 늙었사오나 어찌 감히 앞에 한 말을 잊었겠나이까. 태위 장제와 상서 사마부 등이 다같이 조상에게 폐하를 업신여기는 마음이 있다고 보았사옵니다. 조상이 자기 아우들에게 군사를 맡겨 대궐을 지키게 하는 것은 옳지 못한 일이옵니다. 이리하여 영녕궁 황태후께 아뢰어 신으로 하여금 다음과 같이 시행케 했사옵니다.

　신은 곧 주무 장관 황문령(黃門令)에 명하여, 조상·조희·조훈 3형제의 병권을 거두어 집에 돌아가 있게 하고, 천자가 계신 곳에 머물러 있는 것을 금하게 했사옵니다. 감히 이에 반항하면 군법으로써 다스리겠나이다. 신은 오로지 병을 무릅쓰고 군사를 거느려 낙수 배다리에 진을 치고 변란에 대비하고 있사옵니다. 삼가 이를 아뢰옵니다.

황제 조방은 조상이 읽는 상소문을 다 듣고 나자 작은 몸을 떨며
이렇게 말했다.

"태부 사마의가 한 말은 알아듣겠는데, 그러면 조상 그대는 어찌
할 것인가?"

"황공할 뿐이옵니다."

조상은 거의 넋을 잃고 있었다. 무슨 말을 해야 좋을지 생각이 나
지 않았다.

어쩔 줄 몰라하며 아우를 바라보며 물었다.

"어떻게 하면 좋을까?"

"형님……."

조희만은 냉정했다.

"제가 앞서 말한 대로 되고 말았습니다. 형님은 위나라를 통치할
역량을 갖지 못했습니다. 중달의 지모는 당대에 당할 사람이 없습
니다. 제갈량 같은 사람도 그를 두려워했습니다. 중달이 살아 있
음으로 해서 오나라 제갈각도, 촉나라 강유도 쳐들어오지 못하고
있는 것입니다. 지금은 도리가 없습니다. 도저히 적대할 수 없는
인물에 대해서는 무릎을 꿇는 도리밖에 없습니다."

조희의 그 말이 채 끝나기 전에 참군 신창과 사마 노지가 말을 달
려 도착했다.

"도성은 어떻게 되어 있나?"

"성문은 철통처럼 닫혀 있고, 중달의 총지휘 아래 성 밖에는 공격
할 틈도 없이 진지가 구축되어 있습니다. 대장군께서 다시는 돌아
가실 수 없습니다."

"뭐 내가 돌아갈 수 없다고? 그, 그럴 리가!"

조상은 온몸의 피가 땅으로 흘러내리는 것 같은 절망감에 사로잡
혔다. 거기에 뒤이어 대사농 환범이 말을 타고 달려왔다.

"대장군! 단단한 각오를 가지시기 바랍니다."

"어떻게 하란 말인가?"

"지금은 중달의 군문에 항복할 때가 아닙니다. 떳떳하게 그와 승부를 가려야 합니다. 폐하를 우선 허창으로 모시고 이 환범에게 군 지휘권을 주시면 기어코 중달을 무찌르겠습니다."

"대사농, 그렇다곤 하나 우리 형제는 가족들이 모두 도성에 있지 않은가. 어머니와 처자를 버리고 갈 수는 없다."

"가족들을 생각할 계제가 아닙니다. 하찮은 사람이라도 위기에 임하면 필사적으로 살길을 찾아냅니다. 지금 대장군께서 살길은 오로지 천자를 받들어 온 천하에 사마의가 반역한 사실을 널리 알리고, 이를 토벌하라고 장군께서 호령을 내리는 일뿐입니다. 항복하면 죽음이 있을 뿐입니다."

환범은 창자를 쥐어짜는 듯이 주장했다.

그렇게까지 말하여도 소심한 조상은 결정을 내리지 못했다. 조희도 조훈도 침묵을 지키고 있을 뿐이었다.

환범은 다시 말에 힘을 주어 계속 설득했다.

"여기서 허창까지는 밤낮 이틀 길밖에 안 됩니다! 허창성 안에는 몇 해 동안 먹을 양식이 비축되어 있습니다. 대사마의 직인은 제가 가지고 있습니다. 장군께서 호령만 하시면 됩니다. 이 환범의 군략을 신뢰하고 중달과 결전할 결심을 굳히시기 바랍니다. 이제 잠시도 지체할 여유가 없습니다. 어서 명령을 내리십시오."

"잠깐만……."

조상은 고개를 내저으며 마치 자기 자신에게 들려주듯 말했다.

"중달과 승부를 가리는 것보다 사정을 이야기하고 화해하는 쪽이……."

"대장군! 그토록 말을 해도 사마의의 속셈을 알아차리지 못한단 말입니까?"

환범은 차가운 눈길을 조상에게 던졌다.

거기에 다시 전중교위 윤대목이 사마의의 명령이라면서 찾아왔다.

"태부께서는 반역할 생각이 없습니다. 위나라를 지키기 위해 병권을 장악하고자 할 뿐입니다."

그럴듯하게 말했다.

그 말이 조상의 놀란 가슴을 어루만져 주었다.

"중달은 내게 적의는 없다. 중달을 만나 항복하자."

"안 됩니다."

환범이 기를 쓰고 말했다.

"중달은 절대로 장군을 가만두지 않습니다!"

"결코 태부는 모반할 생각을 갖고 있지 않습니다."

전중교위 윤대목은 주장하고, 반대로 환범은 항복하면 무사하지 못할 것이라고 단언했다.

"반드시 중달은 장군을 해치고 맙니다!"

'어느쪽을 믿어야 할 것인가?'

조상은 갈피를 잡지 못하고 그날 하루를 그냥 넘겼다. 그는 차고 있던 칼을 뽑아 높이 들고 소리내어 자신에게 물었다.

"중달을 벨 것이냐, 아니냐?"

그러나 끝내 결단의 순간을 맞을 수는 없었다.

침상에 누웠으나 한숨도 자지 못하고 아침을 맞이했다. 아침 식탁을 대했으나 식욕이 있을 리 없었다.

환범이 들어왔다.

"장군께선 아직도 결정을 내리지 못하셨습니까?"

그러자 조상은 발끈 화를 내며 칼을 뽑아 마룻바닥에 내동댕이쳤다.

"멸시해도 할 수 없다! 나는 용기가 없는 사내다. 이제는 시골로 내려가 농사나 지으며 살겠다. 부귀도 다 필요 없다! 한평생 편안히 살면 그것으로 족해."

하룻밤 만에 새가슴이 돼 버린 조상을 물끄러미 바라보던 환범은
조용히 발길을 돌려 밖으로 나갔다. 구름 한 점 없는 하늘을 우러러
보며 혼자 탄식했다.

"조자단(曹子丹 : 曹眞)은 자신의 지모를 자랑했는데, 그 아들은 한
낱 돼지새끼나 다름이 없구나!"

앞을 내다보는 사람에게는 이보다 더 안타까운 일이 없었다.

해가 떠오를 무렵, 허윤과 진태가 조상 앞에 나타났다.

"삼군을 지휘하는 대장군의 인수를 건네주시기 바랍니다."

조상은 아무 말 없이 그 요구에 응하려 했다.

"대장군 잠깐만 기다리십시오! 지금 그것을 사마의에게 건네주면
삼군을 지휘하는 병권을 버리고 스스로 적에게 항복하는 것이 됩
니다. 모르십니까? 사마의는 위나라 조정에서 단 하나의 경쟁 상
대인 장군을 처형장으로 보내려 하고 있습니다! 절대로 인수를
건네주어서는 안 됩니다."

주부(主簿) 양종(楊綜)이 결사적으로 간하는 모습을, 허윤과 진
태는 차갑게 바라보고 있었다. 조상은 그런 말 따위는 믿지 않았다.

"태부가 나를 죽일 리 있나. 다만 병권을 차지하려는 거다. 맞아.
확실히 나는 삼군을 지휘할 능력이 없다. 중달에게 맡기기로 하겠
다."

"아아! 어쩌면 그런 어리석은 짓을!"

양종은 꿇어 엎드려 두 주먹으로 마룻바닥을 치며 탄식했다.

이리하여 대장군의 인수는 사마의의 손으로 넘어갔다.

이 사실이 전해지자 20만 군대는 일시에 진지를 버리고 자취를
감추었다. 본진에 남아 있는 것은 조상 3형제와 겨우 7, 8명의 문관
뿐이었다.

조상이 그들을 데리고 낙수 다리께로 돌아오자, 사마의가 기다리
고 있다가 말했다.

"우선 집에서 근신하도록 하시오."

"태부, 우리 형제는 아무 죄도 범하지 않았소!"

"알고 있소. 그저 잠시 근신을 하고 있으면 곧 천자의 분부가 계실 거요."

사마의의 태도는 아주 부드러웠다. 조상 형제는 홀가분한 기분으로 헤어졌다. 그러나 그들 형제를 따르는 사람은 한 사람도 없었다.

사마의는 뒤늦게 혼자 오는 환범을 맞으며 미소를 보냈다.

"환대부(桓大夫)께선 못난 사람을 상관으로 모셨구려."

"옳은 말씀이오."

환범은 이미 각오한 듯 담담한 표정으로 지나갔다.

사마의는 조상으로부터 대장군의 인수를 넘겨받자, 곧 사람을 천자 조방에게 보내어 알렸다.

"곧 낙양궁으로 돌아오십시오."

그리고 천자가 돌아오기 전에, 조상의 집 대문에 밖으로 각목을 가로세로로 못박아 성 안 백성들에게 그의 권세가 땅에 떨어졌음을 보여주었다.

조상은 그제야 사마의가 자기 형제의 벼슬과 지위를 박탈하려는 것을 깨달았다.

그러나 죽을 것으로는 생각하고 싶지 않았다.

"우리 형제는 어떻게 될 것 같으냐? 중달은 우리를 죽일 생각일까? 아니면 평민으로 만들어 멀리 귀양을 보낼 생각일까?"

"형님, 이렇게 해보면 어떨까요? 집 안에 식량이 떨어져 가고 있으니 식량을 좀 보내달라고 청해 보십시오. 후하게 양식을 보내주면 우리를 죽일 생각은 없는 것으로 봐도 되지 않겠습니까."

"맞아, 그래 보자."

조상은 곧 사마의에게 사람을 보냈다.

그러자 사마의는 곧 쌀 100섬에 술과 소와 돼지와 생선 따위를 보내왔다.

"오오! 역시 태부에게는 우리를 죽일 생각이 없구나."

형제는 손을 마주 잡고 기뻐했다.

그러나 사실은 그렇지 않았다. 사마의는 조상 형제의 반역죄가 될 만한 증거들을 속속 찾아 모으고 있었다.

더욱 교묘했던 것은 '적으로 적을 없애는' 술책을 모색하는 것이었다.

사마의에게 하안은 씹어먹어도 시원찮을 적이었다. 하안은 그 권세가 한창일 때 사마씨의 땅을 빼앗은 일이 있었고 갖은 모욕을 다 주었었다.

그런데 사마의는 하안이 잡혀오자 군사들을 꾸짖으며 그의 결박을 당장 풀어주라고 호통쳤다.

호통을 맞은 군졸도 어리둥절했지만 하안은 더욱 어리둥절했다. 하안은 이미 죽을 것을 각오하고 있었지 않았던가.

사마의는 하안을 상석에 앉혀놓고 은근하게 말했다.

"죄는 조상 일당에게 있지 당신이야 무슨 잘못이 있겠소."

그리고 술과 음식을 권했다.

하안은 얼떨떨했지만 술을 몇 잔 받아 마시자 조금 생각이 느긋해졌다.

'혹시 나는 살려줄지도 모른다…… ?'

그런 가냘픈 희망이 생긴 것이다.

사마의는 그런 하안의 얼굴을 말끄러미 바라보았다. 본디 탁월한 군략가는 남의 마음을 읽는 독심술이 뛰어나게 마련이다. 사마의는 하안의 마음 구석구석까지 환히 들여다보고 있었다.

이윽고 사마의는 말했다.

"평숙(平叔 : 何晏의 자)은 세상이 다 아는 현학(玄學)의 대가가 아니오?"

"그럼 저를 살려 주시는 겁니까?"

하안은 마침내 궁금했던 점을 물었다. 사마의는 고개를 끄덕이며 말했다.

"조건이 있소만……."

"무슨 조건입니까? 목숨만 살려 주신다면 무슨 일이라도 하겠습니다."

"그럼 부탁하겠소. 다른 일이 아니라 조상 일당의 죄상을 조사하는 책임을 맡아주시오."

하안은 이미 결사적이었다.

자기 목숨을 살리기 위해 없는 죄까지 만들어 조상 일당에게 뒤집어 씌웠다.

먼저 조사관으로부터 심문 보고를 받은 하안은 얼굴이 새파래졌다. 그는 자기 이름만은 빼게 했다. 그리고 환관 장당을 잡아 밤낮 이레를 두고 조상이 한 일을 자백하게 만들었다.

처음엔 아무것도 모른다고 잡아떼던 장당도 필경은 고문에 못이겨 모든 것을 시키는 대로 진술하고 말았다.

조상의 집에는 언제나 수백 명의 식객이 들끓고 있었는데, 그 중 다섯 사람이 공모하여 조상을 부추겼다는 것. 그 다섯 사람이란 하안과 등양과 이승과 필궤와 정밀이라는 것. 그들은 조상을 부추겨 병권을 차지한 다음 위나라 조정을 자기들 마음대로 하려고 음모를 꾸몄다는 것. 그들은 하나같이 어린 천자를 죽이고 조상을 황제의 자리에 앉히려는 야망을 품고 있었다는 것.

이 모든 것이 장당의 입을 통해 나왔다.

하안이 그 보고 중에서 자기 이름을 뺀 것은 물론이다. 그리고 군졸을 보내어 이승 등을 체포한 다음, 목에 큰 칼을 씌우고 성 안 중앙 광장으로 끌어내어 뭇사람들의 구경거리가 되게 하였다.

다음날 수문장 사번이 대사농 환범을 묶어 끌고 왔다.

"이 자가 황태후의 거짓 교지를 가지고 성 밖으로 도망치려는 것을 잡았습니다."

사마의는 그 보고를 듣자 환범을 싸늘하게 노려보았다.

"환대부, 필시 촉나라로 도망칠 생각이었을 텐데 실패했소그려."

환범은 말했다.

"어서 죽여 다오."

"우선 옥에 들어가 있도록 하라!"

하안은 모든 조사를 마치고 사마의에게 보고했다.

"이제 모두 끝났습니다. 조상 일족, 환범 일족, 등양·정밀·필궤·이승, 그리고 장당의 가족 전부입니다. 즉 일곱 성씨의 역적 무리와 그의 삼족 전부를 옥에 가두었습니다. 이제는 영만 내리시면 저자에 끌어내다가 모두 목을 베겠습니다."

그런데 뜻밖에도 사마의는 싸늘한 태도로 말했다.

"일곱 성씨라고? 아직도 한 성씨가 모자란다!"

하안은 그 순간 아찔했다.

그러나 용기를 내어 되물었다.

"설마 우리 집안을 말하는 것은 아니시겠지요?"

"아냐, 바로 그대의 하씨다!"

이리하여 하안도 체포되었다.

하안의 아내는 조조의 딸인 금향공주(金鄕公主)였다. 현명한 여자로 일찍부터 남편의 방자한 행동을 보다못하여 어머니인 패왕태비(沛王太妃)에게 호소한 일이 있었다.

"그분의 악행은 더욱 심해질 뿐, 이대로 가다가는 파멸하고 말 거예요."

그러나 패왕태비는 웃으면서 말할 뿐이었다.

"그 사람이라면 네가 강짜를 부리는 것도 무리는 아니지."

이 이야기는 너무도 잘 알려진 일이라 사마의도 알고 있었다.

사마의는 하안의 집안 전부를 체포했다. 하안의 어머니 윤씨는 체포하러 온 사자에게 자기가 자기의 뺨을 때리면서 이렇게 말했다.

"하안에게는 겨우 다섯 살짜리 아들이 하나 있을 뿐이오. 나는 죽어도 좋으니 그 아이만은 살려주시오."

사자는 돌아가 이 말을 사마의에게 보고했다.

사마의는 전부터 금향공주의 앞을 내다보는 지혜에 감탄한 일이 있었고, 또한 패왕(沛王 : 윤씨가 낳은 조조의 아들)과도 친했기 때문에 특별히 그 어린 자식만은 살려 주었다.

이윽고 사마의는 조상 형제와 하안 등 여덟 성씨의 가족 전부를 처형했다. 그 가운데에는 젖먹이도 많아서 보는 이들로 하여금 눈물을 뿌리게 했다.

사마의가 가혹하다는 것은 이미 널리 알려진 사실이다. 그러나 하안의 아들처럼 특별한 배려로 죽임을 면한 사람도 있었다.

조상의 사촌인 문숙(文淑)의 아내도 사마의의 배려로 무사했다. 문숙의 아내는 하후령(夏侯令)의 딸이었는데 젊어서 남편이 먼저 죽어 정절을 지키고 있었다. 하후령은 사마의가 들고 일어났다는 말을 듣자 화가 자기들에게까지 미칠까 두려워 딸을 개가시키려 했다. 그러자 딸은 자기 코를 칼로 베고 말았다.

하후령이 그 얼굴을 보고 깜짝 놀라 야단쳤다.

"사람의 한평생은 마치 가벼운 티끌이 풀잎에 얹혀 있는 것과 같은 것이다. 바람이 불면 날아가고 마는 보잘것없는 존재이다. 이렇게까지 수절하겠다는 것은 자신의 운명에 거역하는 거나 다름없다. ……사마중달이 조씨 일문을 없애려 하고 있는 이때, 중달은 너의 행동을 반역으로 생각할 것이다."

딸은 눈물을 흘리며 대답했다.

"저는 죽은 남편으로부터 '어진 사람은 잘되고 못되는 것으로 지조를 바꾸지 않고, 옳은 사람은 죽고 사는 것으로 마음을 바꾸지 않는다'고 배웠습니다. 조씨 집안이 설사 세도를 계속 부려 사마씨 집안을 없앴더라도 저 자신은 죽은 남편의 영혼을 받들어 조용히 평생을 보낼 작정이었습니다. 조씨 집안이 망하게 된 것을 알고 있는 마당에 자기만 무사하기를 꾀하는 것과 같은 비겁한 짓은 착하고 옳은 사람이 할 짓이 아닌 줄로 압니다."

이 이야기를 들은 사마의는 영리한 한 소년을 양자로 주어 조씨의 뒤를 잇게 했다.

또 조상 형제와 그 일당 다섯 명의 목을 벤 뒤의 일이다.

태위 장제가 물었다.

"아직 조상 밑에 있던 노지와 신창, 그리고 인수를 주지 못하게 방해한 양종 등이 살아 있습니다. 어째서 그들을 잡아 처형하지 않습니까?"

사마의는 웃으며 대답했다.

"그대는 만일 내가 위험에 처해 있으면 내버려 두겠는가?"

"그거야……."

"버려 두지 않겠지. 그들은 부하로서 조상을 보호한 것이다. 말하자면 옳은 선비들일세."

사마의는 그들을 책하려 하지 않았다.

위나라에서 벌어진 이 소동은 첩자에 의해 오나라오 촉나라에도 곧 알려졌다.

어느 날 마대가 강유를 그의 집으로 찾아갔다.

"어떻소? 만일 내가 사마의를 흉내내어 장완을 넘어뜨리려고 하면 당신은 나를 무찌르겠소?"

웃으며 물었다.

촉나라에서는 마대 같은 천하에 용맹을 날렸던 무장도 문관들보다 서열이 낮았다.

강유는 웃으며 되물었다.

"장군은 지금 지위에 불만이오?"

"아니, 별로 불만은 아니지만……."

마대는 황급히 고개를 내저었다.

강유는 멀리 눈길을 보내며 말했다.

"그대나 나나 우리 제갈 승상께서 그 자리에 계시면서, 인간으로서 말로 다 할 수 없는 고충을 견디며 이 나라를 다스리고 지키는 것을 보아 왔소. 지금 이 자리에 우리를 앉힌 데에는, 장군과 내가 힘을 합쳐 난관을 헤쳐 나가야 한다는 깊은 뜻이 있소. 나는 돌아가신 승상의 간곡한 당부라고 생각하오. ……설령 그대와 내가 승상이나 상서령이 되더라도 과연 정치적 역량을 발휘할 수 있을지 그게 문제일 거요."

"음! 과연!"

마대는 크게 고개를 끄덕였다. 끄덕이면서 이 젊은 무장이 나름대로 큰 인물이 된 것을 실감했다.

"마 장군, 우리는 이 나라를 지키며 적군과 싸우기 위해 이 세상에 태어난 것으로 생각하셔야 마땅합니다."

"알았소. 승상이 돌아가신 뒤 그대가 뒤를 이어 촉나라 총사령이 될 것을 나는 믿고 있었소."

"그 말씀은 고마우나……."

강유는 창 밖 동쪽으로 시선을 보내며 혼잣말처럼 중얼거렸다.

"지금 군 지휘권을 가지고는 있으나, 이 강유에게는 사마의와 싸워 이길 자신은 없소."

"그렇지 않소. 당신은 돌아가신 승상으로부터 모든 군략과 병법을 전수하지 않으셨소?"

"전수한 것만으로는 단순한 학자에 지나지 않소. 그 군략과 병법을 살리고 응용하여, 기회 있을 때마다 자유자재로 적을 무찔러야만 돌아가신 승상의 은혜에 보답할 수 있을 텐데."
"장군은 그렇게 할 수 있소."
"사마의에 비해 나는 역량이 모자랍니다!"
강유는 말하면서 통분해하였다.
마대는 뭐라고 해야 좋을지 몰랐다.
"나는 나 자신을 알고 있어요. 손자도 말했소. 자신을 알고 상대를 알아야만 싸움에서 이길 수 있다고. 지금 똑같이 10만 군사를 거느리고 중원에서 맞붙게 되면 내가 반드시 패하고 말 거요."
"그럴 리가……. 겸손이 지나칩니다."
"올바른 예측을 하고 있는 거요, 나는……."
강유는 힘주어 말했다.
"그러나 한 가지 내가 중달보다 나은 것이 있지."
"그게 뭡니까?"
"젊음이지요!"
강유는 싱긋 웃었다.
"중달과 비교해서, 나는 배나 되는 젊은 정기를 가지고 있소. 아무리 패해도 다시 일어설 수 있는 힘 말이오. 중달은 이미 늙어서 그것이 없지요."
"음!"
"장군……. 두고 보시오. 성난 물결처럼 중달과 맞붙게 될 테니. 몇 번을 패하든 내 패기는 조금도 줄어들지 않을 거요. ……중달은 한 번만 패하면 갑자기 늙고 약해질 겁니다. 그때가 되면 우리 촉군은 위나라를 누르고 중원에서 개가를 올리게 될 거요!"
공명의 뒤를 이은 젊은 인재는 기세당당하게 말했다.

신선들

눈엣가시 같았던 조상 형제를 무찔러 없앤 사마의는 마침내 승상의 자리에 올랐다.

어린 천자 조방은 그에게 구석(九錫)을 내리려 했다. 사마의는 한 번 사양하고 나서 그것을 받았다.

마침내 사마의는 위나라 정권을 완전히 장악했다.

물론 사마사와 사마소, 두 아들도 아버지의 지위를 지키는 요직에 앉게 되었다.

정권이 바뀌면 자연 거기에 따른 변동이 있게 마련이다.

군사 혁명으로 조상 정권이 쓰러지자 왕필(王弼)도 관에서 파면되었다. 그는 그해 가을 역병에 걸려 허무하게 죽고 말았다. 이때 24세, 자식도 없이 그 핏줄은 끊어졌다. 왕필의 죽음은 정권 주변에 있던 사람들이 어떤 운명을 걷게 되는지에 대한 하나의 보기였다.

끈질긴 인간은 어떤 충격도 견뎌내며 살게 마련이다.

'방외의 사람'인 완적은 이 소용돌이 속에서도 살아 남았다.

그 완적이 어느날 사마소 앞에 불쑥 나타났다.

“소인, 대감께 문안드리겠습니다.”

사마소는 눈살을 찌푸렸지만 일단 그의 방문 목적을 들어 보리라 생각했다.

“오, 사종께서 어쩐 일이시오! 나를 다 찾아오고?”

“예, 저는 옛날 동평(東平)에 여행한 적이 있습니다만 그곳은 참 좋은 곳이더군요.”

‘이 녀석도 나를 섬기고 싶은 모양이군.’

사마소는 곧 그렇게 알아차리고 완적을 동평의 상(相)으로 임명했다. 완적은 당나귀를 타고 거드럭거리며 동평으로 부임했다.

부임하자 그는 곧 관아의 담부터 헐어버렸다.

그리하여 멀리 내다볼 수 있게 하고 골치 아픈 정사는 부하들에게 일임한 채 술만 마셨다.

그러나 이 벼슬도 그에게는 흡족하지 않았던지 열흘이 지나자 인수를 동헌에 걸어두고 낙양으로 돌아왔다.

완적의 이런 행동은 첩자에 의해 일일이 사마소에게 보고되었다.

“겨우 열흘인가. 좋아! 이번엔 어떻게 하는지 두고 보자.”

사마소는 낙양에 돌아온 완적을 대장군 종사중랑(從事中郎)에 임명했다. 대장군의 참모쯤 되는 직책이다.

어느날 사법관이 완적에게 보고했다.

“어머니를 죽인 극악무도한 불효자식 패륜아가 있습니다. 어떻게 할까요?”

“아아, 아버지를 죽였으면 좋았을 것을 어머니를 죽이다니!”

“예, 뭐라고요?”

거기 있던 사람들이 모두 놀라 의아한 눈길을 완적에게 보냈다.

사마소도 무섭게 한 마디 꾸짖었다.

“아비를 죽이는 건 천하의 큰 죄, 그런데 그것이 좋았을 거라니 무슨 소리인가!”

완적은 얼굴빛 하나 변하지 않고 대답했다.

"짐승은 제 어미는 알아도 아비는 모릅니다. 그러므로 아비 살인은 금수와 같은 짓이며, 어미 살인은 금수만도 못한 짓이라고 말했을 뿐입니다."

일동은 이 대답을 듣고서 곧 표정이 누그러졌다.

이어 완적은 자청하여 현재의 지위보다 훨씬 낮은 보병교위가 되겠다고 했다. 사마소는 감동했다.

'역시 완적은 인물이야. 벼슬을 낮추어 달라고 자청한 사람은 여태껏 없었지.'

그렇게 생각하고 완적의 소원대로 해주었다.

그러나 완적의 속내는 전혀 다른 데 있었다. 그 병영의 요리사가 술 담그는 명수로서, 술광에 3천 섬이나 술을 담가 두었다는 소문을 들었기 때문이었다. 그는 부임하자마자 역시 술이라면 사족을 못쓰는 유령(劉伶)을 불러 아침 저녁으로 술타령이었다.

어느날 사마의는 자기 집에서 문득 한 사람의 모습을 생각해 냈다. 그것은 옹주(雍州＝長安) 태수로 있는 정서장군 하후패였다. 하후패는 조상의 친척이다.

사마의가 두려워해야 할 사람이 있다면 그것은 하후패뿐이었다.

만일 하후패가 사마의의 횡포를 책하는 격문을 돌리게 되면 각 고을의 태수 중 몇 사람은 그의 편이 될 가능성이 없지 않았다.

'……하후패를 제거해야만 한다!'

패권을 유지하기 위해서는 조금이라도 자기에게 대항할 힘을 가진 사람이 있어서는 안 된다. 이것은 동서고금을 통해 패도를 걷는 사람이면 누구나 가지고 있던 냉혹한 생각이다.

사마의는 하후패를 제거하기 위해 그를 낙양으로 불러들이기로 했다. 곧 사자가 길을 떠났다. 사자는, 다른 일을 핑계대어 낙양으로 올라오라고 한 사마의의 편지를 가지고 있었다.

그러나 하후패도 보통 사람은 아니었다.

'중달이란 녀석, 조상을 없애고 권력을 틀어쥐더니 이제 나를 없 앨 작정이로군.'

이렇게 알아차렸다.

"승상의 명령이긴 하지만 응할 수 없소. 내가 지금 장안을 떠나면 한중에서 강유가 대군을 이끌고 쳐들어올 것이 분명하오. 지금 옹 주를 떠날 수 없소."

하후패는 사자편에 사마의의 지시를 서슴없이 거절했다.

사마의는 하후패가 거절하는 경우까지 계산에 넣고 있었다.

"하후패는 그의 친족 조상의 죽음에 원한을 품고 반란을 일으켰 습니다. 이를 무찌르는 조칙을 내려 주옵소서."

사마의는 천자 조방에게 청했다.

물론 조방에게 이를 거절할 힘이 있을 리 없었다.

사마의는 조칙을 급사에게 들려 옹주자사 곽회에게로 보냈다.

곽회는 하후패가 모반한 줄로 믿고 5만 군대를 동원하여 장안으 로 급히 달려왔다.

장안 성문을 굳게 닫고 하후패는 개탄했다.

"곽 장군 같은 사람이 중달에게 놀아나다니!"

하후패가 성벽 위에 나타나자 곽회는 해자를 사이에 두고 큰 소리 로 외쳤다.

"정서장군! 당신은 위나라 황족의 한 사람으로 무엇 때문에 반란 을 일으키는가!"

"그렇지 않다! 나는 반란을 꾀한 일이 없다. 이것은 사마중달의 간악한 술책이다. 그 술책에 그대는 놀아나고 있다. 어서 군사를 물리고 냉정히 생각해 주기 바란다."

"그렇다면 자신이 직접 낙양으로 올라가 모반할 뜻이 없음을 천자께 아뢰라."

"그럴 수는 없다. 중달은 나를 암살할 목적으로 낙양에 올라오라고 독촉하는 거다."

"지나친 억측이다."

"곽 장군. 내 눈은 옹이구멍이 아니다. 중달의 간계쯤은 내다볼 수 있다."

"장군이 모반했으므로 무찌르라는 조칙을 받았다. 장군을 칠 수밖에 없다. 그래도 좋은가?"

"하는 수 없지!"

그러나 이 전투는 처음부터 하후패에게 불리했다. 장안성의 군사는 겨우 3천에 불과했던 것이다.

곽회가 5만 군대로 질풍처럼 달려와 포위하고 치는 데는 도저히 저항할 방법이 없었다.

사흘 동안은 간신히 견뎌낼 수 있었다. 그런데 다시 낙양에서 사마의의 명령을 받은 진태가 3만 군대를 이끌고 밀어닥치자——

'이제는 끝장이다.'

일단 싸워 죽을 각오를 했다. 그러나 하후패는 너무도 분하고 원통해서 마지막 배짱을 정했다.

"좋아! 이렇게 된 이상 촉나라에 항복하여 강유 밑에서 싸우련다! 중달의 적이 되어 줄 테다!"

그의 아버지 하후연은 위나라를 위해 큰 공을 세운 충신이었다. 그 아들이 촉나라에 항복한다는 것은 비열하게 생각될 수밖에 없었다. 그러나 아무리 세상이 욕을 한다 해도 하후패로서는 장안 성안에서 중달에게 개죽임을 당하는 것만은 견딜 수 없는 일이었다.

하후패는 성문을 활짝 열었다. 그러고는 3천 기를 거느리고 쏜살같이 돌진하여 탈주로를 열었다.

하후패가 한중에 이르렀을 때 따르는 군사는 100기도 채 안 되었다.

한중에서는 마치 하후패가 도망쳐 올 것을 미리 알기라도 했던 것
처럼 강유가 기다리고 있었다.

"정서장군 하후패가 항복해 왔습니다."

'중달의 미움을 받아 죽게 되었던 건가? 아니면?'

강유는 잠시 고개를 갸웃했다.

'어쩌면 중달한테서 은밀히 지령을 받고 일부러 항복해 와서 우리
촉나라 실정을 탐색하려는 것은 아닐까?'

하후패는 위나라 황족이다. 아무리 실권을 잡은 중달이 그의 눈에
하후패가 거슬린다 해도 천자와 동족인 고관을 죽이려 한다는 것은
상식에 벗어나는 있을 수 없는 짓이다.

촉나라 장수로서는 먼저 거짓 항복해 온 것으로 의심해 보는 것이
당연하다. 강유는 하후패를 앞에 꿇어앉힌 채 날카로운 질문을 잇따
라 퍼부었다.

'아무래도 죽을 각오로 도망쳐 나온 것 같군.'

강유는 그렇게 짐작하고 물었다.

"당신은 옛날 미자(微子)의 길을 밟으려는 건가?"

은(殷)나라 주왕(紂王) 때였다. 주왕의 서형(庶兄)인 미자는 아
우 주왕의 어지러운 행실을 보다못해 이를 간했으나 듣지 않자, 자
기 목숨이 위태로운 것을 깨닫고 주(周)나라로 망명했다. 그 뒤 주
공(周公)은 은나라를 멸망시키고 그를 송(宋)나라에 봉해 은나라
뒤를 잇게 했다.

"나는 이 중국 대륙이 위·오·촉 3국으로 분립되어 영원히 평화를
누리기를 원하고 있습니다. 그러나 사마의는 천자를 없애고 그 자
리를 차지한 다음 오나라와 촉나라까지 쳐서 천하를 통일할 생각
으로 있습니다."

"위나라의 허수아비 천자를 없애는 일쯤은 할 수 있겠지. 그러나
오나라에 제갈각이 있고 촉나라에 강유가 있는 한 삼국통일이란

한낱 꿈일 뿐이다.”
“그게 아닙니다!”
하후패는 손을 들었다.
“위나라에는 사마의가 기대를 걸고 있는 젊은 무장이 두 사람 있
습니다. 이 두 사람이 각각 10만 군대를 지휘하게 되면, 그야말로
범에 날개가 돋친 격이 되겠지요. 대적할 수 없는 무서운 군대가
되어 오나라 국경을 쳐들어갈 것입니다.”
“그 두 젊은이란?”
“한 사람은 현재 비서랑(秘書郎) 벼슬에 있는 영천군 장사(長社)
출신인 종회(鍾會)로 자를 사계(士季)라고 합니다. 그는 태부 종
요(鍾繇)의 아들로서 어릴 때부터 재주로 이름이 높았고 담이 크
기로도 유명했습니다.”

어느 날 아버지가 두 아들을 데리고 문제 조비를 배알한 일이 있
었다. 종회는 그때 겨우 여섯 살이었고 그의 형 육(毓)은 여덟 살이
었다.
형 쪽은 천자 앞에 나오자 무서워 떨면서 꿇어 엎드린 얼굴에서
땀이 비오듯 했다.
문제는 웃으며 말했다.
“초겨울인데도 너는 땀을 몹시 흘리는구나.”
아버지 종요가 아들을 대신해서 대답했다.
“황공한 나머지 땀을 흘리고 있는 것이옵니다.”
그런데 동생 종회는 태연히 아무렇지도 않은 태도를 짓고 있었다.
“너는 어째서 땀을 흘리지 않느냐?”
그렇게 묻자 종회는 방긋 웃으며 대답했다.
“황공하여 땀도 나오지 않사옵니다.”
“흠, 훌륭한 아들을 두었구려.”

문제는 종회의 뛰어난 재주를 인정하여, 대궐에 불러들여 근시로 삼았다.

종회는 무제와 아버지의 기대대로 자라나자 모든 병서를 모조리 다 읽어 외고, 또 실지로 작은 군사로 열 배나 되는 군대를 쳐서 이기는 훈련을 거듭하며, 사마의와 장제에게 그 솜씨를 보여 주었다.

"또 한 사람은 지금 연사(掾史)로 있는 의양(義陽) 출신의 등애(鄧艾)로서 자를 사재(士載)라 하는 젊은이입니다. 철이 들 무렵 고아가 되었는데 지리에 대한 지식이 많아, 어느 산에 복병을 둘 수 있고 어느 강과 내가 가장 건너기 쉬우며, 숨을 수 있는 숲과 공격해 나올 수 있는 들의 위치는 어디며, 군량을 운반하는 데에도 어느 길이 적절한지 정확히 알고 있습니다. 태어날 때부터 말더듬이여서 아는 것을 마음대로 말할 수 없기 때문에 대부분이 그의 재주를 모르고 있지만 사마의만은 그를 높이 평가하고 있습니다."

말더듬이여서 자신을 말할 때 소인이라든가 소관이라든가 하지 못하고, 다만 '애(艾)…… 애(艾)……'라고만 하기 때문에 사마의가 농담으로 물었다.

"도대체 애(艾)란 사람이 몇 명이나 있는 건가?"

그러자 등애는 붓을 들어 종이에다 썼다고 한다.

"논어(論語)에 '봉(鳳)이여, 봉이여'라고 있습니다만 봉황은 한 마리뿐입니다."

"이 두 인재가 각각 사마의의 팔다리가 되어 10만 군대를 지휘하게 되었을 때를 생각하면……."

"그만!"

강유는 손을 들어 하후패의 말을 가로막았다.

"당신은 우리 제갈 승상에 의해 촉나라 군대가 만들어진 것을 알

겠지? 당신이 무서워할 정도의 인재가 몇 사람 위나라에 있다고
해서 촉나라 군사가 패할 것 같은가. 결코 패하지 않는다!"
"그러나……."
"사람은 정해진 운명에 따라 살다가 죽는다. 죽을 때까지 있는 힘
과 정성을 다해 일할 뿐이다."
강유는 하후패를 데리고 성도로 돌아오자 후주 유선을 배알하게
했다.
"이 사람은 위나라 황족으로 하후패라고 하는 무장입니다. 사마
의는 위나라 병마의 실권을 자기 한손에 넣기 위해 앞서 조상을
죽이고, 이번에 또 이 하후패를 암살하려 했사옵니다. 위제 조방
은 아직 젊고 마음이 약해 도저히 위나라를 다스릴 역량이 없습니
다. 이대로 버려두면 사마의가 위제의 자리를 앗을 것이 틀림없사
옵니다. 신은 한중에서 병마의 훈련에 날을 보내며 사마의와의 결
전에 자신을 가졌사옵니다. 군량의 비축도 충분하옵니다. 지금이
야말로 돌아가신 승상이 이룩하지 못한 뜻을 받들어 대군을 이끌
고 중원으로 나가 위나라를 무찌르고 새로 한나라 조정을 세울 때
인 줄 아옵니다. 바라옵건대 돌아가신 승상의 뜻을 이어받은 신에
게 출전을 허락해 주옵소서."
"장군! 그 일은 아직 좀 이른 것 같소."
승상 비위가 말렸다.
"불행히도 우리 촉나라 국정을 맡았던 장완 공과 동운 공이 잇따
라 세상을 뜨고, 조정에 훌륭한 역량을 가진 사람이 없는 이때,
가볍게 병마를 움직이는 것이 어떠하올는지? 잠시 시기를 기다렸
다가 좋은 기회를 타는 것이 어떻겠소?"
"승상, 그건 그렇지 않습니다."
강유는 말에 힘을 주었다.
"인생이란 아침 이슬이 나뭇잎에서 떨어지고, 백마가 달려가는

것을 문틈으로 내다보는 것처럼 빨리 지나갑니다. 그러니 어찌 세월을 천연할 수 있으며, 어느 날에 중원을 회복할 수 있겠습니까? 이미 소장의 가슴 속에는, 중원에서 사마의와 자웅을 결정지을 결심이 서 있습니다."

"손자도 말했소. 상대를 알고 자신을 알 때는 백 번 싸워 백 번 이긴다고 말이오. 장군의 재능은 돌아가신 승상에 미치지 못합니다. 돌아가신 승상도 중원을 정복할 수는 없지 않았소?"

"말씀하신 것과 같이 내 재주는 돌아가신 승상의 열에 하나도 미치지 못합니다. 단 한 가지 나는 농상(隴上)에서 생장(生長)해서 강인(羌人)들의 마음을 잘 알고 있습니다. 나는 강인들을 우리 편으로 끌어들일 계책을 세웠습니다. 그들 힘을 빌리면 중원을 쉽게 회복하지는 못할지라도 농상 서쪽 땅은 차지할 수 있을 겁니다."

강유의 확신에 찬 이 말은 마침내 유선의 마음을 움직였다.

"강유……."

"예에?"

"장군이 그토록 죽은 승상의 원수를 무찌르고 싶거든 있는 힘을 다해 보시오. 촉나라 전 군대를 장군에게 맡기겠소."

"성은이 망극하옵니다. 신의 기쁨이 이보다 더할 바가 없사옵니다."

그야말로 공명의 유지를 이어받은 강유가 드디어 스승에게서 물려받은 군략을 써서 위나라 사마의와 목숨을 걸고 일전을 겨룰 때를 맞이한 것이다.

강유는 대궐에서 물러나오자 말을 면양으로 몰았다.

거기에는 공명의 사당이 있었다.

"승상!"

무릎을 꿇고 엎드린 강유는 두 눈에 눈물을 흘리며 빌었다.

"승상의 가르침을 지금에야 실전에 활용할 수 있게 되었습니다. 바라옵건대 이 강유가 싸우는 광경을 굽어보시옵소서."

그러자 사당 안에서

"힘껏 싸워라, 부디."

공명의 조용한 목소리가 울려오는 것을 강유는 분명히 들었다.

"그대야말로 촉나라를 끝까지 지킬 단 하나의 장수다. 설사 나처럼 도중에 넘어지는 한이 있더라도 중원에서 후회 없는 싸움을 펼쳐라."

"예에!"

강유의 두 눈에서 눈물이 넘쳐 땅바닥을 적시었다.

공명의 영혼도 또 이 날을 기다리고 있었을 것이다.

강유의 가슴이 뻐근해지며 온 몸과 정신이 그 장렬한 결의로 충만했다.

강유가 후주 유선을 비롯한 문무백관의 환송을 받으며 성도에서 한중으로 돌아온 것은 그로부터 사흘 뒤였다. 하후패가 새로 촉나라 장군이 되어 함께 따라왔다.

"강 도독, 당신 얼굴에는 사마의와 중원에서 싸워 이길 확신으로 가득차 있습니다."

"아니, 확신 같은 건 없소. 다만 돌아가신 승상의 영혼이 나를 지켜주실 것을 알고 있을 뿐이오."

강유의 귀에는 공명의 사당에서 들었던 정다운 목소리가 남아 있을 뿐이었다.

"힘껏 싸워라. 그대야말로 촉나라를 끝까지 지킬 단 하나의 장수다. 설사 나처럼 도중에 넘어지는 한이 있더라도 중원에서 후회 없는 싸움을 펼쳐 다오."

사당 안에서 공명의 영혼은 그렇게 타일렀던 것이다.

‘나는 싸운다! 도중에 넘어지더라도 싸우고 만다! 돌아가신 승상 께 내 싸우는 모습을 보여드리는 거다! 물론 중달을 무찌를 수만 있다면 사당 앞에서 가슴을 활짝 펴고 보고할 수 있다. 그러나 설 사 그가 살아남고 내가 죽더라도 후세까지 전해지게 될 군략과 병 법을 중원에서 사마의에게 보여 주는 거다!’

강유의 온 몸과 정신은 공명의 뜻을 이어받은 투지로 가득 차 있 었다. 한중으로 돌아오자마자 강유는 장수들을 앞에 주욱 세워놓고 말했다.

“첫째로 해야 할 일은 사자를 급히 보내 강인들을 설득하여 우리 편에 붙게 하는 일이다. 그런 다음 서평(西平)에서 옹주를 향해 병마를 행진시키겠다. 여기 있는 하후장군은 정서장군으로서 옹주 를 다스리고 있던 분이므로 우리 군의 진격에 크게 도움이 될 것 이다.”

“묻겠습니다.”

한 장수가 물었다.

“옹주로 향할 때는 전군이 한꺼번에 진격하는 겁니까?”

“아니다…….”

강유는 고개를 저었다.

“여러분들은 돌아가신 승상께서 이럴 경우 어떤 군략을 쓰셨는지 를 생각해 주기 바란다. 전군이 진격하기에 앞서 선발대를 보내고 국산(麴山) 기슭에 전진기지를 두 개 만들어 거기에 기각(掎角) 의 진을 치게 하겠다. 동시에 은밀히 국경에 군량과 보급품을 운 반해 두는 거다. 그런 뒤에 병마를 몇 개 부대로 나누어 서서히 떠나도록 하겠다.”

촉나라 연희(延熙) 12년(249) 초가을이었다. 강유는 43세의 한창 나이였다.

강유는 구안(句安)·이흠(李歆) 두 장군에게 1만 5천의 군대를 주어 먼저 떠나보내고, 국산 기슭에 외성(外城)을 쌓게 했다.

구안은 동성(東城)을 지키고 이흠은 서성(西城)을 지켰다.

강유가 하후패의 항복을 받아들여 그를 장군으로 임명케 한 다음, 마침내는 한중에서 출격하려 한다는 급보가 옹주자사 곽회에게 전해졌다.

곽회는 하후패가 도망친 뒤 그 뒤를 이어 정서장군이 되었다. 정서장군이란 옹주와 순주 두 주의 군 총수로서 장안에 주둔해 있는 아주 중요한 지위였다.

"강유란 놈, 하후패의 목을 자를 줄 알았는데 거꾸로 자기 편 장수를 만들다니, 이건 보통 사태가 아니다."

곽회는 급히 이 사실을 낙양으로 보고했다.

그와 동시에 정서장군의 권한으로 부장(副將) 진태에게 5만의 군대를 주면서 명령했다.

"선수를 치고 나가라."

물론 국산 기슭의 동성과 서성에는 합쳐서 6천도 못되는 군대밖에 없었으므로 밀어닥친 5만의 위군과 맞서 싸울 수는 없었다.

두 성은 굳게 지키고만 있었다.

진태는 이 외성을 당장 함락시킬 생각으로 사방에서 공격을 가하는 한편 한중과 연결되는 보급로를 끊어 버렸다.

두 외성 안은 며칠 안 가서 식량이 달리기 시작했다.

곽회는 국산이 저만큼 바라보이는 지점까지 말을 몰고 나왔다. 그는 기각의 진형을 꾸민 동·서 두 외성을 바라보자 옆에 있는 진태에게 말했다.

"식량 보급로를 끊은 것만으로는 빨리 함락되지 않는다. 두 성이 다 높은 곳에 만들어져 있기 때문에 물이 부족할 것이 틀림없다. 적들이 밤에 물을 긷는 내를 상류에서 막아 버리면 성 안은 금세 목이 마르게 될 테지.”

위군 3만이 밤낮을 쉬지 않고 공사를 했다. 불과 나흘 동안에 상류를 막아 긴 둑을 쌓고 물줄기를 돌려 버렸다.

곽회의 추측대로 동·서 두 성에서는 밤중에 몰래 군사들이 나와 냇물을 긷고 있었다.

그런데 그 내가 하루아침에 물 없는 자갈밭으로 변하고 만 것이다. 성 안에는 비축된 물이 조금밖에 없었다.

구안과 이흠은 당황했다.

“제갈 승상 같으면 적이 이같은 꾀를 쓰리라는 것을 미리 내다보고 뭔가 묘한 대책을 가르쳐 주었을 텐데…….”

장수고 군사고 자기도 모르게 불평이 절로 나왔다.

하는 수 없이 구안과 이흠은 물과 식량을 얻기 위해 작은 군사를 이끌고 성에서 쳐 나갔다.

그러나 결국 불로 뛰어든 불나방 격이었다.

위나라 쪽은 만반의 준비를 하고 기다리고 있었던 것이다.

구안도 이흠도 쳐 나갈 때마다 군사들만 잃고 성 안으로 도망쳐 돌아왔다.

마침내 성 안에 비축해 놓았던 물이 바닥났다.

목마름을 견디다 못해 군사들은 총대장인 강유에게 드러내놓고 원망의 말을 내뱉었다.

구안은 동성에서 산중턱을 지나 서성으로 들어오자 이흠을 보고 말했다.

“아무래도 이상하오! 강 도독이 여지껏 구원병을 이끌고 도착하지 않는 것은 도중에 무슨 변이 생긴 것으로밖에 생각되지 않소.”

“하는 수 없소. 내가 혈로를 열고 본군 상황을 보고 오겠소.”

이흠은 불과 50기를 거느리고 성문을 열자 곧바로 쳐 나갔다.

죽음을 건 싸움이었다.

수만의 적병이 50기에 달려들어 창으로 찌르고 칼로 쳐댔다.

이흠은 이름있는 용장으로 열 사람의 힘을 가지고 있었던 만큼 몰려오는 적병을 닥치는 대로 무찌르며 말을 달렸다.

따라오는 군사 수가 차츰 줄어들었다.

마침내 이흠이 혼자 남게 되었을 때 그는 온몸에 무거운 상처를 입고 있었다.

뒤에 남은 성에는 다행히 밤이 되자 북풍이 불며 눈보라가 몰아쳤다. 군사들은 눈을 그릇에 받아 남은 양식으로 밥을 지어 겨우 굶주림을 견디었다.

이흠은 눈오는 그 밤을 잠시도 쉬지 못한 채 피투성이가 된 몸으로 말을 달리고 또 달렸다.

먼동이 틀 무렵——

"오오!"

이흠은 앞쪽에서 나부끼는 촉군의 깃발을 보고 기쁨의 소리를 질렀다.

그러고는 고개를 탁 떨어뜨리며 말에서 떨어졌다.

"……후우!"

의식을 되찾은 이흠의 얼굴을 강유가 굽어보고 있었다.

"도독!"

"이 장군, 마음놓으시오. 상처가 무겁기는 하지만 생명에는 별 지장이 없소."

"저야 어떻게 되든…… 그보다도 국산의 동성과 서성이 모두 양도가 끊긴 데다가 물마저 떨어져 지금 굶어 죽기 직전에 있습니다!"

"용서하오! 그 점은 외성을 쌓게 할 때 벌써 예상하고 있었소."

"그럼…… 도독께선 우리를 희생물로……."

"희생물이라니요? 사마의가 사신을 보내어 강인이 우리 촉나라에 붙지 못하도록 했기 때문에 진군이 닷새 늦어진 거요.”

강족 군사는 강하다. 그 강병을 자기 편으로 끌어들이느냐 못 하느냐는 승패를 좌우할 정도로 중대한 문제였다. 그러므로 강유도 사마의도 똑같은 생각을 하고 있었던 것이다.

강유로서는 분통이 터지는 일이었지만 강족은 촉을 배신하고 위나라에 붙고 말았다.

강유의 계략대로 일이 진행되었다면 국산의 외성을 공격하는 곽회가 지휘하는 위군을 배후에서 공격하여 전멸시킬 수도 있었을 것이다.

“도독…….”

상처를 치료하기 위해 이흠을 성도로 보내놓고 나서 하후패가 말했다.

“강병이 우리 편이 되지 않은 이상 국산의 위군 배후를 공격할 수는 도저히 없을 겁니다.”

강유는 침착한 목소리로 대답했다.

“지금 옹주 군사는 모두 곽회가 이끌고 나와 국산 외성을 공격하고 있을 것이므로 옹주는 텅 비어 있을 거요. 그래서 나는 지금부터 단숨에 옹주 배후로 공격해 들어갈 거요. 그러기 위해서는 우두산(牛頭山)을 돌파해야만 되오. 물론 곽회의 첩자들은 우리의 동향을 바로 알릴 것이오. 곽회는 진태와 함께 급히 옹주를 지키기 위해 군사를 돌리겠지요. 그러면 국산 포위는 자연 풀리게 되어 구안과 남은 군사들은 구출되오.”

강유로서는 강인을 촉나라 편에 붙게 만들지 못한 이상 이 작전밖에 쓸 수가 없었다.

별

강유가 촉나라 전군을 이끌고 우두산으로 향할 무렵——
곽회는 낙양에서 온 사마의의 편지를 받고 있었다.

강유는 우리 위나라 국경을 넘기 위해 강인들을 자기 편으로 끌어들이려 했다. 그러나 내가 사신을 보내 막대한 뇌물을 주어 이를 막았다. 그로 인해 강유의 출발이 늦어진 것은 장군에게 다행이었다. 즉 장군은 강유의 손에 죽지 않고 무사할 수 있는 것이다. 강유는 장군이 국산 외성을 포위하고 있는 틈을 타 옹주를 점령하고자 우두산을 돌파하여 배후로 돌 것이 틀림없다. 그러니 장군은 조수(洮水)로 물러나와 진지를 굳게 다져 촉군의 양도를 끊고 진태에게 군사 반을 나눠 주어 우두산으로 가게 하라. 그러면 강유는 양도가 끊긴 것을 알고 싸우지 않고 물러가리라. 그때야말로 장군은 전력을 다해 강유를 치라. 낙양에서는 내 큰자식 사에게 10만 군대를 주어 구원병으로 가게 할 것을 약속한다.

사마의는 손금을 보는 것처럼 강유의 움직임을 정확히 예상하고 있었던 것이다.

강유는 우두산을 향해 진군하고 있었다.

그 우두산이 10리쯤 가까워졌을 때였다.

갑자기 앞쪽에서——

"와아아!"

"오오!"

함성이 터져 나왔다.

"음, 중달이 곽회에게 편지를 보내어 방어책을 가르쳐 준 모양이구나."

강유는 알아차렸다.

장수 한 사람이 달려갔다가 이내 돌아오더니 보고했다.

"진태가 잠복해 있습니다."

"알았다. 이 강유가 진태의 목을 베어 주리라."

그러자 하후패가 말했다.

"도독, 총수의 몸으로 직접 나가실 필요는 없습니다. 저에게 맡겨 주십시오."

"아니오. 내 손으로 진태의 목을 치면, 우리 군사들은 강병에게 도움을 얻지 않고도 위군을 깨뜨릴 수 있다고 믿고 사기가 높아질 것이오."

이렇게 말하고, 강유는 바람처럼 급히 말을 몰아 나아갔다.

"진태는 어디 있느냐! 촉의 총대장 강유와 1대 1로 겨루자!"

사방이 쩌렁쩌렁 울리는 소리로 외쳤다.

"흠, 강유냐. 어서 오너라!"

위나라 선봉장인 진태는 몸을 부르르 떨며 말을 내몰았다.

"옹주를 앗으려고 오다니! 어린 것이 너무 약삭빠른 체하는구나!"

큰 소리로 비웃는 진태를 향하여 강유는 긴 창을 높이 들고 곧장 돌격해 갔다. 그 기세는 먹이를 덮치는 맹호와도 같았다.

진태는 조금도 두려워하지 않고 맞아 싸웠다.

그러나 강유가 내지르는 창의 빠름에 비해서 진태가 휘두르는 칼의 속도는 눈에 보이게 뒤졌다.

한 합, 두 합, 세 합……창과 칼이 불꽃을 튀겼다.

허공을 울리는 강유의 창 끝을 얼른 피하는 순간, 진태의 귓불이 떨어져 나갔다.

'안 되겠다!'

진태는 정신없이 말머리를 돌렸다.

달아나는 진태.

뒤쫓는 강유.

다같이 급한 여울을 달리는 가벼운 배와 같았다.

와아아!

적과 아군, 창과 칼, 기와 기, 호통소리와 부르짖는 소리.

우두산 아래에서 위군과 촉군이 정면으로 격돌하는 수라장이 벌어졌다.

그 싸움은 한 시간이 채 안 되어 승부가 뚜렷해지기 시작했다.

위군은 산꼭대기까지 도망쳐 그곳에 진을 치고, 촉군은 강유의 지휘 아래 산기슭에 이를 포위하는 진을 쳤다.

강유의 다음 문제는 어떻게 해서 진태를 굶주리고 목마르게 하여 마침내는 항복시키느냐였다.

공교롭게도 우두산 꼭대기에는 샘물이 괸 못이 있었고 수풀 속에는 짐승들과 새들이 많이 있었다.

"도독…… 여기서 장기전을 펴는 것은 다시 재고할 일입니다. 산 중턱을 향해 공격해 올라간다면 군사를 많이 잃게 될 것이고, 또 이렇게 포위하고 날짜만 보내면 결국 적의 원군이 우리 배후를 찌를 염려가 있습니다.”

하후패가 충고했다.

강유는 하후패의 말이 옳다고 여겼다. 그러나 여기서 이대로 물러나면 군사의 사기가 떨어진다고 생각하였다.

사마의가 곽회에게 보낸 편지 속에는 촉군을 붙들어 두고 뜻밖의 계책으로 이를 공격하도록 일러두었을 것이 틀림없었다.

‘승상이라면 어떻게 하셨을까?’

강유는 공명에게서 배운 병법을 생각해 보았다.

‘그렇다! 적이 우리 군을 여기에 붙들어 두는 계책으로 생각할 수 있는 것은, 첫째로 양도를 끊는 것이다!’

강유의 추측은 옳았다.

“곽회가 대군을 거느리고 조수(洮水)로 나와 우리 군의 양도를 끊었습니다.”

정탐으로부터 급보가 들어왔다.

“역시 그랬었구나.”

강유는 하후패를 불러 선봉을 명하고 자신은 후비가 되었다.

진태는 강유가 진을 푼 것을 내려다보며 몹시 기뻐했다.

“적은 양도가 끊긴 것을 알고 후퇴한다! 다섯 패로 나뉘어 비탈을 달려 내려가 촉군을 단숨에 무찌르자!”

이리하여 강유는 얼마 안 되는 군사를 가지고 다섯 패로 덮쳐 들어오는 성난 파도 같은 적병과 맞서는 불리한 싸움을 벌이게 되었다. 적은 군사로 많은 적의 공격을 피하는 것은, 죽은 공명이 가장 잘쓰는 전술이었다. 그리고 그 귀신 같은 전법을 강유는 배워 알고 있었다.

강유는 산천과 초목을 교묘히 이용해서 다섯 패의 적을 끊임없이 괴롭히며 후퇴를 계속했다. 이렇게 가까스로 조수에 이르자 이번엔 곽회가 이끄는 대군이 온통 땅을 뒤덮고 밀어닥쳤다. 강유가 이 대군 속을 뚫고 나간 것은, 기적이 아니면 공명의 영혼이 보살펴 준 덕분이었을 것이다.

태반이나 군사를 잃고 자신도 상처를 입은 채 강유는 양평관으로 달렸다. 그래도 정신은 맑았다.

강유는 양평관을 지키는 장병들에게 부르짖었다.

"적이 공격해 온다!"

그렇게 외치는 소리가 사라지기도 전에 갑자기 오른쪽 숲속에서 땅에서 솟아나듯 뛰쳐나온 인마가 있었다.

"강유 듣거라! 여기가 네 죽을 곳인 줄 알라!"

가슴을 펴고 소리쳤다.

소리치는 자는 사마의의 큰아들인 표기장군 사마사였다. 강유 같은 용장이라면 곽회나 진태에게 무참히 죽는 일은 없을 것으로 보고 앞질러 이 양평관으로 와서 기다리고 있었다.

지친 데다가 상처까지 입은 강유의 두 눈에는 사마사의 얼굴이 두 겹 세 겹으로 비쳤다.

사마사는 보통 사람과는 다른 모습을 갖추고 있었다. 그 윤곽은 보름달처럼 둥글었고, 코와 귀가 크며, 입술은 유별나게 두꺼웠다. 게다가 왼쪽 눈 밑에 수십 개의 검은 털이 바늘처럼 돋아나 있는 검은 혹이 달려 있어서 한 눈에도 특이해 보였다.

"음!"

두 눈을 눈시울이 찢어지도록 크게 뜬 강유는, 그 특이한 모습을 바라보는 순간 이상한 힘이 온몸에 불끈 솟아나는 것을 깨달았다.

"사마사가 바로 너냐?"

"그렇다. 일찍이 위나라에 벼슬하고 있던 네 녀석인지라, 만일 마음을 돌려서 항복해 온다면 정중히 맞아 주겠다."

"우습다!"

강유는 내뱉었다.

"사마사 듣거라! 네놈의 얼굴은 냉혹하고 잔인한 역적의 상을 드러내고 있다. 그런 악당을 사람으로 대할 이 강유가 아니다!"
사마사는 비웃었다.
"지쳐 비틀거리는 주제에 나와 맞서 싸울 수 있겠느냐?"
"역적의 상을 지닌 어린 너에게 이 강유가 질 것 같으냐?"
강유는 사마사를 향해 천천히 말을 몰았다.
사마사는 한칼에 문제없이 강유의 목을 칠 자신이 있었다. 건방진 생각만은 아니었다. 사마사는 20명과 맞먹는 힘을 가진 장사였고, 창술과 검술에 능했으며, 배짱은 사마의보다 한층 컸다. 더구나 이번 전투에 대비하여 충분히 체력과 정신력을 키워 놓고 있었다.
그에 반해 강유는 완전히 체력이 소모되어 있었다. 다만 이상한 정신력이 상처 입은 온몸에서 솟아오르고 있을 뿐이었다.
그러나 정신력만으로는 사마사 같은 젊고 패기 있는 적과 싸워 이길 수는 없다.
강유는 그저 담담한 심정으로 말을 몰았을 뿐이었다.
그러자 갑자기 강유가 타고 있는 말이 땅을 박차고 마치 날개라도 있는 것처럼 허공으로 뛰어올랐다.
"네놈이!"
사마사가 칼을 높이 휘둘렀으나 강유의 날쌘 말은 그 위를 날아 지나갔다.
사마사는 믿기 어려운 광경에 화가 불끈 치밀었다.
"게 섰거라!"
미친 듯이 그 뒤를 쫓았다. 그러나 강유를 태운 천리마는 천마(天馬)가 하늘을 날 듯 양평관 문 안으로 들어가고 말았다.
"빌어먹을! 이따위 성 하나쯤 당장 짓밟아 버리고 말 테다."
사마사는 숨겨 둔 10만 군사에게 일제히 공격을 명령했다.
넘치는 바닷물이 밀어닥치듯 양평관 성벽으로 몰려갔다. 그러자 이제나저제나 하고 기다리고 있던 촉병이 숨겨 두었던 노궁(弩弓) 을 일제히 쏘아댔다.

하나가 한번에 10개씩 화살을 쏘아 보내는 활이다. 이것은 공명 이 비밀리에 설계하고 제작한 것으로 그 자신도 한 번도 써 본 일이 없는 신무기인 연노(連弩)였다. 날아가는 화살의 위력도 보통 것보 다 훨씬 강했다.

수천 개의 화살이, 한 줄로 늘어서서 번갯불 같은 속도로 밀려오 는 위나라 병마를 향해 날아들었다.

게다가 화살에는 무서운 독이 칠해져 있어서 살짝 스치기만 해도 사람과 말의 목숨을 앗았다.

연노는 10개의 화살을 한 번만 쏘는 것이 아니다. 몇 초가 지나기 도 전에 다음 번 10개가 계속 날아가도록 장치되어 있었다.

연노의 위력은 엄청났다. 연노를 쏘아 대는 촉나라 군사들조차 어 안이 벙벙해질 정도였다. 새까맣게 몰려들던 위나라 대군은 인마를 가릴 것 없이 그 자리에 넘어졌다. 위군은 삽시간에 2만여 명이 죽 었다. 사마사는 분에 못이겨 이를 갈면서도 하는 수 없이 독화살의 사정거리 밖으로 후퇴해야만 했다.

그리고 사마사도 역시 병략(兵略)을 아는 장군이라 '이롭지 않은 싸움은 오래 하지 않는다'는 원칙에 따라 군을 돌렸다.

사마사의 군이 물러가는 것을 보면서도 강유는 추격하지 않았다. 병법에 역시 '스스로 돌아가는 적은 쫓지 말라.' 했기 때문이다. 그 대신 강유는 깊이 자기 반성을 했다. "비위의 말처럼 내 능력은 역시 돌아가신 제갈 승상의 10분의 1 에도 미치지 못한다. 공격할 적과 공격하지 말아야 할 적의 구별 도 못하다니……." 공명은 생전에 강유에게 간곡하게 가르쳤다.

‘옛날부터 용병술에 뛰어난 명장은 반드시 적의 상황을 먼저 조사하여 싸울 것인지 싸워선 안 되는지 판단했다.

적이 다음과 같은 상황에 있을 때에는 단호히 싸워야 한다.

멀리 와서 병사가 지치고 식량도 모자란다. 전국 백성이 군사를 일으킨 부담에 신음하고 있다. 군령이 철저하게 지켜지지 않는다. 무기, 공성(攻城) 기구가 부족하다. 일관된 작전 계획이 없다. 구원이 없고 고립되어 있다. 상관이 부하 장병을 아끼지 않는다. 상벌이 모호하다. 군 전체가 제대로 통제되지 않는다. 싸움에 이긴 다음 교만해져서 방심하고 있다.

이 조건은 아군에게도 적용된다. 아군이 이런 조건이라면 거꾸로 적의 공격을 받게 된다.

적이 다음의 상황에 있을 때에는 공격해서는 안 된다.

어질고 유능한 인재를 등용하고 있다. 식량이 충분하다. 무기·장비가 우수하다. 다른 나라와 우호 관계를 맺고 있다. 큰 나라가 후원하고 있다.’

말하자면 공명은 전술가라기보다 전략가였다. 적어도 한 나라의 운명을 짊어진 대장군이라면 이만한 전략을 가지고 있어야 했다.

강유는 이 점을 반성해야 했다. 따라서 공명의 이런 가르침이 생각났다.

‘나라의 가장 크고 급한 일은 국방이다. 비록 조금이라도 국방에 소홀함이 있다면 반드시 돌이킬 수 없는 사태를 불러들일 것이며, 적의 공격에 대패하고 국토를 유린당하게 되리라. 참으로 허술히 할 수 없는 것이 국방이다.

그러므로 곤란에 부딪히면 군신(君臣)이 더불어 침식을 잊다시피 대책을 의논하고 유능한 인물을 뽑아 총대장으로 임명하는 것이다.

만일 눈앞의 평화에 익숙해져 장차 닥칠 위난에 대한 대비를 게

을리하고, 적의 공격 위험이 있는데도 태평하게 있다면 어떻게 될 것인가! 그것은 마치 제비가 천막 안에 집을 짓고 물고기가 솥 속에서 놀고 있는 것과 같은 위험한 상태로 멸망이 머지않으리라. 「좌전(左傳)」에도 이와 같이 씌어 있다.

　대비가 되어 있지 않은 때에는 전쟁을 해서는 안 된다(不備不虞 不可以師). 먼저 반석 같은 대비를 한다. 이것이 옛날의 어진 정사였다. 벌이나 전갈과 같은 저 조그마한 벌레라도 몸을 지키는 수단으로서 바늘이나 독을 가지고 있다. 하물며 한 나라는 평소의 대비에 마음을 쓰지 않으면 안 된다.'

대비가 없다면 아무리 대군을 가지고 있더라도 믿을 것이 못된다. 그야말로 유비무환(有備無患)인 것이다. 공명이 말한 유비무환은 「춘추좌전(春秋左傳)」에서 나온 말이다.

　강유는 마땅히 촉나라를 굳게 지키고 좀더 양병(養兵)을 했어야 했다.

　강유에 비해 사마의는 너무도 노련한 병략가였다.

　강유가 공명에게 훈련되었다면, 사마의는 조조에게 단련되었다.

　사마의는 조조에게 배운 병략을 조씨 일문을 멸망시키는 데 사용했다.

　그것은 마치 바둑의 정석(定石)과 같다고 말할 수 있다.

　사마의는 무력 혁명을 일으켜 조상 일파를 제거했지만, 곧장 조방을 몰아내지는 않았다.

　몰아낼 힘이 없어서가 아니라 정석을 좇는 것이었다.

　조조도 생전에 한실을 찬탈하지는 않았다. 사마의도 그럴 작정이었다.

　서두르면 안 된다. 감이 스스로 농익어 떨어지기를 기다려야 그 정권이 오래 간다.

세력만 믿고 그대로 찬탈한다면 그렇지 않아도 불만인 구세력이 가만히 있을 리 없다.

구세력의 소탕을 서서히, 그것도 완전히 끝마쳐야만 새왕조를 열 수 있다.

위나라 가평(嘉平) 3년(251), 수춘(壽春)에 주둔하고 있었던 정동장군 왕릉(王凌)이 초왕 조표(曹彪 : 조비의 아들)를 받들고 군사를 일으켰다.

이때 사마의는 그의 장기(長技)인 모략을 유감없이 발휘했다.

사마의는 왕릉에게 반란의 움직임이 있음을 알자, 먼저 천자의 조서를 발표하여 그 그릇됨을 천하에 공표했다.

이런 때 이용하기 위해 천자를 그대로 남겨두고 있었던 것이다.

허수아비라도 천자의 명령은 곧 하늘의 말이다.

천자를 업고 있는 쪽이 관군이고 그와 맞서는 쪽은 역적이다.

이 심리적 부담은 엄청나게 크다.

사마의는 천자의 조서로 대의명분을 세우고 그런 다음 왕릉에게

'그대의 잘못을 용서하노라.'

천자의 조서를 전달케 했다.

왕릉은 이 조서를 받고 동요했다. 조서라는 심리적 압박을 감연히 물리치고 군을 일으키려면 필승의 신념이 있어야 한다. 패하면 역적이지만 이기면 오히려 상대를 역적으로 몰아칠 수 있다.

사마의는 이러한 인간 심리를 환히 꿰뚫어 보고 토벌군을 일으켜 몸소 진두에 서면서 한편으로는 왕릉을 달래는 편지를 보냈다.

즉 이 해 4월, 사마의는 가장 막강한 정예를 이끌고 강을 내려가 겨우 9일 만에 감성(甘城)에 이르렀다.

대군의 신속한 출동에 자신을 잃은 왕릉은 앞서 받은 사마의의 친서에 달콤한 환상을 품게 되었다.

"설마 그가 나를 죽이기야 하려고?"

그는 무구(武丘)까지 사마의를 마중나갔고 스스로 뒷결박을 하고서 중달 앞에 나갔다.

"저를 의심하신다면 도읍까지 소환하면 될 텐데 노공께서 일부러 오시다니 죄송합니다."

"아닐세. 내 소환에 응할 그대가 아닐 테지."

사마의는 차갑게 말하고는 왕릉을 도읍으로 압송하도록 했다.

일행이 도중에 가규(賈逵)를 모신 사당 앞에 이르렀을 때 사건이 일어났다.

가규는 자를 양도(梁道)라 했고 하동 양릉(襄陵) 사람이다. 홍농(弘農) 태수일 때 조조에게 인정받아 발탁되고 그의 참모가 되었다.

조조가 죽자 그의 장례식 집행 책임자가 되었다. 그 뒤 조비를 섬겼고 예주자사로 나가자 명행정관으로 백성들의 존경을 한몸에 모았다. 다시 명제 조예를 섬기며 오나라 토벌에 힘썼지만 병으로 죽었다.

죽은 뒤 사람들이 그 덕을 기리며 사당을 세우고 제사를 지냈다.

왕릉은 가규 사당 앞에서 별안간 외쳤다.

"가규님의 혼백이 있다면 들어주시오. 이 왕릉이 병을 일으키려 했던 것은 위나라 사직을 위해서였소!"

왕릉은 그날 밤 독약을 먹고 스스로 목숨을 끊었다.

한편 사마의는 왕릉의 거병에 가담한 자들을 남김없이 체포하여 반역죄로 그 삼족을 죽였고 조표마저 주살했다.

그리고 반란이 계속 발생하는 것을 막기 위해 위나라 조씨의 핏줄을 이어받은 왕공들을 모두 업에 모아 감금시키고 서로 연락도 못하게 만들었다.

이로써 조씨 왕조는 실질적으로 멸망한 것이나 다름없었다.

낙양으로 돌아온 사마의는 이해 6월 갑자기 병으로 쓰러졌다. 갑자기 심한 현기증이 일어나며 의자에서 떨어져 의식을 잃었던 것이다. 의식을 되찾았을 때 사마의는 손가락 하나 까딱할 힘도 없었다. 정신은 멀쩡했지만 혀가 굳어 말이 잘 되지 않았다.

'내 목숨이 다하다니!'

어지간한 사마의였지만 두 눈에 눈물이 어렸다. 역시 인간이란 죽음을 두려워하기 마련이다.

죽음을 두려워하지 않고 천문을 보고서 자기 죽을 시기를 안 것은 오직 공명뿐이었다. 사마의도 천문에 능했다. 그러나 자기 수명을 점치는 것만은 피해 왔다. 두려웠기 때문이다.

그는 허수아비 임금을 위에 앉혀 놓고 위나라 정치를 마음대로 휘둘렀다. 절대권력자의 위치에 앉게 되자 오직 무서운 것은 죽는 일뿐이었다. 그래서 그는 일부러 죽는 날을 알려 하지 않았던 것이다.

그런데 이렇게 갑작스레 죽음의 신이 맞으러 올 줄이야!

'공명이란 녀석! 죽은 영혼까지 내 앞길을 막으려는 건가?'

문득 그런 생각이 사마의의 머리를 스치고 지나갔다.

'아니다! 나는 쓰러지기는 했지만 아직 죽지는 않는다! 손발을 놀리지 못하는 것은 비밀에 붙여두고 두 자식에게 대신 일을 맡기기로 하자.'

사마의도 역시 번민하는 평범한 인간이었다. 지금이 죽을 시기라고 생각하고 싶지는 않았다. 더 살고 싶었다. 명의를 찾아 이 병을 고치면 독재자의 자리를 그대로 유지할 수 있지 않은가.

사마의는 자신에게 이렇게 힘주어 말했다.

'기어코 일어나고야 만다!'

그런데 꿈에 가규와 왕릉이 나타났다. 그때마다 사마의는 가위눌리곤 했다.

'나는 쓰러졌지만 죽지는 않는다.'

사마의는 거듭거듭 자신을 격려했다. 그러나 죽음은 싸워 이길 수 있는 적이 아니다. 마침내 사마의는 죽음이란 적에 대항하는 자신의 어리석음을 깨달았다. 그러자 자기가 죽은 뒤의 일을 두 아들에게 유언할 결심이 섰다.

사마사와 사마소, 그리고 사마간이 나란히 머리맡에 서자, 뼈만 앙상한 사마의는 마지막 힘을 다해 유언했다.

"……나는 태부·승상의 지위까지 올랐다. ……그래서 많은 사람들은 언젠가는 임금의 자리에 올라 촉나라와 오나라를 병합하여 …… 천하를 하나로 통일할 것이라면서 두려워하고 있었다. …… 사실 내 마음 속에 그같은 야망이 숨어 있었던 것을 부인하지는 않는다. ……사람이란 지위가 높으면 높을수록, 권력이 더해지면 더해질수록 야망도 따라 커지는 속된 물건이다. ……너희들은 이 아비가 볼 때 아비만 한 역량이 없다. 그러므로 내가 죽은 뒤 자신의 분수를 알아 정사에 임해 주기 바란다."

세 아들은 공손히 머리를 숙였다.

사마의는 눈을 감고 한참 침묵을 지키고 있다가 다시 말했다.

"나는 너희들의 운명에 대해 점치는 일을 일부러 피해 왔다. 그러므로 너희들의 앞날에 어떤 행운이 있고 불행이 있을지 나는 모른다. ……지금은 다만 너희들이 힘을 합쳐 위나라를 지켜 나갈 것을 바랄 뿐이다."

사마의가 죽은 것은 발병한 지 두 달 만인 8월 어느 날이었다. 향년 73세.

황제 조방은 흰 상복을 입고 조문을 하러 왔으며 장례식은 한나라 곽광(霍光)의 전례를 좇아 성대히 올리라고 지시했다.

그리고 생전의 공로를 기려 상국(相國)의 관위를 추증했다.

그러나 동생 사마부(司馬孚)는 돌아간 형님의 유언이라면서 군공의 추증과 온량거(輼輬車 : 천자의 장의차)를 하사한다는 칙명을 사양했다.

두 아들

사마사·사마소 형제는 황제 조방(曹芳)에게 아버지의 죽음을 보고한 다음 위(魏)나라 전역에——

　승상 사마의(司馬懿)는 죽었으나 그의 아들 사(師)와 소(昭)가 있으므로 정사에는 조금도 어려움이 없노라. 마음놓고 저마다 맡은 일에 충실하라.

이런 조칙의 방을 붙이게 하여 자기들의 존재와 권력을 과시했다.
　사마사는 무군대장군(撫軍大將軍)에 봉해져 국가 기밀을 한 손에 쥐는 상서기밀대사(尙書機密大事)가 되고, 아우 사마소는 표기상장군(驃騎上將軍)에 승진되었다.
　어느 날 사마사는 사마소와 점심을 들면서 아우에게 물었다.
　"아우는 아버지의 유언을 어떻게 생각하나?"
　"말씀 그대로 생각하고 있을 뿐입니다만……."
　"아버지께서는 이렇게 말씀하셨어. '너희들은 이 아비만한 역량을 가지지 못했다'고 말이야. 이건 아버지가 우리를 과소평가하신 거지 뭔가."

"그렇다면?"

"말하자면 나나 아우나 아버지 이상의 역량을 가지고 태어났을지도 모른다 그말이지. 그렇게 생각한 적은 없는가?"

"아니오, 아직. 그건 불손한 생각 같은데……."

사마소는 고개를 저었다.

"아버지 이상의 역량을 가졌다면 아우는 어떻게 하겠는가?"

"글쎄요……?"

"나 같으면 큰 목적을 향해 곧바로 달려가겠다!"

사마사는 그렇게 큰소리치고는 의미심장한 미소를 떠올렸다.

"형님께서 그런 결심을 하신다면 저도 굳이 반대하지는 않겠습니다."

"음. ……아버지는 우리들의 앞날을 점치지 않으셨다고 했지만 실은 점치고 있었는지도 몰라. 내가 왕공의 자리에 앉는다든가……."

"형님!"

"하하하……. 글쎄 이 사람아. 어찌 됐든 이 위나라를 등에 짊어지고 있는 것은 우리 형제라는 것을 잊지 말게!"

사마사의 가슴 속에는 아버지가 죽는 순간부터 커다란 야망이 고개를 쳐들기 시작했다.

오나라에서는 일대의 영걸 손권이 죽고 제갈각(諸葛恪)이 어린 천자를 받들고 전권을 잡았다.

손권은 오나라 태원 2년(252) 2월에 죽었다. 사마의보다 여섯 달 뒤에 죽은 것이다.

손권이 죽던 해였다. 갑자기 남쪽 바다를 건너온 강한 바람이 육지를 바다로 만들 것처럼 무서운 비를 몰고 와 오나라 전역을 덮쳤다.

그로 인해 장강 전역이 범람해서 연안 수백 리 들판이 물에 잠기고 말았다.

말이 강이지 장강은 바다처럼 드넓다. 이쪽 언덕에서 맞은편 언덕이 보이지 않을 정도로 넓다.

그 큰 강의 둑이 끊어졌을 때의 참상은 상상조차 할 수 없을 정도였다.

작은 산만한 오왕 역대의 능묘들이 단숨에 물에 휩쓸려 흔적마저 없어졌다.

홍수는 수도 건업 성문 남쪽까지 밀고 들어와 그곳 숲을 이룬 소나무·잣나무도 뿌리째 뒤집어엎고 말았다. 물론 물에 빠져 죽은 사람은 헤아릴 수도 없었다.

물이 빠졌을 때 큰 나무는 모두 뿌리가 하늘을 향했고, 논도, 밭도, 큰길도 모두 수렁으로 변해 있었다.

성 안은 역시 수만 호가 물 속에 잠겨 이를 다시 복구하는 데 얼마나 많은 돈과 세월이 걸릴지 짐작조차 할 수 없었다.

후세 사람이 지은 시가 있다.

붉은 수염 푸른 눈 영웅으로 불리며
신하들 어루만져 충성 다하게 부렸네
제위 24년 동안 대업을 일으켰으니
용이 서리고 범이 웅크리듯 강동을 지켰네

위대한 손권이 죽고 난 다음, 태부 제갈각은 손량을 황제의 자리에 앉혔다.

그리고 전국에 대사령을 내려 많은 정치범들을 감옥에서 풀어놓았다. 연호를 건흥(建興) 원년(252)으로 고쳤다. 손권의 시호를 대

황제(大皇帝)라 하고 장릉에 장사지냈다. 손권의 능은 이제까지의 오나라 어느 황릉보다 두 배나 큰 규모였다.

'오왕 손권 죽다!'

이 보고는 위나라 조정을 기쁘게 만들었다.

"오나라를 치려면 지금이 가장 좋은 때다."

대장군 사마사는 좋아 날뛰며 외쳤다.

상서 부하(傅嘏)가 고개를 갸웃거리며 다른 의견을 말했다.

"오나라가 육손이 죽은 뒤에도 오늘날까지 그 위력을 유지하고 있는 것은 많은 군사를 거느리고 있기 때문이 아닙니다. ……즉 장강이란 천험에 의해 지켜지고 있기 때문입니다. 선제께서도 자주 오나라를 치려 했으나 끝내 치지 못하고 만 것은 이 장강이 가로놓여 있기 때문이었습니다. 손권이 죽었다고 해서 당장 쳐들어가기는 좀 이른 것 같습니다. 지금은 차라리 국경의 수비를 튼튼히 하고, 서서히 공략할 계책을 세우는 것이 어떨까 싶습니다."

"아니, 그렇지는 않소!"

사마사는 힘주어 부인했다.

"하늘의 운은 30년마다 한바퀴씩 돌게 되어 있소. 이제 중국 대륙의 삼국 분립은 서서히 무너져 가고 있소. 나는 먼저 오나라를 쳐서 없앨 생각이오."

이에 이어 아우 사마소도 주장했다.

"손권이 죽고 열 살 어린아이가 황제의 자리에 오른 지금이 가장 좋은 때입니다."

이리하여 정남대장군(征南大將軍) 왕창(王昶)에게는 10만 군대로 남군(南郡)을 공격하게 하고, 정동장군(征東將軍) 호준(胡遵)에게는 역시 10만 군대로써 동흥(東興)을 치도록 하였다. 다시 진남도독 관구검(毌丘儉)에게도 같은 수의 병마를 주어 무창(武昌)을 치도록 했다.

30만 대군이 세 방면에서 일제히 치기 시작한 싸움은 위나라로서는 십 몇 년 만이었다.

사마사는 사마소에게 이 30만을 통솔하게 했다.

말하자면 이것은 사마씨 형제의 독단이었다.

겨울이었는데도 오나라 국경은 북쪽에 비해 따뜻했다.

사마소는 양주를 지나 국경에 이르자 왕창과 호준·관구검을 본영으로 불러들였다.

"오군이 우리와 대적하여 건업을 지키기 위해서는 등흥을 굳게 다지지 않으면 안 되오. 따라서 지금 적은 그곳에다가 거대한 둑을 쌓고 몇 개인가의 외성과 진지를 구축하여, 우리 군이 소호(巢湖) 뒤쪽으로 도는 것을 막고자 기를 쓰고 있소."

정탐들이 그렇게 보고해 왔던 것이다.

"그러므로 장군들은 이 점을 명심하고 전략을 짜야만 하오."

먼저 왕창과 관구검이 각각 1만 군사를 거느리고 좌우 강쪽으로 나아가 진을 쳤다.

"호 장군은 선봉이 되어 군사를 세 패로 나눠 공격하도록 하오.",

공격하려면 부교(浮橋)를 놓고 건너야만 했다. 부교는 작은 배를 마주 붙여 만들었다.

동흥의 긴 둑을 점령하면, 거기에서 오나라 수도까지는 가까운 거리이다.

둑을 점령하기 위해서는 솟아 있는 성을 함락시켜야만 했다.

공명심에 불타는 호준은 세 패로 나눈 10여만의 군세로 성난 파도처럼 밀고 들어갔다.

이에 대해 오나라에서는 태부 제갈각이 위나라가 30만 대군으로 쳐들어온다는 급보를 받고 모든 무장들을 대궐로 불러들였다.

"각자의 의견을 듣고 싶소."

제갈각은 공명의 조카였다. 역시 군략가로서의 역량을 갖추고 있었고, 또 풍격도 있었다.

평북장군(平北將軍) 정봉(丁奉)이 맨 먼저 입을 열었다.

"동흥이야말로 우리의 첫째 요충입니다. 말하자면 구심점이 될 만한 곳이니, 이곳을 앗기게 되면 자연 남군과 무창이 적의 손에 떨어지게 됩니다."

"바로 맞았소. 장군은 수군 3천을 이끌고 장강의 이곳저곳을 수비해 주시오. ……여거(呂據)와 당자(唐咨)·유찬(留贊) 세 장군에게는 저마다 기병 1만을 주어 정 장군을 후원하게 하겠소. 연주포(連珠砲)를 신호로 일제히 역습으로 나가는 거요. 절대로 시기를 놓쳐서는 안 되오. ……나도 중군을 이끌고 뒤따라가겠소."

정봉은 3천 명 수군을 배 30척에 나눠 태우고 장강을 나아갔다.

위의 선봉장 호준은 기나긴 부교를 마침내 장강에 걸었다.

3만이 넘는 작은 배가 마주 이어진 것이다. 이 광경은 도저히 형용하기 어렵다. 맞은편 기슭이 보이지 않는 강물 위에 떠 있는 배다리는 그 자체가 장관이었다.

위나라 군사는 작은 배에서 작은 배로 건너 긴 둑 위로 달려올라 갔다.

환가(桓嘉)·한종(韓綜) 두 장수가 좌우 두 성을 향해 군사를 몰고 들이쳤다.

왼쪽 성은 전단(全端)이 지키고 오른쪽 성은 유략(留略)이 지키고 있었다.

모두 난공불락의 태세였다. 환가와 한종, 두 장군이 이끄는 군대가 함성을 올리고 먼지를 말아올리며 몰려와 공격했으나 꿈쩍도 하지 않았다.

5일, 10일, 15일, 밤낮없이 위군의 공격이 숨가쁘게 계속되었지만 두 성 모두 무너질 기미는 조금도 보이지 않았다.

그야말로 오군은 성을 죽음으로써 지켰다.

호준은 서당(徐塘)에 본진을 두고 공격을 잠시도 멈추지 않았다.

그러는 가운데 마침내 한겨울의 무서운 추위가 땅을 뒤덮었다.

차가운 눈발이 논밭은 물론 허공을 메우고 휘날렸다.

호준은 하는 수 없이 공격을 일시 멈췄다.

"강을 거슬러 올라오는 30척의 배가 보입니다."

이런 보고가 들어왔다.

호준은 급히 본진을 나와 둑 위로 올라서 보았다.

눈은 그치고 납빛 구름이 낮게 낀 오후였다.

보고대로 이쪽을 향해 30척 남짓한 배가 올라오고 있었다. 벌써 기슭에 닿은 배에서는 100명 남짓한 군사가 뛰어내리고 있었다.

"흥, 파리가 두세 마리 날아온 거나 다름없지 않은가!"

얼큰히 술에 취해 있던 호준은 어이없다는 듯이 내뱉고는 장막 안으로 되돌아갔다.

"2천이나 3천 정도의 작은 군사가 달라붙어 보았자 무슨 소용이 있겠는가. 개죽임을 당할 것밖에 더 있느냐."

이렇게 비웃고는 서너 명 무장을 감시하도록 내보내 두고 벌인 술잔치를 계속했다.

오나라 수군 3천은 고르고 고른 일기당천의 용사들이었다.

"알겠느냐! 사나이로 태어나 공명을 세워 장군이 되는 것도, 안 되는 것도 그대들의 활약에 달렸다!"

정봉은 장병이 전원 언덕에 오르자 이렇게 격려하고 다음과 같이 명령했다.

"군사들은 갑옷과 긴 창을 버려라. 모두 단검만을 품고 가장 민첩하게 움직일 수 있는 차림을 하여라! 그리고 추위는 투지로써 물리치도록 하라!"

그때 또 눈발이 날리기 시작해 앞을 가렸다.

둑 위를 수비하는 위나라 장수와 군사들은 강기슭의 이같은 광경을 바라보며 생각했다.

‘혹시 저 놈들은 항복하러 온 것 아닐까?’

딴은 이 무서운 추위 속에, 한여름철의 옷차림을 한다는 것은 반항하지 않겠다는 뜻으로 볼 수도 있었다.

그때 ‘타앙!’ 하고 연주포가 터졌다.

그것을 신호삼아 정봉을 선두로 단검을 품에 감춘 3천 수병이 둑 위를 질풍처럼 치달렸다.

그들은 굳게 침묵을 지키고 쏟아져 내리는 눈을 눈가림 삼아 달려 올라왔다. 그 때문에 위군 쪽은 추위를 못견뎌 그러는 것이라고 멋대로 풀이하고, 아무런 방비 태세도 갖추지 않은 채 그들을 바라만 보고 있었다.

오나라 수병들에게 그런 위군을 공격하는 일은 허수아비를 찌르는 것처럼 쉬웠다.

“기습이다!”

위병들이 울부짖었을 때는 벌써 늦었다.

삽시간에 1만여 명이 찔려 죽었다.

결사대장인 정봉은 곧장 한종을 향해 달려들었다. 상대가 창을 집어들 겨를도 주지 않고 목을 꿰뚫었다.

“네놈이!”

환가가 왼쪽에서 달려와 긴 창을 쑥 내밀었다. 정봉은 나는 새처럼 몸을 피하며 창자루를 두 토막 냈다.

“틀렸다!”

못당하겠다고 달아나는 환가.

정봉은 두 도막이 난 창을 집어들자 그의 등을 바라보고 힘껏 던졌다. 창은 환가의 등에 꽂혔다.

비틀거리며 여전히 달아나려는 환가를 따라잡은 정봉은 단검이 한 번 번쩍하는 사이 그의 목을 날렸다.

오나라 수군 중에서 뽑힌 일기당천의 용사들은 휘몰아치는 눈보라 속에서 위군 진영을 종횡무진 설치고 돌아다녔다.

위군 선봉 총대장인 호준은 무참하게 무너진 자기 진지를 버틸 길이 없었다.

"지금으로선 달아났다가 다시 공격하는 계책을 세울 수밖에 없다."

호준은 비겁한 줄 알면서도 마침내 말에 뛰어오르자 눈내리는 들판으로 혈로를 열고 달아나버렸다.

그러지 않아도 투지를 잃은 데다 총대장마저 달아나고 만 위나라 군사들은, 그야말로 오합지졸이 되어 그저 갈팡질팡할 뿐이었다.

오나라 수병들에게는 매가 참새를 덮치는 거나 다를 것이 없었다.

위군들이 달아날 수 있는 방법은 장강에 걸쳐 놓은 부교 위를 뛰어 건너 맞은편 기슭으로 가 닿는 길밖에 없었다.

그러나 작은 배를 맞붙인 부교는 오나라 결사대에 의해 한쪽이 무참하게 끊겨나갔다.

부교를 건너려고 눈사태처럼 모여든 위나라 군사들은 떠밀려 물에 빠져 죽는 사람, 작은 배에 올라탄 채 정처없이 떠내려가는 사람, 화살을 맞고 피투성이가 된 몸으로 뱃바닥에 눕고 마는 사람, 그 참상은 말로 형용할 수 없었다.

눈 덮인 물에서 죽은 군사 수도 자꾸만 늘어나 헤아릴 수조차 없었다.

위군이 참패한 광경은, 일찍이 조조가 이끈 대군이 제갈공명의 기책에 따라 오나라 화선(火船)의 공격을 만나 적벽에서 전멸당했을 때의 모습과도 비슷했다.

말하자면 위나라는 적벽의 패배를 두 번째 맛보는 셈이었다.

총사령관인 사마소는 왕창·관구검과 함께 이 동흥의 참패를 보고받자 지난 날의 적벽 참패를 떠올리지 않을 수 없었다. 퇴각 결정을 내렸다.

"지금은 철수할 수밖에 없다."

오나라에서는 제갈각이 중군을 거느리고 동흥에 이르러 이 대승리를 직접 눈으로 구경했다.

장병들에게 저마다 그 활동에 따른 은상을 내린 다음, 모든 장수들을 소집하여 말했다.

"사마소는 일단 멀리 물러갈 것이다. 이 대승리로 인해 사기가 왕성해진 지금이야말로 우리 군이 중원으로 진격할 좋은 때라고 생각한다."

장연(蔣延)이 말했다.

"중원을 제압하기 위해서는 촉나라의 도움이 필요한 줄 압니다."

"당연한 이야기다."

제갈각은 직접 편지를 써서 사자를 강유에게 보냈다.

　　지금 장군께서 대군을 중원으로 내보내 주신다면, 의나라를 멸망시켜 천하를 둘로 나눌 수 있을 것으로 생각합니다.

이러한 청에 대해 강유는 곧 쾌락한다는 회답을 사자에게 들려보냈다.

"됐다! 중원은 벌써 내 수중에 든 거나 다름없다!"

제갈각은 큰소리쳤다.

위나라는 사마의가 죽고 임금 조방은 허수아비에 지나지 않았다.

오나라에서는 손권과 육손이 죽고 없었다.

"제갈각이 다 뭣하는 놈이냐!"

위나라 사마사가 볼 때, 얕잡아보아도 이상할 것은 없었다.

또 오나라 제갈각의 입장에서는——

"사마사 같은 거야 조금도 무서울 것이 없다."

이렇게 말하는 형편이었다.

당연히 양쪽은 서로 상대를 깔보고, 싸우면 반드시 자기들이 이긴다는 확신을 갖고 있었다.

제갈량이 사마의를 두려워하고, 사마의가 제갈량을 두려워하면서도 서로가 흥망을 건 결전에 임했던 것과는 그 생각하는 바탕이 근본적으로 달랐다.

오나라에서 자타가 공인하는 인물 제갈각은 이때 51세였다. 원숙기에 있었다.

그는 동흥의 대승리로 말미암아 사람이 갑자기 교만해지고 말았다.

그는 위군의 전력(戰力)을 과소평가하고 해가 바뀌자 곧 대군을 일으켰다.

중신들은 적이 물러갔는데 굳이 대군을 일으켜 전면적인 공세로 나갈 필요가 없다고 반대했지만 제갈각은 여기에 귀를 기울이지 않았다.

더욱이 그는 반대론을 무시하고 동원령을 발동하여 오나라 전역에서 20만 장정을 징발했다.

일찍부터 오나라는 인구 감소로 병력이 심각하게 부족한 상황이었다.

그 동안 인구가 늘었다고는 하지만 20만 동원령은 백성의 생활을 무시한 무리한 동원이었다. 더욱이 오나라는 불과 한두 해 전에 대홍수를 만나 막대한 피해를 입지 않았던가!

그러나 제갈각은 이런 현실을 무시했다. 그리고 이렇게 말했다.

"너무 걱정하지 말게. 우리가 대승리를 거두어 적국의 영민을 한꺼번에 오나라에 옮겨 살게 하면 국력이 증진될 것이 아닌가!"

이리하여 제갈각은 군비를 다시 갖추고 좋은 날을 가려 20만 군대를 이끌고 출전 열병식을 올렸다.

그런데 그날 이른 아침, 북문에서 한 줄기 흰빛이 날아오더니 잠간 사이에 정렬한 20만 군사를 연기 같은 짙은 안개로 둘러싸고 말았다.

보통 안개가 아니고 이상한 냄새를 풍기고 있었다. 마치 군사들 몸을 썩게 만들려고 하는 것만 같았다.

"웬 안개람!"

제갈각은 말에 탄 채 몸이 달아 외쳤다.

순간 타고 있던 말이 비명을 지르며 옆으로 넘어지는 바람에 제갈각은 땅바닥에 나뒹굴고 말았다.

"빌어먹을! 지긋지긋한 놈의 안개가!"

내뱉는 제갈각 옆으로 장연이 더듬듯이 손을 내저으며 찾아왔다.

"태부, 이 안개는 이른바 흰 무지개라는 것으로, 매우 불길한 조짐입니다."

"뭐라구?"

"외람된 말씀이오나 이 흰 무지개는 싸움에서 패할 조짐입니다."

"바보 같은 소리! 나는 미신 같은 건 믿지 않는다!"

"미신이 아닙니다! ……위나라와의 싸움은 뒤로 미루는 것이 좋을 것 같습니다. 이 흰 무지개가 위나라를 칠 시기가 아직 오지 않았음을 가르쳐 주고 있습니다."

"듣기 싫다! 장군은 그 따위 미신을 지껄임으로써 군의 사기를 저하시켰다! 그 죄는 죽음에 해당한다. 각오하라!"

제갈각은 콧대를 얻어맞은 분함을 못이겨 장연을 사형에 처하라는 엄명을 내렸다.

이것은 승전에서 오는 교만함과 높은 지위에 앉아 거만해진 자의 충동적 분노가 아니고 무엇인가. 공명의 조카이고 풍격도 있었지만 인간으로서는 아직 미완성이었다고 말할 수 있다.

장연은 하는 수 없다고 체념하고 태연히 처형장으로 끌려갔다.

"태부! 이 판결은 군사들의 사기를 더욱더 저하시키기 됩니다."

"바라건대 장연의 목을 베는 것만은 용서해 주십시오."
"장연은 훌륭한 사람입니다."
정봉 등 노장들이 번갈아 용서를 빌었다.
제갈각은 문득 정신이 들었다.
"그래. 나 개인의 감정에 휘둘려 독단적인 판결을 내리는 일은 피해야겠지."
하지만 태부로서 일단 사형을 언도한 사람을 본디의 지위에 앉게 하는 것은 법령에 위반된다.
제갈각은 장연의 목을 베는 것만은 면하게 하고 관직을 삭탈하여 평민으로 강등했다.
그래도 출병만은 멈추지 않았다.
20만 대군은 건업을 떠나 전진했다.
처음에도 말했지만 제갈각은 회남(淮南)까지 침공하여 보란 듯이 오나라의 강성한 무력 시위를 하고 주민을 납치하여 오나라 영토에 이주시키려 했다.
그러나 이 작전 계획은 부장들이 반대했다. 노장 정봉이 말했다.
"국경을 넘어 깊이 침공했다 하더라도 주민은 하나 남지 않고 모두 달아나 버릴 것입니다. 그러면 부질없이 장병을 지치게 할 뿐으로써 작전 목적을 달성할 수가 없습니다. 지금은 국경에서 가까운 신성(新城)을 포위하는 게 상책입니다. 신성이 위태롭다 하면 위나라는 반드시 구원군을 보내올 것입니다. 그것을 요격하면 아군의 승리는 의심할 여지가 없습니다."
"장군 말씀이 옳소!"
제갈각은 전군을 신성으로 몰고 갔다.
이때 신성을 지키고 있는 이는 아문장군(牙門將軍) 장특(張特)이었다.
땅을 뒤덮으며 밀어닥친 오나라 20만 대군을 망루에서 바라본 장특은 비장한 소리로 외쳤다.

"군사 하나 남지 않고 다 죽는 한이 있더라도 이 성을 적에게 넘겨 줄 수는 없다! 죽은 영혼이 되어서라도 끝까지 지킬 것이다!"

제갈각은 순식간에 신성을 포위했다.

'신성이 20만 오군에 포위됐다.'

장특이 보낸 급사가 말 다섯 필을 번갈아 타고 낙양에 급보를 전했다.

"신성이 함락되면 남쪽 국경이 모두 침범당한다!"

사마사는 깜짝 놀랐다.

신성은 바로 위·오·촉 세 나라의 접경에 위치해 있었다.

신성이 점령당하면 오나라와 동맹을 맺은 촉나라도 국경을 침범해 올 것이 뻔했다.

촉나라에는 공명이 총애했던 강유가 있다.

현재로서 사마사가 가장 무서워하는 것은 강유였다.

사마사는 급보를 받자 곧장 사마소를 불러 명령했다.

"강유는 곽회에게 막도록 해 두었는데, 곽회의 역량으로는 도저히 강유를 대항하기 어려울 것이다. 아우가 5만 군사를 이끌고 곽회를 도와주도록 하게."

"알았습니다."

사마사는 관구검과 호준에게도 새로 10만 대군을 주고 엄명했다.

"호준! 그대는 이미 비참하게 패배를 당하고 돌아왔다! 이번에 또 패하게 되면 용서없이 목을 벤다! 관구검과 함께 죽을 힘을 다해 신성을 포위하고 있는 제갈각을 물리쳐라!"

"패하게 되면 살아서 다시 돌아오지 않겠습니다!"

호준은 이렇게 맹세한 다음 관구검과 함께 10만 대군을 이끌고 떠났다.

그들이 떠나자 주부(主簿) 우송(虞松)이 사마사 앞에 나타났다.

“이번 오나라와의 싸움에는 절대로 지지 않을 것입니다!”

“어째선가?”

“제갈각이 대군을 이끌고 노도처럼 신성으로 밀어닥친 건 사실입니다. 그들의 무력으로 볼 때 열흘이 안 되어 신성은 함락될 것으로 생각됩니다. ……그러나 제갈각에게는 전략상의 맹점이 있고, 그 맹점에 사각(死角)이 있습니다.”

“맹점은 무엇이고 사각은 무엇인가?”

“군량 부족입니다.”

“음, 그래!”

사마사는 크게 고개를 끄덕였다.

우송이 지적한 대로였다.

장강은 중국 대륙의 중앙을 가로지르고 있다. 세계에서 가장 큰 강의 하나이다.

오나라 수도 건업은, 장강이 탁류를 동쪽 바다로 쏟아내고 있는 강구에서 그리 멀지 않은 거리에 있다.

그런데 신성은 파양호를 왼쪽으로 보며 지나다가 강하(江夏 : 지금의 武漢)를 거친 다음, 동정호 기슭을 꼬불꼬불 돌아서 남도(南都 : 荊州)를 지나며, 다시 촉과의 국경을 따라 산악지대를 북쪽으로 쑥 올라간 곳에 있다.

건업에서 신성까지의 길은 생각만 해도 까마득한 먼 거리이다.

20만 대군이 자기 나라 안을 간다 해도 군량 보급이 어려울 것은 뻔한 일이었다.

“제갈각이 군량 부족으로 일단 물러갈 것은 의심할 여지가 없습니다. 그때야말로 우리 쪽에서 칠 좋은 기회입니다. 갑자기 추격하면 크게 이길 것이 틀림없습니다.”

“훌륭한 전략이다. 그러나 우리의 진격을 틈타 촉나라 강유가 어떻게 나올지 모르니 조심하도록…….”

“알고 있습니다.”

제갈각이 신성을 포위하고 헛되이 두 달 남짓 지났다.

신성의 굳건한 수비 상태는 천험을 의지하고 있는 덕분이기도 하지만 대장인 장특의 꺾이지 않는 투지와 지혜, 그리고 장병들의 왕성한 사기 때문이기도 했다.

그동안 오군은 차츰 피로가 쌓였다. 때마침 살인적인 더위가 계속되어 목마른 군사들이 깨끗하지 않은 물을 마구 마셨기 때문에 설사, 종기 환자가 생겨 쓰러지는 자가 잇따라 발생했다. 병든 군사들은 치료도 받지 못하고 그대로 길에 버려졌다.

제갈각에게는 매일 각 부대의 환자 현황 보고가 올라왔다. 제갈각은 성을 냈다.

“이렇게 환자가 많이 발생할 까닭이 없다. 지휘관이 허위 보고를 하는 것이 틀림없다! 앞으로 이따위 엉터리 보고를 하는 자는 군법으로 베고 말리라!”

이러다 보니 실상을 제대로 보고하지 않게 되었다. 그래서 그 후 실제로 얼마나 많은 장병이 쓰러졌는지 알 수 없게 되었다.

이대로라면 작전 실패였다. 작은 성 하나 제대로 함락시키지 못했다고 하면 이야말로 체면 문제였다.

제갈각은 초조해지기 시작했다.

“있는 힘을 다해 함락시켜라! 조금이라도 게으름을 피우고 마음이 해이해진 자는 사형이다!”

몇십 번이나 명령을 했는지 모른다.

실제로 제갈각은 각 대장에게 게으름을 피우고 있는 자를 찾아내게 하여 목을 쳤다. 그 수는 300도 넘었다.

마침내 오군 20만의 파상 공격 앞에 신성 동북쪽 한 귀퉁이가 무너지기 시작했다.

“어떻게 하면 함락을 면할 수 있을까?”

장특은 이리저리 궁리 끝에 묘계를 생각해냈다.

구변이 좋은 한 장교를 골라내 편지를 들려 오나라 본진으로 보냈다.

제갈각이 들어오라 했다. 사자는 큰 절을 한 다음 머리를 들어 아뢰었다.

"……우리 위나라 법령에는 적군에 포위되었을 때, 백날 동안 지키고 있어도 여전히 원병이 오지 않으면 부득이 성문을 열어도 그 가족만은 처벌되지 않도록 되어 있습니다. ……제갈 장군께서는 벌써 우리 신성을 90일 동안이나 포위하고 계십니다. 따라서 열흘 뒤에는 가족에 대한 뒷근심을 하지 않아도 되므로 주장 장특이 성문을 열고 항복할 수 있습니다. 그 증거로 장특이 쓴 항복 편지를 바칩니다."

조금도 거짓이 없는 듯한 결사적인 태도에 그만 제갈각은 말 속에 계책이 들어 있다는 것을 알아채지 못했다.

"좋다, 승낙한다."

사자의 구변에 넘어간 제갈각은 20만 군사에게 맹공격을 멈추게 했다.

"이제 됐다."

장특 쪽은 속으로 웃었다.

서둘러 성 안의 집을 허물어 그것으로 동북쪽 성벽을 수리했다.

그로부터 백 일째 되는 날, 망루에 나타난 장특은 천 리 저쪽까지 울리라는 듯이 큰 소리를 질렀다.

"제갈각은 듣거라! 이 성 안에는 아직 반 년 먹을 양식이 있고 장병들의 사기도 오나라보다 왕성해서, 여유만만하게 원군이 오기를 기다리고 있다! 감쪽같이 내 꾀에 속아 넘어간 멍청함을 부끄러워하라!"

"저놈이!"

제갈각은 화가 치밀었다.

"당장 총공격이다! 돌격!"

목이 찢어져라 호통을 쳤다.

그러나 일단 공격을 쉬었던 오군은 동작이 둔해져 있었다. 공격을 시작했으나 전혀 투지가 불타지 않았다.

"돌격! 돌격! …… 이 장특이란 놈! 나를 속인 보복이 어떤 것인가를 보여 줄 테다!"

제갈각은 미친 듯이 날뛰며, 총공격의 호령과 함께 직접 선두에 서서 성벽을 향해 돌격했다.

"이 멍청이 같은 녀석!"

장특은 제갈각을 내려다보며 비웃고 나서 깃발을 내둘렀다.

"공격!"

다음 순간 무시무시한 소리와 함께 크고 작은 무수한 바위와 돌이 성벽에 달라붙어 기어오르는 오나라 군사들의 머리 위로 떨어졌다. 대기하고 있던 화살부대는 줄을 당겨 화살을 비처럼 퍼부었다.

"음!"

화살 하나가 제갈각의 갑옷 앞가슴을 뚫었다. 말에서 떨어진 제갈각은 그 길로 의식을 잃고 말았다. 홧김에 서두른 총공격은 부질없이 오나라 장병을 제물로 바친 결과를 가져오고 말았다.

총지휘관인 제갈각 자신도 무거운 상처를 입었다. 오군의 사기는 대번에 꺾이고 말았다.

그래도 제갈각의 콧대는 꺾이지 않았다. 그는 오히려 얼굴에 노여움을 드러내며 부하 장병에게 신경질을 부렸다.

장군 주이(朱異)가 말했다.

"병법에 성 공격은 가장 하책이니, 되도록이면 피하라고 했습니다. 작전을 바꾸시는 것이 어떻겠습니까?"

"무엇이 어째? 나에게 병법 강의를 할 셈이냐!"

발끈한 제갈각은 주이의 지휘권을 박탈해 버렸다.

이것을 볼 때 제갈각은 대단한 자존심의 소유자이면서 성미 또한 급했던 것 같다.

채림(蔡林)이란 참모가 있었다. 그도 제갈각에게 여러 번 작전 변경을 건의했지만 도무지 받아들여지지 않았다. 채림은 제갈각에게 정나미가 떨어져 말을 달려 위군에 항복해 버렸다.

제갈각은 상처 치료를 끝내자 침상에서 내려오는 즉시 다시 갑옷을 걸쳤다.

"내 목숨을 버리는 한이 있어도 신성을 함락시키고 말겠다!"

시종 몇 사람이 당황하여 번갈아 말렸다.

"각 진영 안에 전염병이 퍼져 도저히 싸울 수 없습니다."

"바라건대 지금은 우선 퇴각하시지요. 부대를 다시 정돈하려면 앞으로 몇 달을 기다리시는 것이 좋겠습니다."

그러나 제갈각은 자신이 상처입은 분을 참을 길이 없어 호통쳤다.

"닥쳐라! 내 작전을 방해하려는 놈은 이 자리에서 목을 베겠다!"

다시 총공격 명령이 내리자 각 진지에서 군사들이 1천 명, 2천 명 무더기로 달아나기 시작했다.

제갈각은 미친 듯이 화가 치밀었다.

"나는 설사 군사가 2, 3백으로 줄어드는 한이 있더라도 신성을 빼앗고야 말겠다!"

이렇게 울부짖고 있을 때 전령이 도착했다.

"도독, 채림이 부하 군사들과 함께 위나라에 항복했습니다."

이 보고를 들은 제갈각은 잠시 자기 귀를 의심했다.

"다시 한 번 말해 봐라!"

"도독, 채림은 이대로 가다가는 전멸당할 염려가 있다면서 위나라로 넘어간 것입니다."

"우리 오나라 정예부대가 무엇 때문에 전멸한단 말이냐? 채림이란 놈은 위나라에 매수당한 거다!"

“아닙니다. 그렇지 않습니다!”

시종 하나가 말했다.

“태부께 바랍니다. 각 진지에서 벌어지고 있는 참상을 지금 한번 돌아 보시기 바랍니다.”

제갈각은 말을 타고 자기편 진지를 둘러보았다.

차마 볼 수 없는 광경이 각 진지에 벌어져 있었다.

군사들의 반은 높은 열로 누워 있었고, 무장을 하고 움직이는 군사들도 태반이 얼굴이 누렇게 뜨고 통통 부어 있었다.

“아아! 하늘은 나를 버리셨는가!”

그제야 제갈각은 탄식하고 하는 수 없이 진을 거두어 국경 지대까지 철수하기로 했다.

위군은 그 퇴각을 이제나저제나 하고 기다리고 있었다.

관구검이 3만 기를 거느리고 무섭게 추격해 왔다.

동흥에서의 참패를 설욕하겠다는 투지가 위군 전군에 넘치고 있었다. 병에 시달리면서 철수하는 오군에게 이를 반격할 힘이 있을 리 없었다. 위군에게 추격을 당하면서 오군은 순식간에 7만여 명을 잃었다.

제갈각은 살아서 도성으로 돌아가는 굴욕을 견딜 수 없어, 말을 몰고 적진으로 뛰어들어 전사하려 했다.

시종 한 사람이 억지로 끌어내리는 순간 제갈각은 그 자리에서 정신을 잃고 말았다.

그가 의식을 되찾은 것은 이틀 뒤, 건업으로 돌아가는 길을 서두르는 마차 안에서였다.

독은 독으로

사람의 심리란 얼마나 미묘한 것인가.

건업이 가까워짐에 따라 제갈각은 마음이 시시각각 달라졌다. 참패의 굴욕감에 고민하기보다는 신성 공략 실패의 책임을 자기 혼자 떠맡지 않으려는 비열한 생각이 앞섰다. 신성을 공략하자고 권한 정봉과, 공격에 공연히 날짜를 낭비한 모든 장수들에게 책임을 전가시킬 생각을 하게 되었다.

도읍으로 돌아온 제갈각은 가슴에 입은 상처가 악화되었다는 핑계로 자기 집에 들어앉아 이번 패전이 여러 장수들의 어리석음 때문이란 내용의 상소문을 어린 황제 손량에게 올렸다.

이런 경우에 그 인물의 본바탕이 뚜렷해진다.

제갈각은 제갈공명의 조카라고 하기에는 너무도 부끄러운 인간이었다.

그런 줄도 모르고 손량은 친히 그의 집을 찾아 제갈각을 위문했다.

태부의 지위에서 쫓겨나는 것을 면한 제갈각은 며칠이 지나 입궐하자 선봉이 되었던 무장과 관리의 책임을 추궁하여 죄를 씌운 다음, 죄의 경중을 따져 혹은 귀양을 보내고 혹은 사형에 처했다.

문무백관들은 한결같이 제갈각의 횡포를 무서워할 뿐이었다.

제갈각은 다시 장약(張約)과 주은(朱恩) 두 대장을 심복으로 삼아 군사 지휘를 맡게 했다.

그러나 제갈각의 이같은 횡포에 잠자코 복종하는 사람들만 있었던 것은 아니다.

"태부의 횡포는 절대로 용서할 수 없다!"

제갈각을 태부 자리에서 끌어내리고 말겠다고 분연히 결심한 사람이 있었다.

손준(孫峻)이었다.

손견의 아우 손정(孫靜)의 증손으로 자를 자원(子遠)이라 했다.

손준은 손권이 살아 있는 동안 남달리 총애를 받으며 어림군 총대장에 임명되어 있었다.

제갈각이 장약과 주은으로 하여금 어림군까지 통솔하게 하려 한다는 말을 듣고 손준은 화가 머리끝까지 치밀었다.

"크게 참패한 것은 자신의 전략이 틀렸기 때문인데 그 잘못을 모든 장수들에게 떠넘겼다. 게다가 어림군까지 손아귀에 넣으려 하다니! 얼마나 비열한 놈이냐!"

손준은 자기와 뜻을 같이할 사람을 찾았다.

태상경(太常卿) 등윤(滕胤)이 일찍부터 제갈각과 사이가 나쁘다는 것에 생각이 미쳤다.

어느 날 손준은 은밀히 등윤의 집을 찾았다.

"이번 태부가 하는 일을 태상경은 어떻게 보시는지요?"

"잘 물으셨습니다."

등윤은 대답했다.

"제갈각이 태부의 권력을 휘두르고 있는 무도한 행동은 차마 눈뜨고 볼 수가 없습니다. 죄없는 무장을 벌주고 자기는 패전 책임에서 벗어나려 합니다! 장군께서는 천자의 집안이시니 아무리 태부라 할지라도 그런 불법 행동을 잠자코 보고만 있을 수는 없을 겁니다.”

“나는 귀공이 그런 뜻을 알아줄 것으로 기대하고 찾아온 거요.”

“그렇다면 장군께서 폐하께 아뢰도록 하시지요.”

“좋소, 그렇게 하겠소! 폐하의 재가를 얻어 그놈에게 천벌을 내리고 말겠소!”

두 사람은 날을 택해 입궐했다.

오왕 손량을 배알하고 이 사실을 은밀히 아뢰었다.

손량은 아직 나이가 어렸다.

손준과 등윤이 입을 모아 태부 제갈각을 비난하자 손량은 어떻게 해야 좋을지 판단이 서지 않았다. 그저 우물쭈물하고 있을 뿐이었다.

“폐하! 폐하께서는 지금이야말로 결단을 내리셔야 할 때입니다!”

손준이 꾸중하듯 말했다.

“어떻게 하면 좋을까? 나는 제갈각과 얼굴을 마주 대하면 어쩐지 주눅이 들어 그가 말하는 것은 무엇 하나 반대할 수가 없으니.”

“제갈각은 그 생김에 사람을 위압하는 무엇이 있습니다. 또 젊었을 때는 가문의 혈통을 이어받은 훌륭한 인재이기도 했습니다. 그러나 지금은 자신의 권력에 도취된 속물에 지나지 않습니다. 오나라를 위해서 이를 제거시켜야만 합니다.”

“어떻게 하면 제거할 수 있을까?”

“저희에게 맡겨 주십시오.”

“부탁하오!”

천자는 두 사람에게 머리를 숙였다.

손준과 등윤은 얼굴을 마주 보며 끄덕였다.

벌써 그들에겐 제갈각을 무찌를 만반의 준비가 되어 있었던 것이다.

한낱 미물도 죽음은 예감하는 법이다. 하물며 만물의 영장이라는 인간임에랴.

일찍이 소년 시절에 신동이란 칭찬을 들었고, 청년 시대에는 뛰어난 인재로 칭송이 높았던 제갈각이다. 지금은 독재자로서 현세를 누리고 있지만 그의 마음은 역시 불길한 일이 다가오는 데 대해 민감하게 반응했다.

제갈각은 이제 태부로서 흔들리지 않는 권력의 자리에 앉아 있건만, 어째서인지 집을 나서는 것이 불안하기만 했다. 그래서 가슴의 상처가 다 낫지 않았다는 핑계로 여태껏 집 안에만 처박혀 있었다.

어느 날 아침, 바람을 쐬려고 대청으로 나갔더니 뒤뜰을 가로지르는 사내의 모습이 흘끗 눈에 띄었다.

제갈각은 깜짝 놀랐다.

사내는 삼베로 지은 상복을 입고 있었다.

"저놈을 잡아 오너라!"

제갈각은 소리쳤다.

앞에 끌려온 사내는 후들후들 떨면서 묻는 말에 대답했다.

"어젯밤 아비가 세상을 떠났기에 불공을 부탁하려 절로 가는 길이었습니다. 절인 줄 알고 들어온 것이 그만 죽을 죄를 지었습니다. 소인은 아비를 잃은 나머지 제정신이 아니었던 것 같습니다. 너그러이 용서해 주시기를 백 번 천 번 비옵니다."

사내는 엎드려 머리를 조아렸다.

그는 과연 어떻게 해서 태부의 집을 절로 착각했는지 그 자신도 잘 모르는 모양이었다.

평소 같으면 매를 몇 대 때려 놓아 보냈을 터였지만 이때는 공교롭게도 제갈각의 신경이 극도로 날카로워져 있었다.

"상복을 걸치고 내 집에 일없이 찾아든 놈을 용서할 수 없다!"

곧 문을 지키고 있던 병사들이 불려왔다.

앞대문과 뒷대문을 각각 40여 명씩이 지키고 있었으나 한 사람도 이런 사나이가 들어오는 것을 보지 못했다.

"네놈들도 죄가 같다!"

제갈각은 미친 듯이 성이 나서 먼저 상복 입은 사내를 베고, 이어서 문을 지키던 80여 명을 모조리 처형하고 말았다.

그날 밤 제갈각은 침실로 들어가기는 했지만 잠이 오지 않아 침상 위에서 몸을 뒤척거리고 있었다.

그러다가 잠이 깜빡 드는 순간, 상복 입은 머리 없는 사나이가 쑥 나타나 두 손으로 목을 죄려 들었다.

비명을 지르고 뛰어일어난 제갈각은 온몸이 땀에 흠뻑 젖었다.

"그놈은 죽음 귀신이었는지도 모른다."

제갈각은 혼자 중얼거리자 온몸에 소름이 끼쳤다.

"제기랄! 이름도 없는 놈들을 처형했을 뿐인데 떨고 있다니! 태부답지 못한 나약한 생각이 아닌가."

자신을 꾸짖고 제갈각은 잠드는 약을 먹고 누웠다.

얼마나 시간이 지났을까. 갑자기 벼락치는 소리가 들리는 바람에 제갈각은 다시 일어나 정신없이 회랑으로 달려나갔다.

그러자 달이 없는 뜰에서 목 없는 군사 80여 명이 일제히 두 손을 내밀고 내 머리를 돌려달라는 시늉을 하고 있지 않는가!

제갈각은 그 자리에 까무러쳐 넘어졌다.

밤 순찰을 돌던 하인이 나가자빠져 있는 제갈각의 모습을 발견했다.

침실로 옮겼으나 제갈각은 아침까지 끙끙 앓았다.

낮이 가까워서야 겨우 침실에서 나온 제갈각은 얼굴이 흙빛으로 변해 있었다.

제갈각은 얼굴을 씻으려다가 놀랐다.

"어엇!"

물이 금세 새빨간 핏물로 변한 것이다.

제갈각은 세숫대야를 뒤집어 엎고 소리쳤다.

"우물에서 맑은 물을 길어 오너라!"

그런데 하인이 다시 떠온 맑은 물도 얼굴을 씻으려는 순간 또다시 핏물로 변하고 말았다.

세수를 집어치운 제갈각은 식욕도 없이 멍하니 식탁에 앉았다.

젓가락을 드는 순간이었다.

잘 삶은 잉어가 펄쩍 공중으로 뛰어오르더니 큰 입을 벌리고 제갈각에게로 덤벼들었다.

"으악!"

제갈각은 소리를 지르며 몸을 피했다.

시종과 하인들이 그 자리에 있었지만 그들은 그런 무서운 광경을 볼 수가 없었다. 제갈각은 환각(幻覺)을 본 것이다. 제갈각 자신도 환각이라고 생각했지만 온몸은 계속 떨리기만 했다.

'원귀들에게 이토록 시달리고서야 태부 노릇을 할 수 있겠는가.'

제갈각은 시종들이 잠자리에 들라고 권하는데도 딴청을 부렸다.

"아니다, 술잔치를 벌이겠다!"

성대한 술잔치가 베풀어졌을 때였다. 대궐에서 칙사가 오고 있다는 소식이 전해졌다.

"아주 중대한 일이 일어났으니 급히 입궐하시지요."

사신은 공손히 말했다.

설마 대궐 안에 자기를 죽일 음모가 있으리라고는 꿈에도 생각 못한 제갈각은 곧 수레를 준비시켜 대문을 나서려 했다.

그때 처량한 개 울음 소리가 들렸다.

수레에서 몸을 내밀고 바라보았더니, 평소 사랑하던 붉은 개가 달려와 제갈각의 옷자락을 물고 자꾸만 끌어당겼다.

"바보 같은 놈! 너까지 대궐로 데리고 갈 수 없지 않으냐."

제갈각은 상냥하게 개의 머리를 쓰다듬어 주었다.

그러나 개는 미친 듯이 더욱 세게 옷자락을 잡아당겼다. 제갈각은 하마터면 수레에서 떨어질 뻔했다.

"이놈이!"

"붙들어매어 두어라!"

화가 치민 제갈각은 개를 발로 차고 시종 한 사람에게 일러두었다.

몇 마장 나아갔을 때 앞쪽에 흰 무지개 같은 것이 땅바닥에서 공중으로 뻗어 올랐다.

"저게 뭐냐?"

흰 무지개 속에 뭔가 무시무시한 마귀처럼 생긴 것이 어렴풋이 떠올랐다.

제갈각은 소스라치게 놀라며 몸을 떨었다.

그때 대장 장약이 급히 옆으로 다가왔다.

"태부 각하께 말씀드립니다. 오늘 입궐하시면 어쩐지 불길한 일이 일어날 것만 같은 예감이 듭니다. 병이라 핑계하시고 되돌아가는 것이 어떻겠습니까?"

제갈각은 어제 상복 입은 사내와, 그자가 함부로 집 안으로 들어오는 것을 보지 못한 문지기 군사 80여 명의 목을 벤 일로 해서 밤새 사나운 꿈에 시달렸기 때문에, 몸과 마음이 상당히 피로해 있었다.

"글쎄, 감기라도 들었다 하고 입궐을 내일로 미룰까?"

마차를 돌리도록 명했다.

"잠깐만 기다리십시오!"

그때 큰 소리를 지르며 말을 달려오는 사람이 있었다.

손준이었다.

그 뒤에는 등윤이 따라오고 있었다.

"태부! 우리 둘이 마중을 나오는 길인데, 어째서 마차를 돌리십니까?"

"아니, 저어…… 갑자기 배가 아파서 우선 집에 돌아갔다가 갈까
하고……."
"그럼 통증이 가라앉을 때까지 저희는 문앞에서 기다리겠습니다.
국가의 흥망에 관계되는 일이 생겼습니다. 태부의 결재가 없이는
우리들이 멋대로 행동할 수 없습니다."
그 말을 듣자 제갈각은 장약의 예감 따위를 믿고 있을 수는 없었다.
"누워야 할 정도의 복통은 아니니 이대로 입궐을 해야겠군."
"황송합니다."
제갈각이 탄 마차는 손준과 등윤의 호위를 받으며 대궐을 향해 나
아갔다.
'제발 아무 일 없이 돌아올 수 있으면 좋을 텐데…….'
장약은 마음 속으로 빌면서 뒤를 쫓았다.
'오늘은 한 번 태부로서의 내 권력이 얼마나 큰 것인지 백관들에
게 새삼 가슴 속 깊이 느끼게 해 주리라.'
반대로 제갈각은 대궐이 가까워짐에 따라 이것저것 자기가 할 말
과 행동에 대해 생각을 가다듬었다.

입궐한 제갈각은 문무백관이 늘어앉은 조회장에서 오왕 손량을
배알하자 물었다.
"국가의 중대사란 어떤 일이옵니까?"
"우선 술자리를 베풀고 나서 차차 의논하도록……."
손량의 얼굴은 왠지 창백했다. 그를 바라보는 제갈각은 그것이 자
신에게 닥칠 흉변 때문인 줄은 꿈에도 생각 못했다. 독재의 권력을
쥐고 있는 사람의 지나친 자부라 할 수 있을 것이다.
손량이 황제가 된 후 처음으로 큰 잔치가 열렸다.
'어떻게 된 것일까?'
제갈각으로서는 태부인 자신에게도 알리지 않고 이같은 성대한

잔치가 벌어진 것에 문득 이상한 생각이 들었다.

손준이 권했다.

"태부, 먼저 술잔을……."

비로소 장약의 충고를 생각하고 불안에 사로잡힌 제갈각은 술잔을 거절했다.

"집을 나올 때 배가 아프다는 것을 장군께도 이미 말했거니와 오늘은 술을 사양하겠소."

손준은 웃으면서 말했다.

"태부께선 댁에서 늘 약술을 드신다고 하던데…… 사람을 시켜 가져오게 하면 어떻겠습니까?"

"아아, 그 약술이라면 배 아픈 데 도리어 효과가 있지."

즉시 시종이 태부 관저로 달려갔다.

제갈각은 가져온 약술을 마음놓고 마셨다.

적당한 시기를 보아 황제 손량은 자리에서 일어났다.

"나는 잠시 쉬었다가 회의 때에나 다시 나오도록 하겠소."

태연한 모습으로 안으로 들어갔다.

그것을 신호로 손준이 얼른 일어나 조회복을 벗어 던졌다.

뒤이어 손준과 사전에 내통하고 있던 무관들이 일제히 손준을 따라 옷을 벗었다.

모두 조회복 밑에 갑옷을 입고 칼을 차고 있었다.

"이, 이건 어떻게 된 일인가?"

제갈각은 깜짝 놀라 얼굴빛이 창백해지며 목소리를 떨었다.

손준 이하 모두 말없이 칼을 뽑았다.

손준이 천천히 준엄하게 말했다.

"역적에게 천벌을 내리는 거요!"

"역적? 누가 역모를 꾀했단 말이오?"

"바로 이곳에 있소!"

손준은 제갈각을 가리켰다.

"뭐, 뭐라구?"

제갈각은 자기 귀를 의심했다. 손준의 말을 잘못 들은 것이 아닌가 하고 생각했다.

"다시 한 번 말해 보오."

"역적은 바로 태부 제갈각이오. 그러므로 천벌을 내리겠소!"

"아니 이런!"

제갈각은 손준을 향해 잔을 집어던지고 정신없이 달아나려 했다.

그러나 벌써 그의 언저리에는 칼을 뽑아든 무관 수십 명이 에워싸고 있었다.

"네놈이!"

제갈각은 화가 치밀어 품속의 단검을 뽑으려 했다.

그 찰나 새처럼 날아든 손준이——

"받아라!"

호통소리와 함께 그의 목을 날렸다.

"비겁한 놈!"

장약이 손준을 향해 반격을 가했다.

손준은 종이 한 장 차로 칼끝을 피하자 뇌까렸다.

"태부는 저 세상으로 가는 데 길동무가 필요할 거야."

"에잇!"

장약은 두 번째 칼을 내리쳤다. 손준은 이것 역시 피하며 위로부터 칼을 내리쳤다. 손준의 칼은 장약의 얼굴을 그었다.

비틀거리는 장약을, 둘러싼 사람들이 소리를 지르며 칼로 찔러댔다. 한 순간에 장약의 온몸은 보기에도 무참하게 칼자국투성이가 되고 말았다.

그 무렵 제갈각의 집은 이미 1천 여 기의 무장병에 의해 포위되어 있었다.

제갈각과 장약의 주검은 건업 남문 밖에 있는 천민의 시체를 버리는 석자강(石子崗) 구덩이에 버려졌다.

제갈각의 저택에서는 그의 부인이 방에서 심심풀이로 베를 짜다가 문득 가슴이 울렁거려 일하던 손을 멈추었다.

순간 문간에 남편의 얼굴이 떠올랐다.

낯빛은 풀처럼 파랬고 두 눈엔 핏발이 서 있으며, 입술은 흙빛으로 변해 있었다.

"아니, 어떻게 되신 겁니까?"

"나 피살되었소."

"예에?"

"손준이란 놈의 손에 죽었소!"

그렇게 말하고는 사라졌다.

부인은 방망이질하듯 뛰는 심장을 안고 일어나 문간으로 나갔다.

갑자기 집 안팎이 시끌시끌했다.

둘러싼 1천여 기가 '와아' 집 안으로 밀고 들어왔다.

칼과 칼이 맞부딪치는 소리, 화살이 울리는 소리, 여자의 비명, 말이 울부짖는 소리, 물건이 짓밟혀 깨지는 소리, 발에 채어 넘어지는 소리……

그러나 그 소동은 한 시간 이상 계속되지 못했다.

태부의 가족과 그 일당은 모조리 묶이고 말았다.

두세 살 어린애까지도 밧줄에 묶여 끌려 나갔다.

이튿날 아침 안개가 개었을 무렵, 수도인 건업 중앙 저자터에는 300여 명의 머리 없는 시체가 누워 있었다.

건흥 2년(253년) 10월의 일이었다.

아버지 제갈근은 일찍이 자기 아들이 지나치게 총명한 것을 오히려 걱정했었다.

"너는 마치 너의 작은아비 공명을 그대로 닮은 것 같다."
그리고 이어 침통한 표정을 지으며 말했다.
"그러나 너는 작은아비와는 그 성격이 정반대야. 공명은 철이 날 무렵부터 그 뛰어난 재주를 부모 형제에게도 내보이려 하지 않았어. 오히려 속으로 감추며 평범한 아이처럼 보이려 했다. 그리고는 몇 마리 산양을 끌고 혼자 정처없는 나그네길을 떠나고 말았지……. 그와는 반대로 너는 일이 있을 때마다 자기 재주를 자랑하여 남에게 보이므로 사람들을 놀라게 하고 감탄하게 한다. 교만하기만 할 뿐 어른들에 대해서 머리를 숙이려 하지 않는다. 아무 고생도 해보지 않았으며, 오직 태부의 아들로서 뽐내며 살고 있다. 그만한 재주를 가지고 있으면 언젠가는 내가 죽고 난 다음 문무백관들을 굽어보는 지위에 앉게 될 테지. 그러나 오만한 마음을 고치지 않으면 비참한 최후를 당하게 될 것이다."
또 위나라 광록대부 장집(張緝)도 몇 번인가 오나라에 사신으로 와서 제갈각과 면담한 적이 있었는데, 그때마다 사마사에게 이렇게 말했었다.
"제갈각은 앞으로 몇 년을 살지 못할 것입니다."
"무슨 병이라도 있는가?"
"아닙니다. 그 권세가 황제를 능가하고 있기 때문입니다. 틀림없이 그의 권력을 위험하게 보고 이를 넘어뜨리려는 사람이 조정 안에 나타나게 될 것입니다……. 제갈각이 횡사할 날이 그리 멀지 않습니다."
친아버지가 내다본 것이나 이웃나라 사신의 예측이나 모두 정확했던 것이다.
만일 제갈각이 공명을 본받아 재상으로 있으면서도 검소한 생활을 하고, 아무리 어릴지언정 황제를 끝까지 황제로 모시며 신하된 도리를 지켜왔더라면, 이같은 비참한 죽임은 당하지 않았을 것이다.

재주가 뛰어난 탓으로 자신을 망쳤다 할 수 있다.

그리고 무엇보다 무리한 출병을 하여 인심을 잃은 데 몰락의 원인이 있었다.

제갈각은 너무도 총명했고 그의 삶 또한 순조로웠다. 태부로서 오나라 정사를 맡게 된 그는 형조(刑曹)의 폐지, 나라에 진 빚의 탕감, 세금의 경감 등 차례로 인기 정책을 내걸었다.

이것이 들어맞아 그의 인기는 하늘처럼 치솟았다. 제갈각이 집을 나서면 군중들이 환호성을 올리며 그를 둘러쌌다고 한다.

그러나 그의 죽음과 일족 주살에 대해 눈물 흘리는 사람이 없었다.

단 한 번의 실패——

그리고 덕이 따르지 않는 재사의 마지막이 얼마나 비참한지를 말해준다.

「삼국지(三國志)」를 쓴 진수(陳壽)는 제갈각을 이렇게 평했다.

재기간략(才氣幹略)은 사람들이 모두 칭찬하고 우러르게 된다. 그렇지만 교만하고 인색하다면 주공(周公)이라도 볼 것이 없다. 하물며 제갈각에 있어서랴! 자기를 뽐내고 남을 얕보건 패(敗)하게 된다.

이 평 가운데 '교만하고 인색하다면' 하는 대목은 「논어」의 말을 인용한 것이다. 논어의 태백편(泰伯篇)에서 공자는 이렇게 말했다.

만일 주공의 재주와 같은 좋은 점이 있더라도 교만하고 인색하다면 그 나머지는 더 볼 것이 없다.

주공은 공자가 항상 이상으로 삼은 인물이다.

그 주공만큼의 재능을 가졌다 해도 그 때문에 오만해지거나 그것을 남에게 베푸는 것을 아까워한다면, 그밖에 어떠한 재주를 가졌다 하더라도 평가할 가치조차 없다는 뜻이다.

제갈각은 바로 교만함으로 스스로의 무덤을 팠다.

오왕 손량은 제갈각을 없앤 다음 손준(孫峻)을 승상으로 올렸다. 동시에 대장군 부춘후(富春侯)에 봉하여 내정과 외교의 모든 권한을 맡겼다.

이처럼 대권은 하루 아침에 손준의 손으로 들어갔다.

이 사실은 물론 위나라와 촉나라에도 곧 알려졌다.

촉나라에서는 강유가 크게 고개를 끄덕였다.

"결국 제갈각은 교만한 탓으로 손준에게 속고 말았군."

강유는 서재에서 책상 위에 중국 대륙 지도를 펴 놓고 찬찬히 위·오·촉 세 나라를 비교해 보았다.

위나라에는 사마사.

오나라에는 손준.

그리고 촉나라에는 이 강유.

강유는 자신에게 속삭였다.

"싸우자! 다시 나가 기어코 이겨야 한다!"

강유는 의연하게 출전 결단을 내렸다.

세월은 흐르고 사람은 달라져, 세 나라 군대를 거느리고 자웅을 겨루는 주역이 이 세 사람으로 바뀐 것이다.

"장군……."

등 뒤에서 누가 부르는 바람에 강유는 제정신으로 돌아왔다.

어느 사이엔지 마현이 들어와 있었다.

그 옛날 승상부에서 공명의 잔심부름을 하던 마현도, 지금은 장년이 되어 한 부대의 장수가 되어 있었다.

"마현인가. 무슨 급한 볼일이라도 있는가?"

“아닙니다. 급한 볼일은 없습니다. 오늘은 전 승상께서 돌아가신 날인지라 면양의 사당에 다녀왔습니다만, 사당 앞에서 백 살쯤 되어 보이는 노인을 만났는데, 노인께서 강 장군께 말씀을 전해 달라기에……”

“그래 뭐라고 하던가?”

“때는 지금이니 다시 나가 필승을 기하라고…….”

“때는 지금이란 말이지!”

강유는 지그시 허공을 바라보더니 다시 책상 위의 지도로 눈길을 돌렸다.

“내가 중원으로 쳐나간다. 이윽고 오나라 손준도 위나라 국경을 넘겠지.”

힘찬 말투로 혼자 중얼거렸다.

마현은 그 옆얼굴을 지켜보며——

‘죽은 승상의 영혼이 장군을 지켜줄 것이다!’

촉나라 연희 16년(253), 대장군 강유는 마침내 중원에서 위나라와 승부를 결정지으려고 10만 군사를 동원했다.

공명이 사마의와 자웅을 결정짓기 위해 중원에서 크게 접전을 벌인 지 20년의 세월이 흘렀다.

바로 공자가 말한 대로였다.

‘해와 달은 간다. 세월은 나와 더불어 함께 하지 않는다. 가고 돌아오지 않는 것은 세월이요, 다시 만날 수 없는 것은 사람이다.’

그러고 보니 촉나라에서도 변동은 있었다.

비위의 죽음이다.

비위는 연희 16년 새해를 맞아 연회를 베풀었는데, 그 자리에서 위나라에서 투항해 온 장수 곽순(郭循)에게 찔려 횡사했다.

그 이유는 알 수 없다.

아무튼 비위가 없어지자 강유는 이제 마음대로 군사를 일으킬 수 있게 되었다. 그렇게도 원하던 위나라 정벌군을.

강유도 제갈각과 비슷한 '교만'에 빠져 있었다. 공명의 후계자로서 그의 유지를 받드는 그로서는 중원에 진출하여 위나라를 무찌르는 길밖에 없었지만.

격돌

공명이 죽은 지 벌써 20년이란 세월이 흘렀다. 공명은 생전에 늘 강조해 마지않았다.

"군대란 사람을 해치는 흉기이다. 그것에 지나치게 의지하면 실패를 가져온다. 그것과 마찬가지로 대장이란 참으로 곤란한 직책이다. 신중히 대처하지 않으면 몸의 파멸을 부른다. 그러므로 뛰어난 대장은 자기가 거느리는 군이 아무리 정강(精强)하더라도 그것만을 믿는 일이란 없다. 군주로부터 신임을 받더라도 그 위광(威光)을 내세우는 일이 없고, 적에게 치욕을 받아도 그것에 의해 투지를 잃는 일이 없다. 이익으로 꾀어도 거들떠보지 않으며 미인·미식·미주가 있어도 거기에 빠지는 일이 없다. 뛰어난 장수는 단 한 가지 '나라 은혜에 보답한다'는 것만을 염두에 둔다."

병(兵)은 흉기이다.

「손자」〈시계편〉에 있듯 전통적으로 '병은 나라의 큰 못'이라는 사고방식이 있으면서도 한편으로, '병은 흉기이다.' 하는 인식이 중국인의 핏속에 흐르고 있는 것이다.

군사(軍事)는 소홀히 할 수 없지만 그렇다고 함부로 행사해서도 안 된다는 가르침이다.

강유로서는 나라의 은혜에 보답하고 공명의 유지를 받든다는 뜻 외에 촉한의 진정한 국력을 계산했어야만 했다. 병을 일으키기에 좀더 신중해야만 되었던 것이다.

아무튼 강유는 좌우 선봉으로 요화와 장익을 뽑고, 참모에는 하후패를 지명했다. 군량과 무기를 수송하는 장관에는 장의를 앉혔다.

강유는 중원을 향해 말을 몰면서 가벼운 마음으로 자신을 타일렀다.

'사마사는 이 강유의 진정한 실력을 아직 모르고 있다. 나 또한 그의 역량을 잘 모른다. 지략이 나은 쪽이 이기게 되겠지.'

강유의 이와 같은 마음 속을 들여다본 것처럼 참모가 된 하후패가 옆으로 말을 다가붙였다.

"참모의 의견을 한번 들어봅시다."

강유는 그의 의견을 구했다.

"앞서 옹주를 공격했을 때, 우리는 끝내 점령하지 못하고 철수해야만 했소. 지금 다시 우리 군이 진격하게 되면 적도 또 이에 대비해서 맹공격을 시도하겠지. 장군의 의견은 어떻소?"

하후패는 기다린 듯이 대답했다.

"똑같은 일을 되풀이하지 않기 위해서는 먼저 식량이 풍부한 고을을 재빨리 점령해야 할 줄 압니다. 소장이 보건대 농서 여러 고을 가운데 곡식이 풍부한 곳은 남안(南安)이므로 질풍 같은 기세로 그곳을 점령해야만 될 줄 압니다. 먼젓번 헛되이 돌아와야만 했던 가장 큰 이유는 그토록 굳게 약속한 강인(羌人)이 우리를 도우러 오지 않았다는 것입니다. 그러므로 이번에는 강인에게 분명히 우리편이 될 것을 확약하게 한 다음, 이들과 좌(左) 우(右)에서 군대를 합치는 것이 중요합니다. 그런 뒤에 석영(石營)으로 나가 동정(董亭)에서 곧장 남안을 공격하는 것이 상책일 것으로 생각합니다."

"중권(仲權 : 하후패의 자)의 생각이 내 생각과 같소."

강유는 고개를 끄덕였다.

곧 강왕(羌王)에게로 사자가 떠났다. 극정(郤正)이란 말솜씨 좋은 사람이었다.

극정은 금은과 구슬과 촉나라 명산물인 고급 비단 등을 예물로 가지고 강왕을 찾아가 촉군의 뜻을 전하고 설득했다.

"좋소."

강왕 미당(迷當)은 아주 단순한 성격으로 극정의 변설에 끌려들어 승낙했다.

이리하여 강병의 대장 아하소과(俄何燒戈)를 선봉으로 삼아 곧 남안으로 달려가게 했다.

'강유가 10만 대군에 강병 수만을 가담시켜 공격해 온다.'

이 급보를 맨 먼저 받은 위나라 장군은 곽회였다.

'이번은 내 생명이 위태롭다!'

곽회는 불길한 예감을 느끼며 급히 파발을 낙양으로 달려보냈다.

"강유란 놈이 기어코 또 쳐들어왔는가!"

사마사는 조금도 당황하지 않고 모든 장수들을 불러 모았다.

촉나라 대군의 침입 사실을 먼저 말하고 장수들을 휘 둘러보며 물었다.

"이 기회에 큰 공을 세울 사람은 없소?"

"소장을 지명해 주시기 바랍니다."

보국장군(輔國將軍) 서질(徐質)이 대답했다.

서질의 뛰어난 용맹은 누구나 인정하고 있었다.

사마사도 내심 무공 세우기를 희망하는 사람을 찾으던서 맨 먼저 서질이 선봉을 자청하고 나서리라고 예측하고 있었다.

“좋아!”

사마사는 대답하고 빙그레 웃었다.

“서질을 선봉으로 삼고 사마소가 대도독이 되어, 지금부터 밤낮을 쉬지 않고 농서로 향한다.”

결전장은 동정이 되었다.

동정을 거점으로 하여 막 남안을 치려는 촉군——

“기다리고 있었다!”

그 앞에 서질이 이끄는 10만 대군이 나타났다.

선두에 달려온 서질은, 그 옛날 장비를 연상케 하는 용감한 모습이었다.

큰 도끼를 들고 유유히 말을 몰아 나오자 소리쳤다.

“촉나라 여러 장군에게 말한다. 위나라 선봉을 담당한 보국장군 서질과 1 대 1로 싸우자!”

“알았다.”

큰 소리를 치고 달려나온 것은 요화였다.

“어서 오너라!”

“간다!”

두 장수는 두 눈에 불을 켜고 말과 말을 마주칠 듯이 달려와 큰 도끼와 긴 창으로 허공을 갈랐다.

어느 쪽이나 종이 한 장 차로 스치고 지나갔다.

마주 스친 두 장수는 힘이 남아 반 마장이나 달려갔다가 말머리를 돌렸다.

두 번째 격돌은 서질의 도끼가 이겼다.

요화의 긴 창은 중간이 부러지며 창끝이 허공으로 날았다.

“요 장군, 내게 맡기시오!”

장익이 소리지르며 요화를 도와 싸웠다. 장익의 큰 칼이 울리는 소리만 듣고도 보통 사람이라면 목을 움츠리고 정신이 아찔해질 지경이었다.

그러나 서질은 싱긋 웃으며 내리치는 장익의 큰 칼을 큰 도끼로 받아올렸다.

장익의 상반신이 말 위에서 기우뚱했다.

"받아라!"

재빨리 그 틈을 노린 서질은 호통 소리와 함께 큰 도끼도 내리쳤다.

말이 곧추서며 장익이 땅바닥으로 떨어지지 않았으면 몸뚱이가 두 쪽 나고 말았을 것이다.

요화가 옆에서 도왔다.

"어서 오너라! 둘이 같이 이 도끼 맛을 보아라!"

서질은 큰 소리로 외치고 종횡무진 말을 몰며 큰 도끼를 마구 휘둘렀다.

도저히 사람으로 생각할 수 없는 용맹이었다. 요화와 장익 둘이 협력해도 당해낼 도리가 없었다. 어느새 그들은 한 마장이나 물러나게 되었다.

"지금이다! 적의 장병을 모조리 죽여라!"

마치 신장처럼 큰 몸을 말 위로 솟구치며 서질은 뒤를 쫓았다.

위군의 사기는 크게 떨쳤다.

격투 한 시간 만에 촉군 선봉은 무너졌다. 그리하여 20리나 후퇴하고 말았다.

"깊이 추격하면 강유가 펼쳐 놓은 그물에 걸려들 염려가 있다!"

단숨에 끝장을 내고 말겠다는 서질을, 달려온 사마소가 말렸다.

양군은 가을바람이 불어오는 들판에 대치했다.

패보를 받고 강유가 하후패와 함께 선봉 진지로 말을 달려왔다.

요화와 장익이 번갈아 서질의 무서운 용맹을 말했다. 다 듣고 난 강유는 신음했다.

"서질을 무찌르든가 사로잡지 않는 한 남안을 공격할 수는 없다."

하후패가 의견을 말했다.

"그렇다면 내일은 싸우다가 일부러 패해 달아나며 복병으로 서질 하나만을 포위하면 어떨까 싶습니다."

강유는 고개를 저었다.

"적의 총지휘관은 사마소라는 보고가 들어와 있소. 중달의 둘째 아들인 사마소는 아버지에 못지않은 군략가로 이름이 높소. 병법에 능통하고 지략이 뛰어날 것이오. ……여기서부터 뒤쪽으로는 지형이 복잡하기 때문에 사마소는 한 번 보고 깊이 뒤쫓는 일은 없을 거요."

잠시 생각하고 있던 강유는 문득 말했다.

"그렇지. 위군은 지금까지 우리 쪽 양도를 몇 차례나 끊었소. 이번에 적의 계책을 역이용하여 일부러 양도를 끊게 해 두고 기습으로 공격하면 혹 서질을 무찌를 수 있을지도 모르오."

요화가 불려와 비밀 계책을 받고, 다시 장익이 불려와 다른 묘책을 명령받았다.

요화와 장익은 이번에도 또 지고 물러나게 되면 살아서 다시는 강유 앞에 설 수 없음을 다짐하고 떠났다.

두 장수가 출진한 다음 강유는, 각 진지마다 주변에 못이 박힌 가시쇠를 뿌려두고, 진지 주위에 세 겹 네 겹으로 가시나무 울타리를 두르게 했다.

서질과 정면으로 격돌해 보았자 그의 용맹을 당할 수 없다는 것을 알고 임시방편으로 세운 조심스러운 방어책이었다.

수비를 굳히고 있는 촉나라 진영을 향해서, 서질은 매일같이 수만 기를 이끌고 도전해 왔으나 헛수고였다.

땅바닥에 깔린 가시쇠가 서질의 돌격을 방해했고, 또 서질이 아무리 욕설을 퍼붓고 호통을 쳐도 촉군 역시 자신이 뿌린 그것 때문에 쳐나갈 수 없었던 것이다.

"강유란 놈, 자기 자신도 진격할 수 없게끔 방비를 해두고…….
제놈, 뒤에 후회하지나 마라!"

서질은 일단 도전을 단념하고 진중에 들어앉아 있었다. 며칠 뒤 총지휘관 사마소에게 촉군이 그 옛날 공명이 발명한 독우·유마로 군량과 무기를 운반한다는 보고가 들어왔다.

"적군은 철롱산(鐵籠山) 기슭을 돌아 목우·유마로 군량과 무기를 수송하고 있습니다. 장병이 오기를 기다렸다가 단숨에 승부를 결정지으려는 준비로 생각됩니다."

"그래, 좋아!"

사마소는 곧 서질을 불렀다.

"강유가 자기 진지 앞에 가시나무를 두르고 가시쇠를 뿌린 것은 단단히 지키기 위해서가 아니다. 말하자면 이쪽을 속이려는 술책이다. ……장군도 알고 있겠지? 전번 싸움에서 우리 군이 촉병을 패해 달아나게 만든 것은 양도를 끊었기 때문이다. 이번에도 양도를 끊기로 하자."

5천 기를 거느리고 철롱산으로 달려가 목우·유마를 앗고, 또 그 샛길을 큰 나무와 바위로 막도록 명령했다.

"알았습니다."

신바람이 난 서질은 밤이 들기를 기다렸다가 말의 발을 헝겊과 짚으로 싸서 소리가 나지 않게 한 정예부대를 이끌고, 곧장 철롱산을 향해 급히 달렸다.

밀림 속에 사람과 말을 숨기고 기다리고 있으니 이윽고 샛길 저쪽에서 이상한 소리가 들려왔다.

바로 목우·유마가 오는 소리였다. 서질은 척후병을 보내 그 머리수를 헤아려 보게 했다.

"군사 약 1천 2, 300이 100여 두의 목우·유마를 몰고 군량과 무기를 운반하고 있습니다."

"어리석은 놈들!"

서질은 비웃고 나서, 그 수송대가 앞쪽에 가까이 오기를 기다리고 있다가 달려나갔다.

"하나도 남기지 말고 모조리 앗아라!"

큰 도끼가 번쩍이는 곳에 촉병의 머리가 마치 목화송이처럼 이리저리 날렸다.

수송대는 싸울 경황마저 없이 앞을 다투어 달아났다.

서질은 데리고 온 5천 기를 두 패로 나누었다. 3천 기에게 탈취한 군량과 무기를 가득 실은 목우·유마를 자기 진지로 끌고 가게 하고, 나머지는 달아나는 적의 뒤를 쫓았다.

위군 추격대가 채 10리도 못가서였다. 서질은 문득 말을 세우고 주변 지형을 살폈다. 큰 나무를 베어 넘어뜨리고 바위를 굴려 샛길을 막으려고 적당한 곳을 찾는 것이다.

그런데 그때 갑자기——

"서질 듣거라! 네 목숨은 여기서 끝난다!"

어디선지 모르게 큰 소리가 들려왔다.

"흥, 복병인가. 2만이나 3만 정도의 복병쯤 무섭지 않다. 나와라! 짓밟아 줄 테다!"

서질은 마주 호통쳤다.

그러자 그에 대꾸하듯 앞쪽에 나타난 것은 촉나라 장수가 아니라 위장된 수레였다.

그것도 한두 대가 아니고 수십 대였다. 어떻게 만들어져 있는지 말이 끄는 것도 아니고 사람이 미는 것도 아닌데, 이쪽을 향해 덜거덕덜거덕 소리를 내며 달려오지 않겠는가.

“뒤집어 엎어라!”

당황한 서질은 부하들에게 외쳤다.

위나라 기병대는 ‘와아!’ 하고 이상한 수레를 향해 몰려갔다.

그러나 ‘꽝!’ 하는 요란한 소리와 함께 수십 대의 수레가 터지며 밤하늘에 무서운 불길을 뿜어올렸다. 둘레가 대낮처럼 밝게 보였다.

쏟아져 내리는 불티는 보통 불티가 아니었다. 몸이나 옷에 날아와 붙으면 아무리 두드리고 비벼도 꺼지지 않았다.

수레로 몰려갔던 위나라 기병대는 순식간에 태반이 불덩어리가 되어 땅바닥에 나둥그라져 데굴데굴 굴렀다.

“퇴각이다!”

서질은 남은 군사를 정돈하여 말머리를 돌렸다.

한 5리쯤 돌아갔을까, 가는 길목이 불길에 휩싸여 있었다.

땔감이 산더미처럼 쌓여 있었던 것이다. 이 또한 일단 몸에 붙기만 하면 절대로 꺼지지 않는 불똥을 허공에 뿌리고 있었다.

“큰일이다! 함정에 빠졌다!”

이를 부드득 가는 서질과 남은 군사 500여 기는 그 자리에 오도가도 못하고 있었다.

“장군! 저 소나무 숲을 뚫으면…….”

부하 한 사람이 손으로 가리켰다.

“그러는 도리밖에 없다.”

서질이 말을 몰려 하자 ‘옳거니!’ 하며 그 솔숲 속에 숨어 기다리던 요화와 장익이 달려나왔다.

처참하기 이를 데 없는 일방적인 살육의 생지옥이 연출됐다.

요화와 장익이 이끄는 촉나라 정병 앞에 위나라 패잔병은 그저 도망치기 바빴다. 단 한 사람도 반격해 나오는 사람이 없었다.

동료 군사 태반이 타 죽은 불바다에서 간신히 도망쳐 나와 겨우 목숨을 건진 위병들은 겁에 질려 살길을 찾기에 정신이 없었다. 그런데 그때 갑자기 또 기습을 당하여 다시 생지옥에 빠진 것이다. 절망의 구렁텅이에서 마구 칼에 찔려 넘어졌다.

그래도 대장 서질만은 초인적인 힘과 정신력으로 이 절망적인 상황에서 탈주로를 텄다. ‘걸음아 날 살려라.’ 하고 정신없이 달아났다.

그러나 혈로를 연 것도 잠시뿐이었다.

서질이 겨우 정신을 차리는 순간 큰소리로 꾸짖으며 앞을 가로막는 무사가 있었다.

“서질은 듣거라! 너 혼자만 살아 남으려는 비열한 행위는 하늘이 용서치 않는다. 각오하라!”

“네놈은 누구냐?”

“촉군 총지휘관 강유 백약이다!”

“제기랄!”

서질은 악이 받쳐 돌격을 감행했다.

그러나 강유 앞으로 20보 거리쯤 다가갔을 때, 좌우 숲속에서 수없이 화살이 날아왔다.

수십 개의 화살이 서질의 온몸에 꽂혔다. 그러나 보통 사람이 아닌 이 맹장은 화살이 꽂힌 그대로 바람을 일으키며 강유를 향해 말을 달렸다. 강유는 충분히 여유를 보이며 창을 내질러 서질이 탄 말의 목을 꿰뚫었다.

땅바닥에 굴러 떨어진 서질이 죽을 힘을 짜내어 일어나자 촉나라 군사 수십 명이 밀어닥쳤다.

강유는 차가운 눈길로, 개미떼들에게 둘러싸여 파리처럼 죽어가는 서질의 모습을 바라보았다.

같은 시각, 서질이 노획한 군량을 가득 실은 목우·유마를 끌고 가던 위나라 군사 3천도 하후패가 지휘하는 촉군의 기습을 받고 어이없이 항복하고 말았다.

"군사들은 위군 무장을 벗겨 몸에 걸쳐라."

금세 거짓 위나라 군사 3천 기를 만든 하후패는, 서질의 대장기를 앞세우고 샛길을 급히 진격해서 사마소가 있는 진영을 향해 밀어닥쳤다.

위군 보초병들은 서질이 촉군을 여지없이 무찌르고 개선해 오는 것으로 알고 진문을 열었다.

"와아아!"

천지를 흔드는 함성을 지르며 위군으로 변장한 촉군이 진영 안으로 쳐들어왔다.

갑자기 기습당한 위군은 진용을 바로잡을 겨를조차 없었다.

싸움이란 것은 군사의 많고 적은 것보다도 허를 찔린 쪽이 지고 만다. 그것은 고금의 전투사가 가르쳐 주는 예외없는 교훈이다.

하후패의 촉군에게 기습을 당한 지금의 위나라 진영이라고 해서 예외는 아니었다.

"지금은 달아날 수밖에 없다!"

사마소는 약간의 군사만 이끌고 달아나기로 했다.

그가 가는 앞을 요화가 가로막았다.

사마소는 급히 샛길을 찾아 달아나자 그곳에는 강유가 기다리고 있었다.

만일 사마소가 이 근처의 지리에 밝은 한 장수를 데리고 있지 않았더라면 그도 서질의 뒤를 따라 황천길을 갔을 것이다.

"장군! 철롱산으로 오르는 험한 길이 있습니다! 제 뒤를 따르십시오!"

그 장수가 앞에서 말을 달려 오르기 시작했으므로──

"오오! 다행이다!"

사마소는 겨우 살아난 기분으로 뒤를 따랐다.

산꼭대기에 사마소와 함께 도망쳐 올라온 사람은 6천여 명이었다.

그런데 사방이 깎아지른 절벽으로 되어 있는 철롱산은 틀어박혀 적을 막기에는 꼭 좋은 곳이었지만, 꼭대기에는 겨우 100명 남짓한 사람만이 갈증을 면할 수 있는 작은 샘이 하나 있었다.

때는 더운 여름이었다.

미친 듯이 도망쳐 올라왔기 때문에 모두들 목이 말라 있었다.

6천여 명은 그 작은 샘이 바닥나고 나서도 여전히 갈증에 시달리고 있었다.

산기슭은 완전히 촉군에 포위되어 있어 이를 뚫고 나갈 길은 없었다. 사마소는 물 한 대접을 마시고 한숨 돌리자 다음 일이 막막했다.

"아아! 사마소도 오늘로써 마지막이란 말인가!"

후세 사람이 지은 시가 있다.

　　강유의 신기묘산 범상치 않아서
　　사마소가 철롱산에서 갇혀버렸네
　　옛날 방연이 마릉도로 들어가듯
　　항우가 구리산에서 포위당한 것 같네

땅바닥에 앉아 밤하늘에 반짝이는 별을 우러러보았다.

그러자 주부 왕도(王韜)가 말했다.

"장군, 절망하기엔 아직 이릅니다."

이 산꼭대기로 사마소를 인도한 장수가 바로 왕도였다.

"경공(耿恭)의 옛일을 생각하십시오."

"음, 그래!"

사마소는 끄덕였다.

경공의 옛일이란——

경공은 후한의 무장으로, 흉노의 대군에 포위되었을 때 골짜기 물이 마르고 성 안의 우물마저 마른 일이 있었다. 그때 경공은 의관을 갖추고 우물 앞에서 빌며 기도를 올렸다. 그랬더니 마치 신명이 그의 기도를 들은 듯 말랐던 우물에서 물이 펑펑 솟아났다.

이것을 안 흉노는 경공을 하늘이 낸 사람이라 하여 포위를 풀고 물러났다.

사마소도 이 옛이야기를 알고 있었다.

사마소는 새로 갖출 의관도 없었으므로 적병의 피에 물든 갑옷과 옷을 벗어던지고 마지막 남겨둔 물로 몸을 씻은 다음, 샘가에 단정히 앉았다.

절을 하고 한 시간은 빌었다.

사마소는 이렇게 소원을 말했다.

"천지신명께 아뢰옵니다. 불초 사마소, 칙명을 받들어 적을 물리치고자 이곳에 와 있사옵니다. 만일 제 수명이 다 되었으면 샘물 또한 마르게 하옵소서. 저는 스스로 목을 치고 부하들은 한 사람 남기지 않고 다 항복하도록 하겠사옵니다. 그러나 만일 제게 아직 수명이 남아 있거든 샘물을 주시어 군사들의 목마름을 면하게 하여 주옵소서!"

그러고 나서 지그시 밑이 드러난 샘물 바닥을 들여다보았다.

기적이 일어났다.

샘물 바닥의 진흙에 물이 번지기 시작하더니 금세 맑은 물이 솟아올랐다.

"오오! 하느님께서는 아직 나를 버리지 않으셨다!"

사마소는 기뻐 어쩔 줄을 몰랐다.

겨우 하루 100명의 목을 축일 수밖에 없었던 샘에서 아무리 퍼내어도 마르지 않는 맑은 물이 솟아나오는 것이었다.

이리하여 사람과 말은 목마름에서 벗어날 수 있었다.

한편 철롱산 기슭을 20만 대군으로 포위한 강유는 모든 장수들을 불러 모으자 말했다.

"여러분! 일찍이 20년 전 우리 승상께서 상방곡에서 사마의를 놓치셨던 일을 상기하시오. 나는 그때 승상의 원통해하시는 마음을 짐작하고 창자가 끊어지는 것만 같았소. 지금이야말로 돌아가신 승상을 대신해서 사마의의 아들 소를 무찔러 버림으로써 그때의 원통함을 만에 하나라도 풀고 싶소."

강유의 말은 모든 장군들의 가슴 속으로 파고들었다.

저마다 자기 진지로 돌아온 장군들은 강유가 한 말을 그대로 옮겨 촉군의 사기를 불러일으켰다.

사마소가 철롱산에 갇혀 금방이라도 전멸당할 위기에 놓여 있다는 사실은 장안에 있는 곽회에게 급히 전해졌다.

"지체할 수 없다. 당장 도우러 가야겠다!"

곧 진용을 갖추고 떠나려 했다.

이를 말린 것은 진태였다.

"강유는 강병을 자기편으로 끌어들여 함께 남안을 점령하려는 것이 틀림없습니다. 벌써 강병은 촉나라 진지에 도착해 있을 겁니다. 지금 장군께서 철롱산으로 돌입하게 되면 강병이 등 뒤를 치게 될 것이므로 장군은 이를 막을 길이 없게 될 것입니다. 지금 우리가 취할 수 있는 최상책은 강병을 우리 쪽으로 돌리는 것입니다. 지금 장군께서 강인에게 밀사를 보내어 거짓 항복한 후 강왕을 우리 편으로 끌어들일 수만 있으면, 강유는 철롱산 포위를 풀지 않을 수 없을 것입니다."

"그거 묘계다!"

곽회는 진태를 시켜 군사 5천을 이끌고 강왕의 진영으로 가게 했다. 진태는 군사 전원에게 명하여 병기를 모두 땅에 버리게 하고 강왕에게 사자를 보냈다.

"강왕께 말씀드립니다. 위나라 진태, 생각하는 바가 있어 항복합
니다."

강왕은 5천 명 군사가 모두 무기를 버렸다는 말을 듣고 진태를 불
러들였다. 진태는 공손히 절하고 나서 말했다.

"실은 우리 상관인 곽회는 요즈음 사마사의 신임이 두터운 것을
믿고 몹시 교만해지기 시작했습니다. 그것을 보다못해 충고했던바
도리어 나를 미워하여 죽이려 했습니다. 다행히 재치 있는 부하들
덕택에 무사하게 넘어가긴 했으나 굳이 곽회 밑에 머물 생각이 없
어 군사 5천을 거느리고 대왕께 항복해 온 것입니다. ……소장은
곽회 본영의 내부를 훤히 알고 있습니다. 내일 밤이라도 소장의
안내로 야습을 하면 곽회의 목을 치는 것도 아주 쉬운 일입니다.
성공은 틀림없습니다. 벌써 소장은 곽회의 시종에게 말하여 내통
을 하게끔 모든 준비를 갖추어 두었습니다."

이 말을 들은 강왕은 기뻐했다.

강왕은 대장 아하소과를 불러 명령했다.

"그대가 선봉이 되어 항복한 위나라 군사를 후진으로 하고, 진태
와 함께 맨앞에서 달려가 위나라 곽회의 중군 본영을 야습하도록
하라."

강왕은 이것이 함정일 줄은 꿈에도 생각지 못했다. 그런 점에서
삼국 무장들에 비하여 머리가 단순하다고 할 수밖에 없다. 흥정이니
수단이니 속임수니 하는 것을, 강인들은 전혀 모르고 있었다. 즉 한
번 싸움터에서 적과 마주치면 무서운 용맹을 떨치기는 하나, 전장에
나서기 전에 외교적으로 적을 속이는 것이 얼마나 중요한가를 모르
고 있었고, 경험도 적었던 것이다.

밤이 이슥해서 거짓 항복한 위병 5천을 후진으로 하여, 아하소과
는 진태와 함께 고삐를 나란히 하고 선두를 달려갔다.

위나라 진영에 다가가자 웬일인지 진문은 좌우로 크게 열려 있었다. 문 지키는 보초 한 사람 볼 수 없었다.

"앞장서서 돌입한 공을 내가 세우게 해 주시오!"

이렇게 외치자 진태가 질풍처럼 진문 안으로 말을 달렸다.

아하소과는 그 뒤를 따라 말을 내몰았다.

순간——

"앗!"

비명을 지른 아하소과는 말과 함께 그곳에 파놓은 함정에 빠졌다.

잘 되었다는 듯이 진태는 신호의 불화살을 쏘아올렸다. 후진이 된 진태의 군사 5천이 무섭게 강병의 등 뒤를 덮쳤다.

때맞춰 대기하고 있던 곽회가 수만 명 군사에게 명령했다.

"공격!"

협공을 당한 강병은 그 진형이 도막도막 끊어져 힘을 쓸 수 없었다. 아무리 몸부림쳐야 소용 없는 저항이었다.

한 시간이 못 되어 강병은 반이 꺾이고 반은 항복했다.

아하소과는 온몸에 상처투성이가 되어 털썩 땅바닥에 주저앉자 자기 칼로 자결하고 말았다.

겨우 몇 명 안 되는 군사들이 이리 닥치고 저리 닥치그 하며 미친 듯이 날뛰다가 어디론지 달아났다.

곽회와 진태는 때를 놓치지 않고 성난 해일처럼 강병의 진영을 야습했다.

강왕은 진태와 아하소과가 곽회를 무찌르고 돌아온 것으로 생각하고 진문 밖으로 나와서 맞았다.

"대체 어찌된 일이냐?"

순간 자기 눈을 의심하며 소리쳤을 때는 이미 늦었다. 아차 하는 사이에 강왕은 포로가 되고 말았다.

곽회 앞에 끌려나온 강왕은 굴욕을 참지 못하고 외쳤다.

"어서 목을 쳐라!"

곽회는 천천히 다가오더니 강왕을 묶은 밧줄을 칼로 끊었다.

"속임수로 당신에게 이같은 치욕을 준 것을 용서하시오. 강나라
는 일찍부터 위나라와 좋은 사이였소. 위나라 황제께서도 굳게 믿
고 있었는데, 무엇 때문에 위나라를 배반하고 촉나라 편을 들게
되었는지 알고 싶소."

곽회의 태도가 은근했기 때문에 단순한 강왕은 돌연 부끄러운 생
각이 들었다.

"촉나라 밀사 극정이란 자의 말솜씨에 감쪽같이 속고 말았던 것
이오."

"지나간 일은 묻지 않겠소. 지금부터라도 마음을 돌려 위나라를
위해 일해 준다면 위나라 황제로부터 응분의 은상이 내릴 거요."

"알았소이다. 위나라 황제를 위해 몸바쳐 촉나라와 싸우겠소."

"그렇다면 먼저 철롱산을 포위한 촉군을 공격하여 포위를 풀게
해 주오."

"알았소."

강왕 미당은 이렇듯 간단히 위나라 편으로 돌아서고 말았다.

"강왕 미당이 군사를 이끌고 응원차 달려오고 있습니다."

이런 좋은 소식이 전해졌을 때, 강유는 내일이라도 철롱산으로 쳐
올라가 아무리 많은 희생자를 내는 한이 있더라도 기어코 사마소를
무찌르고 말겠다는 결심을 굳히고 있는 참이었다.

강유의 성격적인 결함은 느긋하게 기다리고 있지 못하는 데에 있
었다.

죽은 공명의 가르침에는, 많은 군사로써 적은 군사를 몰아붙였을
때야말로 조심하여 조금도 방심해서는 안 된다는 주의 사항이 있었
다. 교만이 허점을 만든다는 것을 경계하고 있는 것이다. 전략 전술

은 이런 허점을 파고 들게 마련이다.

강유는 물론 보통 군략가는 아니었다. 죽은 공명으로부터 모든 병법을 다 전해 받기도 했다. 그러나 자신이 적의 허를 찌르는 데는 지능이 뛰어났지만, 자기의 허를 노리는 적에 대한 대처에서는 부족했다. 일단 자기 편이 되었다고 맹세한 사람을 그대로 믿고 마는 순진한 면이 있었다. 싸움에 있어서는 그와 같은 순진성이 도리어 화가 된다는 것에 생각이 미치지 못했다.

죽은 공명은 선주 유현덕이 죽었을 때도, 후주 유선에게 출사표를 쓸 때도, 눈물 한 방울 흘리지 않았다. 또 가장 신뢰하는 무장 마속이 자신의 명령을 어기고 패배하자 그의 목을 베었다.

총지휘관이 된 사람이라면 적어도 이만한 비정함은 지녀야만 했다. 비정은 냉혹한 것과는 근본적으로 성격이 다르다. 비정이란 것은 때로는 다른 사람의 눈에 잔인하게 비칠지도 모른다. 그러나 행위 자체는 잔인하더라도 타고난 성격이 냉혹한 것과는 큰 차이가 있는 것이다.

제갈공명은 누구보다 마음씨가 착하고 사리사욕은 조금도 갖지 않는 군략가였다.

물론 공명과 강유를 비교하여 논한다는 것은 강유에 대해 좀 가혹한 일일 것이다.

아무튼 강유는, 강왕 미당이 같은 편이 되겠다고 맹세하였으므로 조금도 의심을 품지 않았다. 공명이 살아 있었다면 강유에게 타일렀을 것이다.

"강인을 전폭적으로 신뢰해서는 안 된다."

강유는 본디 강인과 친하게 사귀어 온 터라 강인의 단순함을 익히 알고 있었으나 그것을 좋게만 해석하고 있었던 것이다. 단순하다는 것은, 오늘은 우리 편이지만 내일에는 적에게로 돌아설 수 있는 위험도 많다는 말이 된다. 강유의 생각은 거기까지 미치지 못했다.

아홉 장수

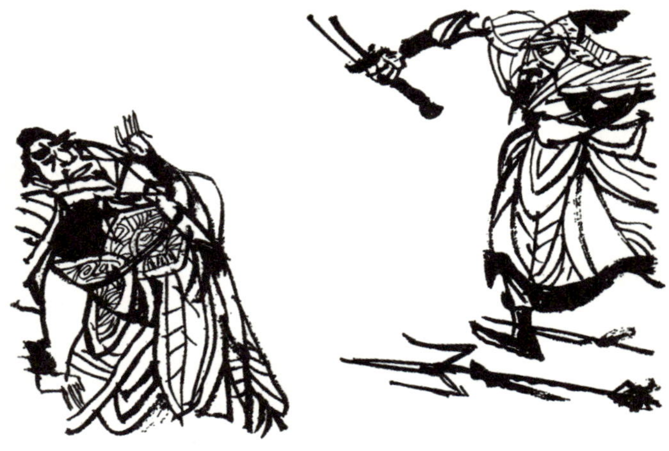

"강왕이 선두에 서서 와 준다는 것은 고마운 일이다!"

강유는 일부러 진문까지 나가 맞았다.

미당은 땅을 뒤덮는 대군을 이끌고 촉의 영해 가까이 와 있었다.

진문에서 강유가 기다리고 있는 것을 보자 미당은 대군을 진지로부터 일정한 거리를 두고 정렬시킨 다음 자신은 1백여 기를 이끌고 조용히 다가왔다.

"먼 길에 수고가 많습니다. 깊이 감사드립니다."

강유는 기쁨의 인사를 나누고 본영까지 맞아들였다.

미당이 거느리고 온 강병 속에는 위나라 군사가 많이 끼어 있었다. 특히 함께 본영으로 들어온 1백여 기 속에는 위군 속에서 추리고 뽑은 일기당천의 용사 30여 명이 있었다.

강유야 꿈엔들 그런 사실을 알 리 없었다.

본영 앞에서 나와 맞는 하후패가 문득 그 중 한 사람을 보는 순간 분명 낯이 익었으므로 놀라 소리쳤다.

"아니, 이건!"

다음 순간——

"공격하라!"

하후패가 눈치를 챘다 싶자 미당은 급히 명령했다.

"와아!"

외치는 소리와 함께 1백여 기는 창과 칼을 휘두르며 성난 물결처럼 본영 안에서 용맹을 떨치기 시작했다.

강유에겐 그야말로 악몽이었다.

반사 본능으로 말에 뛰어올라, 급히 도망치면서도 악몽 속에 있는 것 같았다.

"강유를 무찔러라!"

"강유를 놓치지 마라!"

강병과 위병이 외치는 소리가 등 뒤에서 울렸다. 그 외침이 강유에게는 꿈 속의 소리 같았다.

본영 안에는 촉병이 3백여 명 있었다. 그러나 모두 무장을 갖추지 않고 있었다. 황급히 무기를 들었을 때는 벌써 적의 창과 칼이 들이닥치고 있었다.

뿔뿔이 흩어져 목숨을 건진 사람은 겨우 20명 남짓했다.

강유는 약 2마장쯤 말을 달리고 나서야 퍼뜩 정신이 들었다.

몸에 무기라고는 아무것도 없지 않은가!

등에 활과 화살을 메고 있었으나 정신없이 말에 뛰어오르는 순간 적병 몇 사람의 창을 피하기 위해 몸을 엎드렸기 때문에 전통에서 화살이 모조리 쏟아지고 말았다.

"강유야, 게 섰거라! 이 곽회가 무서워 달아난다는 것은 총대장으로서 부끄러운 일 아니냐!"

뒤쫓는 적장의 외침소리에——

"네 놈이!"

이를 갈았으나, 화살도 없고 칼도 창도 없는 몸으로는 싸울 도리가 없었다.

바싹 뒤쫓는 강병과 위병이 쏘아 대는 화살이 빗발치듯 강유를 향해 날아왔다. 어깨에도 팔에도 화살이 꽂히기는 했으나 강유가 탄 준마가 워낙 빠르게 달렸으므로 화살의 위력은 대단치 않았다.

"여기서 강유를 무찌르지 못하면 언제 무찌른단 말이냐!"

곽회는 병사들을 재촉하며 스스로도 말 다리가 부러지라는 듯이 뒤를 쫓았다. 곽회는 활에 화살을 메겨 힘껏 당겼다.

하늘이 도운 것인지, 죽은 공명의 영혼이 도운 것인지 강유는 몸을 비틀며 날아드는 화살을 꽉 받아 쥘 수 있었다.

화살을 받아쥐는 것과 그것을 자기 활시위에 메겨 줄을 당기는 것이 거의 동시였다. 정말 자신도 모르는 재빠른 솜씨였다.

곽회가 쏘아보냈던 화살은 곽회를 향해 다시 날아갔다.

불행은 뒤쫓는 곽회 쪽에 있었다. 강유가 급히 날린 화살이 정확히 미간에 박혔다. 곽회는 곤두박질을 치며 말에서 떨어졌다.

"됐다!"

강유는 새처럼 말에서 껑충 뛰어, 넘어진 곽회의 허리에서 칼을 뽑아들었다.

"어서 오너라!"

그는 귀신도 무서워할 사나운 기운을 내뿜으며, 뒤쫓아오는 적의 말 다리를 이리 치고 저리 치고 마구 후려갈겼다.

대장 곽회를 잃은 합동부대는 순식간에 진형이 흐트러졌다.

거기에 하후패가 한 부대를 이끌고 강유를 구하기 위해 먼지를 일으키며 달려왔다.

위나라 장수 하나가 곽회를 끌어안고 산기슭 숲 속으로 달아났다.

그러나 그때 벌써 곽회는 숨이 끊어져 있었다.

사마소가 이끄는 위나라 군사가 철롱산에서 싸움에 가담하기 위해 내려왔을 때는 벌써 벌판에는 촉나라 군사라고는 한 명도 보이지 않았다.

이 싸움에서 촉군은 9천 여 명을 잃었다.

강유는 자신의 어리석음을 부끄러워하여 자결할 결심을 했으나, 모든 장수들이 말리는 바람에 생각을 돌이켰다.

"장군, 우리가 강왕의 배신으로 패한 것은 사실입니다. 그러나 맹장 서질을 무찌르고 곽회를 저 세상으로 보냈으니 꼭 패한 것만은 아닙니다. 공과 죄가 반반이라고 생각하십시오."

하후패의 위로를 받았으나 강유는 가슴 속으로 울었다.

'승상! 저의 모자람을 오늘처럼 뼈저리게 느껴 본 적은 일찍이 없습니다!'

강유는 신음하며 땅바닥에 단정히 무릎을 꿇자, 멀리 성도 쪽을 향해 엎드려 머리를 들 줄 몰랐다.

강유는 패군을 거느리고 쓸쓸히 성도로 돌아왔다.

강유를 비판하는 조신들의 목소리가 자못 높았다.

"비승상이 살아 계셨더라면 이번의 패전도 없었을 것이오."

"병을 좋아하는 것은 나라를 그르치기 쉽소."

특히 초주(譙周)는 장문의 상주문을 올렸다.

그 내용은 나중에 구국론(救國論)이란 글로 간추려졌지만, 한 마디로 말해서 쓸데 없는 전쟁은 국력을 해치기만 한다는 것이었다.

강유는 깊이 반성하며 대장군의 인수를 반납하려 했지만 후주 유선은 이를 물리쳤다.

"경이 아니면 누가 이 나라의 사직을 지킬까!"

강유의 훌륭한 점은 후주가 용서했다 해서 패전의 잘못이 없어졌다고 생각지 않은 점이다.

"나는 역시 돌아가신 제갈 승상에 비해 그릇이 너무나도 작다. 작은 그릇은 작은 대로 분수를 지켜 촉나라를 굳게 지켜야 한다."

한편 사마소는 서질과 곽회를 잃기는 했지만, 승리를 거둔 기쁨으로 의기양양해 낙양으로 개선했다.

사마사는 아우를 위로했다.

"잘 했다! 강유가 어느 정도의 재능을 가진 군략가인지를 이번에 알게 되었다."

이번 승리로 위나라 조정에서 사마 형제의 위세는 더욱 굳어졌다.

두 형제에게 조금이라도 반항하는 사람은 모조리 변방으로 쫓겨 가든가, 벼슬을 박탈당하든가, 서민으로 내려앉든가 했다.

이렇게 되자 군신들 가운데, 어느 한 사람도 그들 형제가 하는 일에 다른 의견을 말하는 사람이 없었다.

누구보다도 황제 조방이 사마사를 무서워했다.

사마사가 입궐해서 앞에 와 서기만 해도 조방은 가슴이 뛰며 온몸이 떨렸다. 가끔 사마사가 관원들을 꾸짖거나 할 때면, 조방은 마치 등을 바늘로 찔리는 것 같은 아픔을 느꼈다.

어느 날 조방이 조회를 여는데 가만 보니 사마사가 허리에 칼을 차고 있었다.

조방은 사마사를 한번 보는 순간——

'나를 죽이려는구나!'

공포로 얼굴이 창백해지며 후들거리는 발걸음으로 옥좌에서 내려와 사마사에게 목숨을 빌려고 했다.

사마사는 소리내어 웃었다.

"폐하, 무엇 때문에 그렇게 떠십니까? 천자되시는 분은 무엇보다도 위엄을 가지고 느긋한 태도로 옥좌에 앉아 계셔야만 됩니다."

사마 형제의 하늘 무서운 줄 모르는 횡포는 날로 더해갔다.

문관들은 정무를 천자가 아니라 사마사에게 보고했다. 그리고 사마사는 임금에게 일체 아뢰는 일도 없이 자기 마음대로 결재했다.

더구나 사마사는 승상으로서 지켜야 하는 관례를 일체 무시했다.

예를 들면 퇴청할 때, 조방의 어전이라도 거침없이 뜰에서부터 수레를 탔다. 거느리고 다니는 수행원은 1천 명이 넘었다.

천자인 조방이 후궁에 들어갈 때나 정전으로 나올 때는 겨우 몇 명이 따를 뿐이었다.

임금과 신하의 거동이 완전히 뒤바뀌고 말았다.

사마 형제의 횡포를 이대로 내버려 두어서는 안 된다고 속으로 분하게 여기는 사람이 몇 사람 있었지만, 동지를 모아 이를 무찌를 만큼 용기를 가진 사람은 없었다.

때는 위나라 정원(正元) 원년(254) 정월이었다. 위나라 황제 조방은 이 해로 재위 15년째를 맞고 있었다.

사마사 형제가 무서워 벌벌 떨고 사마사에게 구석(九錫)까지 내려 주었지만, 마음 한편으로는 불만이 없을 수 없었다.

'나는 명색이 천자가 아닌가! 그런데 실제로는 사마씨의 허수아비에 지나지 않는다. 아아……'

이런 황제의 한탄이 몇몇 충신의 귀에 들어갔다.

그러나 그들로서는 당장 어찌할 수가 없었다.

그 몇몇 사람이란 중서령 이풍(李豊), 황후의 아버지인 광록대부(光祿大夫) 장집(張緝), 환관의 우두머리인 황문감(黃門監) 소삭(蘇鑠), 태후궁 장관인 영녕서령(永寧署令) 악돈(樂敦), 그리고 유보현(劉寶賢) 등이었다.

이들은 남다른 권력이 있는 사람이 아니었으나 황제를 가까이서 모시며 접촉이 많았기 때문에 자연히 불우한 조방의 처지를 동정하고 있었다.

어느 날 조방이 이들과 함께 있는 자리에서 그야말로 중대한 말을 했다.

“사마사는 날로 그 행동이 방자해 가오. 그의 벼슬을 바꾸는 게
좋을 듯하오.”

“예? 그런 말씀을 함부로 하셨다가는…….”

이풍은 주위를 둘러보았다.

다행히 주위에는 엿듣는 사람이 없는 것 같았다.

“나는 도무지 사마사가 무섭기만 하오. 구석을 내렸기 때문에 칼
을 차고 궁중에 들어오거나 궁중 뜰에서 직접 수레를 타는 것은
할 수 없다 하지만, 왠지 그의 모습만 보면 가슴이 섬뜩하오.”

조방의 이 딱한 말에 충성스러운 신하들은 눈물이 나오지 않을 수
없었다.

이윽고 비교적 젊은 유보현이 물었다.

“황공하오이다. 그런데 사마사를 물리친다면 그 후임자로 폐하는
누구를 생각하고 계십니까?”

이것은 매우 중대한 질문이었다.

강력한 사마씨와 대항하자면 역시 강력한 인물이 아니면 안 된다.

“태상(太常) 하후현(夏侯玄)이 어떨까?”

하후현은 저 하후상(夏侯尙)의 아들로 사마의에게 죽임을 당한
조상과는 사촌이었다.

위나라에선 자타가 공인하는 명문이다.

조상이 국정을 잡고 있을 무렵에는 정서장군에다 옹주·양주 자사
로 장안에 주둔하고 있었지만 사마의가 실권을 잡자 요직에서 해임
되어 도읍으로 소환되었다. 지금은 대궐 의전(儀典)이나 맡아보는
한가로운 직책에 있었다.

“하후현 장군이라면…….”

그 자리에 있던 사람들은 고개를 끄덕였다.

하후현은 매우 신중한 인물이기도 했기 때문이다.

그가 아직 조상과의 관계를 의심받아 연금되었을 무렵의 일이다.

사마의 중달이 죽자 친구인 허윤(許允)이 달려가서 말했다.

"이제 장군도 베개를 높이 베고 잘 수 있게 되었습니다."

그러자 하후현은 침착하게 대답했다.

"무슨 소리, 자네의 눈은 옹이구멍인가. 사마의는 그래도 나를 친구의 아들로서 대우해 주었네. 그러나 사마사와 사마소는 무슨 일이 생긴다면 도저히 나를 용서하지 않을걸세."

이 말은 사마의보다 사마사 형제가 더 냉혹했다는 말도 되지만, 앞일을 내다본 말로서 그때 사람들의 공감을 얻었다.

'사마의가 죽었으니 남은 조씨 일문도 한숨 돌리겠다.'

그렇게 생각했던 것인데 현실은 그때보다 더 가혹했다.

아무튼 이풍 등 대궐의 다섯 고관은 조방의 딱한 말에 뜨거운 눈물을 흘렸다.

"폐하, 너무 걱정하지 마시옵소서."

그러자 조방은 고개를 끄덕이며 눈물을 흘렸다.

"사마사는 나를 어린애처럼 알고, 문무백관을 제 신하인 것처럼 명령하고 있소. 이대로 가면 머지않아 사직이 뒤바뀔 염려가 있소. 그러나 그대들이 힘을 합쳐 준다면……."

"폐하, 걱정 마시옵소서."

이풍이 힘차게 대답했다.

"신이 비록 재주는 없사오나 폐하의 조칙을 얻게 되면 각국 영웅들을 불러 모아 간악한 역적 사마 형제에게 천벌을 내리도록 하겠습니다."

뒤늦게 모의에 가담한 하후현도 두 주먹으로 책상을 내리치며 말했다.

"신의 숙부 하후패가 촉나라로 달아난 것은 오로지 사마씨 형제의 독수가 무서웠기 때문이옵니다. 그들 형제를 우리 손으로 무찌르는 날이면 아저씨도 반드시 돌아오게 될 것입니다. ……폐하,

부디 결심을 내리시옵소서!"

그러나 막상 마음 약한 조방은 입술을 씰룩거리면서 고개를 움츠렸다.

"그들 형제를 무사히 무찌를 수 있을는지?"

"폐하, 마음을 굳게 가지옵소서! 폐하께서 조칙만 내리시면 지방 장군들이 들고 일어날 것이옵니다!"

이풍은 무심중에 천자의 어깨를 잡고 흔들었다.

"알았소! 나는 결심했소! 그대들이 힘을 합쳐 그들 형제를 무찌르시오!"

이리하여 하후현 등은 한쪽 손을 높이 들어 동지로서의 맹세를 했다. 조방은 속옷을 벗고 가슴을 칼로 그은 다음 그 피로 조칙을 썼다. 삼가 이를 받은 장집은 말했다.

"만일을 몰라 일러두지만, 태조 무황제(조조)께서 동승(董承)을 주벌할 수 있었던 것은, 동승이 비밀리에 반역을 꾀하는 사실을 동승 자신이 전혀 눈치채지 못하는 가운데 탐지해 냈기 때문이오. ……부디 사마 형제들이 눈치채지 않게, 또 다른 문무백관들도 알지 못하게끔 해주기 바라오."

"마음 놓으십시오."

이풍이 자신있게 말했다.

"신 등은 동승과는 다르옵니다. 사마사도 또 무황제는 아니옵니다. 우리 세 사람이 목숨을 바쳐 역적 형제에게 천벌을 가하겠나이다."

"부탁하오!"

조방은 그제야 자신감을 되찾았다.

천하일인자(天下一人者)

　실권을 틀어쥐고 있는, 지략이 뛰어난 권력자를 해치우자면 그만큼 주도면밀한 준비와 계략을 갖추지 않으면 안 된다.

　그리고 그 음모가 천자의 밀조칙에 의해 행해질 경우는 더욱 조심하지 않으면 안 된다.

　먼저 대궐 안에 독재자가 풀어놓은 첩자들의 눈이 우글거리고 있다는 것을 염두에 두어야 한다. 그들의 눈과 귀를 막지 않으면 안 된다. 그리고 독재자에 대해서는 아부하고 순종하여 절대적인 신뢰를 얻는 역수법을 써야 한다. 또 각처로 격문을 보내는 데는 자기 편이 되어 줄 수 있는 사람을 잘못 고르는 일이 있어서는 안 된다.

　그러기 위해서는 느긋한 마음으로 충분한 시간을 가질 필요가 있다. 급하게 서두르는 것은 금물이다.

　하후현이 이풍·장집 등과 더불어 사마형제를 제거하려고 결심한 것은 장한 일이었다.

　그러나 그들은 일을 너무 서둘렀다.

　결코 사마 형제를 얕잡아본 것은 아니었으나 상대가 너무 강력하기 때문에 빨리 해치우지 않으면 계획이 탄로나고 만다는 조급한 생각이 있었다. 계획을 상의하기 위해 사흘이 멀다하고 몇 차례나 계속 밀실에서 모인 것부터 서툴기 짝이 없었다.

일곱 번째로 너덧 시간이나 밀의를 갖고 이들은 퇴궐했다.

동화문(東華門)까지 왔을 때였다. 우연인지 계획된 것인지 칼을 찬 채 수백 명 무장 호위병을 거느리고 문을 들어서는 사마사와 마주쳤다.

그들은 공손히 옆으로 비켜섰다.

사마사가 말 위에서 세 사람을 차갑게 내려다보며 물었다.

"퍽 늦게 퇴청을 하는데 무슨 일이 있는 모양이로군?"

이풍이 즉시 대답했다.

"폐하께서 저희들을 책 읽는 상대로 명하셨습니다."

"귀공들이 모시고 책을 읽었단 말이오?"

"그렇습니다."

"어떤 책이었지?"

"「서경(書經)」입니다."

"폐하께서 뭐라고 물으셨소?"

"이윤(伊尹)이 은(殷)나라를 바로잡고 주공(周公)이 나라 일에 전념한 데 대해 자세히 물으셨습니다. 우리 세 사람은 폐하께 말씀드렸습니다. '우리 위나라 대장군 사마 승상이 바로 이윤과 주공을 합친 것 같은 큰 인물입니다'라고……."

사마사는 싸늘하게 비웃음을 흘렸다.

"귀공들은 그 반대되는 말을 한 게 아닐까?"

"무슨 말씀이신지?"

"사마사는 왕망(王莽)·동탁(董卓)보다 더한 역적놈으로 천하를 차지하려 하고 있다고 말이오!"

"천만의 말씀! 저희가 어찌 감히 그같은 말을 폐하께 아뢰겠습니까?"
"닥쳐라!"
사마사는 호령했다.
"대궐 안에는 내가 쳐놓은 감시의 눈이 곳곳에 있다. 누가 어떤
생각을 하고 어떤 행동을 하는지 그날 안으로 보고가 들어온다!
너희들이 후궁 밀실에서 어떤 상의를 했는지 모조리 내 귀로 들어
와 있다. 이 어리석은 놈들아!"
'이젠 마지막이구나!'
그들은 얼굴이 창백해졌다.
"에잇!"
하후현이 부르짖으며 품 속의 단검을 꺼내 달려들려 했다.
그러나 등 뒤에 호위병 10여 명이 만일에 대비하여 도사리고 있
었다.
하후현은 '아차' 하는 사이에 붙들리고 말았다.
"이들의 몸을 뒤져라!"
사마사의 명령으로 이풍, 하후현, 장집은 곧 벌거숭이가 되었다.
장집의 옷 밑에 임금 조방이 자기 속옷에 피로 적은 조서가 숨겨
져 있었다.
사마사는 피로 쓴 조칙을 펴 보았다.

　　──사마 형제가 대권을 송두리째 차지하고 장차 대위를 노리
려 한다. 그동안 내린 조칙은 내 뜻이 아니었고 사마 형제가 한
것이었다. 그러므로 각 관원과 장수들은 충의의 뜻을 세워 이들
형제를 무찌르고 사직을 바로잡아라. 공이 이룩되는 날, 저마다
큰 상을 내리고 벼슬을 주리라.

읽고 난 사마사는 피로 쓴 조서를 품속에 넣은 다음 섬뜩한 눈빛

으로 꾸짖었다.

"너희 세 놈이야말로 역적이다! 내가 황제의 자리를 노린다고 각
지방 수령과 무장들에게 격문을 보낼 작정이었겠지만 어림도 없
는 이야기다!"

이튿날 아침 백성들이 아침상을 물렸을 무렵 하후현 일당은 낙양
한복판에 있는 저잣거리에 끌려나와 있었다.

죄목은 방에 써붙여져 있었다.

처형 방법은 요참(腰斬)이었다.

그들의 처자를 비롯한 친지들도 역시 결박되어 시장 네 귀퉁이에
주욱 끌려나와 있었다.

하후현·이풍·장집 세 사람은 다같이 큰 소리로 사마 형제의 전횡
을 욕하며 만여 명 군중들을 향해 외쳤다.

"의로운 사람은 용감하게 나와서 그들 형제를 무찌르라! 하늘이
도울 것이다."

그러나 그에 응해 뛰쳐나오는 용기 있는 사람은 한 사람도 없었
다. 모든 눈은 그저 무서워 떨고 있을 뿐이었다.

욕하며 외쳐대는 세 사람의 입을 옥졸이 몽둥이로 후려쳤다. 입술
이 터지고 이가 모조리 부러졌다.

'요참'이란 허리를 자른다는 뜻으로, 형 중에서도 가장 참혹한 처
형 방법이었다.

그저 허리를 베어 죽이는 것이 아니라 몸을 완전히 벌거숭이로 만
든 다음 먼저 남자의 생식기를 자르고 궁둥이를 난도질한다. 그리고
땅바닥을 뒹굴며 몸의 피를 다 흘려 죽기를 기다린다. 참으로 무참
한 처형 방법이다.

이들의 친족 3백여 명도 3세 어린애까지 모두 처형당했다. 저잣
거리는 피바다로 변했다.

사마사는 눈썹 하나 까딱하지 않고 이 광경을 지켜본 다음 대궐로

들어갔다.

대궐 안에도 대소동이 벌어져 있었다. 그러나 사마사가 입궐하는 순간 쥐죽은 듯 무서운 정적이 찾아들었다.

사마사는 말을 탄 채 후궁으로 들어가 천자가 있는 편전 앞에서 내렸다.

조방과 장 황후는 내전에서 떨고 있었다.

서서히 다가오는 사마사를 바라보자 조방은 비틀거리며 용상에서 바닥으로 내려와 주저앉았다.

"폐하!"

사마사는 칼날 같은 시선으로 쏘아보며 호통쳤다.

"신의 아비는 어린 폐하를 지키며 오나라·촉나라와 싸웠고, 특히 천 년에 한 사람 나올까 말까 하다는 대군략가인 제갈량을 중원에서 분통 터져 죽게 만들었습니다. 그 큰 공은 주공(周公)의 그것만 못하지 않을 겁니다. 또 그 아들인 신이 폐하를 섬기며 나라 정치에 애써 온 공도 이윤(伊尹)과 다를 게 없습니다. 그런테 무엇 때문에 못된 신하들의 부추김에 현혹되어 우리 부자의 공을 짓밟아 없애버리려는 겁니까? 이 무슨 어리석은 짓입니까?"

"자, 잠깐만!"

조방은 바닥에 두 손을 짚고서 빌었다.

"나는 그, 그런 음모는. ……전혀 모르고 있었소. ……용서하오! 용서해 주오!"

그러자 사마사는 품 속에서 피로 조칙을 적은 속옷을 꺼내어 조방 앞에 집어던졌다.

"몰라! ……난 이런 건 몰라!"

"넋을 잃고 떨고 있는 폐하의 모습이 피의 조서를 내린 증거가 아니고 무엇이란 말입니까!"

"오, 용서하오! 이건 내가 이풍과 장집에게 부대끼다 못해……

하는 수 없이 적은 것뿐이오. 나는 경을 신뢰하며 아버지처럼 생
각하고……."
"이제 와서 비겁한 변명을 하는 건 보기 딱할 뿐이오!"
사마사는 엷은 웃음을 보였다.
"아아! 나는 어쩌면 좋단 말인가?"
"죄없는 나를 죽이려고 한 것은 바로 황제의 자격이 없다는 것을
말해 주고 있소!"
"나를 죽일 작정인가?"
"하하하……나는 국법에 의해 죄를 묻고 있을 뿐이오."
그렇게 말하고 나서 사마사는 장 황후를 손으로 가리켰다.
"황후이기 전에 이 여자는 장집의 딸입니다. 일족이 모두 처형된
지금 황후라고 살려 둘 수는 없습니다!"
이 말을 듣자 황후는 기절해 버렸다.
조방은 울며 사마사에게 매달렸다. 그러나 확 떼밀리고 말았다.
그날 장 황후는 동화문까지 끌려나가 명주로 목이 졸려 죽었다.
후세 사람이 이 일을 두고 시를 지어 탄식했다.

　　그 옛날 복 황후는 궁궐 문 끌려나갈 때
　　맨발로 슬피 울며 황제와 이별했지
　　사마사가 오늘 아침 그 본을 따라하니
　　하늘이 자손에게 업보를 돌려주는구나

가을바람이 부는 어느날 촉나라에서는 강유가 공명의 사당 앞에
머리를 조아리고 있었다.
그날은 공명이 오장원에서 세상을 뜬 날이다.
강유는 그날 일이 어제처럼 되살아났다.
공명의 죽음은 그야말로 '하늘로 돌아갔다'는 표현이 걸맞다.

그날 밤 공명은 마현에게 병든 몸을 부축받으며 본영 장막 밖으로 나가자, 20여 년 동안 늘 오른손에 잡고 병마를 자유자재로 움직이던 백우선을 천천히 들었다.

부채가 가리키는 곳에 북두성이 있고, 그 북두성 저쪽에 별 하나가 깜박이고 있었다.

"저것이 이 공명의 별이다."

그렇게 말하는 순간, 그 별은 서서히 빛을 잃어가고 있었다.

공명은 그 때 그 모습에 얼마나 신비스런 빛을 띠고 있었던가!

강유는 고개를 숙인 채 그 모습을 떠올렸다.

"장군!"

등 뒤에서 소리가 났다.

퍼뜩 정신이 나서 돌아다보니 마현이었다.

대궐에서는 공명을 추모하는 행사가 벌어지고 있었다. 그러나 강유는 그 행사에 나가는 대신 이곳 사당으로 왔다.

마현이 올바로 짐작하고 말을 달려온 것이다.

마현은 강유와 나란히 서서 기도를 올린 다음 말했다.

"위나라에 보낸 밀정에게서 급보가 왔습니다."

"위나라에서 무슨 일이 일어났는가?"

"예에, 내분이 일어나서 사마사가 하후현·이풍·장집 등 충신을 처형했을 뿐 아니라 황후까지 장집의 딸이라 하여 목을 졸라 죽였다 합니다."

"지나치게 독재를 써서 언젠가는 암살을 꾀하는 충신이 나올 줄 알고는 있었지만……. 사마사란 사람이 쉽게 얕은 꾀에 희생될 바보는 아니지."

마현이 물었다.

"사마사가 위나라 황제에 대해 어떤 처치를 하리라고 장군은 생각하십니까?"

"글쎄……?"

강유는 잠깐 생각하더니 중얼거렸다.

"결국 폐위시키겠지."

"그럼 다른 천자를 세운다면 누가 될 것 같습니까?"

"조방을 폐하면 당연히 조조의 막내 아들이요 조비의 배다른 아우인 팽성왕(彭城王) 조거(曹據)를 임금으로 앉히는 것이 순서겠지만, 사마사가 그렇게는 하지 않겠지."

"그렇다면?"

"조거는 지략이 뛰어나다. 사마사가 마음대로 쥐고 흔들 수 있는 사람이 아니다. 사마사로서는 자신이 마음대로 조종할 수 있는 사람을 천자로 앉힐 것이 틀림없다."

"사마사 자신이 황제가 될 것으로 생각지 않습니까?"

"아니…….."

강유는 고개를 저었다.

"지금 사마사가 천자가 되려고 하면 위나라에는 아직 이를 반대하고 나설 무장들이 있어 내분이 일어나게 되리라. 사마사는 그것을 누구보다 잘 알고 있다. 그는 아직 승상으로서 전권을 휘두르는 선에서 만족할 수밖에 없겠지."

그렇게 말하고 강유는 다시 사당 안쪽을 보았다.

"승상도 그렇게 생각하고 계시겠지요?"

강유는 결심을 새로이 한 표정을 지었다. 그는 마현의 어깨에 손을 얹었다.

"그대는 소년 시절에 승상을 옆에서 모셔 왔다. 그러니까 승상의 마음을 환히 알고 있을 것이다."

"소장은 다만 승상의 몸을 염려한 나머지 정성을 바쳐 섬긴 것뿐입니다."

"내가 만일 그대의 자리에 있었다면, 돌아가신 승상께서는 이때는 이렇게 하실 거라고 금방 결단을 내릴 수 있었을 텐데…….
재주가 없어 그저 이렇게 사당 앞에 머리를 조아릴 뿐이다.”
강유의 두 눈에 눈물이 글썽였다.
그 옆얼굴을 바라보며 마현은 가슴이 아팠다.
비록 강유가 공명을 대신해서 삼군을 통솔하고는 있으나 강유에
게, 공명과 같은 실력을 기대하는 것은 무리이다.
그것을 뼈에 사무치게 알고 있는 강유 자신의 괴로움이 마현에게
그대로 전해져 왔다.
“장군! 돌아가신 승상의 영혼이 장군을 지켜 주십니다.”
마현은 힘주어 말했다.
“과연 그렇다. 그러나 싸움은 지혜로써 하지 않으면 안 된다! 돌
아가신 승상이 나를 지켜주신다 해도 위기를 만났을 때의 순간적
인 대책까지 가르쳐 주시지는 않는다!”
몸과 마음을 모두 촉나라를 지켜나가는 데 바치고 있는 강유는 그
런 비통한 말로 자신을 타일렀다.

나라를 근심하던 충신들과 그 일족, 심지어는 황후까지 죽인 다음
천자를 완전히 허수아비를 만들어 버리는 큰 죄를 짓고도 태연히 독
재자 자리를 정당화시켜 버리는 실례는 중국 역사에서 얼마든지 볼
수 있다.
사마사는 이튿날 아침, 묘당에 문무백관들을 불러 모은 다음 선언
했다.
“다들 들으시오. 오늘 이 자리에서 내가 위나라 보위에 앉으신 분
이 너무도 어리석다는 말을 하게 된 것을 가슴 아프게 생각하오.
간사한 신하들의 꾐에 빠져 아비와 함께 나라 위해 몸바쳐온 나를
없애려 했소. 하후현·이풍·장집과 같은 소인의 말을 믿은 것은,
곧 스스로 천자의 자격이 없음을 드러낸 거요. 그러므로 나는 삼

가 이윤과 곽광(霍光)의 전례에 따라 천자를 폐하고 새 임금을 맞아 나라의 태평을 도모하려 하오……. 다른 의견이 있으면 지금 이 자리에서 말해 주기 바라오.”

도리를 아는 신하라면 도저히 참기 어려운 말이었다. 충의를 안다면 당당히 반대하고 나서야 할 자리였는 데도 한 사람도 나서는 사람이 없었다.

묘당 안은 그저 물을 끼얹은 듯이 고요하기만 했다.

“그럼 모두 내 의견에 이의가 없단 말이지요?”

사마사는 다짐을 주었다. 백관들은 머리를 숙였다.

사마사는 싸늘한 웃음을 띠고 그들을 이끌고 영녕궁으로 향했다. 영녕궁에는 태후가 살고 있었다.

아무리 천자마저 두려워하지 않는 사마사였지만 천자를 폐위시킨다는 것은 중대한 일이기 때문에, 백관을 거느리고 태후를 찾은 것이다.

찬탈은 절차를 밟는다. 어느 경우를 막론하고 절차를 밟는 것이 필요하다고 믿는 것이 중국인이었다.

대장군 사마사는 먼저 심복 곽지(郭芝)를 태후궁에 들여보냈다. 마침 태후 곁에 황제 조방이 자리를 함께하고 있어 곽지는 직접 조방에게 말했다.

“폐하, 대장군 이하 조정 백관이 지금 뜰 아래 와서 읍하고 있사옵니다.”

“무슨 일이오?”

조방은 떨리는 목소리로 물었다.

“그것을 정녕 모르시어 묻는 것이옵니까? 폐하께서 이미 실덕(失德)하여…….”

말이 채 끝나기도 전에 조방은 얼굴이 새파랗게 질렸다.

태후도 옆에서 벌벌 떨었다.

곽지는 그런 태후에게도 선언하듯이 말했다.

"태후께서는 아드님을 제대로 교육하지 못하셨습니다. 이렇게 된 책임은 태후께도 있습니다. 이미 대장군의 뜻을 바꿀 수는 없습니다. 대장군은 지금 태후궁 뜰아래 와 계시며 그의 삼군은 만일의 사태를 대비하여 대궐을 둘러싸고 있습니다. 나쁘게는 말씀드리지 않겠습니다. 지금은 잠자코 대장군의 뜻대로 하시는 것이 좋을 것입니다."

태후는 놀란 가슴을 억지로 진정시키며 마지막 부탁을 했다.

"대장군을 만나 직접 말씀드릴 것이 있소."

"그것은 안 될 일입니다. 지금은 다만 한시라도 빨리 새수(璽綬)를 준비하셔야 합니다."

태후도 사태가 여기에 이른 이상 별 도리가 없다고 체념할 수밖에 없었다.

곧 시녀에게 새수를 가져와 옆자리에 모셔놓게 했다.

새수는 천자의 옥새와 인수이다. 천자로서의 상징이다. 이것으로써도 조방은 이미 천자가 아니었다. 실제는 사마사의 강압에 의한 것이었지만 절차상으로는 태후가 천자의 새수를 회수한 것이다.

따라서 합법적인 것이다.

곽지는 새수를 확인한 후 조방을 끌고 나가게 하고, 곧 사마사에게 달려가 보고했다.

사마사는 그제서야 의기양양 태후궁으로 들어왔다. 그리고 조방에게는 새로이 사자를 보내어 제왕(齊王)의 인수를 주고 당장 서궁으로 옮기라고 명령했다. 천자가 비어 있는 상태여서 태후의 이름을 빌려 사마사가 명령했다.

조방은 어쩔 수 없이 수레에 올라 태후와 눈물어린 작별을 했다.

태극전(太極殿)을 나가 수레가 남쪽으로 향하기 시작하자 수십 명의 신하들이 달려와서 꿇어앉드려 눈물로 배웅을 했다.

그 가운데에는 사마사 형제의 숙부인 태위 사마부(司馬孚)의 모습도 보였다.

후세 사람이 이 일을 시로 읊었다.

조조가 한나라 승상으로 있을 때
황후와 천자를 업신여기더니
뉘 알았으랴 사십여 년 지난 오늘
또다시 황후 천자 능멸당할 줄이야

한편 태후궁에선 이 무렵 태후와 사마사의 마지막 대결이 벌어지고 있었다.

사마사는 말했다.

"새수를 신에게 넘겨 주십시오. 다음 천자로 팽성왕(彭城王) 조거(曹據)를 모시겠습니다."

그러자 태후가 반대했다.

"팽성왕은 나에게 아저씨뻘이 되오. 그분이 황제의 자리에 오른다면 나의 처지는 어떻게 되오? 돌아가신 명제(조예)의 뒤를 끊기지 않게 한다는 점에서도 찬성할 수 없소. 차라리 고귀향공(高貴鄕公)이 적임자라고 생각하오. 그 분은 문제의 장손이며 명제의 동생분 아들이오. 「예기(禮記)」에도 분가한 손자가 종가를 잇는 일은 허용되는 것으로 씌어 있지 않소? 부디 다른 신하들의 의견도 물어보시오."

곽 태후로서는 결사적인 주장이었다. 까딱하면 자기의 지위가 흔들릴 뿐 아니라 언제 어떤 일로 죽임을 당할지도 모른다.

자기의 생명은 자기가 지켜야 한다. 곽 태후는 용감히 주장하고 나섰다.

사마사도 태후의 의견을 무시할 수는 없었다. 또 그로서는 아직 찬탈까지 생각하고 있지 않았다.

"그러시다면……."

어디까지나 절차를 중시하는 사마사는 태후의 뜻을 백관들에게 전했다.

그 자리에서 고귀향공을 새 천자로 맞이하기로 결정되었다.

사마사는 태후궁으로 들어와 새 천자에 관해 보고를 했다. 그리고 새삼 요구했다.

"이제 태후님 뜻대로 하였으니 새수를 신에게 넘겨 주십시오."

"안 되오. 고귀향공은 아직 어렸을 때 내가 만나 본 적이 있소. 내일이라도 오시게 되면 내가 직접 전해 드리겠소."

사마사도 이 말에는 그대로 물러갈 수밖에 없었다.

고귀향공은 이름이 모(髦), 자는 언사(彦士). 동해정왕(東海定王) 임(霖)의 아들로 조비 문제의 손자였다.

태후의 교지를 받고 낙양으로 불려온 고귀향공 조모는 설마 자기가 천자가 되리라고는 꿈에도 상상치 못했다.

대궐 서액문(西掖門) 가까이 오자 문무백관들이 마중나와 좌우로 늘어서 있지 않겠는가!

'어찌된 일일까?'

까닭을 모르는 채 그곳에 이르자 시종 한 사람이 나서서 안내했다.

"어서 난가(鸞駕)로 옮겨 타시옵소서."

난가는 천자만이 타는 수레이다.

"대관절 어찌된 일이오?"

"승상의 명령에 따른 것이옵니다."

"그럼 폐하께서는……."

"폐하께서는 벌써 도성에 계시지 않사옵니다."

"계시지 않다니?"

"아무튼 이리로……."

손을 잡히고 땅 위에 내려서자 태부 왕숙(王肅)이 다가왔다. 황급히 백관들을 향해 인사를 하려 했다.

그러자 왕숙이 말했다.

"황상께서는 이제 관원들에게 답례를 안 하셔도 되옵니다."

"태부, 도무지 까닭을 모르겠군요. 들으니 폐하께서는 도성을 떠나셨다고 하며, 또 나같은 사람에게 난가에 오르라고 권하니……."

여우한테 홀린 것 같이 조모는 얼떨떨할 뿐이었다.

"우리로서는 뭐라고 말씀드릴 수 없는 일이 벌어진 것이옵니다. 아무튼 난가에 타시고 대궐로 드시옵소서."

"나는 신하에 지나지 않소. 태후의 부름을 받기는 했으나 교지에는 아무런 내용도 적혀 있지 않았소. 어찌 감히 천자의 수레에 올라 대궐로 들 수가 있겠소."

조모는 소심한 사람이었기 때문에 의심이 남달리 많았다. 일부러 불손한 행동을 하게끔 만들어 놓고 그걸 죄로 씌우지 않을까 겁이 났던 것이다.

'이건 뭔가 함정이 아닐까?'

그렇게 의심했던 것이다.

조모는 한사코 난가에 오르기를 거절하고 걸어서 태극전 동당(東堂)에 이르렀다.

동당 문 앞에는 사마사가 마중나와 있었다.

조모는 그를 보는 순간 온몸이 움츠러들고 얼굴이 굳어진 채 땅바닥에 무릎을 꿇고 절했다.

이 광경을 바라본 사마사는 속으로 기뻤다.

'이 철부지라면 꼭두각시처럼 내 마음대로 놀릴 수 있을 거야.'

그러나 사마사는 어디까지나 황공해 몸둘 바를 모르는 시늉을 하며 다가가서, 급히 조모의 손을 잡아 부축해 일으켰다.

"오늘부터는 이 태극전의 주인이시옵니다."

"승상……내가 지금 놀림을 당하고 있는 것은 아니오?"

"어찌 그런 말씀을!"

"폐하가 계시온데 어찌 내가 이 대궐의 주인이 될 수 있단 말씀인가요?"

"폐하는 퇴위하셨사옵니다."

사마사는 태연히 말했다.

"퇴위?"

조모는 깜짝 놀랐다.

"퇴위를 하시다니 무슨 말이오?"

"그 점에 대해서는 태후께 직접 들으시기 바라옵니다."

사마사는 앞장서서 대궐 안으로 들어갔다.

조모가 생각이 조금만 빨리 도는 사람 같으면 사태를 짐작했을 것이다.

그러나 조모는 그저 놀란 나머지 허공중에 구름을 딛고 가는 듯한 기분으로 사마사의 뒤를 따랐다. 어떻든 조모에게 이 세상에서 가장 무서운 존재가 이 사마사였다.

태후는 조모를 맞이하자 권했다.

"자아, 어서 옥좌로 오르시오."

이렇게 겁에 질린 채 옥좌에 오른 천자는 조모가 처음이었다.

태후는 조용히 새 황제에게 고개를 숙이고 나서 타일렀다.

"사람의 운명이란 알 수 없는 거요. 오늘부터 천자로서의 몸가짐과 말씨를 신하들에게 보이셔야만 하오. 천하를 다스리는 지위에 오르신 이상 그만한 기량을 갖출 수 있도록 스스로 노력하지 않으면 안 되오. 아무 생각 없이 신하들이 하는 말만 듣고 따라 하기만 해서는 천자의 자격이 없습니다. 이 점 깊이 명심하도록 하시오.”

태후는 은연중에 충고했다.

‘사마사란 사람을 믿어서는 안 된다.’

그러나 겁에 질려 건성으로 듣고 있던 조모는 태후의 말 속에 숨어 있는 뜻을 알아차리지 못했다. 또 그만큼 생각을 빨리 회전시킬 수 있는 능력을 갖고 있지도 않았다.

다만 이렇게 말했다.

“태후마마, 폐하께서 무슨 이유로 퇴위하셨는지는 모르지만, 저 같은 사람은 도저히 천자될 그릇이 아니옵니다. 만일 황제의 자리를 이을 바에는 팽성왕이 가장 적임인 줄로 아옵니다.”

“승상이 권했는데도 굳이 사양했다고 합니다.”

태후는 이렇게 대답할 수밖에 없었다.

“그렇다면 태후께옵서 직접 납시어 설득하시는 것이 어떠하오실는지요?”

조모는 천자의 자리에 앉는 것이 불안해 견딜 수가 없었다.

사마사가 천천히 옆으로 가까이 왔다.

“폐하는 이미 옥좌에 앉으셨사옵니다. 천자가 되신 것이옵니다. 지금부터 천자로서 처신을 하시옵소서. 우물우물 차분하지 못한 모습을 보이셔서는 백관들이 우러러보게 만들 수 없사옵니다. 천자로서의 위엄을 갖추시는 일이 무엇보다 중요하옵니다.”

노려보듯 말하는 사마사의 눈길에 조모는 온몸이 섬뜩해 오는 것을 느꼈다. 이 순간부터 조모는 벌써 완전히 사마사의 꼭두각시로 변해 있었다.

“아, 알았소.”

“그럼 신하인 신들의 절을 받으시옵소서.”

사마사는 근시를 시켜 대기시킨 문무백관들을 부르게 했다.

조모는 온몸이 떨려오는 것을 억누르며 백관들의 하례를 받았다.

만일 조모가 영웅의 지략을 갖추고 있었다면 반대로 이 기회를 이용해서 사마사를 무찌를 수도 있었을 것이다. 그러나 조모에게는 털끝만치도 그런 생각과 용기 같은 것이 없었다.

위나라는 이리하여 가평(嘉平) 6년(254년)을 정원(正元) 원년으로 고쳤다.

조방을 폐하고 조모를 영립하면서 사마사의 지위는 더욱더 강대해졌다.

천자의 어전에서 머리를 조아리거나 이름을 대는 일도 없었고, 언제나 허리에 칼을 차고 전각 위를 유유히 돌아다녔다.

태극전에서는 천자보다 오히려 사마사 쪽이 더 위엄있어 보이게 되었다.

그런데 이 무렵부터 사마사는 자주 앓아 눕게 되었다. 그 틈을 타고 사마소의 지위가 확연하게 높아졌다. 대장군에 오르더니 이어 천자 조모로부터 구석(九錫)이 내려졌다.

그러나 사마소는 그것을 사양했다. 사양을 했다가 마지못해 받는 것이 하나의 관례였다.

사마소가 사양하자 조정의 삼공(三公)과 대신들이 모여 상의했다.

"사마소 대장군께서 폐하의 구석 하사를 사양하시니 꼭 받도록 권고하는 것이 우리의 소임이 아니겠소."

이 무렵 다시 태위(太尉)가 되어 있었던 장제(蔣濟)가 말했다.

"이르다뿐이겠습니까!"

다른 대신들도 허수아비라 모두 찬성했다.

"그렇다면 말로 권하는 것보다 글을 지어 대장군께 올리는 게 어떻겠소?"

"딴은! 하지만 대장군의 마음을 감동시킬 글을 지을 만한 사람이 과연 있을까요?"

그러자 장제가 잘라 말했다.
"꼭 한 사람 있지요."
"누구입니까?"
"완적(阮籍)이오."
"예? 그 모주망태 완적 말입니까!"
대신들은 입을 딱 벌렸다.
"그렇소. 그는 비록 술독에 담근 사람처럼 늘 취해 있지만 글재주만은 비상하오. 우리 가운데 누구 한 사람이 대표로 찾아가 간곡히 부탁한다면 그도 거절하지는 못할 거요."
장제는 빙그레 웃었다.
'언젠가 녀석이 나에게 돼먹지도 않은 편지를 보내어 나를 골탕 먹였는데 이번에는 네가 한번 당해 보아라!'
그런 웃음이었을 것이다.

대신 하나가 대표로 완적의 집을 찾아갔다. 그 집 가까이 다가가자 문득 대나무 숲속에서 비파 소리가 들려왔다.
그 비파 소리는 참으로 절묘했다.
사자로 간 대신은 자기도 모르게 발걸음을 멈추고 귀를 기울였다.
'완함(阮咸)이 비파의 명수로 소문났는데 저 소리는 그가 타는 것이 아닐까?'
비파 소리에 맞추어 누군가가 노래를 부른다.

속세에서
어진 이가 숨는 곳으로
깊은 산속은 옛날 말
대궐이야말로
몸을 보존하기에 좋은 곳

대신은 고개를 끄덕였다.

대신은 대밭 속에서 술을 마시고 있는 완적을 만나자 사마소가 구석(九錫)을 받아들이도록 권하는 글을 써 달라고 부탁했다.

그곳에는 완함, 그리고 유령(劉伶)도 있었다.

"알았습니다. 분부시라면 써 드려야지요."

완적은 뜻밖에 순순히 승낙했다.

그리고 다시 휘파람을 불기 시작했다. 그는 휘파람의 명인이었던 것이다.

며칠이 지났다.

완적은 매일 술을 마시는 탓에 그만 대신과의 약속을 잊고 말았다.

하루는 대신들이 대장군부에 문안을 드리러 갔다가 문득 완적에게 부탁한 권고문 생각이 났다.

장제가 말했다.

"벌써 여러 날이 지났는데 완적에게서 아무런 소식이 없소. 누군가 보내 어찌 되었는지 알아 보도록 하오. 만일 이제껏 써 놓지 않았다면 대신과의 약속을 업신여긴 죄로 곤장이라도 쳐야 하지 않겠소."

장제는 완적이 으레 술로 세월을 보내는 줄 알므로 글 쓰는 것을 잊고 있을 거라고 예상했다.

사자가 완적의 집으로 달려갔다.

완적은 마침 술이 깨어 푸석푸석한 얼굴로 일어나 앉아 있었다.

"태위님께서 앞서 부탁한 글을 써 놓으셨느냐고 묻고 계십니다. 만일 써놓지 않았다면 대신들을 무시한 죄를 물어 무거운 형벌로 다스린다고 하셨습니다."

"아차, 그랬었군! 미안하지만 잠시 기다려 주실 수 있겠소?"

"잠깐이라면……."

완적은 곧 책상 앞으로 가더니 종이를 펴 놓고 급히 붓을 놀리기 시작했다.

그리고 퇴고도 않고 사자에게 정서하도록 했다. 그것은 당당한 명문이었다. 장제를 비롯한 대신들도 감탄하지 않을 수 없었다.

이때 진동장군 관구검(毌丘儉)과 양주자사 문흠(文欽)이 사마사가 조방을 폐위한 데 의분을 느껴 군사를 일으켰다.

관구검은 사마사에게 주살된 하후현, 이풍과 친한 사이였고, 양주자사 문흠(文欽)은 사마의에게 죽임을 당한 조상과 한고향이었다.

이런 개인적인 인연도 전혀 작용하지 않았다고 할 수는 없겠으나, 사마씨의 세력이 날로 강성하여져 위나라 조정이 위태롭다고 생각한 충성심이 그들을 움직였다.

위나라 정원 2년(255) 정월, 밤하늘에 거대한 살성(殺星)이 나타났다. 그 별은 길게 꼬리를 끌며 남쪽 오나라 쪽에서 나타나 서북쪽으로 사라졌다.

"또 무슨 일이 일어날까?"

사람들은 밤하늘을 우러르며 불길한 예감에 가슴을 떨었다.

사람들의 이런 불안을 뒷받침하듯 관구검은 '역적 사마사를 무찌르자!'고 자신의 생사를 건 격문을 전국에 뿌렸다.

관구검은 사마사가 천자를 폐했다는 소식을 듣자 치를 떨며 분해했다.

"대역무도한 놈 같으니!"

그러나 막상 거병하려니 망설여졌다.

사마사를 싸워 이길 자신이 없었기 때문이다.

그러한 그를 들고 일어나게 만든 것은 큰아들 관구전(毌丘甸)이었다.

"아버지! 무얼 망설이십니까? 사마사는 폐하를 폐하고 위나라를 다스릴 전권을 손아귀에 넣은 겁니다. 이것은 바로 사마사가 머지 않아 기회를 엿보아 새 황제를 옥좌에서 내쫓고 자신이 천자가 되겠다는, 천인공노할 대역의 계단을 밟고 올라가는 증거가 아니고 무엇입니까?”

“으음, 맞아!”

“아버지는 양주 일대의 병마 통솔권을 가지신 도독이요 장군이 아니십니까. ……역적 사마사의 행동을 방관하시면 후세까지 신하로서 충절을 다하지 못했다는 지탄을 받게 됩니다!”

아들의 격렬한 충고에 자극받아 관구검도 마침내 결심을 굳혔다.

“알았다! 사마사를 무찌르겠다!”

관구검은 양주자사인 문흠을 만나자 자신의 결심을 말했다.

문흠은 조상(曹爽)의 은혜를 많이 입은 사람이었다. 조상이 사마의에 의해 죽게 된 뒤로 혼자 가슴 속으로 복수를 벼르고 있었다.

‘언젠가 기회만 있으면 사마 집안을 몰살시키리라!’

그날 문흠은 진동장군 관저로 초대를 받아 깊숙한 방으로 들어갔다. 그런데 주인인 관구검이 침통한 표정으로 계속 말이 없으므로 물었다.

“도독, 생각하고 계신 말씀을 해 주시오.”

“장군, 천하 대권이 승상 사마사의 손아귀로 들어간 뒤로 우리 위나라가 누란(累卵)의 위험에 처해 있는 것을 어떻게 생각하오?”

관구검은 먼저 문흠의 의견부터 물었다.

“나는 도독이 그같이 물어올 것을 기다리고 있었습니다.”

문흠은 서슴지 않고 대답했다.

“이대로 우리가 방관만 하고 있으면 몇 해 안 가서 옥좌를 사마사가 앗고 말 겁니다.”

“자사도 그렇게 생각하오?”

“지각이 있는 사람이면 손바닥 들여다보듯 환히 알 수 있는 일입니다.”

“그렇다면 우리는 일어나야만 하지 않겠소?”

"당연히 그래야지요. 도독은 진동장군으로서 회남 30여만 군대를 거느리고 있습니다. 하늘의 도움을 받아 낙양으로 진군하게 되면 반드시 역적을 무찌를 수 있을 것입니다. 이 문흠도 목숨을 바쳐 돕겠습니다. 아비로서 이런 말을 하기는 좀 뭣하지만 내 둘째 자식 앙(鴦)은 만부부당의 용맹을 자랑하고 있습니다. 나는 조상공의 억울한 일이 있은 뒤로 매일같이 사마의 집안을 저주해 왔습니다. 사마소 형제에 대해서 전부터 남다른 증오를 품고 있었습니다. 바라건대 내 자식 앙을 선봉으로 내세워 주십시오."

"그건 무엇보다 마음 든든한 일이오."

관구검은 크게 기뻐하며 그 자리에서 술잔을 땅바닥에 내던지며 사마사·사마소를 무찌르겠다고 맹세했다.

문흠의 제안으로 태후의 거짓 밀조를 만들고, 거기다 관구검의 격문을 덧붙여 사방으로 보냈다.

삽시간에 회남 지방의 문관·무장이 모두 두말 하지 않고 수춘성(壽春城 : 揚州)에 모였다.

"역적을 무찌르자!"

"사마 형제를 죽여라!"

"대궐을 지키자!"

수백 명의 고관들은 기세를 올렸다. 성 서쪽에 제단을 쌓고 저마다 손목을 칼로 베어 그 피를 빨며 맹세를 했다.

모두들 태후의 거짓 조서를 참인 줄로 알았다.

마침내 의병은 역적 토벌의 당당한 명분을 가지고 일어났다.

문흠의 둘째아들 문앙이 1만 명을 이끌고 선봉이 되어 떠났다.

관구검이 6만을 거느리고 중군이 되고 문흠이 2만을 가지고 유군(遊軍)이 되었다.

동시에 회남의 모든 무장이 군사를 이끌고 이 의군에 가담했다.

관구검과 문흠이 좀더 사마사를 무찌를 기회를 기다리며 많은 밀정을 보내어 낙양의 상황을 살피게 했더라면, 이 싸움에서 어이없는 최후를 맞지 않았을지도 모른다. 그에게 뛰어난 참모가 없었던 것이 불운이었다.

사마사는 지난 해부터 이상한 병으로 누워 있었다.

왼쪽 눈 위에 혹이 생겨 점점 커졌기 때문에 사마사는 유명한 의원을 불러 이것을 도려내게 했다.

한때 회복이 되는가 싶더니 다음엔 목이 부어올랐다. 목은 수술이 불가능했다.

견딜 수 없을 정도의 통증이 계속돼 사마사는 새해 축하 인사도 받지 못하고 줄곧 누워 신음만 하고 있었다.

이 사실은 비밀에 붙여졌다.

하지만 관구검이 노련한 밀정을 낙양에 보내두었더라면, 사마사가 이상한 병을 앓고 있는 것을 이내 알 수 있었을 것이다. 그러면 관구검은 기다리기보다는 오히려 용기백배하여 낙양으로 쳐 올라갔을지도 모르지만……

뛰어난 군략가가 옆에 있었더라도 관구검에게 절대 군사를 일으키게 하지는 않았을 것이다.

이런 때가 바로 사람의 운명이 달라지는 갈림길이다.

"관구검이 반란을 일으켜 서울로 쳐 올라옵니다."

회남으로부터 급보가 들려왔을 때 사마사는 일시적으로 병세가 호전되어 있었다.

사마사는 왕숙을 머리맡으로 불러 물었다.

"태위가 세운 군략을 듣고 싶소."

왕숙은 대답했다.

"일찍이 관우가 천하에 용맹을 떨칠 무렵, 오나라 손권은 여몽에게 관우가 통치하는 형주를 습격하게 한 일이 있습니다. 그 때 여몽은 교묘한 계책을 썼습니다. 즉 형주에 남아 있는 관우 휘하의 장병들 가족을 위로하며 많은 돈과 식량을 뿌렸습니다. 그로 인해 관우가 이끄는 장병들의 사기는 꺾이고 군은 무너지게 되었습니다. 지금 회남에 있는 장병들은 태반이 그 가족을 중원에 남겨두고 있습니다. 그러므로 그 가족들을 달래어 관구검으로부터 장병들이 떨어져 나가게 하고, 한편으로 한 부대를 보내어 그 퇴로를 끊게 하면 싸우지 않고도 관구검을 물리칠 수 있을 것입니다."

"좋은 생각이오. 그러나 나는 앓는 몸으로 지금 삼군을 지휘할 수 없는 처지요. 내가 직접 나가는 것과 안 나가는 것과는 사기에 큰 차이가 날 것이오."

사마사는 망설였다.

뒤쪽에 모시고 있던 중서시랑(中書侍郞) 종회(鍾會)가 나섰다. 그는 사마사가 설마 죽을 병에 걸려 있으리라고는 생각지 않았다. 그래서 거침없이 의견을 말했다.

"관구검이 이끄는 회남 장병들은 오나라에 대비해서 정예를 추린 것입니다. 이들이 뜻을 한 곳에 모으게 되면 그 기세를 당하기 어렵습니다. 그러므로 다른 사람을 보내서는 승산이 적을 것으로 보입니다. 만일 보낸 군사가 패하기라도 한다면 이곳 낙양까지 흔들리게 됩니다."

"맞소. 역시 내가 가야만 되겠소."

사마사는 아픈 것을 참고 몸을 일으켰다.

"승상! 그런 몸으로는 도저히 지휘할 수 없습니다!"

왕숙이 놀라 말했다.

사마사는 승상의 자리에 앉아 위나라를 한손에 쥐고 있는 영걸이었다.

"사람에게는 천명이라는 것이 있소. 내가 나감으로 해서 목숨을 잃게 된다면 그 또한 천명이 아니겠소."

사마사는 병상에서 내려와 옷을 갈아입고 선포했다.

"내가 직접 출전한다!"

사마사는 심하게 현기증을 일으켰으나 무서운 투지로 버티며, 아우 사마소에게 낙양에 남아 정무를 보살피라고 명령했다.

"형님, 제가 대신 가겠습니다."

사마소가 말했으나 사마사는 듣지 않았다.

"이것이 승상으로서 마지막 싸움이 된다면 죽은들 무슨 후회가 있겠느냐?"

사마사는 두터운 요를 몇 겹이나 포개어 누워 있기 편하도록 만든 수레를 타고 동쪽을 향해 떠났다.

낙양의 모든 장군들에게는 벌써 전략이 주어져 있었다. 진동장군 제갈탄(諸葛誕)에게는 예주(豫州)의 군사를 거느리고 안풍진(安風津)에서 수춘으로 향하게 하고, 정동장군 호준(胡遵)에게는 청주(靑州)의 모든 군대를 이끌고 초현(譙縣)·송현(宋縣)을 돌아 퇴로를 끊도록 명했다.

또 형주자사이며 감군(監軍)인 왕기(王基)는 선봉으로 곧장 진남(鎭南)으로 향하라고 지시했다.

총대장인 사마사 자신은 수레를 양양(襄陽)으로 몰아 그곳에 머물러 있으면서 지휘하기로 했다.

양양 본영에는 벌써 모든 장수들이 모여 기다리고 있었다.

사마사는 수레 위에 비스듬히 기댄 채 작전 회의를 진행했다.

"각자 가슴 속에 있는 전략을 말하라."

첫번째로 광록대부 정무(鄭袤)가 입을 열었다.

"관구검은 병법을 배워 계책을 제법 쓰고 있으나 공교롭게도 군략에 뛰어난 참모를 가지지 못했고, 그 자신 결단력이 둔한 것이 결점입니다. 아마 문흠의 부추김으로 군사를 일으켰을 것으로 생각됩니다. 문흠은 무용은 뛰어나지만 계략을 쓸 머리를 가지고 있지 않습니다. 그러므로 그들이 갖고 있지 않은 점을 찌르는 것이 승리를 가져오는 길인 줄 압니다.”

“정면에서 충돌하는 것은 우리쪽에 불리하단 말인가?”

“그렇습니다. 적은 관구검과 문흠의 부추김을 받아 사기가 왕성할 것이므로 정면에서 맞붙게 되면 도저히 깨뜨릴 수 없을 것으로 압니다. 그러므로 지금은 수비를 튼튼히 하여 적의 사기가 떨어지고 군사들이 저마다 고향을 그리워하게 되기를 기다리는 것이 좋을 줄로 압니다.”

그러자 감군 왕기가 반박했다.

“그것은 좋지 못한 줄 압니다. 이번의 모반은 장병들이 자진해서 일으킨 것이 아니고 오로지 관구검과 문흠의 압력에 곶이겨서 따른 것으로 생각됩니다. 결코 사기가 왕성할 것으로 생각되지 않습니다. 우리 군이 단숨에 밀고 나가면 어렵지 않게 패주시킬 수 있을 것으로 확신합니다.”

사마사는 잠시 수레의 천장을 노려보고 있더니 말했다.

“왕기의 계략을 따르겠다.”

위나라 대군은 다시 은수(濦水) 기슭으로 나아가 다리 모퉁이 앞에 본영을 차렸다.

왕기는 다시 다음과 같이 진언했다.

“남돈(南頓)은 진을 치기에 다시없이 중요한 지점이니 한시바삐 그곳을 점령해야 할 것입니다. 만일 관구검이 먼저 점령하게 되면 모처럼 우리가 세운 계책이 헛일이 되고 맙니다.”

“좋다! 그대가 2만을 이끌고 남돈성으로 들어가도록 하라.”

사마사는 허락했다.

관구검은 이때 항성(項城)에 진영을 차리고 거기서 질풍노도처럼 진격하려 하고 있었다. 그러나 사마사가 직접 총지휘를 하고 있다는

말을 듣자──

'보기 드문 대결전이 되겠구나!'

용기를 북돋우기는 했으나, 어쩐지 본능적인 무서움을 억제하기 어려웠다.

즉시 모든 장수들을 모아 회의를 열었다.

전투 경험이 풍부한 장수들의 생각은 적이나 이쪽이나 마찬가지였다.

선봉인 갈옹(葛雍)이 먼저 입을 열었다.

"이번 싸움은 남돈을 누가 먼저 차지하느냐에 따라 승패가 결정될 것입니다. 남돈성은 앞에 강이 흐르고 뒤로 산을 등지고 있어 요충지임에 틀림없습니다. 적이 먼저 점령하게 되면 20만 대군을 가지고도 이를 공략하기가 쉽지 않습니다. 사마사가 남돈을 노릴 것이 틀림없으니 먼저 이곳을 차지하시도록……."

그러나 때는 이미 늦었다.

관구검이 남돈으로 향해 약 20리쯤 말을 달렸을 때, 벌써 적이 남돈을 점령했다는 밀정의 보고가 들어왔다.

"잘못 본 것이 아닌가?"

관구검은 자기 귀를 의심하며 말에 채찍질을 더했다.

사마사가 직접 출전한 데 대한 그의 불길한 예감은 적중했다.

남돈성을 중심으로 깃발이 산과 들을 덮고 진지가 주욱 구축되었다.

'어서 오너라!'

자신만만하게 준비를 갖추고 있었다.

관구검은 황급히 중군으로 되돌아왔다.

불운은 겹치게 마련이다.

"오나라 손준이 대군을 이끌고 국경을 침범해 왔습니다."

급보가 들어왔다.

양주는 장강을 사이에 두고 오나라와 마주 바라보고 있는 곳이다.

오나라 군사가 장강을 건너오면 텅 비우고 떠난 수춘은 당장 적의 수중에 떨어진다. 수춘성은 관구검의 본거지이다.

"퇴각!"

관구검은 핏기를 잃고 부르짖었다.

퇴각을 한다 해도 앞쪽에 사마사의 대군이 공격해 와 있기 때문에 항성까지밖에 후퇴할 수가 없었다.

그야말로 관구검은 앞문의 호랑이와 뒷문의 늑대에게 협공을 당해 오도가도 못하게 된 상황이었다.

사마사는 본영에서 관구검이 항성으로 퇴각했다는 보고를 받고 다시 작전회의를 열었다.

여러 장수들의 의견을 다 듣고 난 다음, 사마사는 상서 부하(傅嘏)에게 채택할 전략을 간추리도록 하였다.

부하는 사마사가 병으로 지쳐 있는 것을 보고, 조목조목 써서 누워 있는 그의 얼굴 위로 내밀어 주었다.

첫째, 관구검의 퇴각은 뒤쪽에서 오군이 수춘을 공격해 오는 것을 두려워하기 때문이라는 것.

둘째, 관구검은 반드시 항성에서 군사를 둘로 나누어 위나라와 오나라 공격을 막으려 할 것이라는 것.

셋째, 그러므로 이쪽에서는 군사를 세 패로 나누어 한 부대는 낙가성(樂嘉城)으로, 한 부대는 항성으로, 나머지 한 부대는 수춘으로 향해 진격시킬 것.

넷째, 연주자사 등애(鄧艾)는 지모가 뛰어난 용장이므로 대장으로 삼아 낙가성을 치게 할 것.

"승상께서는 이 전략만 들으시고 본영에서 조용히 쉬고 계시기 바랍니다."

"아니야, 내가 이렇게 누워 있을 바엔 총수로서 낙양을 떠난 의미가 없지 않은가. 나는 중군을 이끌고 나아가겠다."

한 번 말을 하고 나면 누가 무슨 소리를 해도 받아들이지 않는 사마사였다.

한편 항성까지 퇴각해 성 안으로 들어온 관구검도 당장 결사적인 방어책을 세우지 않으면 안 되었다.

당연히 문흠과 상의해야만 했다.

죽은 조상의 은혜와 사랑을 입고 사마사에 대해서 이상할 정도로 증오에 불타고 있는 문흠은, 이처럼 궁지에 몰리게 되자 도리어 복수의 화신으로 투지를 불살랐다.

"도독, 망설이거나 두려워하고 있을 때가 아닙니다! 제 자식 앙(鴦)은 만부부당의 용기와 힘과 지혜를 겸비하고 있으니, 5천 기만 주시면 내가 자식과 함께 낙가성을 끝까지 지키겠습니다!"

큰소리치는 문흠의 태도에 관구검도 겨우 기운을 되찾아 머리를 숙였다.

"부탁하오!"

문흠이 관구검에게 한 말은 과히 과장된 말은 아니었다. 그의 아들 문앙은 13세 때 싸움터에 처음으로 나가 이름있는 장수를 무찌른 일이 있는, 올해 18세의 젊은이였다. 키는 6척이 넘고 황소라도 뿔을 잡아 넘어뜨릴 만한 힘을 자랑하고 있었다.

문흠 부자는 관구검으로부터 받은 5천 기를 이끌고 질풍처럼 먼지를 말아올리며 낙가성으로 달렸다.

그러나 이들 부자가 낙가성에 도착하기 하루 전에 위군이 이미 그곳을 점령하고 말았다.

척후병 3명이 이를 보고 문흠 부자에게로 말을 달려 돌아왔다.

"낙가성과 그 서쪽은 모두 이미 적군에 의해 장악돼 있습니다. 성 서쪽에 포진한 군사만도 1만 수천이나 됩니다. 그뿐 아니고 멀리 서쪽 벌판에는 중군의 갖가지 깃발이 빽빽이 늘어서 있습니다. 가만히 가까이 가 살펴보았던바 호장(虎帳 : 총수가 있는 본영)까지 꾸며져 있습니다. 중병이란 소문이 은근히 떠돌고 있는 사마사가 어쩌면 병을 무릅쓰고 나와 있는지도 모릅니다. 분명 호장 안에는 총수의 기가 높이 나부끼고 있었습니다.”

“그건 사마사가 우리 의군을 속이기 위한 술책일 것이다.”

문흠은 별로 놀라지도 않고 말했다.

“그리고 보니 적은 방금 포진한 때문인지 아직 진용이 정돈이 되지 않은 상태였습니다.”

“사마사라면 그럴 리가 없다.”

문흠은 사마사가 본영에 없는 것으로 확신했다.

거듭 정찰을 나갔던 아들 앙이 돌아오자 문흠은 물었다.

“사마사는 낙양에서 병으로 누워 있는 것이 틀림없다. 일부러 가짜 사마사를 보내어 본영에 수기(帥旗)를 세워두고 있는 게 분명하다. 어떻게 할까?”

“아버지, 제가 본 바로는 적의 진형에 전혀 빈틈이 없었습니다. 하지만 아버지와 제가 두 패로 나뉘어 맹공격을 가하면 과히 어렵지 않게 격파할 것 같습니다.”

자신감이 넘쳐흐르는 젊은 무장은 씩씩하게 말했다.

“좋아, 그러자! 네가 날짜와 시간을 정해라.”

“오늘 해질 무렵이 좋을 줄 압니다. 아버지께서는 3천500기를 거느리고 성 남쪽을 돌아 쳐들어가십시오. 저는 나머지 1천500기를 거느리고 북쪽에서 쳐들어가겠습니다. 적의 진지로 돌입하는 것은 자정쯤이 될 겁니다.”

문앙은 자신에 넘치는 어조였다.

아버지 쪽이 아들의 지령에 의해 움직이는 형편이었다. 6척이 넘는 큰 몸을 투구와 갑옷으로 감싼 다음, 허리에 강철로 만든 채찍을 차고 긴 창을 잡았다. 그리고 흰말에 올라탄 문앙의 용감한 모습은 정말 늠름하였다.

그날 밤 낙가성 서쪽에 본영을 차린 사마사는 병이 더욱 악화되어 있었다.

장막 안에 누워 있는데 몸 구석구석 아프지 않은 곳이 없었다. 손가락 하나만 움직여도 '아야' 소리가 절로 나오는 형편이었다.

종양이 온몸으로 퍼지고 만 것이다. 이 거친 싸움터에서 그를 지탱해 주고 있는 것은 투지뿐이었다.

사마사는 놀라울 만큼 강인한 의지를 지니고 있었다.

'관구검의 머리를 내 눈으로 볼 때까지는 절대로 죽지 않는다!'

오직 그 한 가지 생각으로 사마사는 죽음을 뿌리치고 고통을 견디고 있었다.

모든 장수들은 사마사가 이토록 심한 병에 걸려 있는 것을 전혀 모르고 있었다. 겨우 사마사가 마음을 주는 심복 시종 몇 사람이 알고 있을 뿐이었다. 그 시종들은 수백 명 무장병들에게 장막 경호를 맡기고 있었다.

위군의 중군쯤 되면 군사가 10여 만에 이르고, 이것들이 무수한 부대로 나뉘어 진을 치고 있으므로, 해가 진 뒤에 갑자기 문흠 부자가 5천 기쯤 끌고 쳐들어와 보아야 그 싸움은 전체에 알려지지도 않았다.

"어디서 조그만 충돌이 있는 모양이군."

"항성에 있는, 목숨 아까운 줄 모르는 철부지가 겨우 몇백 명으로 야습해온 거겠지. 공연한 개죽음일 뿐이야."

진지에서는 싸우는 소리를 멀리서 들으며 그런 이야기를 주고받고 있었다.

남쪽에서 3천500기, 북쪽에서 1천500기로 공격해 들어온 문흠 부자는 몇 개의 진지를 돌파했다. 그리하여 마침내 한밤중에는 본영에서 100보 남짓한 가까운 거리까지 육박해 왔다.

사마사는 군사들의 외치는 소리와 비명소리, 말이 우는 소리와 발굽소리를 들었다.

"어떻게 된 거냐?"

"예에……실은 한 무리의 적이 북쪽의 각 진지를 돌파하고 있습니다."

"한 무리의 적이라면?"

"1천여 기쯤 되는 것 같습니다."

"뭐라구! 장군들은 팔짱을 끼고 보고만 있는 거냐? 밥통들!"

사마사가 화가 치민 나머지 아픔을 잊고 침상 위에서 벌떡 일어나는 순간, 수술했던 부분이 터지며 피가 솟구쳤다.

사마사는 순간 정신을 잃었다.

중군으로 돌입한 문앙은 기세가 하늘을 찌를 것만 같았다.

그의 긴 창이 번개처럼 달리는 곳에 장수와 군사들이 모조리 비명을 지르며 쓰러졌다.

게다가 문앙은 긴 창을 오른손만으로 쓰며, 왼손으로는 강철 채찍을 휘두르고 있었다.

그 채찍은 적의 두개골을 부수고 머리와 팔다리를 날려 보냈다.

그 잔혹한 기세는 악귀 같았다.

곧장 달려가는 앞을 막아서는 장사는 한 사람도 없었다.

또 따르는 1천500기도 사기가 왕성해서 당해내기 어려웠다. 다만 문앙에게 염려되는 것은 남쪽에서 돌입해 오기로 되어 있는 아버지가 약속한 시각이 되어도 나타나지 않는 점이었다.

아무리 신장 같은 용맹이 있어도 1천500기만으로 본영에 뛰어드는 것은 불가능했다. 아버지 문흠의 3천500기와 합류해야만 가능한 일이었다.

‘어찌된 것일까?’

‘아버지는 왜 나타나지 않으실까?’

‘적에게 포위되어 꼼짝 못하게 된 것은 아닐까?’

문앙은 위나라 각 부대가 진형을 정돈하여 일제히 활을 쏘기 시작하자 본영으로 뛰어드는 것을 단념할 수밖에 없었다.

격전 몇 시간!

어느덧 먼동이 트기 시작했다.

화살이 문앙의 어깨와 허리에 꽂혀 있었다. 그러나 그 정도로 용기와 힘이 꺾일 그가 아니었다.

“에라! 이렇게 된 바에, 혼자 장막 안으로 쳐들어가 무찌르고 말 테다!”

결사적인 각오를 했다.

그때 북쪽에서——

“와아아!”

“와아아!”

하늘을 찌르는 천둥 같은 함성과 함께 피리가 울리고 북소리가 들렸다.

문앙은 고개를 갸웃했다.

“아버지는 남쪽을 돌파하기로 되어 있는데 북쪽으로 쳐들어오다니 어찌된 일일까?”

그는 말 위에서 몸을 일으켜 아침 안개 속을 내다보았다. 그 아침 안개를 뚫고 갑자기 나타나는 군대를 바라본 문앙은 절망의 신음을 내뱉었다.

돌격해 온 것은 아버지 문흠이 아니라 위나라 군사였다. 그 선두는 용장으로 이름이 알려진 등애였다.

큰칼을 높이 들고 외쳤다.

“이 역적놈! 칼을 받아라!”

"이 문앙의 실력을 알기나 하고 네놈이 덤비느냐?"

긴창과 큰칼이 준마가 달리는 속에 불꽃을 튕기며 서로 맞물렸다.

이렇게 싸우기를 50여 합.

언제 승부가 날지 알 수 없었다.

그러다가 서로 떨어지게 된 것은, 거기에 위나라 중군의 정예부대가 한꺼번에 밀어닥쳤기 때문이었다.

문앙의 부하들은 결국 수에 있어서 당해내지 못하고 사방으로 도망쳐 흩어졌다.

문앙은 하는 수 없이 혈로를 열고 남쪽을 향해 내달렸다.

물론 위나라 장수들이 달아나는 문앙을 가만 버려둘 리 없었다.

"놓치지 마라!"

"어디로 달아나느냐!"

백수십 명이 한덩어리가 되어 뒤를 쫓아왔다.

"귀찮은 놈들!"

문앙은 혀를 찼다.

흰말에 날개라도 돋친 듯이 곧장 달렸다.

이윽고 항성 부근까지 왔다.

저만치 긴 돌다리가 놓여 있었다. 낙가교였다.

그것을 본 문앙은 갑자기 말 걸음을 늦추어 일부러 뒤쫓아오는 적장들과의 거리를 좁혔다.

돌다리 중간쯤에 이르자 천천히 말머리를 돌렸다.

아무리 몇백 명이 추격해 왔더라도 돌다리 위에서는 1대 1로 싸울 수밖에 없었다.

"네놈들! 이 문앙과 1대 1로 싸울 자신이 있는 놈은 덤벼라!"

앙연히 가슴을 펴고 높이 외치는 그를 향해 싸움을 거는 장수는 한 사람도 없었다.

소년 장군의 늠름한 풍채는 후세에까지 이야기로 전해질 만큼 장관이었다.

뒷사람이 시로써 이를 찬탄했다.

　　장판교에서 홀로 조조의 대군과 맞섰던
　　자룡이 이로부터 세상에 그 용맹을 드러냈네
　　낙가성 서안 창끝을 다투는 곳에
　　다시 보았네, 문앙의 담력과 기개를

그 옛날 유현덕과 조조가 서로 천하를 놓고 다툴 무렵 현덕이 조조에게 패했을 때의 일이다. 조자룡이 혼자 장판파에서 구름 같은 조조의 대군 속을 누벼가며 현덕의 어린 아들 아두(阿斗)를 품속에 넣은 채 혈로를 튼 것은 너무도 유명하다.

그때의 조자룡의 용감한 모습을 지금 낙가교 위에서 소년 장군 문앙이 재현하고 있는 것이다.

"덤빌 사람은 없는가! 그럼 이 싸움은 끝났다. 다시 보자!"

유유히 적에게 등을 돌린 문앙은 낙가교를 건너 멀리 사라져갔다.

"쫓을까?"

"아니 잠깐만! 저 용감한 젊은이의 모습에 우리는 다같이 경의를 표해야 할 것이다."

위나라 장수들은 말을 그곳에 세우고 차츰 멀어져가는 문앙의 뒷모습에 그저 감탄하는 눈길을 보낼 뿐 추격하려 하지 않았다.

3천500기를 거느린 문흠이 낙가성 남쪽에서 쳐들어가, 자정을 기해 아들과 호응하여 사마사의 본영을 기습하기로 한 계획은 어이없게도 문흠이 지리에 어두웠던 탓에 그만 수포로 돌아가고 말았다.

아들 문앙보다 먼저 지름길을 통해 위군을 공격하려고 서두른 것이 잘못이었다. 칠흑같은 어둠 탓도 있었다.

‘아차’ 하고 정신이 들었을 때는, 산악의 험한 길이 계곡으로 빠져들어 물소리가 요란한 지점에서 그만 방향을 잃어 버리고 말았다.

서두르면 서두를수록 어디를 어떻게 나아가고 있는지 갈피를 잡을 수 없었다. 새벽이 부옇게 밝아올 무렵 간신히 계곡을 빠져 나와 산중턱에 이르렀으나, 눈 아래에는 위나라 대군의 진지가 주욱 열을 짓고 있을 뿐 벌써 문앙과 그의 군사는 보이지 않았다.

적병의 움직임으로 보아, 문앙이 패해 달아났다고 추측할 수 있었다.

아무리 원통하게 생각해 보았자 이미 끝난 일이었다.

만부부당의 젊은 용사 문앙이 패해 달아난 지금 문흠은 혼자 적진을 습격할 용기가 나지 않았다.

“물러가자!”

문흠은 적병이 이쪽을 발견하고 일제히 웅성거리는 것을 보자 몸을 떨며 크게 손을 흔들었다. 물러갈 곳은 수춘밖에 없었다.

한편 이보다 앞서 사마사는 문앙의 야습에 놀라 눈 위 수술받았던 부분이 터지면서 혼절하고 말았다.

이윽고 그는 정신이 깨어났지만, 수술 부위가 찢어져 눈알이 튀어나왔다.

진중의 의사들이 급히 붕대를 감아 응급처치를 했지만 그 아픔은 상상할 수도 없을 만큼 심했다.

그런데 사마사는 참으로 꿋꿋한 장수였다.

정신이 깨어나자 그는 먼저 물었다.

“적이 물러갔느냐?”

“아니옵니다. 아직 싸우고 있습니다.”

“빌어먹을! 두건을 가져오너라.”

사마사는 두건을 푹 뒤집어썼다. 붕대를 감은 총대장 모습을 보인다면 위군이 동요할 염려가 있다.

그래서 그는 두건을 푹 눌러쓰고 직접 전투를 지휘했다.

그러나 너무도 아팠다. 이를 악물고 아픔을 참았다. 문앙이 패주했을 무렵에는 두건 아래쪽이 너덜너덜 걸레쪽처럼 되어 버렸다. 사마사가 아픈 나머지 두건을 짓씹어 물어뜯었기 때문이다.

이때 윤대목(尹大目)이란 자가 있었다. 그는 일찍이 조상의 심복으로 있었다.

한때 위나라 최고권력자가 되었던 조상이 사마의의 고활한 술책에 넘어가 잡자기 낙양을 앗기고 말았었다.

그때 조상의 휘하였던 대사농 환범(桓範)이 조상을 보고——

"사마의는 반드시 장군을 죽입니다."

이렇게 단언했었다. 이때——

"사마의는 결코 모반할 마음은 없고 다만 병권을 원하고 있을 뿐입니다."

이렇게 반박한 것이 윤대목이었다.

조상은 어느쪽 말을 들어야 좋을지 망설이던 끝에 결국은 사마의의 술책에 빠져 한 집안이 몽땅 살육을 당했다.

그때 환범은 당당한 태도로 조상 형제들과 함께 처형되었다. 그러나 윤대목은 사마의의 용서를 받고 지금도 여전히 전중교위로 봉직하고 있었다.

윤대목은 세상의 흐름을 보아 교활하게 자신의 안전을 꾀하는 그런 형의 관리였다.

'사마사는 머지않아 죽을 것이다.'

극비에 붙여진 사마사의 병세를 그는 어느 사이에 알고 있었다.

'사마사가 죽게 되면 관구검이 승상이 될지도 모른다. 내가 만일 그를 승상이 되게끔 도와준다면 나는 그의 심복으로서 마음대로 세도를 부리게 되리라. 관구검의 모반에 협력하기로 하자.'

윤대목은 그렇게 결심했다.

다행히 윤대목은 전부터 문흠과 친한 사이였다.

윤대목은 막사 안에 있는 사마사에게 뵙기를 청했다. 그러나 시종들이 이를 거절하므로 글을 적어 사마사에게 보이고 허락해 줄 것을 원했다.

문흠은 제가 20년 전부터 사귀어 온 친한 친구입니다. 그는 자진해서 모반 같은 것을 꾀할 사람이 아닙니다. 필시 관구검의 압력에 못이겨 화살을 돌려댄 것이 틀림없습니다. 그러므로 제가 단신으로 수춘에 가 그를 설득하면 반드시 항복할 것으로 압니다. 바라건대 저를 사자로 보내 주십시오.

사마사는 그 말을 별로 믿지 않았지만 일단 사자로 보내보기로 했다.

윤대목은 무장을 벗어던지고 평복으로 갈아입은 다음, 혼자 말을 타고 곧장 수춘으로 달렸다.

문흠은 수춘성 밖에 튼튼한 진지를 쌓고 있었다.

"나는 전중교위 윤대목이다. 문흠 장군을 만나고 싶다."

큰 목소리로 보초병에게 말했다.

문흠이 망루 위에 모습을 나타냈다.

"윤대목, 무슨 일인가?"

"그대를 설득하러 왔네. 그대는 관구검을 달래어 사마사를 제거하는 군대를 일으켰지만 시기상 열흘쯤 일렀네."

"열흘이라니?"

"사마사는 지금 죽을 병에 걸려 본영에서 신음하고 있네. 아마 앞으로 열흘도 못 갈 것일세."

"내가 속을 줄 아느냐?"

"거짓말이 아닐세! 사마사의 목숨은 곧 다 되어 가네. 우리편 장수들에게도 숨기고 있지만 이건 사실일세."

"닥쳐라! 너 같은 놈에게 속아넘어갈 내가 아니다. 평소에 친하게 지낸 건 사실이지만 한 번도 내게 진심을 털어놓은 적이 없었다! 조상 장군이 사마의에 의해 죽을 때도 네놈만은 고활하게 살아 남은 것을 잊지 않고 있다. ……사마사가 죽을 병에 걸렸다고 속이고 나를 항복시켜 그것을 공로로 삼으려는 것은 정말 배꼽 잡을 일이다!"

"그렇지 않네! 이 윤대목은 목숨을 걸고 이렇게 찾아온 것일세! 사마사가 죽은 뒤 관구검 장군을 승상으로 추대할까 하네. 서로 무릎을 맞대고 위나라의 앞일을 상의하기 위해 찾아온 것일세. 믿어 주게!"

그러나 대답은 힘껏 쏘아 보낸 화살이었다.

윤대목은 겁을 먹고 말을 돌려 정신없이 달아났다.

"두고 보아라! 나는 여기서 아들이 오기를 기다려, 사마사가 지휘하는 대군을 맞아 성을 끝까지 사수할 테다!"

문흠은 가슴을 펴고 소리쳤다.

그러나 수춘에 모습을 나타낸 것은 아들 문앙이 아니고 적의 용장 제갈탄이었다.

문흠이 정면을 공격해 온 위군을 맞아 싸우는 틈을 타서, 제갈탄 등 뒤로부터 소리도 없이 군사들을 성 안으로 뛰어들게 했던 것이다. 문흠은 이제 끝장이라고 단념할 수밖에 없었다. 그는 살아날 길을 찾아 오나라 손준을 의지하고자 멀리 달아나고 말았다.

한편 관구검은 항성에 들어앉아 있었다. 그는 수춘을 빼앗기고 문흠이 패해 달아났다는 보고를 받는 것과 때를 같이하여, 적군이 물밀듯 밀려오는 것을 목격해야만 했다.

"살아서 포로가 되는 치욕은 받지 않겠다."

항복 같은 것은 생각조차 할 수 없었던 관구검은 성 안에 있는 모든 군사에게 명령하여 맹반격으로 나가기로 했다.

성문을 열자 맨먼저 달려나간 것은 갈옹이었다.

여기에 맞서 선봉으로 쳐들어온 것은 등애였다. 등애는 선두에 서서 말을 달려오자 단칼에 갈옹을 무찌르고 말았다.

성 밖에서 진행되던 전투가 한 시간 후에는 성 안으로 옮겨져 곳곳에 군사가 죽어 넘어지며 피를 흘렸다. 공방전은 미친 듯이 찌르고 찔리는 처참한 광경을 연출했다.

막는 군사는 관구검에게 심복하여 충성을 맹세한 사람들로 한 사람도 도망치려는 사람이 없었다. 위나라 군사는 공을 세울 때는 이때라는 듯 기를 쓰고 공격해 왔다.

전투 네 시간 남짓, 양쪽 합쳐서 1만 2천여 명이 죽었다.

관구검 자신도 수라장을 이리저리 날뛰었다. 몇십 명의 적병을 무찔렀는지 기억도 없었다.

중과부적으로 마침내 항성 안은 공격해 온 적군에게 점거되었다. 관구검은 하는 수 없이 후에 다시 일어날 것을 다짐하며 탈주로를 열었다.

신현(愼縣)에 이르자 현령인 송백(宋白)이 후히 맞아 주었다.

"장거(壯擧)는 격문으로 알고 있었습니다. 우리 고을에는 얼마든지 숨을 곳이 있으니 마음 푹 놓으십시오."

송백은 관구검을 위로하고 술잔치를 베풀었다. 한숨 돌린 관구검이 방심한 것도 무리는 아니었다. 큰 잔에 가득 부어 주는 술을 아무런 의심도 없이 단숨에 마셨다. 그 술에는 마취약이 들어 있었다.

"아, 아…… 너 이놈! 송백, 네놈이!"

일어서려고 했으나 밀어닥친 현기증과 경련으로 관구검은 겨우 탁자 위로 손을 미끄러뜨렸을 뿐이었다.

"용서하오. 역적을 숨겨 준 것이 탄로나면 내가 죽게 되니까……."

송백은 차고 있던 칼을 뽑아 관구검의 가슴을 찔렀다.
관구검으로서는 눈을 감을 수 없는 원통한 마지막이었다.

낙양으로 돌아온 사마사는 오직 투지로 버티고 있었다.
'이제 틀렸다!'
이런 생각이 들면, 다음 순간 숨이 끊어진다는 것을 알고 있었다.
'나는 할 일을 하고 삶을 마쳐야 한다!'
자신을 격려하는 정신력으로 그는 관구검과 문흠을 진압하고 도성으로 돌아올 수 있었다.
사마사는 낙양으로 철수하기에 앞서 제갈탄을 장막 안으로 불렀다. 제갈탄은 사마사를 보는 순간 깜짝 놀랐다. 죽을 때가 벌써 지나 그 얼굴은 귀신이 되어 있었던 것이다.
"그대가 보다시피 나는 이미 죽은 몸이다. ……내가 죽은 뒤의 일을 일러둔다. 그대는 진동대장군이 되어 양주 일원의 전군을 지휘하는 도독이 되어라."
"예에."
"그대는 제갈공명과는 육촌간이다. 도독이 된 이상 공명의 이름이 부끄럽지 않도록 조심하라. 오나라에 있던 제갈각은 총명하기는 했으나 가문의 명망을 보존하지 못하고 비참하게 죽임을 당함으로써 공명의 이름을 더럽혔다. 그대는 제갈각의 전철을 밟아서는 안 된다."
그렇게 이르고서 철군을 지시했던 것이다.
사마사는 다른 무장들에게는 끝내 자신의 얼굴을 보이지 않았다.
도성으로 돌아오자 곧 아우 소를 불렀다.
사마소 역시 형의 산 송장 같은 모습을 보고 놀랐다.
"아우 소야, ……아무래도 나는 아버지 계신 곳으로 갈 때가 온 것 같구나."

"형님!"

"나 죽은 뒤에 위나라를 오나라와 촉나라 위에 올려놓는 것은 네 손에 달려 있다."

"예에!"

"나는 위나라 정권을 한 손아귀에 넣고, 선제(先帝)를 폐하고서 어린아이를 임금 자리에 앉혀 모든 걸 내 마음대로 했다. 아마 후세 사람들은 나를 간악한 사람으로 욕하겠지. 그러나 나는 후회하지 않는다. 내가 강력한 정치를 했기 때문에 오나라도 촉나라도 우리 위나라를 넘보지 못했던 것이다."

"맞습니다, 형님."

"나는 너보고 나처럼 하라고 권하지는 않겠다. 독재의 권세를 휘두르자면 또 그 나름의 위엄을 백관들 앞에 보이지 않으면 안 된다. 그러자면 상상할 수 없는 고독을 감수해야만 한다. 나는 친동생인 너에게도 본심을 털어놓을 수 없는 고독을 견뎌야만 했다. 깊은 밤 혼자 누워 있을 때는 고독감에 견딜 수 없어 소리를 지르고 싶은 충동을 느낀 적도 한두 번이 아니었다."

사마소는 형의 비통한 심정을 듣자니 가슴이 메어 오면서 눈물이 쏟아졌다.

"큰 책임에서 벗어나게 되면 얼마나 마음이 편할지 모른다. 나는 아버지로부터 그 지위와 권력을 물려받았기 때문에 책임을 벗어날 수가 없었다. ……너는 어떠냐?"

"형님! 저도 형님과 마찬가지로 위나라를 양어깨에 짊어지겠습니다. 책임을 회피하는 일은 절대로 있을 수 없습니다."

"그러냐. 우리 집안을 네가 더욱 번창하게 하겠느냐?"

"맹세합니다!"

"일단 큰짐을 어깨에 짊어지면 무슨 일이 있어도 다른 사람에게 그 짐을 넘겨 주어서는 안 된다."

"명심하겠습니다!"

"만일 조금이라도 번거로워지면 틈이 생기고 방심을 하게 된다. 그때는 우리 집안이 망하게 된다."

"알고 있습니다."

"네가 대장군 승상이 되면 가장 먼저 해야 할 일이 무엇인지 아느냐?"

"들려 주십시오."

"촉나라 강유를 죽이는 일이다."

사마사는 힘주어 말했다.

"반드시 강유를 죽이고 말겠습니다."

"만일 네가 강유에게 패한다면 위나라는 당장 망한다."

"알겠습니다. 안심하십시오."

사마사는 동생에게 잡힌 손에 힘을 주었다.

공명의 재주와 병법을 물려받은 강유야말로 그들 형제에게 가장 무서운 적이었다. 형은 아우에게 강유 타도를 유언했다.

그로부터 엿새 동안, 사마사는 생전에 저지른 죄에 대한 벌을 받는 것처럼 고통을 못견뎌하다가 죽었다.

때는 정원 2년 윤2월 중순이었다. 그의 나이 48세.

임금이건 거지이건, 영걸이건 못난이건 그 삶에 똑같이 짊어지워지는 것이 있다.

죽음이다.

사람이라면 늙지 않을 수 없고 죽지 않을 수 없다.

그러므로 그 삶을 어떻게 살고 그 마지막을 어떻게 맞느냐 하는 것이 문제이다.

이 파란만장한 역사에서 헤아릴 수 없는 영웅과 간웅과 호걸과 의사들이 갖가지 연극을 펼치다가 세월과 함께 사라져 갔다.

위나라에서는 조조·조비·조예·조진·조상·사마의 그리고 사마사가 죽었다.

촉나라에서는 유현덕·관운장·장익덕·조자룡·이엄, 그리고 제갈공명이 세상을 떠났다.

오나라에서는 손권·여몽·제갈근·제갈각, 그리고 육손이 죽었다.

그야말로 공자가 말했듯 세월은 결코 사람을 기다려 주지 않는다.

패자나 영웅이 지상에서 사라지면 다음 대를 이은 사람이 등장하여 다시 맞붙게 된다.

일찍이 공명과 사마의가 대결했던 것처럼 사마사가 죽자 강유와 사마소가 중원의 패권을 다투게 되었다.

사마소는 대장군 겸 녹상서사(錄尙書事 : 승상)로 직위가 올랐다.

위제 조모는 아직도 나이가 어렸으므로 정치권은 사마소 한손에 쥐어져 있었다.

사마사가 죽었다는 소문이 촉나라에 전해지자 강유는 새로운 결심을 했다.

'이때를 놓쳐서는 안 된다!'

그 옛날 공명은 드넓은 중국 대륙을 놓고 천하삼분(天下三分) 계획을 세웠다. 그리고 그 계획을 실현함으로써 위·오·촉 세 나라가 정립하는 형국을 이뤄냈다.

삼국 간에 상호 불가침의 평화 협정이 이루어지면 어쩌면 몇 대에 걸쳐 이 상태가 계속될지 모른다.

그러나 사나이들은, 아니 무인들은 평화를 유지하는 데 만족할 수 없는가. 끊임없이 적과 자기 나라의 국력을 비교해 보며 패권을 추구했다.

위나라는 장안과 낙양을 손에 넣고 중원의 패자로서 최강의 무력을 자랑하고 있다. 이에 비해 촉나라는 땅이 좁고 들이 부족하며 동원할 수 있는 군사 수도 한정되어 있었다. 공명이 남방을 평정했다고는 하지만 결국은 미개한 이민족으로 언제 반란을 일으킬지 늘 불안한 상태에 있었다.

촉나라를 지킬 책임을 맡고 있는 강유로서는, 공명의 유지를 이어받아 역시 중원을 영토로 만들고 싶었다.

'아쉬운 대로 전 승상이 돌아가신 오장원만이라도 우리 것으로 만들었으면!'

그것이 강유의 소망이었다. 이 소망은 강유의 마음 속에 뿌리를 박고 있었다.

강유의 머릿속에는 사륜거에 앉아, 무기 대신 백우선을 손에 든 공명의 모습이 잠시도 사라진 적이 없었다.

강유는 후주 유선 앞에 서자 아뢰었다.

"사마사의 죽음을 기회로 삼아 다시 한 번 중원으로 출전할까 하옵니다."

"위나라에 허점이 생겼다고 보오?"

"그러하옵니다."

"좋소. 전군을 이끌고 가도록 하오."

유선도 벌써 마흔이 넘었다. 임금으로서의 위의를 갖추고 있었다.

강유는 즉시 조정에 장수들을 불러 모으고 이 뜻을 전했다.

정서대장군 장익이 의견을 말했다.

"제가 아는 바로는 사마사보다 뒤를 이은 사마소가 군략과 병법에 있어서 더욱 뛰어납니다. 또 밀정의 보고에 따르면 우리 촉나라 군사의 진격에 대비해 국경 수비를 더욱 튼튼히 하고 있다 합니다. ……그러므로 지금은 원정이 불리할 줄 압니다."

그러나 강유는 고개를 저었다.

"그렇지 않소. 전 승상께서 늘 말씀하셨소. 적이 이쪽 마음을 짐작하여 방비를 하고 있을 때 그 방비를 무너뜨려야 한다고. 사마소는 자기 형의 죽음을 틈타 우리가 공격해 오리라 싶어 각 요지의 방비를 더욱 굳건히 한 것이 틀림없소. 또 한편 우리가 그 방비의 튼튼한 것을 알고 출격하지 않을 것이라 짐작할 것으로 생각되오. 이쪽은 그 허점을 찔러 적의 요충지를 돌파하여 중원을 향해 노도처럼 진격하려는 거요."

"그러나 만일 사마소가 우리의 그런 허점을 찔러 일부러 틈을 보여주고, 뜻하지 않은 포위책을 쓰게 되면 우리 군은 전멸을 면하기 어려울 겁니다!"

"그래도 좋소! 나는 돌아가신 승상의 유지를 이어받아 중원을 앗지 않고는 그대로 있을 수 없소. 설사 성공하지 못하고 싸우다 도중에 죽더라도 조금도 여한은 없소."

강유는 분명히 말했다.

강유는 공명이 이루지 못한 중원 회복을 위해서라면 목숨까지도 기꺼이 버릴 각오가 되어 있었던 것이다.

심리작전

위나라 공격을 위한 작전회의에서 강유는 부하 장수들의 책략을 듣고 그 중에서 한 가지를 채택하기로 했다.

맨먼저 하후패가 입을 열었다.

"먼저 경무장한 군대를 이끌고 곧장 포한(枹罕)으로 나가 조수(洮水) 서쪽의 남안(南安)을 함락시킬 수 있으면 농서지방을 단숨에 손에 넣을 것으로 생각합니다."

그 의견에 이어 장익이 말했다.

"우리 촉군이 몇 번이나 출격해서 적을 궤멸시킬 직전까지 갔다가 끝내 중원을 차지하지 못하고 퇴각을 해야만 했습니다. 그것은 적의 진격에 대해서 매번 우리가 한 발 늦었던 것이 주된 원인인 줄 압니다. 「손자병법」에도 '준비 없는 곳을 치고 뜻하지 않은 곳으로 나가라.' 했습니다. 그러므로 우리 군은 성도를 나서는 즉시 질풍처럼 국경에 이르러 위군이 요충지를 방비할 틈을 주지 않는 것이 가장 상책일 것 같습니다."

모든 장수들이 다같이 장익의 의견에 찬동했다.

“알았소!”

강유는 대궐 앞 광장에 5만 군사를 집결, 정렬시키자 우렁찬 목소리로 선언했다.

“그대들은 오늘 지금부터 자신이 사람이란 의식을 버려라! 네 발 가진 맹호보다도 빨리 달리는 들짐승이 되었다고 생각하라. 일단 이 도성 문 밖을 나가면, 모두 내 다리는 빨리 달리는 말보다 더 튼튼하다는 신념을 가져라!”

장병들은 강유에게서 옛 승상 공명의 모습을 되살려 볼 수 있었다.

공명을 대신해 촉나라 전군의 총수가 된 위엄이 강유의 늠름한 풍채에 넘치고 있었던 것이다.

포한을 향해 떠난 5만 군대는 그야말로 질풍처럼 빨랐다. 상식으로는 헤아릴 수 없는 속도였다.

위나라의 수비 장수는 옹주자사 왕경(王經)과 정서장군 진태였다.

“강유가 5만 군사를 거느리고 밀어닥쳤습니다.”

급보가 왕경에게 들어왔을 때 벌써 강유는 조수를 등지고 진을 치고 있었다.

왕경은 급히 보병 6만과 기병 1만을 집결시켰다.

“어찌 됐든 일단 강유에게 화평을 제의해 보자.”

왕경은 흰 깃발을 들고 부하 장수 몇 명과 함께 조수로 말을 몰아 달렸다.

“촉나라 총대장 강유 장군은 들으시오!”

왕경이 큰 소리로 외치자 곧 흰 말을 탄 강유가 천천히 다가왔다.

“들으시오!”

왕경은 강유를 똑바로 손으로 가리키며 외쳤다.

“천하는 셋으로 나뉘어 위와 오와 촉이 정족지세(鼎足之勢)를 이루어 평화를 유지하고 있다. 그런데 장군은 어째서 평화를 깨뜨리고 서로가 피를 흘리게 하려는 건가?”

그러자 강유가 소리 높이 웃었다.

“하하하하! 그대의 말은 가소롭기 짝이 없다! 한나라 조정의 정통은 우리 촉나라 황제께서 잇고 있는 것을 모르는가 ! ……그대가 속해 있는 위나라의 사마씨 삼부자가 전횡을 일삼아 황제도 쫓겨나고 장군들도 제거되었다. 위나라는 망할 때를 맞이한 것이다. ……그대는 옹주의 자사로서 사마소 같은 풋내기 밑에 붙어 있는 것을 치욕으로 생각지 않는가!”

“방자하고 무례한 말은 용서할 수 없다! 그대는 먼 길에 지쳐빠진 5만 군대를 거느리고 있지만, 우리 군대는 사기충천하는 7만 정예부대라는 것을 알아라!”

“그렇다면 흰 깃발 따위를 들고 나와 어린애 달래는 것 같은 어리석은 짓은 걷어치움이 좋으리라!”

“평화를 사랑하는 천하 만민의 소망을 짓밟는 네놈의 그 방약무도한 태도야말로 뒷날 뼈저린 후회를 불러올 것이다!”

왕경은 이렇게 말하고 얼른 말머리를 돌렸다.

강유는 도도히 흐르는 큰 강을 뒤로 하고 당당히 왕경과의 결전의지를 다졌다.

본진으로 돌아온 왕경은 장명(張明)·화영(花永)·유달(劉達)·주방(朱芳) 등 4명의 장수를 불렀다.

“강유가 어떤 묘책을 숨기고 있는지는 모르지만, 촉군은 배수진을 치고 있다. 공격을 당해 패하는 날은 장병이 모조리 물에 빠져 죽게 된다. 일찍이 제갈량도 배수진을 쳐서 우리 무제(武帝 : 曹操)를 속여 물러가게 한 예가 있다. 제갈량은 아무 묘책도 없으면서 마치 대단한 계책이 있는 것처럼 꾸며 보인 것뿐이었다. 그때 공격만 했더라면 전멸시킬 수 있었다. ……아마 제갈량의 병법을 전해받은 강유 역시 아무 묘책도 없이 우리를 속이려고 배수진을 치고 있는 것이 틀림없다."

네 장수는 왕경의 관찰이 옳다고 대답했다.

"그러면 그대들 넷은 사기를 북돋우어 일제히 쳐나가 주기 바란다. 아무튼 강유는 관우의 용맹에 방통의 지혜를 겸해 가진 제갈량의 수제자 군략가인만큼, 4명이 힘을 합쳐 한꺼번에 공격하지 않는 한 이기기 어려울 것이다. 만일 한발이라도 강유가 퇴각하게 되거든 숨돌릴 틈도 주지 말고 맹공격을 가해 강물로 처넣어야만 한다. 알겠는가?"

"알았습니다!"

네 장수는 신바람이 났다. 각자 자기 부대를 이끌고 좌우에서 단숨에 결판을 낼 생각으로 공격해 들어갔다.

이들에 대해 강유는 군사 5천을 거느리고 돌격을 감행했다.

열 배나 되는 적을 향해 돌격을 감행하는 것은 자살하려는 것이 아닌 이상 누가 보아도 무모한 짓이다.

"포위하라!"

"강유의 목을 쳐라!"

"강유만 잡아라!"

"절대로 놓치지 마라!"

장명·화영·유달·주방은 좌우에서 소리를 지르고 칼과 창을 휘두르며 군사들을 독려했다.

강유가 이끄는 5천 정병은 하늘에서 내려온 신병으로밖에는 보이지 않았다. 마치 낙엽 속을 바람이 지나가듯 적군 속을 휘몰아치고 다녔다. 오늘의 이 싸움을 위해 몇 해를 두고 훈련을 쌓아온 것처럼 날렵해 보였다.

싸움은 100명의 사냥꾼과 10마리의 호랑이가 한데 어울려 찌르고 물어뜯고 하는 듯이 격렬하게 펼쳐졌다.

한 시간 가량 싸우는 동안 100명의 사냥꾼은 10마리의 호랑이에 겁을 먹고 주춤거리기 시작했다.

그때 갑자기 강유가 말머리를 돌려 달아나기 시작했다.

"네 이놈! 어디로!"

"쫓아라! 쫓아라!"

위나라 장수 넷은 정신없이 추격을 시작했다.

강유는 강가 언덕 가까이 가자 말머리를 다시 돌렸다.

"위나라 군사들은 듣거라! 물을 등지고 진을 친 군사가 얼마나 강하다는 것을 보여 줄 테다! 자아, 덤벼라!"

와아 몰려오는 위나라 대군을 향해 잇몸을 벌겋게 드러내 보이며 큰소리쳤다.

순간 위나라 군사는——

'……뭔가 있다!'

문득 본능적인 불안에 사로잡혀 추격을 중지했다.

그 찰나였다.

"와아아!"

위군 뒤쪽에서 천지를 뒤흔드는 함성이 터져 나왔다.

네 장수가 강유 하나를 무찌르기 위해 기를 쓰고 있는 사이, 장익과 하후패가 그 등 뒤로 돌아온 것이다.

"큰일이다!"

네 장수의 얼굴빛이 싹 변했다.

배수진을 치고 묘책이 없는 것처럼 보이며 강유는 왕경의 허를 찌른 것이다.

나무랄 데 없는 심리 작전이었다.

강유 스스로 그의 용맹을 마음껏 발휘하고 나서 일부러 물가까지 도망치는 체하여 그들을 유인한 다음 갑자기 이쪽 군사로 적의 등 뒤를 공격하게 만든 것이다.

이것은 적병의 사기를 꺾는 동시에 부하들의 용기를 열 배나 북돋는 효과가 있었다.

이리하여 강유와 장익과 하후패와 그리고 5만 정병의 맹공 앞에 위군은 허수아비처럼 우두커니 서 있거나 허둥지둥 도망을 치다가 촉병의 칼과 창에 맥없이 쓰러지고 말았다. 일부 군사들은 물로 뛰어들기도 했다. 혈로를 열어 도망친 위군은 극소수에 불과했다.

시체가 5리 사이에 겹겹이 쌓여 있었다.

왕경은 겨우 100여 기만을 이끌고 정신없이 적도성(狄道城)으로 도망쳐 들어갔다. 왕경에게 다행이었던 것은, 적도성이 지키기는 쉽고 공격하기는 어려운 성이라는 점이었다.

그러나 강유는 사기가 왕성한 이때에 적도성을 단숨에 공격할 결심을 했다.

"중원으로 가는 길은 이제 열렸다! 자아, 가자!"

전군을 독려했다.

장익이 나서서 의견을 말한 것은 바로 이때였다.

"이의가 있으니 들어 주시기 바랍니다."

"들어봅시다."

"장군께서는 이미 전 승상께서 얻지 못했던 큰 공을 세우셨습니다. 사마소도 이 패보를 들으면 우리 나라를 공격할 생각을 버리게 될 것입니다. 그러니 이번 원정은 여기서 일단 중지하고 철수하는 것이 어떨까 생각합니다. 만일 깊이 들어갔다가 실수라도 저질러 많은 군사를 잃게 되면 모처럼 세운 큰 공이 헛된 것이 될 것입니다."

정서대장군 장익은 싸움에 있어서 아주 신중한 장수였다.

"장군의 충고는 아주 고맙소. 그러나 이 강유는 이번 한번의 승리에 만족할 수는 없소. 이제 겨우 위나라 장병의 가슴을 놀라게 했을 뿐이오. 중원에 촉나라 깃발이 휘날리게 될 때에야 내 사명은 이룩되는 거요. 이대로 철수하고 말면 승상의 사당 앞에 맹세한 내 사명을 포기하게 되는 것이오. 적도를 단숨에 짓밟고 장안을 차지하기까지는 절대로 군사를 돌릴 수 없소!"

그렇게 고집하는 강유를 장익은 가만히 지켜보면서 가슴속으로 뇌까렸다.

'우리 총수가 전 승상에 한 걸음 미치지 못하는 것은 바로 이런 점일 것이다.'

이번 승리는 장병들의 왕성한 사기에 의한 것이었다.

그러나 지금 전장병은 지칠 대로 지쳐 있었다.

본디 배수진은 매우 위험한 진형(陣形)이다.

배수진은 처음 한신(韓信)으로부터 비롯되었다.

한신이 조군(趙軍)을 치게 되었다. 조군은 정형구(井陘口)라는 협곡 길에 굳건한 성채를 쌓고 있었다.

한신은 이것을 평지로 꾀어내어 싸우지 않으면 승산이 없었다.

한신은 경무장한 군사 2천을 뽑아 각자마다 하나씩 한나라 깃발인 붉은 깃발을 들게 하여 샛길로 나아가 산그늘에 매복시켰다.

그리고 이렇게 말했다.

"나는 일대를 내보내 조군에게 도발하겠다. 적은 우리가 소병력임을 보면 반드시 나와서 공격하리라. 그러면 나는 거짓 패하여 달아난다. 적은 반드시 추격한다. 성채 안의 적이 총출동하여 추격한다. 그렇게 하지 않고선 못 배기게끔 나는 미끼를 던질 작정이다. 적이 성채를 비우고 쫓게 된다면 그대들은 전속력으로 달려서 성채 안으로 들어가 그 붉은 깃발을 세워라. 알겠느냐?"

한신은 이렇게 작전 지시를 하고 나머지 전군을 이끌고 나갔다.

정형구 전면에 저수(抵水)란 강물이 흐르고 있었다.

한신은 그 기슭에 강을 등지고서 1만의 군을 포진시키고, 일대를 이끌어 총대장기를 든 채 정형구로 향했다.

정형구의 조군은 한신의 포진을 멀리 바라보자 배를 잡고 웃으며 한신을 크게 경멸했다.

"보라! 저 진법(陣法)은 대관절 뭔가? 강을 등지고 진을 친다는 진법은 도무지 들어본 적도 없어. 미치광이나 할 짓이야."

그러고 있는데 한신이 거느린 일대가 총대장기를 세우고 둥둥 북을 울려가면서 다가왔으므로 조군은 성채를 나와 역시 북을 울려가며 공격했다.

양군이 맞부딪쳐 격전이 얼마간 계속되자 한신은 거짓 패하여 깃발과 북을 버리고서 물가의 아군을 향해 어지럽게 달아났다.

성채 안에 남아 있던 조군이 그것을 보고서——

"이때다! 적이 도망친다! 추격을 늦추지 말라!"

앞을 다투어가면서 성채를 뛰쳐나왔다.

어떤 자는 추격하고 어떤 자는 한신의 군사들이 버린 갑옷이나 깃발을 줍느라고 모두들 정신이 없었다.

한신은 강가 아군 진지에 이르자 곧 반격으로 나갔다.

조군은 승세를 업고 있는 데다가 대군이니만큼 꽤나 맹렬했지만, 이쪽은 달아나려 해도 배후는 깊은 강이다. 필사적이 되지 않을 수 없었다. 이리하여 조군도 애를 먹지 않을 수 없었다.

그 사이 산그늘에 매복하고 있던 2천 기가 매복 장소에서 뛰쳐나와 전속력으로 성채에 들어갔고, 그들은 죽 꽂아 놓은 조나라 기를 뽑아 버리고 붉은 깃발을 세웠다. 그 모습은 마치 불길이 타오르는 것만 같았다.

조군은 아무리 해도 한신군을 격멸할 수가 없어 성채로 돌아가고자 말머리를 돌렸다. 그런데 아, 이게 웬일인가!

"아군의 장수가 배반하여 적에게 항복했구나!"

군사들은 그렇게 의심했고 따라서 크게 동요했다.

"진정하라! 진정하라! 도망치는 자는 베어 버릴 테다!"

장수들은 울부짖으며 칼을 휘둘러 달아나는 자를 베었지만, 병사들은 더욱더 혼란에 빠져 일제히 도주하기 시작했다.

강가의 주력 부대와 성채 안의 지대(支隊)는 긴밀히 협격하여 조나라 대군을 섬멸했다.

승리 축하연이 끝난 뒤 부장들은 한신에게 물었다.

"장군은 오늘의 싸움에 이상한 진법을 쓰셨습니다. 강을 등지고 진을 치는 전법이 병법에 있습니까?"

"병법에도 있지."

한신은 대답했다.

"병법에는 산이나 언덕은 뒤 또는 오른쪽에 두고, 강이나 늪은 앞 또는 왼쪽에 두라고 나와 있습니다. 강을 등지라고는 어디에도 나와 있지 않습니다."

여러 장수들은 거듭 말했다.

「손자」에는 '높은 곳을 우측 또는 동쪽에 두라'라는 구절이 있고 '반드시 수초(水草)에 의지하며 뭇나무를 등지도록 하라'는 구절이 있다. 「오자(吳子)」에도 '산은 오른쪽으로 하고 물은 왼쪽에 둔다'는 구절이 있다.

그러나 이런 것들은 상식이므로 누구나 쉽게 생각할 수 있는 일이었다. 고지를 오른쪽에 두라는 것은, 높은 데서의 공격을 받으면 막기에 곤란하지만, 그때 오른손이 그쪽을 향하고 있으면 방어력이 강해지기 때문이었다. 개인이나 단체나 그 점은 마찬가지이다.

왼쪽에 강이나 늪을 두라고 한 것은 왼손은 방어력이 약하므로, 적군이 쉽게 공격해 올 수 없는 쪽으로 두라는 것이었다.

산을 등지는 것은 높은 곳을 이용해서 낮은 것을 치는 것이 유리하기 때문이며, 물을 앞에 두는 것은 적의 공격력이 약화되기 때문이다.

그러나 이런 것은 상식이다. 특별히 병법으로 배울 만한 정도의 것도 아니다.

아무튼 한신은 그렇게 추궁받자 이렇게 말했다.

"병법에 이것을 죽을 땅에 떨어뜨린 연후에 살리고, 이것을 망지(亡地)에 둔 연후에 존(存)케 한다고 했지 않는가!"

"아 참, 그랬었지! 저희들이 미처 그것을 몰랐습니다."

한신은 명장이어서 상식을 응용하여 승리로 이끌었지만 배수진은 여간해서 사용하지 않는 것이 또한 상식이었다.

장익은 그것을 염두에 두고서 모험은 금물임을 강유에게 충고했던 것이다.

더욱이 촉군은 성도에서 포한까지 쉴새없이 달려와 금방 치열한 싸움을 전개했던 것이다. 군사들의 체력은 완전히 소모되어 있었다. 우선은 무엇보다 휴식할 필요가 있었다.

만일 공명이었다면 전원에게 휴식을 주었을 것이다.

장익은 강유가 장병에게 휴식을 주지 않고 진격을 계속해 대는 데에서 공명과의 차이를 발견했다.

장익은, 일단 결심하면 누구의 충고도 듣지 않는 강유에 대해 거듭 간할 수가 없었다.

촉군은 적도성을 향해 나아갔다.

옹주에 있던 정서장군 진태(陳泰)는 왕경이 패배했다는 소식을 듣자 바로 복수군을 일으키려 했다.

"좋아! 내가 강유를 물리치겠다!"

그때 연주자사 등애가 4만여 군대를 이끌고 도우러 왔다.

진태는 뜻하지 않은 원병에 기뻐 어쩔 줄 몰랐다.

"우리 위군은 범이 날개를 얻은 거나 마찬가지요. 이제 절대로 강유에게 패할 염려는 없소. 묘한 꾀가 있으면 말해 주시오."

"이건 내 추측인데, 만일 강유가 조수 싸움에 이긴 기세를 타서 강인들을 자기 편으로 끌어들이며 천천히 열흘쯤 휴식을 취한 다음, 동으로 진출하여 동서 각 고을의 태수들을 설득시켜 촉나라로 붙게 하는 데 성공하게 되면, 아무리 장군과 내가 힘을 합쳐도 도저히 당해 내지 못할 것입니다. 잘못하면 강유에게 중원을 내주고 말 것입니다. 그러나 강유는 공을 서두른 나머지 휴식을 취하거나 강인들과 농서의 태수들을 자기 편으로 끌어들이기 위해 설득할 여가를 갖지 못할 것입니다. 단숨에 적도성을 함락시키려고 기를 쓰고 있을 것으로 생각됩니다. 적도성은 아시다시피 난공불락의 금성 철벽입니다. 강유가 아무리 총공격을 한다 해도 쉽게 함락시키지 못할 것입니다. 그보다도 멀리 온 군사를 부질없이 지치게 만들고 말 것입니다. 우리 쪽은 그같은 피로와 초조함을 틈타 갑자기 적을 놀라게 한 다음 당황해 후퇴하는 것을 추격하게 되면 승리할 수 있을 것으로 압니다."

"옳아! 그대의 전략을 따르기로 하겠소."

정서장군과 연주자사는 열심히 전략을 짰다.

그리하여 우선 간추린 정예 50명을 한 부대로 하여 모두 20대를 갖추어 행진시켰다. 1천 명 정예군의 전진은 아주 비밀리에 행해졌다. 낮에는 숲 속에 숨고 밤이 되면 행군했다. 촉군이 풀어 놓은 밀정들도 이 전진을 눈치채지 못했다.

촉군 쪽에서는 위나라가 원군을 보내게 되면 많은 군사를 보낼 것으로 알고 있었다. 따라서 밀정들은 적이 대군을 움직이는지 어떤지 그것만 정탐하고 있었다.

강유가 이끄는 촉군은 적도성을 포위했다.

며칠 동안 불화살을 쏘아 보내고 성벽에 폭약을 터뜨리며 전군이 함성을 지르고 공격하기를 총 여덟 번. 그러나 적도성은 꿈쩍도 하지 않았다.

강유는 초조해졌다.

장병들은 계속 총공격을 하기에는 너무도 지쳐 있었다. 게다가 이 성이 난공불락인 것을 알게 되자 사기가 크게 떨어져 장병들은 심리적으로 크게 위축됐다. 이렇게 되자 강행군에 연이은 격렬한 전투로 지쳐 있던 병사들 중 1천 명 이상이 쓰러지고 말았다.

헛되이 닷새가 지났다.

강유는 그제야 장익의 충고가 옳았음을 깨달았다. 그러나 이대로 물러갈 수는 없는 일이었다.

그렇다고 무슨 신기한 계책이 머리에 떠오르는 것도 아니어서 점점 초조함만 더해 갈 뿐이었다.

그날 황혼 무렵 밀정이 말을 쏜살같이 몰아 진영에 도착했다.

"두 무리의 군대가 몰려오고 있습니다. 한 패는 '정서장군 진태', 또 한 패는 '연주자사 등애'라고 크게 쓴 깃발을 선두에 세우고 있습니다."

"언젠가는 원군이 밀려올 것으로 알고 있었다."

강유는 하후패를 불러 물었다.

"진태에 대해서는 나도 알고 있지만 등애가 어느 정도의 무장인지 알고 싶소."

"등애에 대해서는 전에 말씀드린 것으로 압니다만, 그는 어렸을 적부터 병법을 공부했고 뛰어난 기억력과 지능을 갖춘 사람입니다. 지도를 펴면 금방 전략을 세울 정도로 지리에 밝습니다. 그가 지휘를 한다면 잠시도 방심해서는 안 됩니다."

"알았소."

고개를 끄덕인 강유는 적도성을 함락시키지 못한 초조함을 적의 원군에 대한 투지로 바꾸었다.

"우리도 피로해 있지만 적도 밤낮을 쉬지 않고 달려왔을 테니 역

시 피로해 있을 거요. 조건은 서로 같으니 정면으로 격돌하여 적
을 무찌르고 맙시다!"

장익에게는 계속해서 성을 공격하게 해 두고 자신과 하후패는 등
애와 진태를 맞아 싸울 진형을 취했다.

약 5마장쯤 갔을까.

갑자기——

"꽈앙!"

엄청난 소리가 동남 산골짜기에서 울려퍼지며, 피리소리 북소리와
더불어 하늘을 찌를 듯 봉화가 올랐다.

"등애란 놈, 우리를 독 안에 든 쥐로 만들 생각이군. 그렇게는 안
될걸!"

강유는 이때야 비로소 급히 퇴각하라는 명령을 내렸다. 사실은 그
피리와 북과 봉화가 50명씩 20패로 나눈 고작 1천 명의 의병(疑兵)
인 것을 강유는 몰랐다.

강유는 직접 후진이 되어 퇴각했다. 북소리는 계속 같은 거리로
따라오고 있었다. 검각도(劍閣道)에 이르러서야——

"아! 이제 보니 의병에 속았구나!"

원통해했으나 이미 때는 늦었다.

장병들도 말도 걷는 것이 고작이었다.

진격보다 퇴각 쪽이 체력과 정신력의 소모가 갑절로 크다.

촉군은 간신히 종제(鍾堤)까지 물러나와 그곳에 진을 쳤다.

후주 유선으로부터 강유를 촉나라 최고의 지위인 상대장군(上大
將軍)에 임명한다는 조칙이 전해진 것은 그때였다. 조수(洮水)에서
의 승리를 표창하기 위해서였다.

강유는 고맙게 받기는 했으나 마음 속으로는 조금도 기쁘지 않았다.

중원을 정복해야만 상대장군이 될 참된 자격이 있기 때문이다.

강유는 장익을 불러 고개를 떨어뜨렸다.

"장군의 충고에 따르지 않았기 때문에 나는 그만 장병들을 피로하게 만들었소. 정말 뭐라 할 말이 없소이다. 나의 성급한 야심 때문에 제대로 싸워 보지도 못한 채 많은 군사를 쓰러지게 한 것은 이제 와서 후회해도 돌이킬 수 없는 수치요. 나는 상대장군이 될 자격이 없소."

"이미 지나간 일입니다. 조칙에 대해서는 기뻐하셔야만 합니다. 소장도 진심으로 축하드립니다."

장익은 아주 태연한 모습으로 강유를 위로했다.

강유가 종제에 진을 치자 위군은 적도성 밖에 진을 쳤다.

성 안에 갇혀 있던 패장 왕경은 진태와 등애를 맞아들여 고마운 인사를 나누고 성대하게 잔치를 베풀었다.

진태는 상소문을 올려 등애의 공을 위왕 조모에게 보고했다.

등애는 사마소의 한 마디로 안서장군(安西將軍)에 봉해졌다. 또 호동강교위(護東羌校尉)에 임명해 진태와 함께 옹주·양주 두 고을의 수비를 맡게 됐다.

진태는 축하하는 술자리에서 살며시 등애에게 물었다.

"강유는 원정과 퇴각으로 말미암아 장병이 피로해 있는 것을 너무도 잘 알기 때문에 두번 다시 쳐들어오는 일은 없겠지요?"

그러자 등애는 웃으며 고개를 옆으로 저었다.

"강유는 오래지 않아 반드시 공격해 올 겁니다."

"강유쯤 되는 사람이 어리석은 행동을 되풀이하겠소?"

"내가 그렇게 말하는 것은 다섯 가지 이유가 있기 때문입니다."

"다섯 가지 이유라면?"

등애는 막힘없는 말투로 다음과 같이 들려 주었다.

"첫째, 촉군은 일단 퇴각은 했지만 조수의 승리에 대한 기쁨을 지니고 있고, 우리 쪽은 패한 기분을 버리지 못하고 있는 것.

둘째, 촉나라 장병들은 모두 제갈량의 병법에 의해 단련된 정예부대여서 제갈량을 하늘처럼 우러러보며 단결을 이루고 있는 데 비해, 우리 위군은 쉴새없이 바뀌고 장병들이 사마소에 충성을 다할 생각이 적다는 것.

셋째, 촉군은 물길을 이용하기 때문에 피로를 줄일 수가 있는데, 우리 군은 육로를 가야만 하기 때문에 싸움터에서 대치했을 경우, 피로의 정도에 차이가 생기는 것.

넷째, 적도·남안·농서·기산의 네 요소는 모두 지키기는 쉬우나 공격이 용이치 않다는 점. 즉 촉군이 동쪽을 치는 것처럼 보이며 서쪽을 치고, 남쪽을 찌를 것처럼 보이며 북쪽을 치는 작전을 취하게 되면, 우리 군은 병력을 분산해야만 하고, 따라서 촉군이 한덩어리가 되어 한 곳을 공격해 올 때 우리쪽은 4분의 1의 병력으로 이를 막아야 하는 점.

다섯째, 만일 촉군이 남안과 농서로 진출하게 되면 강인들이 지어놓은 곡식으로 군량을 충당할 수 있고, 또 기산을 앗게 되면 보리와 밀을 거두어들일 수 있다는 점."

"그럼……강유가 머지않아 다시 쳐 나온다면 어떻게 이를 격파할 수 있겠소?"

"그건 앞으로 생각하기로 하지요."

등애는 침착한 태도였다.

"우리 두 사람은 함께 옹주와 양주를 지키는 임무를 띠게 되었는데, 군략에 있어서는 그쪽에 모든 것을 맡기겠소."

진태는 등애보다 훨씬 나이가 위였다. 그러나 나이의 차를 묻지 않는 망년지교(忘年之交)를 맺었다.

이튿날부터 등애의 지휘에 의해 맹렬한 군사 훈련이 시작되었다. 또 각 요소의 수비가 더욱 강화되었다.

종제의 촉나라 본영에서 어느 날 밤 강유는 이상한 꿈을 꾸었다.

눈부신 유성(流星) 하나가 미친 듯이 북쪽을 향해 머리 위를 날아가는가 싶더니, 그 북쪽 어디에선가 땅을 뒤흔드는 요란한 소리와 함께 불기둥이 확 솟아올랐다.

깜짝 놀라 눈을 뜨고 벌떡 일어난 강유는 이렇게 생각했다.

'이것은 돌아가신 승상께서 북벌하라는 명령을 내게 내리신 것이 아닐까?'

그러나 그때 강유는 자신이 높은 열에 싸여 있는 것을 깨달았다.

강유도 역시 공명처럼 가슴병을 앓고 있었다. 가슴을 크게 헐떡이며 강유는 자신을 타일렀다.

"싸워야 한다! 죽더라도 귀신이 되어 사마소를 무찔러야 한다!"

그때

"상대장군……."

가만히 밖에서 부르는 소리가 들렸다.

"누구냐?"

"마현입니다."

전 승상의 충실한 시종이었던 마현, 지금은 한 부대의 부대장으로 있는 마현이 찾아온 것이다.

"들어오게."

"죄송합니다."

조용히 들어온 마현은 걱정스런 얼굴로 강유를 지켜보며 말했다.

"대장군께서 몸이 편찮으신 것으로 보입니다. 어제 멀리서 바라보았을 때 저는 그렇게 느꼈습니다."

"하긴 두 번이나 피를 토했네. 그러나 이 일을 누구에게도 알게 해서는 안 되네."

"성도로 돌아가셔서 두어 해쯤 요양하시는 것이 어떻습니까."

"그건 안 돼!"

강유는 세차게 거절했다.

"상대장군! 승상이 돌아가신 뒤 촉나라 삼군의 지휘권은 장군께 맡겨져 있습니다. 제발 몸을 소중히 하셔야 합니다."
마현은 공명이 어떻게 병과 싸워 왔는가를 직접 눈으로 보아 왔다.
"충고는 고맙네. 그러나 나는 승상의 유지를 이어받은 몸이다! 중원을 기어코 정복해야 한다는 뜻 말일세!"
"그렇기 때문에 몸을 돌보셔야 합니다!"
"잠시라도 세월이 아깝지! 성도로 돌아가는 대신 나는 중원으로 가야만 하네!"
강유는 허공을 바라보며 외치듯 말했다.
그의 표정에는 무서운 투혼이 감돌았다.

아홉 땅 아홉 변화

　강유의 결심이 강철같이 굳은 것도 무리는 아니었다. 이곳까지 퇴각했지만 패주한 것은 아니다. 언제라도 공격할 수 있을 만큼 전군은 사기 충천해 있었다.

　강유는 다시 적지로 쳐들어갈 결심이었다. 자신의 결심을 밝히고 동의를 얻기 위해 부하 장수들을 불러모았다.

　잔치가 성대하게 벌어지고 술이 몇 차례 돌았을 때, 강유는 일동에게 가까운 시일 안에 다시 출진하겠다는 굳은 결의를 밝혔다.

　전에 공명의 영사(令史)였던 번건(樊建)이 일어섰다.

　"상대장군의 뜻은 우리들도 잘 알고 있습니다. 그러나 적은 이번 조수 싸움에서 우리 군사가 얼마나 강한가를 뼈아프게 느꼈을 것이므로 국경을 침범해 오지는 않을 것입니다. 지금은 일단 성도로 개선했다가 중원을 앗는 일은 2년이나 3년 뒤로 미루는 것이 어떻겠습니까? 만일 장군께서 출진했다가 실수라도 하게 되면 모처럼 세운 큰 공이 허사가 되고 맙니다."

　분명 이치에 맞는 말이었다.

그러나 강유의 의지는 확고했다.

"나는 일단 결심한 일은 바꾸지 않소. 그것이 내 장점인 동시에 결점인 것도 잘 알고 있소."

"그렇지만 우리 전체의 의향도 받아들여 주시기 바랍니다."

"여러분은 위나라가 우리 촉나라보다 훨씬 영토가 넓기 때문에 군사 수도 우리보다 몇 배나 많고 또 군량도 큰 차가 있다고 생각하겠지. 그건 틀림없는 사실이오. 그러나 지금은 모든 조건이 우리에게 유리하다는 것을 알아주기 바라오."

"승산이 있다는 말씀인가요?"

"물론이오!"

강유는 크게 끄덕여 보였다.

"위나라를 쳐서 절대로 우리가 이긴다고 큰소리치는 데는 다섯 가지 이유가 있소. 잘 들어보오."

강유는 장수들 한 사람 한 사람에게 눈길을 보내고 나서 힘차게 말했다.

"적이 조수 싸움으로 사기가 꺾여 있는 것은 우리 군이 철수할 때 추격해 오지 않는 것만 보아도 명백하오. 우리 군은 아직 한 명도 죽은 사람이 없으며, 앞으로 며칠 휴식을 취하게 되면 완전히 체력과 사기를 되찾게 될 것이오. 이번 출진은 배를 타고 나아가기로 하겠소. 그러면 우리 군사는 조금도 지치지 않소. 지형상 위군은 배로써 맞아 싸울 수가 없소. 따라서 육로로 달려올 것이며, 그러면 금방 지치고 말 것이오. 더구나 우리 촉군은 승상께서 정성들여 길러낸 정예들이어서 피아의 전투력에는 큰 차이가 있소. 적은 오합지졸이기 때문에 우리 촉군과 정면으로 맞붙어 싸우면 패해 달아날 것은 뻔하오. 우리 군이 기산으로 나가면 마침 밀과 보리가 익어 있어, 이를 군량으로 충당할 수가 있소. 또 적은 국경선이 길기 때문에 각처의 성채에 군사를 분산시켜 두지 않으면 안 되오. 우리 군이 전부 한덩어리가 되어 적의 중앙을 돌파하기는 아주 쉬운 일이오. 우리가 물길을 이용하기 때문에 우리 군이 돌파하는 곳을 어디로 삼을 것인가를 적은 잘 알지 못할 것이오. 우리 군이 돌아가신 승상의 유지를 받들어 이를 이룩하는 데는 지금보다 더 좋은 시기가 없소. 내가 성도로 돌아가지 않고 굳이 출진하려는 것은 바로 위에 말한 이유 때문이란 것을 알아주기 바라오."

"상대장군!"

하후패가 소리를 높였다.

"장군께서 드신 이유는 하나 하나 이치에 맞습니다. 그러나 위나라에는 방심 못할 한 사람이 있습니다."

"등애를 말하는 거겠지요?"

"그렇습니다. 등애는 나이는 젊지만 생각이 깊고 병법과 군략에 뛰어납니다. 밀정의 보고에 따르면 이번에 안서장군에 봉해졌다 합니다. 옹주와 양주를 지킬 책임을 지게 된 등애는 있는 지혜와 힘을 다해 우리를 맞아 싸울 궁리를 하고 있을 것이 틀림없습니다. 나는 그것이 두렵습니다."

일찍이 위나라의 용장이었던 하후패는 등애의 재능을 높이 평가하고 있었다.

강유는 하후패로부터 그 소리를 듣는 순간 문득 불길한 예감이 들었다. 그러나 얼른 그같은 느낌을 뿌리치고 말했다.

"설사 등애에게 우리 승상과 맞먹는 전략이 있다 하더라도 나는 이 기회를 놓칠 수 없소! 내 목숨은 성도를 떠날 때 이미 나라에 바치고 왔소!"

이렇게 선언했다.

강유는 지금 50세였다.

인생 50! 싸움터에서 삶을 마감하는 것이 그의 소망이었다. 바로 제갈공명이 오장원에서 담담한 심정으로 하늘로 돌아간 것처럼…….

강유는 자신을 무인 이외의 아무것도 아니라고 생각했다.

공명은 승상으로서 정치에도 뛰어난 재능을 보여 주었다. 여러 차례 남정, 북벌을 했지만 백성들에게 원망의 소리를 듣지 않았다.

'나에게 나라를 다스릴 능력은 없다. 다만 한결같이 적과 싸우기 위해 나는 태어났다. 그러므로 싸우고 싸운 끝에 싸움터에서 이 세상을 뜨는 것이 내 본분이 아니고 무엇이겠는가!'

승상 자리에 올라 촉나라를 한손에 쥐고 흔들겠다는 야심은 털끝만큼도 없는 강유였다.

종제에서 다시 대오를 정돈하고 전열을 바로잡은 촉군은 거듭 북쪽을 향해 떠났다.

강유가 몸소 선두에 섰다.

마현이 그 옆을 바짝 따라붙었다. 강유의 건강 상태를 염려한 마현은 장수로서 적과 싸워 공을 세우기보다 강유의 몸을 지키는 임무를 자청해 허락받은 것이다.

전군이 하나가 되어 둑을 끊은 홍수처럼 무서운 기세로 기산을 향해 밀고 나갔다. 그때 척후병이 말을 달려 돌아와 보고했다.

"기산에서는 벌써 위나라 군사가 아홉 개의 진지를 굳게 구축하고 우리를 기다리고 있습니다."

'그럼 등애가 내가 출격해 올 것을 미리 알고 대군을 집결시켰단 말인가?'

반신반의하는 강유는 우선 몇 기를 거느리고 언덕 위로 달려 올라가 적진을 바라보았다.

"으음!"

한 번 바라보고 강유는 신음소리를 냈다.

일사불란한 아홉 개의 진지가 앞쪽에 기다랗게 뱀처럼 줄지어 있었다. 틈이라고는 찾아볼 수가 없었다.

"등애란 장수는 듣기보다 더 뛰어난 군략가로구나. 이처럼 훌륭한 진지 구축은 돌아가신 승상을 방불케 한다!"

강유는 적을 볼 줄 알았다.

"좋아. 그럼 어느 쪽의 전술이 나은지를 시험해 보자. 이 철벽진을 향해 총공격을 가하는 것은 어리석은 짓이다. 등애는 저 진지 어디에선가 준비를 갖추며 기다리고 있겠지. 등애가 판 함정에 빠질 내가 아니다."

이런 싸움에서는 허허실실의 공방(攻防)에 의해 승패가 결정된다. 강유는 포소(鮑素)를 불러 500기를 주고 100기씩 나누어 골짜기 언덕 숲 속에 숨긴 다음, 매일같이 갑작스레 기산의 적진을 위협하도록 명령했다.

즉각 100기가 저마다 깃발을 파랑·노랑·빨강·하양·까망의 다섯 가지 색깔로 바꾸어 마치 20만이 넘는 대군이 밀려온 것처럼 적군이 착각하게끔 교란하는 작전을 펴는 것이다.

그 사이에 강유는 중군을 이끌고 몰래 동정(董亭)으로 나가 곧장 남안을 찌를 계획이었다.

"대장군, 등애는 우리쪽 의병책을 금방 간파하지 않겠습니까?"

장익이 염려했다.

"전투를 하지 않는 한 아무리 등애지만 공격해 오는 것이 500기 뿐이라고는 생각지 않겠지. 물론 곧 알게는 되겠지만 이쪽이 질풍처럼 진격하기 때문에 미처 손을 쓸 겨를이 없을 거요."

강유는 등애와 계책을 겨루는 데 도리어 신이 났다.

그러나 자칫 실수하는 날에는 전멸할 위험이 있는 큰 도박이었다.

강유는 감히 등애와 서로 허허실실(虛虛實實) 줄다리기를 하려 했던 것이다.

등애는 진태를 설득시켜 이곳 기산으로 먼저 앞질러 와서——

‘강유 오너라!’

팔에 힘을 주며 기다리고 있었다.

등애의 예상은 적중했다. 강유는 과연 거듭 출격해 온 것이다.

그것을 확인한 등애는 언제든지 싸울 수 있는 태세를 갖추었다.

그러나 등애의 예상이 적중한 것은 강유가 대군을 이끌고 밀어닥친 데까지뿐이었다. 강유는 전방 수십 리 지점에서 산악과 계곡의 숲 속에 자취를 감추고 단숨에 결전을 청해 오지 않았다.

다만 하루 몇 차례씩 느닷없이 정탐대인 듯한 한 부대가 깃발을 들고 나타날 뿐이었다.

“어서 오너라!”

등애가 선두에 서서 말을 달리면 촉병은 갑자기 사라지곤 했다.

나타나는 곳이나 깃발의 색깔이 전혀 달랐기 때문에 처음에는 등애도 강유가 생각지 않은 곳으로부터 기습을 가해 오는 것으로 알고 있었다.

그러나 사흘이 지났는데도 촉나라 대군이 일제히 공격해 올 기미는 보이지 않았다.

“아무래도 이상하다!”

등애는 밤 사이에 한 높은 대지에 망루를 세우게 하고, 날이 밝을 무렵 그곳으로 올라가 적의 움직임을 가만히 살폈다.

해가 머리 위로 떠오를 때까지 촉나라 군사는 다섯 곳에서 저마다 다른 색깔의 깃발을 들고 나타나 위나라 군사를 끌어내 놓고는 갑자기 자취를 감추었다.

“알았다! 강유란 놈이 꾀를 썼구나!”

등애는 급히 망루에서 내려와 본진으로 돌아왔다.

“어떠했소?”

진태가 묻자 등애는 자신을 비웃듯이 잘라 말했다.

“강유는 벌써 이곳에 없습니다.”

"없다니? 그럼 중군을 이끌고 퇴각했단 말이오?"

"퇴각한 것이 아니라, 동정으로 나가 남안을 공격하려는 것으로 생각됩니다. 여기에는 약간의 병력만 남겨 놓았을 것입니다. 강유는 대군이 진을 치고 있는 것처럼 보이기 위해 다섯 가지 색깔의 깃발을 준비하여 다섯 패로 나눈 군사들을 출몰시키고 있을 뿐입니다."

"그렇게 생각하게 만들어 놓고 나서 또 그 반대의 수법을 쓸지도 모르지."

"아닙니다. 강유가 기산을 공격해 온 것은 중앙을 뚫고 나와 중원에서 단숨에 승부를 결정지을 생각이었을 것입니다. 강유는 몹시 서두르고 있는 셈이지요. 다만 공명에게서 병법과 군략을 배운 그는 우리 군의 진을 보고 깨뜨릴 수 없다고 판단하여 말머리를 돌려 동정으로 향한 것이 틀림없습니다. 장군께선 지금부터, 이곳에 남아 있는 촉병들을 무찔러 주기 바랍니다. 거의 저항다운 저항도 없을 것입니다. 그런 다음 강유의 뒤를 따라 동정으로 가는 길을 급히 쫓아 주시기 바랍니다. 이로써 강유의 퇴로를 끊을 수 있습니다."

"장군은?"

"나는 남안으로 달려가 무성산(武城山)을 점령하겠습니다. 강유는 남안을 앗지 못할 것 같으면 반드시 상규(上邽)를 공격할 것입니다."

싸우기도 전에 등애는 벌써 적이 어떻게 나오리라는 것을 손바닥 들여다보듯 예상하고, 그에 대응하는 아군의 작전을 정했다.

"그러면 장군의 계략은?"

"상규에는 험한 골짜기가 하나 있습니다. 단곡(段谷)이란 곳인데 지형이 양쪽에서 다가붙어 산길은 겨우 사람 하나 지나갈 만한 정도로 오르락내리락 꼬불꼬불 길게 산허리를 돌고 있습니다. 이곳

은 복병을 쓰기에 아주 좋은 곳입니다. 강유는 한 번은 무성산을
점령하려 하겠지만 부질없이 군사를 축낼 뿐이란 걸 알고 상규를
점령하려고 생각을 바꾸게 될 것입니다. 나는 무성산을 끝까지 지
키는 한편 상규의 단곡에 군사를 숨겨 두겠습니다. 승리는 우리에
게 있을 것으로 확신합니다.”
“으음!”
진태는 감탄했다.
농서에 30년 남짓 있었지만 진태는 복병을 쓰기에 적당한 단곡이
란 골짜기가 있다는 것을 여지껏 모르고 있었다.
등애는 천하의 모든 지리를 다 외고 있는 모양이었다.
“나는 장군 덕으로 강유를 이길 수 있게 되었소! ”
진태는 충심으로 경의를 표하며 등애의 손을 잡았다.
‘농서를 30년간이나 통치하면서 여태껏 단곡을 모르다니!’
등애는 마음 속으로 진태의 무능함을 딱하게 여겼다.
“그럼 나는 곧장 무성산으로 향할 테니 장군은 이곳에 숨어 있는
촉병을 모조리 무찌른 다음 강유의 퇴로를 끊어주시기 바랍니다.”
한 시간 뒤에 등애는 벌써 군을 이끌고 북쪽을 향해 말을 달리고
있었다.
지도를 보면 상규는 기산보다 훨씬 북쪽에 있다. 그러므로 등애는
퇴각하는 형태가 되었다.
기산 점령을 단념한 강유는 상규로 돌아 들어갔다. 이곳을 점령하
면 남안을 공격하기도 쉽고, 또 진창을 돌파하여 공명이 원통하게
죽고 만 오장원에 이르는 데에도 어려움이 없기 때문이다.
오장원에서 장안으로, 장안에서 낙양으로, 도도히 흐르는 황하를
따라 공격해 올라가 중원을 점령하겠다는 꿈을 강유는 품고 있었다.
촉나라에는 평야다운 평야가 거의 없었다.
위나라는 낙양 서쪽의 장안을 중심으로 하는 지역은 거의 산악지

대이고, 낙양 동쪽으로는 끝 간 데 없는 평야가 펼쳐져 있다. 황하를 중심으로 펼쳐진 이 평야에서 거둬들이는 곡식은 촉나라보다 열 배나 많았다.

오나라는 위나라와 거의 맞먹는 넓은 평야를 가지고 있었지만 장강을 사이에 두고 남쪽에 위치한 땅은 3분의 2 가량이 심한 더위 속에 있고 개간되어 있지 않았다.

촉나라 대군을 자기 힘으로 격파할 각오를 굳힌 등애는 신속하게 휘하 부대를 전개시켰다.

아들 등충(鄧忠)과 장전교위(帳前校尉) 사찬(師纂)에게 5천 기씩을 주고 격려했다.

"단곡으로 급히 가라. 숨을 수 있는 곳에 나는 벌써 깃발을 세워 두었다. 나는 무성산을 점령하려는 강유를 막아 단곡으로 향하게 하겠다. 그때야말로 강유를 무찌를 묘책을 쓸 수 있는 다시 없는 좋은 기회다. 결코 놓쳐서는 안 된다. 충, 너는 이제 16세이지만 첫출전에 공을 세우게 되면 단번에 용맹을 날려 아비보다 더 훌륭한 장수가 될 것이다. 아비가 죽은 뒤 위나라 삼군을 지휘하는 장군이 될 수 있느냐 하는 것은 오로지 이 첫출전에서 어떻게 활약하느냐에 달려 있다."

"아버지의 지시와 전략대로 있는 힘을 다해 싸우겠습니다."

등충은 늠름한 태도로 맹세했다.

"사찬! 충을 도와 강유를 무찔러 다오. 부탁한다."

"알겠습니다."

등애는 두 사람에게 비밀 계책을 일러주고 떠나게 했다. 그리고 자신은 무성산을 향해 질풍처럼 군사를 몰고 갔다. 강유는 등애가 예측한 대로 남안을 공격하기 위해 동정에서 곧바로 북쪽으로 올라가고 있었다.

싸움이란 격돌하기 전에 대장들의 지혜가 어느 쪽이 앞서느냐에
따라 결정된다.

강유는 물론 등애보다 나았으면 나았지 못한 군략가는 아니었다.

어느 지점까지 이르자 강유는 말을 세우고 나서 지그시 앞산을 노
려보았다.

“저게 무성산이지요?”

“그렇습니다.”

말머리를 나란히 한 하후패가 대답했다.

“남안 앞쪽에 있는 저 무성산을 점령하면 벌써 남안을 탈취한 것
이나 다름없소. 적장이 등애라면 그 정도는 알고 있을 거요. 등애
는 아마 저 무성산에 군사를 매복시켰겠지.”

“아마 그럴 것으로 생각됩니다.”

“시험해 보아 주겠소, 하후 장군?”

“알았습니다.”

하후패는 5천 기를 거느리고, 푸른 대나무를 끌게 하여 자욱히 흙
먼지를 일으키며 똑바로 얼마쯤 돌진해 보았다. 즉 수만 명이 밀어
닥친 것처럼 보였던 것이다.

순간 산꼭대기에서 포소리가 꽝 울리며 함성이 하늘을 찔렀다.

피리와 북소리가 메아리치며, 산이란 산 여기저기에 깃발이 꽉 들
어차 있었다.

산꼭대기 한층 높게 나부끼는 깃발에는 ‘등애’라는 글자가 크게
씌어 있었다.

“역시 그랬구나!”

하후패는 신음했다. 등애의 군사 배치는 훌륭했다.

하후패가 일단 철수하려 하자 갑자기 좌우 숲 속에서——

“와아아!”

돌격의 함성을 지르며 결사대가 뛰쳐나왔다.

하후패가 일부러 5천 기를 수만으로 보이게 했는데도 등애는 속지 않았다.

촉병 5천 기는 금방 무너지고 말았다.

강유가 급히 구원하러 달려갔을 때는 이미 위나라 결사대는 한 사람도 볼 수 없었다.

"과연 등애는 보통이 아니다. 위나라 제일의 군략가라고 말할 수 있을 것이다."

강유는 등애가 적이지만 훌륭하다고 거듭 감탄했다.

그러나 여기까지 온 이상 강유로서는 맥없이 물러날 수 없었다.

"귀신이 아닌 적을 공연히 무서워할 것은 없다."

강유는 그대로 무성산 기슭까지 중군을 다가붙이고 적이 어떻게 나오는가를 지켜보았다.

촉병들은 산기슭에 진을 치자, 산 속에 숨어 있는 적군을 향해 갖은 욕설을 퍼부으며 싸움을 걸었다.

그래도 산속은 잠잠할 뿐 인기척이라곤 도무지 없었다. 등애의 명령이 얼마나 철저한가를 강유는 알 수 있었다.

"이대로 여기에 주둔해 있으면 등애는 반드시 야습해 올 것이다."

강유는 일단 몇십 리를 물러나 상황을 살피려 했다. 그러나 모든 장수들이 따르려 하지 않았다.

"등애는 얼마 안 되는 의병(疑兵)으로 우리를 위협하고 있는 겁니다. 후퇴하면 사기가 떨어지게 됩니다. 끝까지 진을 굳히고 적의 공격을 기다려야 합니다."

"장군들의 용기는 잘 알고 있소. 그러나 여기서 하룻밤을 지내는 것이 과연 어떨지?"

강유는 망설였다. 좌우의 산세를 자세히 보면 설사 적이 많은 수의 군대로 쳐내려오더라도 이쪽 진지가 굳건하면 그다지 무서울 것은 없을 것 같았다.

"그럼 중군은 5리쯤 후퇴하겠소. 하후 장군의 선봉부대만이 여기
에 진을 치고 기다리기로 하오."

강유는 명령했다.

이리하여 촉나라 중군이 철수하려 하자, 산 속에서 겁많은 것을
조롱이라도 하듯 피리소리와 북소리가 한꺼번에 울렸다.

"에잇! 공격이다!"

장수 하나가 화가 치밀어 강유의 허락도 없이 자기 부대를 호령하
여 가파른 밀림을 달려올라가려 했다.

순간 산꼭대기에서 큰 바위가 굴러내려왔다.

산악 전체가 무서운 성채로 변해 있었다.

"쓸데없는 개죽음을 하지 마라!"

강유는 장수들을 타일러 5리를 후퇴했다.

'지금 올 거냐? 언제 올 거냐?'

산기슭에 진을 친 하후패는 적의 기습을 기다렸다.

적은 전혀 공격해 내려올 기미를 보이지 않았다.

삼경까지 기다리다가 하후패는 철수하려 했다.

그러자 산 속에서 조롱의 고함소리와 함께 금시라도 쳐내려오는
듯이 요란스럽게 피리와 북이 울렸다. 마치 옆에서 촉군의 움직임을
보고 있기라도 하는 양 때맞춰 하후패를 자극하는 것이었다.

이렇게 되자 하후패는 오기로라도 진을 거둘 수 없게 되었다.

"전원 전사할 각오로 이곳을 지키자! 어서 목책을 두르고 돌로
방벽을 만들라!"

하후패는 명령했다.

장병들도 대장의 뜻을 받아 그곳에 버티고 있으면서 적이 공격해
올 때까지 물러나지 않을 결심을 했다.

목책을 두르고 성벽을 다 쌓고 나니 날이 밝았다.

산 속의 위군은 모두 숨을 죽이고 촉병이 하는 대로 내버려두고

있었다.

5리 후방의 본진에 있는 강유는 명령했다.

"장병에게 군량을 운반하도록 하라."

장기전이 될 것으로 생각하고 수십 대의 군량차가 무성산 기슭을 향해 떠났다.

그러자 갑자기 산중에서 1천여 명의 위병이 달려내려왔다. 그들은 수송대를 향해 뛰어들었다.

아차 하는 사이에 군량차는 불길에 휩싸이고 말았다.

위군은 정면 공격을 하는 듯했지만 사실은, 처음부터 수송부대의 습격을 노리고 있었던 것이다.

등애의 교묘한 작전이 아닐 수 없었다.

촉나라 선봉부대의 군량은 삽시간에 재로 변하고 말았다. 화가 치민 촉나라 장수들은 저마다 산 속을 향해 공격을 시작했다. 그러나 굴러오는 바위에 군사들만 부질없이 다치고 죽을 뿐이었다.

하후패가 말을 달려와서 부르짖었다.

"후퇴하라! 필요 없이 죽어서는 안 된다!"

그래도 혈기 있는 무장들은 여전히 산 속에 숨은 위군을 향해 덮어놓고 쳐 올라갔다. 결국 그 반수가 죽고 말았다.

겨우 하후패가 군사를 정돈하여 본진으로 철수해 오자 강유는 침통한 얼굴로 말했다.

"남안을 점령하는 일은 단념해야겠소!"

"할 수 없지요."

"이렇게 되면 아무래도 상규를 점령해야만 하겠소. 그곳에는 남안군의 식량이 모두 저장되어 있소. 상규를 앗으면 남안도 손에 넣을 수가 있을 것이오."

강유는 남안으로 가는 길이 막혀 버린 안타까움을 뿌리치고 상규를 향해 진군하기로 했다. 무성산의 적은 하후패에게 맡겼다.

이틀 뒤 새벽녘 선두로 나아가던 강유가 문득 앞을 바라보며 이맛살을 찌푸렸다.

"이상하다?"

"무엇이 이상합니까?"

옆에 있던 마현이 물었다.

"저 산 모양은 보통 계곡을 둘러싸고 있는 것과는 어딘가 다르다. 안내인에게 지명을 물어 오너라."

"예에."

말을 달려갔던 마현이 곧 되돌아왔다.

"단곡이라 한답니다."

"단곡?"

강유의 표정이 갑자기 험해졌다.

"뭔가 불길한 점이라도 있습니까?"

"그래. 단곡은 단곡(斷谷)이라고 쓸 것이다. 들어오는 적을 계곡 안에서 끊는다〔斷〕는 말이다."

앞뒤의 출입구를 막아 버리면 전멸할 수밖에 없게 된다. 지형을 한 번 바라보는 순간 강유는 잘못 들어갔다가는 여기가 자기 군사들의 생지옥이 될 수 있다는 것을 알 수 있었다.

그러나 상규로 들어가려면 이 길 외에는 없었다.

강유는 망설였다.

"범의 굴에 들어가야만 범의 새끼를 얻는 것일까."

강유는 한 장수를 무성산으로 되돌려보내, 하후패에게 단곡을 돌파하겠으니 도우러 와 달라고 명령을 해두고 전군에 명령했다.

"전진!"

이런 데에 강유의 격렬한 기상이 그대로 나타난다. 때와 장소에 따라서는 좋게 작용하여 적군에 결정적인 타격을 주는 힘이 될 수도 있다. 그러나 정면 충돌이 아닌 싸움에서는 결점으로 나타나 자기를 전멸의 위기로까지 몰고 가는 요인이 될 수도 있다.

등애는 강유가 생지옥이 될 수 있음을 알면서도 굳이 단곡을 돌파하려 들 것을 예상했던 것이다.

만일 공명이었다면 등애의 속셈을 알고 다른 전법을 썼을 것이다.

공명은 상식과 동떨어진 기상천외의 전법을 쓴 것처럼 생각되지만, 절대로 상식에서 벗어나는 전법은 쓰지 않았다.

다만 상대편 대장의 심리를 꿰뚫어보고 그것을 앞질러 선제(先制)했기 때문에 남의 눈에는 귀신도 뺨칠 만큼 신묘한 전술 전략을 자유자재로 구사하는 것처럼 보였을 뿐이다.

따라서 공명은 그가 살아 있을 때 늘 '상황에 따른' 기본적인 전법을 부하 장수들에게 강조해 마지않았다.

'초목이 울창한 곳에서는 유격전이 적당하다. 그리고 울창한 밀림 지대라면 기습 공격하기에 알맞다. 전면에 숲이 있고 그 사이에 차폐물이 없을 경우는 참호전이 알맞다.

소부대로 대부대를 공격할 때에는 해질녘이 적당하다. 대부대로 소부대를 공격할 때에는 새벽이 알맞다.

무기·식량이 부족할 때에는 속전속결하라.'

이처럼 공명의 병법은 모두 상식에서 출발하고 있다.

제갈량의 병법대로라면 강유는 단곡으로 진격해 들어가지 말아야 했다. 뻔히 불리한 줄 알면서 위험을 무릅쓴다면 범장(凡將)만도 못한 폭장(暴將)이 아닐 수 없다.

아마도 강유는 자기도 모르게 등애를 무시하고 있었는지도 모른다. 등애를 가공할 적이라고 칭찬하면서도

'등애, 제깐 것이 알면 얼마나 알아?'

이런 자부심이 있었을 것이다. 그렇지 않다면 상식을 벗어나는 무

모한 작전을 감행할 리 없다.

세월이 어느덧 흘러 세대 교체가 이루어지고 있다는 것을 그는 생각지 않고 있었다.

어쩌면 강유는 급한 마음에 막연한 요행을 바라고 있었는지도 모른다.

'등애는 내가 이 단곡의 지형을 보고 퇴각할 줄 알고 있겠지.'

강유의 단견이 초래한 결과는 너무도 비참했다. 마치 병풍을 좌우에 세운 듯한 절벽 위에서, 불화살이 빗발치듯 날아오고 바위가 굴러떨어졌다. 무참하게 죽어 가는 병사들의 처참한 비명이 계곡 전체를 뒤흔들었다.

강유는 하는 수 없이 퇴각을 명령했다.

그러자 촉나라 중군을 지나가게 버려두고 산악에 숨은 채로 이제나저제나 하고 기다리던 사찬과 등충이 함성을 지르며 퇴로를 가로막았다.

소년 무사 등충은 첫출전의 공을 세우려고 맨 앞에서 장창을 들고 돌진해 갔다.

물론 강유쯤 되는 군략가가 퇴각 병법을 생각하지 않을 리 없었다. 군의 진형을 무너뜨리거나 하는 일은 없었다.

그러나 등애는 강유마저도 생각지 못한 뜻밖의 전술을 준비해 두고 있었다.

그것은 급류가 부딪치는 큰 바위 뒤에 복병이 강한 활을 겨누고 숨어 있는 것이었다.

나가나 물러가나 절벽 밑 산길은 한 가닥밖에 없다.

이곳을 겨냥하여 숨은 곳에서 화살을 날리면 사냥꾼이 길목을 지키고 있다가 살을 당기는 거나 다를 것이 없었다.

어지간한 강유였지만 처음에는 당황했다.

"죽음을 각오하고 달려라!"

자신이 몸소 장검을 좌우에 들고 달리며 퇴로를 막으려는 적병을
마구 무찔렀다.

강유 앞을 등충이 가로막았다.

"총대장 강유의 머리는 이 등충이 차지하고 말겠다!"

"기개가 장하구나! 그러나 어린 나이로 황천길을 서두르는 것은
가엾은 일이다!"

강유는 등충과 몇 합을 교환했다.

그때 하후패가 먼지를 일으키며 달려왔다.

양군은 뒤범벅이 되어 난전을 벌였다.

그 덕분에 등충은 강유의 칼에서 벗어날 수 있었다.

전황은 촉군에 불리했다.

그나마 다행으로 촉나라 장병들의 사기가 조금도 꺾이지 않은 것
은, 강유와 하후패의 신장 같은 활약 때문이었다.

마침내 양군은 갈라섰다.

촉군은 단곡에서 10리 남짓 후퇴했다.

강유는 하후패에게서 기산 소식을 들었다.

기산은 진태의 공격을 받아 함락되고, 포소는 피투성이가 되어 전
사했다는 것이다. 다만 3분의 2 가량은 한중으로 철수할 수 있었다
한다.

강유는 암담했다.

자신의 재주가 공명에 미치지 못한다는 것을 다시 한 번 뼈아프게
절감했다.

강유는 고개를 떨어뜨린 채 흐르는 눈물을 닦으려 하지도 않았다.

그 비통한 모습을 마현 혼자 옆에서 가만히 지켜보았다.

강유와 마현은 싸움을 거듭할수록 새삼 공명의 위대함을 뼈저리
게 느끼게 되었다.

국가나 개인이나 천운(天運)이란 것이 있다.

아무리 천재 영웅이라고 할지라도 그 천운을 바꿔 놓을 수는 없다. 더구나 그것이 나쁜 운명일 경우 이를 좋게 바꿀 수는 없다.

공명 사당 앞에서 맹세를 하고 다시 중원을 노린 강우였으나 큰 강둑이 무너져 내리듯 대군이 무너지기 시작하자 이를 다시 일으킬 방법이 없었다.

진태에게 기산을 앗긴 강유는 눈물을 삼키고 본국으로 철수하기 위해 산길을 택했다.

등애가 이 기회를 놓칠 리 없었다. 성난 물결처럼 추격해 왔다.

"모든 장수들은 앞서서 달아나라. 뒤는 내가 맡겠다!"

퇴각 때 뒤를 맡는 일이야말로 가장 어려운 임무임은 말할 것도 없다.

강유는 군사를 몇 패로 나누었다. 혹은 숲 속에 숨어 있다가 갑자기 반격으로 나오기도 하고, 혹은 지나온 산길을 허물기도 하고, 혹은 잡목을 쌓아놓고 불을 지르기도 했다.

천변만화의 퇴각책을 다 써가며 겨우 한숨을 돌렸다.

'이제 여기까지 오면…….'

그것도 순간뿐이었다.

"와아아!"

한쪽 산악에서 엄청난 함성이 터져나오며 메아리를 울렸다.

"큰일이다! 적이 앞질렀다!"

강유는 눈 앞이 캄캄했다.

등애의 병법은 여기서 강유보다 한 발 앞서 있었다.

진태에게 말하여, 기산에서 곧바로 강유가 철수하는 산길로 달리게 했던 것이다.

촉나라 다른 장수들은 다행히 진태가 도착하기 전에 멀리 앞쪽으로 철수하고 있었으나, 적의 추격을 막느라 퇴각이 늦어진 강유만은 진태와 등애에게 완전히 앞뒤를 막히고 말았다.

그야말로 구사일생의 가망조차 없는 궁지에 빠지고 만 것이다.

강유는 눈을 감고 스승 공명의 모습을 눈꺼풀 속에 떠올렸다.

"침착하라, 침착하라! 호랑이에 물려가도 마지막 순간까지 정신만은 차리고 있어야 한다."

제갈공명이 어딘가에서 그렇게 격려하고 있는 것만 같다. 또 공명의 가르침이 강유의 머릿속을 스쳤다.

'싸움에는 싸움터가 될 곳의 정황에 따른 전투법이 있느니라. 전장의 정황은 아홉 형태로 나눌 수 있다. 이것을 구지(九地)라고 한다. 구지에는 저마다 알맞는 전투법이 있느니라. 이것을 구변(九變)이라고 한다. 싸움에 임해서 구지의 구별을 알지 못하면 구변, 즉 공격의 아홉 가지 원칙을 적용하여도 승리를 거두지 못하리라.

싸움에 즈음해선 또한 음양의 이치, 지형의 험준함과 동시에 상대편 참모의 인물, 계략에 대해 파악해 두지 않으면 안 되느니라. 이 세 가지를 앎으로써 승리를 거둘 수가 있다.

상대편 참모를 아는 일이 곧 적을 아는 일이다. 참모를 알지 못한다면 상대의 전투법을 모르고, 상대의 전투법을 모른다면 승리를 바라기 어렵다. 따라서 전투에 들어가기 전에 상대편의 참모를 비롯한 장병에 대해 자세한 정보를 알아두지 않으면 안 된다.'

병법은 상식이다. 그것은 응용하는 데 따라 명장도 범장도 될 수 있다. 강유는 이 위급한 경우에 공명이 가르쳐 준 '구지'와 '구변'을 재빨리 적용시키려 했다.

그것이 '침착'이고 대장된 자의 소임이기 때문이다.

여기서 구지와 구변을 설명할 필요가 있으리라.

「손자병법」에선 구지를 다음과 같이 나눈다. 그리고 그런 곳에서의 작전 방법도 간결하게 풀이하고 있다.

　　산지(散地) : 아군의 영토 안. 싸움을 피하라.
　　경지(輕地) : 적 영토 초입. 진공을 계속하라.
　　쟁지(爭地) : 피아간의 쟁탈지. 먼저 점령되었다면 공격해서는
　　　　　　　 안 된다.
　　교지(交地) : 쌍방 모두 진공하기 쉬운 곳. 부대간의 연락을 긴
　　　　　　　 밀히 하라.
　　구지(衢地) : 입구가 비좁고 철수가 어려운 곳. 계략을 쓰라.
　　중지(重地) : 적 영토 안 깊숙이 침공한 곳. 현지 조달에 힘쓰
　　　　　　　 라.
　　비지(祕地) : 산림·고지·습지대 등 행군이 어려운 곳. 신속히
　　　　　　　 통과하라.
　　위지(圍地) : 입구가 비좁고 철수가 어려운 곳. 계략을 쓰라.
　　사지(死地) : 속전속결이 불가피한 곳. 싸움이 있을 뿐.

　강유가 지금 맞고 있는 상황은 말하자면 구지 가운데 비지·위지·
사지의 조건이 겹쳤다 하겠다.
　여기서는 뾰족한 해결 방법이 없고 오직 죽을 힘을 다해서 싸우라
고 했는데 과연 다른 방법이 없을까?
　「손자병법」은 다시 구변을 풀이하고 있다. 이것도 물론 간결한 원
칙이 제시되어 있을 뿐이다.

　1. 고지에 진을 친 적을 정면 공격해서는 안 된다.
　2. 언덕을 등진 적을 정면 공격해서는 안 된다.
　3. 일부러 달아나는 적을 깊이 쫓아선 안 된다.
　4. 미끼인 적병에 선뜻 덤벼들어선 안 된다.

5. 정예부대와 정면으로 힘으로써 맞서면 안 된다.

6. 돌아갈 마음에 사로잡혀 있는 적을 억지로 가로막아서는 안 된다.

7. 적을 포위했다면 달아날 길을 열어 주어라. 결코 완전 포위해서는 안 된다.

8. 궁지에 빠진 적에게 가벼이 다가가서는 안 된다.

9. 본국에서 멀리 떨어진 적지에 오래 있으면 안 된다.

이렇게 아홉 가지이다. 전쟁은 어디까지나 손익을 냉철히 계산해야 하는 일종의 '게임'이라 생각할 때 손자가 말하는 구변도 비로소 이해되리라.

강유가 처해 있는 전황을 등애 편에서 보고 구변을 적용하자면 여섯 번째, 일곱 번째, 여덟 번째가 해당된다.

궁지에 빠져 있는 적을 섬멸하려면 막대한 손실을 각오해야 할 경우가 있다.

지금 강유와 그 부하는 불 속에 갇힌 호랑이처럼 날뛰고 있는 것이다. 만일 적 하나를 쓰러뜨리기 위해 아군도 1 대 1의 희생, 또는 그 이상의 희생을 치러야 한다면 대장으로서 심각히 고려할 문제가 아닐 수 없다.

강유는 다시 자기에게 일렀다.

"침착해라, 침착해라!"

그러자 어디선가 또 목소리가 들리는 것 같았다.

"강유야!"

어디선지 모르게 공명의 목소리가 또 들려왔던 것이다.

"군략가는 죽을 땅에 빠졌을 때일수록 목숨을 아끼고 뒷날의 승리를 위해 기필코 살아야만 한다는 것을 잊지 마라!"

“예!”

깜짝 놀라 정신을 차린 강유는 금세 신비로운 힘이 온몸에 솟구침을 느낄 수 있었다.

그의 몸은 화살도, 창도, 칼도 오는 대로 다 막아 쳐낼 수 있을 것 같았다.

“진태와 등애는 듣거라! 이 강유는 귀신도 아니지만 사람도 아니다. 스승 제갈 승상께서 지켜 주시는 불사신이다!”

이 부르짖음이 촉군 장병들의 용기를 불러일으켰다.

‘여기서 개죽임을 당할 수는 없다!’

보통 사람이라면 너무도 처참한 광경에 까무러칠 것만 같은 싸움이 벌어졌다.

강유가 이끄는 5천 기에 대하여 열 겹 스무 겹으로 둘러싼 위나라 군사는 20만이다.

사람으로서는 탈주로를 열 수가 없었다.

다만 투지만으로 좌충우돌 마지막 순간까지 싸울 뿐이었다.

그때——

“우와아!”

들짐승 떼가 울부짖는 것 같은 함성을 올리며 내달아오는 한 부대가 있었다.

강유가 포위당했다는 소식을 들은 탕구장군 장의가 수백 기를 거느리고 달려온 것이다.

장의는 강유를 위해 자신을 희생시킬 각오였다.

“상대장군! 탈주로는 여기입니다!”

자신이 돌입해 온 곳을 긴 창을 높이 들어 가리켰다. 그러는 장의를 향해 수십 개의 화살이 날아왔다. 그 중 세 개가 오른쪽 눈, 왼쪽 어깨, 그리고 가슴에 꽂혔다.

그래도 장의는 말 위에서 가슴을 활짝 편 채 끄떡도 하지 않았다.

"천지신명이시어! 우리 상대장군을 보호하여 주옵소서!"

장의는 마지막 소리를 외쳤다.

강유는 그 귀신 같은 모습에 엎드려 절하고는, 터준 뒷길을 통해 똑바로 바람처럼 달려갔다.

만 번 죽다 살아난 강유였다. 한중으로 돌아온 강유는 장의가 죽어간 싸움터를 향해 엎드려 자신을 대신해 장렬하게 전사한 장의의 충의를 기리며 온종일 말 없이 기도를 올렸다.

말할 수 없는 비참한 패배였다.

"강 장군은 믿을 수가 없다!"

장병들 가운데 그런 소리가 들렸다. 아버지와 형제와 자식을 잃은 백성들 가운데 원망하는 사람이 적지 않았다.

강유는 일찍이 공명이 가정에서 패하고 심복인 마속을 베었을 때, 자신의 죄를 물어 승상의 벼슬에서 스스로 물러난 것을 생각했다.

'나도 승상을 본받아야 한다.'

그렇게 생각한 강유는 다음과 같은 상소문을 올렸다.

신은 전 승상의 병법을 배워 분에 넘치게도 무거운 책임을 지고, 삼군을 거느리고서 다시 위나라 토벌의 원정을 떠났사오나, 싸움에 임해 생각이 모자란 탓으로 마침내 기산을 잃고 포소를 전사케 만들었으며, 단곡에서는 적의 술책에 말려들어 장의를 전사하게 했나이다. 이 허물은 모두 신의 용렬함에 있사옵니다. 전 승상도 가정에서 패한 것을 책임지고 승상의 자리를 사양하였나이다. 더구나 신의 밝지 못함과 재주 없음은 변명할 여지가 없사옵니다. 상대장군 자리에서 위장군(衛將軍) 자리로 내려주시옵기를 바라옵니다.

이때 촉나라는 비위가 죽은 뒤 진저(陳祗)가 상서령으로 내정을 맡고 있었다.

이 무렵 후주 유선은 정사에 싫증을 내어 오직 후궁에서 여인들과 일락을 일삼고 있었다. 강유의 상소문을 받고 짐짓 놀랐지만 곧이어 조서를 내렸다.

경의 뜻대로 하시오. 다만 한중은 국경의 최전선이니 그곳을 굳게 지켜주기 바라오.

병마권은 그대로 주었으나 권한이 훨씬 축소되어 한중으로 내쫓긴 셈이었다.

강유는 조금도 불만을 품거나 하지 않고 휘하 장병을 이끌고 한중에 주둔했다. 그는 둔전(屯田)을 크게 일으켜 군을 휴양시키는 한편 와신상담 다시 일어날 기회를 엿보았다.

피냄새

위나라 쪽은 강유를 놓치기는 했으나 대승리를 거둔 기쁨으로 들끓었다.

진태는 오로지 등애 덕분에 이번 대승리를 거둘 수 있었다. 그의 공적을 낱낱이 표문에 적어 낙양에 보고했다.

사마소는 칙사를 보내어 등애의 벼슬을 올려주고 인수를 내리게 했다. 그와 동시에 그의 아들 등충은 어린 나이로 크게 활약했다 하여 정후(亭侯)에 봉했다.

그때 위나라 정원 3년은 감로(甘露) 원년(256)으로 바뀌어 있었다. 위왕 조모의 뜻에서가 아니라 사마소가 멋대로 바꾼 것이다.

위나라 정사는 사마소 마음대로였다.

대궐에 출입할 때는 반드시 무장한 장사 3천 명으로 경호를 맡게 하고, 정무를 결정할 때는 단 한 번도 천자에게 아뢰거나 하는 일이 없었다.

조모는 있으나마나한 존재였다.

모든 것은 승상부에서 처결되었다.

“피냄새가 난다! 그것도 비린내가 확 끼치는!”

완적(阮籍)이 소리쳤다. 그는 어느날 친구인 혜강·산도 등과 술을 마시다가 갑자기 이런 말을 했다.

혜강과 산도는 하도 어이가 없어 서로 얼굴을 마주 바라보았다.

그러나 술취한 헛소리는 아닌 것 같았다.

“피냄새라니 또 끔찍한 일이 생겼단 말인가?”

“음!”

“언제, 어디서?”

그러나 완적은 대답하지 않았다.

피냄새가 나고 있다!

즉 시대가 그들에게 이런 예감을 주고 있었다.

사마의는 비록 실권을 장악하고 전횡하기는 했으나 그 자신 천자가 될 야망은 없었다.

그런데 사마소는 그렇지 않았다.

‘조모를 밀어내고 내가 위나라 황제가 되리라!’

어느덧 그런 생각을 품게 되었다.

사마소가 이 야망을 이루는 데 없어서 안 될 심복이 있었다.

가충(賈充)이 바로 그였다. 자를 공려(公閭)라 했다. 건위장군 가규(賈逵)의 아들로 승상부의 장사(長史) 벼슬에 있었다.

아버지 가규는 위나라 충신이었으나 아들은 그 반대였다.

장사는 문관의 우두머리이다. 여간 머리가 좋지 않으면 이 벼슬에 있을 수 없었다.

가충은 사마소가 말하지 않아도 벌써 그의 마음속을 환히 들여다보았다.

어느 날 승상부의 구석진 방에 사마소와 마주앉았을 때 가충이 말했다.

"저는 승상의 마음 속을 알고 있습니다. ……이미 천하의 대권을 잡고 계시지만 그 큰 뜻을 이루기 위해서는 사방에 있는 모든 관원과 무장들을 이해시켜 한 사람도 반대하는 의사를 품지 않게 만들어야만 할 것입니다. 승상의 권세에 대해 아직도 불평을 갖고 있는 사람이 하나둘이 아닌 것을 저는 알고 있습니다. 그러므로 그들을 우리편으로 끌어들이자면 느긋이 끈기 있게 기다려야만 될 줄 압니다."

무서울 정도로 밝게 내다보았다.

"내 참뜻을 알고 있으니 그대는 나의 좋은 의논 상대다. 그런데 구체적으로 어떻게 하면 좋겠는가?"

"제가 먼저 각처의 장병들을 위로한다는 명목으로 동쪽에서 서쪽에 걸쳐 각 고을을 돌며 지방 장관들과 장군들의 태도를 살피고 오겠습니다."

"부탁한다."

가충은 사마소를 대신하여 맨먼저 회남으로 갔다.

회남에는 진동대장군 제갈탄이 있었다.

제갈탄은 제갈공명과 친척이다. 기록에 족제(族弟)라 되어 있는 것을 보면 육촌 또는 그 이상의 관계였던 것 같다. 제갈씨는 흔하지 않은 성씨이므로 아주 가까운 친척이었던 것만은 틀림없다.

아무튼 제갈탄은 그런 출신으로, 혹시 촉나라의 공명과 내통하지나 않을까 하는 염려 때문에 젊었을 때에는 별로 중요한 직책을 맡지 못했었다. 공명이 죽은 뒤에야 비로소 요직을 역임하고 관구검을 토벌할 때 공을 세웠다. 그리하여 지금은 오나라와 국경을 이웃하고 있는 동남 일대의 병마를 지휘하는 대장군이 된 것이다.

그의 성격은 외곬이었고 정의심이 강했다.

가충으로서는 뭐니뭐니해도 제갈탄의 속마음을 알아볼 필요가 있었다. 이건 대단히 어려운 일이었다.

멀리 떨어져 수비를 담당하고 있는 군대를 위문한다는 구실 아래 회남에 도착한 가충은 성으로 제갈탄을 찾아갔다.

제갈탄은 술자리를 베풀고 가충을 환대했다.

'기회가 좋다!'

술이 몇 순배 돈 다음 가충은 천연덕스럽게 속을 떠보았다.

"말씀드리기 어려운 일인데, 요즘 낙양의 어진 분들 사이에 우리 폐하께서 기상이 너무 연약하시므로 위나라 천 년 사직의 기초를 튼튼히 하기에 부적당하다는 소리가 몰래 퍼지고 있습니다. ……대장군 대도독께서는 3대에 걸쳐 우리 위나라를 걸머지고 오나라와 촉나라로 하여금 한 발짝도 국경을 넘지 못하게 한 공은 천하가 다 아는 일입니다. 저는 위나라 대통을 사마 대도독에게 물려주어도 별로 반대할 대신이나 장군들이 없을 것으로 생각합니다만 장군께선 어떻게 생각하시는지요?"

제갈탄은 얼른 대답하지 않았다. 그 침묵은 몹시 긴 편이었다.

갑자기 제갈탄은 자리에서 일어서더니 들고 있던 술잔을 바닥에 메어쳐 산산조각을 냈다.

"가충!"

그의 말투는 치미는 분노를 억지로 참는 것이었다.

"예?"

"그대는 누구의 아들인가?"

"그야 전에 예주자사를 지낸 가규의 큰아들이지요."

"가 예주는 인격이 고결하여 모든 사람의 존경을 받았었다. 그대는 그걸 알고 있겠지?"

"……."

"그런데 그 피를 받은 그대가 그다지도 썩어 있단 말인가?"

"장군! 오해는 말아 주시오. 저는 다만 낙양의 어진 분들이 몰래 주고받는 소리를……."

“닥쳐라! 이 제갈탄을 무얼로 보고 있느냐! 네놈이 사마소의 마음을 들여다보고 터무니없는 부추김을 한 것을 나는 잘 알고 있다! 너 같은 어린 놈에게 이 제갈탄이 속아 넘어 갈 것 같으냐!”

“장군! 제발 고정하십시오. 저는 결코 장군을 속여 제 편으로 만들거나 할 생각은……..”

“듣기 싫다! 더이상 혀를 놀리면 당장 목을 치고 말 테다!”

“예, 예!”

“돌아가거든 사마소에게 분명히 전하라! 만일 사마소가 하늘을 거역하는 날이면 이 제갈탄이 회남·회북의 군대를 이끌고 낙양으로 쳐들어가 목숨을 바쳐 정의의 길을 뚫고 나갈 것이라고!”

가충은 제갈탄의 불 같은 노여움 앞에 창자가 얼어붙는 것만 같았다. 쥐구멍을 찾듯 부랴부랴 회남을 빠져 나왔다.

제갈탄은 회남·회북의 장군들을 불렀다.

“사마소는 방자한 나머지 드디어 천자를 폐하고 자신이 황제가 되겠다는 야망을 품고 있다.”

가충이 사신으로 와서 자신을 유혹한 사실을 이야기하고 나서 그는 단호히 말했다.

“사마소는 가충의 보고를 들으면, 반드시 없는 구실을 이 제갈탄에게 붙여 토벌군을 보낼 것이다. 그때 그대들은 어느 쪽을 편들 것인지 지금 여기서 분명히 해 주기 바란다. 사람은 누구나 저마다 자기 생각을 갖고 있다. 갈 사람은 가도 좋다. 결코 벌을 주거나 미워하거나 하지는 않겠다. ……솔직히 말해서 지금 천자는 결코 영명하지가 못하다. 사마소 같은 놈의 전횡 앞에 떨고 있는 모습은 차마 볼 수가 없다. 그렇더라도 한 번 천자의 위에 오른 이상, 폐하로 받들며 충절을 다하는 것이 신하의 도리가 아니겠는가! 다른 의견이 있으면 어려워 말고 말해 주기 바란다.”

일동은 제갈탄의 휘하가 되어 사마소와 싸울 것을 그 자리에서 맹세했다.

　회남에서 도망치다시피 낙양으로 돌아온 가충은 제갈탄의 분노가
얼마나 격렬했는가를 사마소에게 고했다. 사마소 역시 격노했다.
　"쥐새끼 같은 놈! 내게 대항해서 감히 싸우겠다고! 시건방진 놈
같으니!"
　"제갈탄은 회남에서 그 인망이 높고 백성들이 따르고 있습니다.
설사 칙명을 거역한 역적이란 명목을 붙여서 친다 해도 많은 군사
를 상하게 될 것입니다. 그렇다고 이대로 버려두면 제갈탄은 더욱
병마를 증강시켜 마치 독립한 나라처럼 되고 말 것입니다. 그러므
로 꾀로써 제갈탄을 도성으로 불러 올려 무찌르는 것이 상책일 것
같습니다."
　가충은 이렇게 말했다.
　"좋아! 악침을 불러라."
　사마소는 양주자사 악침(樂綝)이 불려 오자 그와 상의 끝에 심복
중 한 명을 칙사로 위장시켜 회남으로 보내게 했다.
　제갈탄은 가짜 칙사로부터 조서를 받아 펴보았다.
　진동대장군으로서 회남을 잘 다스린 공로로 사공(司空)으로 승진
시킨다는 내용이었다.
　"흥!"
　제갈탄은 코웃음쳤다.
　"나를 낙양으로 오게 해서 암살하려는 사마소의 속셈이 환히 들
여다보인다!"
　가짜 칙사는 그 자리에서 고문을 당했다.
　그는 고문의 고통을 못견디어 입을 열었다.
　"이건 저의 주인 악침의 명령이었습니다."
　"악침쯤 되는 사람이 무엇 때문에 나를 속이려는고?"

"저의 주군은 낙양으로 불려올라가 대도독과 밀담한 끝에 양주로 돌아오자 곧 저를 칙사로서 이곳으로 가게 했습니다."

"악침이란 놈! 사마소의 개로 내려앉았단 말인가!"

제갈탄은 속이 뒤집힌 나머지 가짜 칙사의 목을 자기 손으로 친 다음 말에 올라타자

"1천 기만 내 뒤를 따르라!"

이렇게 명령을 하고 질풍처럼 양주를 향해 달렸다.

양주성 남문에 이르러 제갈탄이 바라보니 성문은 꽉 닫혀 있고 해자에 걸친 적교마저 거두어지고 없었다.

"진동대장군 제갈탄이 방금 이르렀다! 자사 악 장군에게 할 말이 있으니 어서 문을 열어라!"

제갈탄은 큰 소리로 외쳤다.

그러나 성 안은 사람이 없는 듯 조용했다. 장병들도 숨을 죽이고 있을 뿐이었다.

"에잇! 못난 놈! 어디 맛좀 보아라!"

제갈탄은 왼손을 번쩍 들어 뒤따른 1천 기에게 신호를 보냈다.

모두 일기당천의 용사들이다.

각각 10기씩 3조가 말 위에서 해자로 몸을 날려 물보라를 날리는가 싶었는데, 어느 사이에 성벽을 원숭이처럼 기어올라갔다. 제갈탄의 명령이 떨어지고 용사들에 의해 성문이 열리기까지 걸린 시간은 순간에 불과했다.

제갈탄은 내려진 적교를 지나 곧장 성 안으로 달려들어갔다.

성문 안에는 벌써 100여 명의 양주 군사가 죽어 있었다.

"불을 질러라!"

제갈탄의 명령은 아주 간결했다. 어디를 어떻게 하라고 일일이 설명 같은 것은 하지 않았다. 그만큼 철저히 훈련이 되어 있었다.

아차 하는 사이 바람부는 쪽에서 무섭게 불길이 치솟았다. 금시

악침의 관저를 향해 시뻘겋게 불길이 덮쳤다. 불타는 집을 800기가 포위했다.

악침은 다급해서 누각 위로 달아났다.

누각에는 좌우로 건너가는 구름다리가 만들어져 있었다.

그러나 그 두 구름다리에는 벌써 회남의 용사들이 100기씩 먼저 들어가 길을 막고 있었다.

악침은 독 안에 든 쥐가 되었다.

제갈탄은 유유히 누각 위로 올라오자 꾸짖었다.

"악침, 듣거라! 너는 너의 아버지 악진이 위나라 황실로부터 얼마나 큰 은혜를 입었는지 잊고 있는 것 같다. 너는 그 은혜에 보답은커녕 그래 역적 사마소의 주구 노릇을 한단 말이냐!"

"잠깐만! 거기에는 그만한 까닭이 있소. 나는 사마소의 위협에 못이겨……거절하면 그 자리에서 죽을 것이기 때문에……."

"듣기 싫다! 이제 와서 무슨 구구한 변명이냐!"

제갈탄은 호통을 치며 한 걸음 다가갔다.

악침은 궁한 쥐가 고양이를 무는 격으로 칼을 뽑아들자——

"야앗!"

앞으로 쳐들어왔다.

제갈탄은 피하지도 않고 창 끝으로 칼을 받아친 다음, 단번에 그의 눈 사이를 찔렀다.

"천벌이다!"

사람됨은 무엇

　회남으로 돌아온 제갈탄은 양회의 군사 14만에 다시 양주 군사 5만을 더해 낙양으로 쳐 올라갈 준비를 갖추었다.

　그와 동시에 제갈탄은 장사 오강(吳綱)과 금년 11세 된 아들 정(靚)을 불러 다음과 같이 시켰다.

　"정아, 너는 오나라로 가서 인질이 되어라."

　"예에?"

　"오강이 보호자가 되어 너를 인질로 맡기는 대신 오나라의 구원병을 빌려 함께 사마소를 무찌르는 거다."

　"예에, 알았습니다. 저는 기꺼이 인질이 되겠습니다."

　제갈정은 용감하게도 빙그레 웃으며 대답했다.

　이런 곳에 공명을 대표로 하는 제갈씨 일문의 면모가 나타난다.

　그런데 이때 오나라의 실정은 어떠했던가?

　어진 재상이라는 평을 듣던 승상 손준(孫峻)은 지난해에 죽고 그의 종제인 손침(孫綝)이 어린 천자 손량(孫亮)을 보좌하고 있다.

　천자 손량은 손권의 아들로 재주가 뛰어났지만 아직 13세 소년이었다.

그런데 손침은 손준과는 성격이 아주 달랐다. 감정의 기복이 심하고 행동이 사나웠다.

손준을 대신해서 어린 임금을 보좌하게 되자, 대사마 등윤(滕胤)과 장군 여거(呂據)와 왕돈(王惇) 등을 차례로 독살해 버리고, 정권과 군사권을 모두 자기 손아귀에 넣고 말았다.

'이 자를 승상으로 둘 수는 없다.'

총명한 손량도 생각은 하고 있었지만 손침을 무찌를 사람은 대궐 안에 한 사람도 없었다.

제갈탄도 이런 실정은 잘 알고 있었다. 그러나 촉에 도움을 청하기에는 지리적으로 너무나 멀다. 그래서 오나라에 구원을 청했다.

제갈탄의 마음에는 속셈이 있었다.

11세 된 자기 아들로 하여금 시종으로 어린 천자를 모시게 하겠다는 생각이 있었다.

제갈탄은 손침의 사나운 성질을 이용할 계획이 있었다.

오강은 정을 데리고 먼저 석두성(石頭城)을 찾아갔다. 그곳에 손침이 머물고 있었던 것이다.

오강은 두 번 절하고 애원했다.

"여기 함께 온 도련님은 저의 주군 제갈탄의 외아들 정입니다. 촉나라 공명의 집안으로 장차 공명과 같은 군략가가 될 재주를 갖추고 있습니다. 일부러 오나라로 찾아온 것은 저의 주인이 대도독 사마소의 미움을 받았기 때문입니다. ……사마소는 천자를 폐하고 스스로 황제가 되려 하고 있습니다. 위나라 조정은 지금 두 파로 갈라지게 되어 있습니다. 주인 제갈 장군은 사마소를 무찌를 군사를 일으키려 하고 있으나 군사가 부족하고 힘이 미치지 못합니다. 그래서 생각 끝에 승상의 도움을 얻어 사마소를 치고자 어린 아들을 인질로 바치는 바입니다. 이 도련님은 뒷날 승상의 오

른팔이 되어 그 지략을 발휘할 것이 틀림없으니 삼가 우리 주인의
청을 받아 주시기 바랍니다.”
　손침은 한 번 보아 총명하게 생긴 제갈정을 바라보며 속으로 계산
했다.
　이 소년을 자기 심복으로 기르는 것은 뜻하지 않았던 복이 굴러들
어오는 셈이고, 또 사마소를 쳐서 무찌르면 위나라 영토의 반을 앗
을 수 있을 것 같았다.
　“알았소. 그대의 주인 제갈 장군의 청을 들어주겠소.”
　손침은 빙긋 웃어 보였다.

　손침의 명령에 의해 오군은 대편대를 짰다.
　전역(全懌)·전단(全端) 형제가 총지휘관이 되고, 명장 우전(于
詮)이 후비를 맡고, 주이(朱異)와 당자(唐咨)가 선봉이 되고, 먼저
의군을 일으켰다가 실패하고 오나라에 망명 중이던 문흠이 위나라
지리에 밝으므로 안내역을 맡았다.
　총병력 7만을 세 패로 나누어 회남을 향해 출발시켰다.
　오강은 한 발 앞서 말을 달려 수춘으로 돌아와서 이 사실을 보고
했다.
　“고맙다. 큰일을 무사히 해주었다.”
　“대장군, 단 한 가지 마음에 걸리는 것이 있습니다.”
　“뭔가?”
　“손침이란 사람의 상을 보니 약속을 거리낌없이 저버릴 것 같습
니다. 오늘 한 맹세를 내일 버리는 것을 부끄럽게 여기지 않는 욕
심꾸러기로 보았습니다. 혹시 손침이 장군과의 약속을 어기고 구
원병을 후퇴시킬 경우 어떤 비참한 사태가 벌어질지 무서운 생각
이 듭니다.”
　“그대는 내가 촉나라 강유와 맹약하는 편이 좋았을 거라고 생각

할 테지?"

"예에……."

"나도 그런 생각이 없지는 않다. 그러나 설사 내가 싸워 죽는 일이 있더라도 내 아들 정은 살아남는다. 그때 메마른 땅밖에 없는 산악에 싸인 촉나라와, 남쪽 바다를 이웃한 오나라를 놓고 그대는 어느쪽을 택하겠는가?"

그 말을 들은 오강은 감탄했다.

'옳아! 우리 장군은 거기까지 생각하고 있구나!'

제갈탄은 사마소의 죄상을 조목조목 적은 상소문을 밀사에게 들려 천자에게 올렸다. 그러나 그것은 천자가 보기 전에 사마소의 손으로 먼저 들어가 있었다.

밀사는 체포되어 처형되고 상소문은 앗기고 말았다. 사마소는 상소문을 읽고 나자, 갈기갈기 찢어 발로 짓밟아 버렸다.

가충은 사마소가 도읍을 비우고 직접 출전하는 것에 반대했다.

"대도독께서 도읍을 비우고 떠나시는 것은 위험합니다. 만일 대도독께서 원정을 나가시면, 그 기회를 틈타 폐하를 부추기는 조정 안 백관들을 자기 편으로 끌어들여 정변을 일으킬 염려가 있습니다. 그러므로 이번 원정에는 천자와 태후를 권하여 천자께서 친히 출정하시도록 하는 것이 안전할 것으로 압니다."

천자와 태후를 포로로 데리고 가는 것이 좋다는 것이다.

"가충, 그대의 지혜는 칭찬할 만하다."

"황공합니다."

가충은 싱글거리며 머리를 숙여 보였다.

사마소는 즉시 입궐하자 먼저 문무백관을 모으고 천자께서 친정하시는 뜻을 말하고 위협적으로 노려보았다.

"반대하는 사람이 있으면 말하라!"

한 사람도 반대하는 사람은 없었다.

그 다음에 사마소는 태후를 만나 아뢰었다.

태후는 사마소가 무서워 한 마디도 할 수 없었다. 이렇듯 완전히 휘둘러 놓고 사마소는 조모 앞에 섰다.

친정한다는 이야기를 들은 조모는 얼굴이 새파래져서 말했다.

"나는 싸움 같은 건 모르오. 다만 이렇게 옥좌에 앉아 있는 것뿐이오. 대도독이 군사를 지휘할 권한을 쥐고 있으니 대도독 마음대로 제갈탄을 무찌르면 되지 않소!"

조모는 임금이 된 뒤로 사마소의 전횡을 잠자코 보고 있었으나 속으로는 이렇게 느끼고 있었다.

'이대로 가다가는 머지않아 나는 사마소에게 죽임을 당하고 말 것이다!'

이런 예감이 들자 온순한 조모도 강한 의지를 갖게 되었다.

사마소는 조모를 뚫어질 듯이 마주 보면서 힘주어 몰아세웠다.

"그 옛날 무제께서는 천하를 두루 돌아다니시며 무수한 싸움터에서 강적을 차례로 무찔렀사옵니다. 문제와 명제께서도 천하를 통일할 큰 뜻을 품고 계셨사옵니다. 폐하께서도 선제를 본받아 친히 납시어 역적을 소탕해 주시기 바라옵니다."

조모에게는 이를 거절할 만한 이유가 없었으므로 승낙을 하지 않을 수가 없었다.

때는 감로 2년(257) 6월, 중국 대륙에서 최강을 자랑하는 위나라 독재자 사마소와 그의 전횡을 규탄하며 들고 일어난 제갈탄과의 일대 결전이 벌어지려는 참이었다.

제갈탄에게는 오나라 총대장 손침이 있었으므로 양쪽의 실력은 맞먹는다고 볼 수 있다.

먼저 위나라 26만 대군의 진용을 보면——

정선봉(正先鋒)에 진남장군 왕기(王基)

부선봉(副先鋒)에 안동장군 진건(陳騫)
좌비(左備)로 감군 석포(石苞)
우비로 연주자사 주태(州泰)

더구나 이 출전에는 황제 조모와 태후가 중군에서 수레의 호위를 받으며 나아가고 있다.

'역적 제갈탄 주벌(誅罰)!'

이렇게 쓴 큰 깃발들이 수없이 진열에 나부끼고 있었다.

위의 대군을 맞아 서전을 벌인 것은 응원군인 오나라의 선봉 주이였다. 대치하고 움직이지 않기를 사흘.

나흘째 되던 날 아침, 갑자기 위나라 진영에서 왕기가 곧장 말을 달려 돌격해 왔다.

당연히 오나라 쪽에서는 주이가 나왔다.

그러나 3합이 안 가서 두 장수의 실력 차가 뚜렷이 나타났다. 왕기의 재빠른 창 앞에 주이가 쩔쩔매며 물러나고 말았다. 대신 당자가 무섭게 쳐 나갔다. 그러나 역시 왕기의 적수는 아니었다. 왼쪽 어깨를 창에 찔리고 달아났다.

"총공격! 뒤를 따르라!"

왕기는 적장 둘을 물리친 기세를 타고, 바람을 일으키며 오나라 진중으로 돌입했다.

원래 오나라 군사는 제갈탄을 돕는다는 생각이었기 때문에 그다지 사기가 왕성하지 못했다. 오군은 왕기의 용맹을 보고 흔들리던 참에 갑자기 총공격을 당하자 수비 진형은 삽시간에 무너지고 부대는 사분오열되고 말았다.

오군은 50리나 퇴각했다.

서전에서의 패보가 수춘성으로 날아들자 제갈탄은 발을 구르며 성을 냈다.

“내 용맹을 보지 않으면 오군의 사기는 오르지 않는다!”

제갈탄은 눈을 부릅뜨자 몸소 중군의 정예를 이끌고 성 밖으로 달려나갔다. 문흠과 그의 두 아들 문앙과 문호(文虎)가 뒤따랐다. 총병력 7만여 명.

26만의 위나라 대군에 비해서 7만이란 숫자는 확실히 적은 수였다. 그러나 이쪽은 잘 훈련된 정예였다. 게다가 적은 멀리 낙양에서 왔기 때문에 인마가 지쳐 있을 것이 틀림없었다.

제갈탄은 전군에 선포했다.

“사마소의 목을 베고 천자와 태후를 이쪽으로 모시어 천하의 사마 일족을 무찌르라는 조칙을 받겠다!”

그 무렵 위군 본영에서는 제갈탄을 무찌르기 위한 군사회의가 열리고 있었다.

사마소를 상좌에 앉히고 산기장사 비수(裵秀)와 황문시랑 종회가 옆에 서 있었다.

사마소는 일단 자기가 만든 작전도를 두 사람에게 펴 보이고 나서 의견을 물었다.

잠시 생각하고 있던 종회가 말했다.

“참으로 훌륭한 작전입니다. 그러나 한 가지 대도독께서 잊으신 것이 있습니다.”

“잊고 있다니?”

“오나라 손침의 성격과 사람 됨됨이입니다.”

“음?”

“손침은 손준과는 전혀 사람이 다릅니다. 욕심덩어리 같은 인간입니다. 제갈탄은 그를 자기 편으로 끌어들이기 위해 막대한 뇌물을 주었을 것이 틀림없습니다. 손침은 제갈탄을 도와 대도독을 무찌르게 되면 위나라 영토를 반쯤 차지하려는 야심을 품고 있을 것이 뻔합니다. 손침은 승리한 다음에는 제갈탄까지 죽이고 말겠다는 생각을 가지고 있을 것입니다.”

“맞아. 그대의 말에는 한 치의 틀림도 없다.”

“총대장이 그런 만큼 밑에 있는 장수들도 욕심이 많을 것이 뻔합
니다. 그들에게 좋은 미끼를 던져 이를 이용하면 반드시 격파할
수 있을 것입니다. ……그런 방향으로 일부 작전을 바꿨으면 합
니다.”

“알았다.”

사마소는 승낙했다.

대도독 사마소의 명령은 다음과 같이 내려졌다.

석포와 주태, 두 장군은 각각 자기 부대를 이끌고 석두성에 숨을
것. 왕기와 진건은 정예를 거느리고 석두성 밖에 숨어 있을 것. 성
쉬(成倅)는 군사 5만을 이끌고 오나라 군사를 꾀어 낼 것. 진준(陳
俊)은 오나라 군사들이 눈이 시뻘개 가지고 서로 차지하려고 할 만
한 물건들을 가득 실은 수레들을 말과 소와 나귀와 노새에 끌려 사
방에서 성쉬가 진을 친 곳으로 운반할 것. 그랬다가 오군이 밀어닥
치면 모조리 버려두고 후퇴할 것.

이상이 오군을 낚는 미끼 작전이었다.

이런 교활한 수단이 꾸며져 있을 줄은 꿈에도 모르고, 제갈탄은
오른쪽에 응원군인 오나라 대장 주이, 왼쪽에 문흠을 배치하고 직접
말을 몰았다.

“이상하다……?”

가까이 가서 보니 위군의 진을 친 모양이 몹시 어수선해 빈틈투성
이인 것을 알 수 있었다.

‘혹시 다른 계책이 있는 게 아닐까.’

그런 의심이 머릿속을 스쳐갔다.

“장군, 뭘 망설이고 있습니까? 우리 오군은 즉시 맹공격을 하겠
습니다.”

전날 위나라 용장 왕기에게 패한 주이는 치욕을 씻는 기회는 바로 지금이다, 하고 단숨에 돌격을 감행했다.

위군 쪽 대장 성쉬는 계획대로 아주 짧은 전투 끝에 당해내지 못하는 것처럼 얼른 퇴각했다.

오군이 그곳에 돌입해 보니 온갖 진기한 물건들이 버려져 있었다. 남방에서는 도저히 볼 수 없는 물건들뿐이었다.

오군은 '와아!' 환성을 지르면서 앞을 다투어 버린 물건으로 달려들어 마구 줍기 시작했다.

"정신 차려라! 그것은 적의 간사한 술책이다!"

제갈탄이 말을 달려와 외쳤지만, 오나라 군사들의 귀에 그 말이 들릴 리가 없었다.

그 순간 '퓨웅' 하고 불화살이 소리를 울리며 하늘로 올라갔다.

그것을 신호로 왼쪽에서 석포, 오른쪽에서 주태가 횡대의 진형을 펴고 노도처럼 밀어닥쳤다.

"그것 보아라!"

제갈탄은 오나라 군사들의 탐욕스러운 짓에 화를 내며 탈주로를 열려고 했다.

그때, 왕기와 진건을 선두로 위나라 정예부대가 제갈탄을 향해 밀어닥쳤다. 만일 제갈탄이 용맹스런 부하 장수들로 전후좌우를 지키게 해 두지 않았더라면 그 자리에서 목숨을 잃고 말았을 것이다.

제갈탄에게 방심은 없었다. 심복들이 목숨을 걸고 막아 주었기 때문에 한쪽 탈주로를 열어, 무사히 수춘성으로 도망쳐 돌아올 수 있었다. 제갈탄은 수춘성의 성문을 군게 닫고 성벽 위에는 강병을 배치했다.

사마소는 단숨에 제갈탄의 목을 칠 수 있는 교묘한 작전이 틀어진 것에 화가 치밀어 잇따라 맹공격을 가했다.

"무슨 일이 있어도 이 수춘성을 함락시켜라!"

그러나 부질없는 사상자를 낼 뿐이었다.

"대도독! 중지하십시오. 다른 작전을 써야 할 것입니다."

종회가 사마소를 말렸다.

"제갈탄이 패해 도망쳐 들어갔다 해도 이 성 안에는 군량이 충분히 비축되어 있고, 또 오나라 군사가 안풍에 진을 치고 있어 기각(掎角)의 모양을 하고 있습니다. 우리 군이 성을 포위는 하고 있으나 절대로 승리를 얻을 수 있는 상태가 아닙니다. ……제갈탄은 역전의 맹장으로 지략 또한 뛰어납니다. 우리가 무리하게 성을 함락시키려 하다가는 역적의 뜻하지 않은 작전에 휘말려 패하게 될 것입니다. 그리고 그때 오군이 우리 등 뒤를 공격해 오면 거꾸로 우리가 참패할 것이 뻔합니다."

"그럼 어떻게 하면 좋지?"

"한 가지 꾀가 있습니다. ……오군은 큰 강을 건너 멀리 와 있기 때문에 군량이 넉넉치 못할 것입니다. 그러므로 우리가 수천 경기병으로 적의 양도를 끊어 버리면 오군은 싸우지 못하고 무너지게 될 것입니다."

"맞았다! 묘책이다!"

사마소는 크게 감탄해 마지않았다.

"그대는 제갈량보다 나았으면 나았지 못하지 않은 군략가다!"

사마소는 즉시 남문을 치고 있던 왕기를 후퇴시켰다.

그 무렵, 안풍에 진을 친 손침은 주이를 불러들여 울분을 터뜨리고 있었다.

"그토록 무참한 패배를 당하다니, 그게 무슨 꼴이냐! 수춘 하나를 구원해 내지 못하고서야 어떻게 중원을 정복할 수 있겠는가! 가서 다시 싸워라! 만일 또 패하게 되면 그때는 살려 두지 않으리라!"

주이는 얼굴이 파래졌다. 자기 진지로 돌아오자 모인 장수들과 어떻게 수춘성을 구할까 상의했다.

맹장 우전이 말했다.

"소장이 높은 곳에서 바라보니 적은 현재 수춘성 남문의 포위를 풀고 있습니다. 이는 제갈 장군을 유인해 내려는 계책인 줄로 압니다. 우리 오군은 벌써 군량이 달립니다. 성 안에 있는 양식을 나눠 갖는 도리밖에 없습니다. 소장이 군사를 이끌고 남문을 통해 성 안으로 들어가겠습니다. 여러분은 위군의 등 뒤를 공격해 주었으면 합니다. 이에 호응해서 나는 제갈 장군과 함께 성문을 열고 쳐나오겠습니다. 위군은 원정으로 지쳐 있는 터에 앞뒤로 공격을 당하면 곧 항복하고 말 것입니다."

아주 단순한 작전이었다.

우전은 용맹이 높은 장수였으나 작전의 명수는 아니었다. 그리하여 전역·전단·문흠 등도 우전과 함께 입성하고 적의 등 뒤를 공격하는 책임은 주이 혼자 맡기로 했다.

주이에게는 절대로 질 수 없는 싸움이었으므로 그가 혼자서 습격하는 쪽이 유리할 것이라고 모든 장수들이 생각했던 것이다.

우전은 여러 장수들과 함께 1만 기를 이끌고 유유히 남문으로 입성했다.

위군은 잠자코 보고만 있었다. 본영에서 오군의 입성을 저지하라는 명령이 내려지지 않았기 때문이었다.

사마소는 오나라 장수들이 무난히 입성했다는 보고를 받자 빙그레 웃었다.

"주이 혼자서 우리 군의 등 뒤를 공격할 작전을 세운 것이겠지."

그리고 왕기와 진건 두 장수를 불러 명했다.

"그대들은 각각 5천 기를 이끌고 주이의 뒤쪽으로 살며시 돌도록 하라."

위군의 등 뒤를 찌르려는 오군의 등 뒤를 또 찌르게 하는 것이다.

그런 줄 모르는 주이는 수춘성 포위군을 향해 말을 몰았다.

성 안과의 신호는 불화살로 하기로 되어 있었다.

그 불화살을 쏘아올리기도 전에 주이는 등 뒤로 적군이 돌아든 것을 알게 되었다.

주이가 지혜있는 장수였다면 성 안을 향해 불화살을 쏘아 올리고 곧장 위나라 중군으로 돌격을 감행했을 것이다.

그러면 적어도 성 안으로 도망쳐 들어갈 수는 있었을 것이다.

그러나 주이는 그저 당황하기만 했다.

주장이 당황하면 병사도 따라 당황하게 마련이다.

"와아아!"

"와아아!"

땅을 뒤흔드는 기세로 위나라 용장 두 사람이 5천 기씩으로 횡대를 지어 밀어닥쳤다.

오나라 장병들은 제대로 저항 한 번 해보지도 못한 채 창에 찔리고 칼에 맞아 넘어지며 갈팡질팡했다.

주이 자신이 적장을 맞아 싸운 경험이 없었다.

제정신이 들었을 때는 안풍으로 돌아와 있었다.

"우전 때문이다. 우전의 작전을 썼기 때문에 패한 것이다!"

주이는 그렇게 보고하기 위해 본영으로 들어와 손침 앞에 이마를 조아렸다.

손침은 이번에는 욕을 퍼붓지는 않았다.

오히려 조용한 말투로——

"나는 그대에게 말했었다. 만일 다시 한 번 패했을 때는……."

"승상! 이번은 우전의 작전에 의해……."

"무장이 자신의 패한 원인을 새삼 남에게 떠넘기려 하다니, 못난 인간 같으니!"

"그러나 승상, 이, 이것은 정말로……."

손침은 시종들을 돌아보며 눈짓을 보냈다.

"아직 한 번도 승리의 기쁨을 모르는 장군 따위는 우리 오나라에 필요치 않다."

주이는 밖으로 끌려나가 처형을 당했다.

손침은 전단의 아들 전위(全褘)를 불러들이자 명령했다.

"엄명이다. 만일 위군을 격파하고 수춘성을 지키지 못한다면 그대 부자도 살아서 다시 내 앞에 설 수 없다."

그렇게 말하고 나서 손침은 건업으로 돌아갔다.

총대장인 손침이 자기 나라 수도로 철수했다는 것은 오나라가 반란군의 원조를 완전히 포기한 것은 아닐지라도 크게 힘을 약화시켰다는 것을 뜻한다.

위나라 사마소로서는 이제 제갈탄을 무찌를 좋은 때를 맞은 셈이었다.

참모 종회가 말했다.

"포위할 때입니다."

"전단의 아들 전위가 결사적으로 저항할 것이다."

"우리가 수적(數的)으로 우세하므로 문제가 되지 않습니다."

"좋아!"

사마소의 허락을 얻은 종회는 위나라 20만 대군을 몰아 한꺼번에 전위를 치게 하였다.

전위는 수춘성에 입성도 못하고, 그렇다고 퇴각하여 고국으로 돌아갈 수도 없었다. 수춘성을 지키지 못하면 부자를 모두 죽일 것이라고 손침이 엄명했기 때문이다.

"항복하는 도리밖에 없다."

전위는 혼자 말을 타고 위나라 중군으로 달려가 무기를 버리고 꿇

어엎드렸다.

사마소는 항복한 것은 잘한 일이라며 전위를 편장군에 임명했다.

'손침의 턱짓 한 번으로 죽임을 당하기보다는 위나라어 벼슬하여 사마소의 휘하로 들어가는 것이 낫다.'

전위는 크게 기뻐하며 아버지 전단과 숙부 전역에게 보내는 편지를 써서, 밀정에게 들려 몰래 수춘성으로 들여보냈다.

전단과 전역도 사나운 손침에 대해서 일찍부터 불쾌한 생각을 품고 있었기 때문에, 자기 좋은 대로 궤변을 늘어놓았다.

"황상께는 죄스럽지만, 손침이 독재권을 휘두르고 있는 동안은 위나라에 항복하여 때를 기다리는 것이 좋지 않겠는가."

"나 역시 위(緯)의 권유에 찬성합니다."

이리하여 서로 상의 끝에 어두운 밤을 틈타, 성문을 열고 수천 기와 함께 달려나가 위군에 투항했다.

그때 위군은 열린 성문을 향해 '와아' 쳐들어오려 했다.

제갈탄은 그들이 배신할 줄은 꿈에도 모르고 있었으므로 그들이 달아나는 것을 막을 수는 없었다. 그러나 밀어닥친 위군을 성 밖으로 내쫓는 것은 그다지 어렵지는 않았다.

제갈탄이 길러낸 1천 기는 유감없이 그 실력을 발휘했다. 위군 쪽도 결사적으로 공격을 가해 왔기 때문에 국지전이었음에도 불구하고 성 안팎의 사상자는 엄청났다.

며칠 동안 대치 상황이 계속되었다.

손침이 건업으로 돌아가고, 오군의 지휘를 맡은 장수 세 명이 위군에 항복하였으므로 오나라의 응원은 없는 것이나 마찬가지였다. 제갈탄으로서는 참으로 당혹스러운 상황이 됐다.

그렇더라도 오나라 원조가 없으면 도저히 수춘성을 지켜낼 수가 없는 일이었다.

'어떻게 할 것인가?'

반격하기에는 군사 수에 있어 너무 차이가 컸다.

제갈탄은 어찌할 바를 모르는 채 성 안 깊숙이 들어앉아 고민만 계속했다.

그때 막료인 장반(蔣班)과 초이(焦彝)가 면담을 청했다.

"장군! 농성은 벌써 불가능한 줄 압니다. 양도가 끊겼기 때문에 성 안의 군량이 달리게 되었습니다. 이대로 오래 계속되면 우리 쪽은 굶어 죽게 됩니다. ……지금은 죽든 살든 성문을 열고 쳐나가 승부를 결정지어야 할 줄 압니다."

"나는 격류에 몸을 던지는 어리석은 짓은 하지 않는다. 계책이 설 때까지 기다려라!"

제갈탄은 힘차게 거부했다.

"이 대군을 물리칠 계책이 있을 리 없다. 이대로 가다가는 개죽임을 당할 뿐이다."

두 장수는 물러나오자 서로 상의 끝에 밤이 깊은 뒤 부하 군사를 이끌고 살며시 성벽을 타고 내려가 위나라에 항복하고 말았다.

심복 장군에게 배신당한 제갈탄은 더욱 속만 타올랐다.

장병들은 쳐나가려는 생각은 없이 그저 굶주림을 묵묵히 참고 견딜 뿐이었다.

제갈탄은 궁리를 거듭한 끝에 대자연의 변화에 희망을 걸어 보기로 했다.

수춘성은 회수 가에 위치해 있다.

포위한 위군은 사방에 흙담을 쌓아 대비하고 있었다. 이 지방은 해마다 가을에서 겨울로 접어드는 계절에 반드시 장마가 찾아온다. 장마가 계속되면 회수는 물이 배로 불어나 급류가 되고 물살의 위력은 상상을 초월할 정도로 세어진다.

사마소도 뛰어난 군략가였다. 이 지방의 그런 기상 변화를 알고 진영 사방에 흙담을 쌓게 했다.

그러나 제갈탄의 눈에 그까짓 흙담 정도는 어린애 장난으로 보였다. 회수의 노도가 밀어닥치면 흙담 정도는 금방 무너지그 만다.

적의 흙담이 무너지기만 하면, 제갈탄은 남은 군사를 이끌고 나가 싸움을 하루 만에 끝내고 말 결심이었다.

'굶주림을 참는 것도 그때까지다!'

제갈탄은 하늘이 도와 주기를 간절히 빌고 있었다.

그런데 어찌된 일인지 이 해는 가을에서 겨울로 접어들었으나 전혀 장마가 질 기미가 보이지 않았다.

회수는 조금도 불어나지 않았다.

제갈탄은 제단을 쌓고 하늘에 기도를 해 보았으나 헛일이었다.

성 안 양식은 완전히 바닥이 났다. 소도 말도, 심지어는 쥐까지 다 잡아먹고 말았다.

"이대로 가면 다 굶어 죽고 만다!"

문흠은 두 아들과 외성을 지키고 있었는데, 매일같이 몇 명씩 군사들이 굶어 죽어가는 것을 보자 드디어 참을 수가 없었다.

문흠은 제갈탄을 찾아왔다.

"부탁이 있습니다. ……우리 외성은 양식이 떨어져 지금은 잡초와 흙벽을 파 먹는 형편입니다. 본성도 아마 똑같은 상황일 줄 압니다. 그러니 장군께서는 데리고 온 군사의 반을 성에서 내보내어 조금이라도 굶주림을 덜게 하는 것이 어떨까 싶은데……."

"듣기 싫소!"

제갈탄은 얼굴을 붉혔다.

"이 성을 지킬 수 있는 것은 내가 북쪽에서 데리고 온 백전 연마의 정예부대가 있기 때문이야. 나 보고 오른팔을 자르란 말인가! 그대는 나를 배반하기 위해 적과 내통하여 일부러 간계를 쓰려는 거지?"

막료인 장반과 초이의 배반을 겪고 나서 궁지에 몰려 있는 제갈탄은 문흠의 제안에 과민 반응을 보였다. 문흠이 아무리 변명해야 소용이 없었다.

제갈탄은 도부수를 시켜 문흠의 목을 치게 했다.

그곳으로 두 아들이 달려왔으나 한 발짝 늦었다.

"네놈이!"

"에잇!"

문앙과 문호는 격노하여 칼을 휘둘러 먼저 도부수를 베고 나서 제갈탄의 집으로 뛰어들었다.

이를 막는 정예부대는 야수처럼 설치는 두 젊은 용사에 의해 수십 명의 사상자를 냈다.

문앙과 문호는 포위를 뚫고 혈로를 열자 성벽에서 해자로 뛰어내려 헤엄쳐 적진으로 달아났다.

사마소는 전날 문앙에게 패해 돌아온 원한이 있었다.

"문앙만은 용서할 수 없다."

즉시 목을 치라고 명령했다.

종회가 급히 달려와 말렸다.

"전년의 싸움은 문흠의 부추김에 의해 관구검이 반란을 일으켰던 것입니다. 그 문흠은 이미 제갈탄에 의해 죽었습니다. 아들에게는 아무 죄도 없다 하면서 용서하시는 것이 대장군의 관용입니다. 만일 항복해 온 사람의 목을 치게 되면 성 안에 있는 적의 마음을 굳히는 결과가 되어 죽어도 성을 내놓으려 하지 않게 됩니다."

"딴은 그렇기도 하군."

사마소는 종회의 충고를 받아들여 문앙과 문호에게 좋은 말과 칼과 비단 전포를 내린 다음 모두 편장군에 임명하고 관내후로 봉했다.

문앙과 문호는 감격했다. 곧 말에 올라 수춘성 주위를 타고 돌아다니며 외쳤다.

"보아라! 우리 형제는 위군에 항복하자 이렇게 편장군과 관내후의 지위를 얻게 되었다. 이길 수 없는 싸움에 목숨을 버리지 말아라. 제갈탄에 충성을 맹세하고 있는 것은 어리석은 짓이다. 지금 항복하면 반역한 죄는 용서받게 된다!"

이를 들은 성 안의 장병들은, 사마소를 죽일 뻔했던 문앙까지도 용서를 받고 벼슬까지 얻게 된 데 크게 놀랐다.

"공연히 이곳에서 굶어죽느니 차라리……."

장병들은 서로 얼굴을 마주보았다.

제갈탄도 성 안 분위기가 항복을 원하는 쪽으로 기울어가고 있음을 눈치챘다. 제갈탄은 번민에 번민을 거듭했다. 그러나 뾰족한 대책은 떠오르지 않았다.

그는 마침내 마음의 평정을 완전히 잃었다. 조금이라도 눈치가 이상해 보이면 당장 그 자리에서 손수 목을 쳐 죽이곤 했다. 그런 사나운 행위가 성 안 공기를 더욱 초조하고 음산하게 만들었다.

대부분의 장병들은 제갈탄에게서 마음이 떨어져 나갔다.

생사를 함께 하기로 맹세한 북방의 정예들까지 서로 속삭였다.

"우리 주군은 미쳐 버린 게 틀림없어."

성 밖에서 종회가 이때를 기다리고 있었다.

"대장군! 총공격할 때가 왔습니다! 즉시 영을 내리십시오."

"좋다!"

위나라 20여만 대군은 천지를 뒤흔드는 함성을 터뜨리며 일제히 사방에서 수춘성으로 노도처럼 밀어닥쳤다.

만일 제갈탄이 옛날의 그였다면 장군들은 결코 그를 배신하지 않았을 것이다.

휘하 장군들은 제갈탄을 등지고 말았다.

위군의 총공격이 시작되자 북문을 지키고 있던 대장 증선(曾宣)이 맨먼저 성문을 열고 적병을 맞아들였다.

"아아! 큰일이다!"

군사 하나가 정신없이 제갈탄에게로 달려왔다.

보고를 들은 제갈탄은 눈꼬리가 찢어질 듯이 두 눈을 부릅떴다.

"뭐라구! 증선까지 나를 배신하다니!"

금방 두 눈에서 피가 터져나올 것만 같았다.

"제갈탄의 죽는 모습을 적들에게 보여 주겠다! 뒤를 따르라!"

제갈탄은 1천 기를 거느리고 말에 채찍을 더하며 북문을 향해 달렸다.

신장(神將)이 천마(天馬)를 타고 달려내려온 것 같은 기세였다.

위군 10여 명이 삽시간에 제갈탄의 창에 찔려 죽었다.

"역적놈! 부질없는 발악은 마라!"

용장 호분(胡奮)이 크게 호령하며 앞을 막아섰다.

"네까짓 놈이 감히 어디라구!"

제갈탄이 창을 휘두르며 뛰어드는 찰나, 날아온 화살이 그의 등에 푹 꽂혔다.

"으음!"

휘청하며 몸이 기울었다. 이 틈을 타서 호분이——

"야앗!"

외치며 칼을 휘둘렀다.

제갈탄의 머리가 허공으로 시뻘건 꼬리를 달고 날아올랐다.

제갈탄이 거느렸던 1천 기는 주장을 잃었음에도 저마다 신장 같은 기세로 적진을 향해 뛰어들어 끝까지 싸우다 장렬한 최후를 맞았다. 서문을 공격한 것은 맹장 왕기였다.

"나는 위나라 장수 왕기다! 반군 중에 용맹이 있는 장수가 있으면 나오너라! 이 왕기와 1 대 1로 싸우자!"

"오냐, 그래!"

오나라 대장 우전이 말을 몰고 돌진해 나갔다.

“오나라 우전이 여기 있다! 어서 나오너라!”

“우전은 듣거라. 죽든 항복하든 그것은 네 선택에 맡기겠다!”

왕기는 칼을 높이 들고 외쳤다.

“받아라!”

창과 칼이 맞부딪치며 불꽃을 튀겼다.

오군 중에서 항복이나 후퇴 같은 것을 전혀 생각지 않고 있는 것은 우전뿐이었다.

왕기는 칼끝으로 우전의 투구를 날려보내고 나서 외쳤다.

“항복하라. 항복하면 편장군으로 올려줄 것을 우리 대장군께서 약속하셨다!”

“웃기지 마라! 무인이 싸움터에서 죽는 것은 당연하다.”

우전은 외치며 긴 창을 내밀었다.

“네 말이 옳다마는!”

왕기는 큰칼로 우전의 창자루를 두 토막냈다.

다음 순간 우전은 칼끝을 목에 맞고 몸이 뒤로 휘청했다.

말에서 떨어져 목에서 피를 흘리면서도 우전은 칼을 뽑아 왕기가 탄 말 뒷다리를 후려쳤다.

그 순간 왕기는 옆에 있는 자기 편 말로 뛰어올랐다.

“네놈이!”

우전은 피투성이가 된 채 악을 쓰며 덤볐다.

수십 명의 군사가 우전에게로 몰려들었다.

우전은 쓰러졌다.

“죽었는가?”

적이 가까이 오자 우전은 벌떡 일어나 칼을 휘둘렀다.

쓰러졌다가는 일어나 적을 베고 다시 쓰러졌다가는 일어나 싸우는 우전의 처절한 싸움은 한 시간이나 계속되었다.

우전은 드디어 화살을 무수히 맞고 쓰러져 영영 일어나지 못했다.

후세에 전해질 만한 장렬한 모습이었다.

　사마소가 수춘성을 에워싸자
　수많은 군사들이 수레 앞에 항복했네
　오나라에 영웅다운 무사가 있다 하여도
　그 누가 우전의 의로운 죽음에 미치리!

수춘성에 입성한 사마소는 엄명을 내렸다.

"제갈탄 일족은 한 사람도 살려 두어서는 안 된다. 금방 태어난 어린애라도 다 죽여라!"

제갈탄 일족 36명은 모조리 저잣바닥에 끌려나와 참수되었다.

제갈탄에 의해 길러진 정예 1천 명 중 살아 남은 280여 명이 끌려나왔다. 그들은 모두 중상을 입고 쓰러져 있었기 때문에 사로잡힌 것이다. 팔 하나에 다리 하나 남은 사람도 있었고, 두 눈을 다 잃은 사람도 있었다. 보기에도 끔찍한 그들의 모습은 그들이 얼마나 용감하게 싸웠는가를 여실히 말해 주고 있었다.

사마소는 그들을 바라보며 생각했다.

'적이지만 용감하기 그지없던 이들을 죽이기에는 아깝구나!'

"너희들 중에 마음을 돌려 이 사마소를 섬기겠다는 사람이 있으면 용서하고 벼슬을 주겠다."

사마소는 그렇게 말했다.

280여 명은 이 너그러운 처분에 대해 침묵을 지켰다.

"어째서 대답을 않느냐?"

사마소는 호통을 쳤다.

그러자 가장 나이 많아 보이는 사람이 대답했다.

"대답하겠노라. 우리는 너 같은 간사한 무리 밑에서 벼슬할 생각은 털끝만큼도 없다. 저 세상에서 우리 주군 제갈 장군이 기다리고 있다!"
"네놈이 말을 함부로!"
사마소는 피가 치솟아올라 도부수에게 명령했다.
"당장 목을 쳐라!"
그들은 성 밖 형장으로 끌려나갔다.
사마소는 조용히 죽음을 기다리는 용사들을 보자, 어떻게든지 몇 사람이라도 자기 부하로 만들고 싶었다.
사마소는 외쳤다.
"지금도 늦지 않다. 항복하면 높은 벼슬을 주겠다!"
그러나 그 말을 받아들이는 사람은 한 사람도 없었다. 모두 주인의 뒤를 따르는 것이 자기 의무인 것처럼 의연히 고개를 들고 칼을 받았다. 사마소는 이 광경에 형용하기 어려운 감동을 받지 않을 수 없었다.
"그들의 시신을 거둬 정중히 묻어 주어라."
사마소는 마지막 한 사람이 쓰러지는 것을 보자 그렇게 명령했다.
뒷사람은 이 충용의 무사들을 찬양하여 다음과 같이 읊었다.

충신의 굳은 절개 구차히 살기 않는다더니
제갈공휴 휘하 군사들 바로 그러했노라
해로의 노랫소리 오늘도 그치지 않으니
남긴 자취 그대로 전횡의 옛일 따르려 하네

'해로(薤露)의 노랫소리'란, 사람 목숨의 허무함을 부추 잎에 매달린 이슬에 비유한, 예부터 내려오는 상엿소리를 말한다. 일찍이 조조도 이 해로의 노래를 시로 지었다.
전횡(田橫)은 제(齊)나라 승상이었다가 제왕 광(廣)이 한신(韓信)에게 잡힌 뒤 스스로 제나라 왕이 되어 부하 500명과 함께 바다속 어느 섬으로 들어가 살았다. 한고조가 그를 부르자 부하 둘만 데리고 도성으로 오던 도중 항복하는 것이 싫어 자결하고 말았다. 그러자 섬에 남아 있던 부하들은 그의 죽음을 듣고 '해로의 노래'를 부르고는 주인의 뒤를 따라 함께 자결했던 것이다.

제갈탄이 거느린 1천 명의 군사는 그 태반은 주인과 함께 싸워서 죽고 남은 280여 명도 단 한 사람 주인을 배반하지 않고 의로운 죽음의 길을 서둘렀던 것이다.

제갈탄이 반란을 일으킨 것은 감로 2년 5월이었고, 평정된 것은 감로 3년(258) 2월이었다.

수춘성을 함락했을 때 위군 장수들은 주장했다.

"회남에선 자주 반란이 일어났는데, 그때마다 강남에서 오군이 달려와 그들을 도왔습니다. 이번에 오나라 병사로서 포로가 된 자를 용서해선 안 됩니다. 전원 생매장시켜 따끔한 맛을 보여 주어야 합니다."

그러나 사마소는 말했다.

"아냐, 그것은 안 된다! 옛날부터 전쟁의 목적은 국가의 안전을 확보하는 데 있다고 했지 않는가. 원흉만 죽이면 그것으로 좋다. 게다가 오나라 사람들이 고향에 돌아가면 우리의 도량이 넓다는 것을 선전해 줄 것이다."

사마소는 이렇게 말하며 한 사람도 죽이지 않았다. 신원의 안전을 보장하고서 세 강의 주변 지역에 살도록 해 주었다.

부하 장수들이 회남에 반란이 자주 일어난다고 한 것은 왕릉(王凌)의 난, 관구검의 난, 그리고 제갈탄의 난이 모두 사마씨의 전횡에 대항해 수춘성을 거점으로 하여 일어났기 때문이다.

이 세 난을 합쳐 '회남의 삼반(三叛)'이라 부른다.

첫 번째인 가평 3년(251) 왕릉의 난에는 사마의 중달이 몸소 원정했고, 두 번째인 정원 2년(255) 관구검의 난에는 사마사, 그리고 이번의 제갈탄의 난에는 사마소가 직접 나서서 평정했다.

그런데 그 반란 평정 방법은 기본적으로 똑같았다. 되도록이면 싸우지 않고서 적을 자멸로 몰아넣는다. ——이것이 세 사람의 공통된 전략이었다.

사마씨가 나라를 세울 수 있었던 비밀도 어쩌면 이런 데 있었는지도 모른다.

사가(史家)들의 제갈탄에 대한 평판은 매우 낮다.

후세 사람들은 제갈공명, 제갈근, 제갈탄 세 사람에 대해 이렇게 평했다.

‘촉나라는 용을 얻었고, 오나라는 호랑이를 얻었으며, 위나라는 개를 얻었다.’

쥐똥

촉나라에서는 연희 21년을 경요(景耀) 원년(258)으로 고쳤다.

강유는 크게 군사를 양성하고 무기를 만들며 군량을 비축하고 있었으나, 그래도 역시 위나라와 대결하기에는 부족했다.

강유의 막하에서는 두 장군이 밤낮을 가리지 않고 공명이 강유에게 전한 병법으로 군사를 훈련하고 있었다.

한 사람은 장서(蔣舒).

또 한 사람은 부첨(傅僉).

둘 다 젊고 힘이 장사였으며 머리가 뛰어나고 통솔력이 있었다.

강유의 두 팔로 일하기 위해 등용된 것이다.

병마를 한창 훈련하고 있을 때, 회남의 제갈탄이 사마소 토벌의 의병을 일으키고 오나라 손침이 이를 도왔으나 결국 사마소에게 죽고 말았다는 보고가 들어왔다.

강유는 사마소가 원정 때 위왕과 태후를 함께 데리고 갔다는 말을 듣자——

"사마소란 놈 속셈을 알겠다!"

고개를 끄덕였다.

"지금 위나라를 치면 반드시 사마소를 미워하는 위나라 문관과 장군들이 우리에게 호응할 것이다."

강유는 이렇게 말하고 급사를 성도에 보내어 이런 뜻을 촉제 유선에게 아뢰었다.

이 상소문이 천자 앞에서 읽혀지자 문무백관들 사이어 반대하는 사람이 적지 않았다. 특히 중산대부(中散大夫) 초주(譙周)는 나라를 근심하는 관원들을 모아놓고 말했다.

"우리 폐하께선 요즘 환관 황호(黃皓)를 가까이 하여 그의 아첨하는 말을 믿고 계시오. 이건 나라를 망칠 조짐이오. 제갈 승상께서는 정치를 하는 데 있어 천자는 환관을 가까이 하지 말고, 정치에 종사하는 사람은 파벌을 만들지 말라는 것을 신조로 삼고 실천해 왔었소. 그렇기 때문에 민중들 사이에 원망의 소리가 일지 않았던 거요. 지금은 돌아가신 제갈 승상의 이 두 가지 원칙이 모두 무너져 버렸소. 또 한편 강백약은 나라일은 돌보지 않그 위나라를 쳐서 무찌르는 데만 혈안이 되어 있소. 아무리 충성을 맹세한 군사들이라도 지나친 훈련을 강요당하게 되면 지치는 것도 지치는 것이지만 고향을 그리는 생각이 깊어져 사기가 떨어질 것은 뻔한 일이오."

문관 한 사람이 권했다.

"그럼 강 장군께 충고하는 편지를 보내는 것이 어떻습니까?"

"음, 그게 좋겠소."

초주는 곧 붓을 들어 적었다.

누가 묻기를 '예로부터 약한 것으로 강한 것을 이기는 사람이 있는가? 그 방법이 무엇인가?' 하기에 이렇게 대답했소. 큰 나라에 있으며 아무 근심 없는 사람은 왕왕 오만해져서 참 정사를 잊

는다. 이에 반해 작은 나라를 지키는 사람은 항상 마음이 정무에
서 떠나지 않고 착한 것을 행함을 첫째로 삼는다. 오만하고 게으
르면 큰 나라도 난을 낳는다. 착한 것을 첫째로 하면 곧 나라를
다스리는 데 걱정이 없다. 이것은 당연한 이치요. 옛 사람을 보면
이것이 명백하오. 주나라 문왕은 백성을 기르는 데 힘써서, 처음
기산(岐山) 기슭 백 리 사방의 작은 땅에서 몸을 일으켜, 어진 덕
이 높은 까닭에 마침내 천하 3분의 2를 차지하게 되었소. 또 월왕
구천은 회계산에서 오왕 부차에게 크게 패하여 포로가 되었으나,
용서받아 고향에 돌아오자 와신상담하여 백성들을 사랑하고, 부국
강병에 전념하여 마침내 회계산의 치욕을 씻었소.

　초나라 군사는 강하고 한나라 군사는 약한지라, 약한 것으로 강
한 것과 대항할 수 없어 고조는 항우와 강화를 맺고 홍구(鴻溝)
를 국경으로 하여 천하를 둘로 나누기로 약속했었소. 그러나 고조
를 도운 장량(張良)은 신산묘책을 써서 자기 편보다 10배나 강한
항우를 농락하여 마침내는 이를 무찔렀소. 은나라·주나라 때는
왕후(王侯)가 대대로 높은 지위를 차지하며, 임금과 신하의 한계
가 확실했기 때문에 치안에 염려가 없었소. 만일 은나라·주나라
시대에 한고조가 일어났다면 석 자 칼 하나로 천하를 얻을 수는
없었을 것이오.

　진나라는 제후의 제도를 없애고 각군에 태수를 두었기 때문에
백성들은 그 부역에 지치고 천하는 어지러워져 영웅호걸들이 잇
따라 나올 수 있었소. 그러므로 고조는 석 자 칼을 차고 일어나
한나라를 세울 수 있었던 것이오.

　그런데 지금 천하는 셋으로 나뉘어 위·오·촉 모두 정치가 안정
되어, 진나라 말기와 같은 쟁란(爭亂)은 없소. 천하가 움직일 때
에 이르러 우리가 움직이되, 위나라가 어지러워지고 오나라가 서
로 다툴 시기를 기다린 뒤에 촉나라가 군사를 일으켜야 하지 않겠

소? 돌아가신 승상이 남정 북벌을 하신 것은 적의 침공을 예상하고 선수를 친 것이오. 지금은 적이 국경을 침범해 올 염려는 조금도 없소.

　감히 말하오. 그대는 위나라를 토멸하는 것만을 첫째로 삼고 작은 것의 약함을 잊고 있는 것은 아닌지요? 작고 약한 것이 크고 강한 것을 이기자면 무(武)에만 마음을 앗기게 되어 도리어 파멸을 부를 뿐이오. 그럼에도 무리하게 무용에 맡겨 싸움을 계속하다가 불행히 위난을 당하게 되었을 때는, 아무리 천재의 지모를 가지고 있다 해도 이를 구할 수 없음을 알아야 할 것이오.

읽고 난 강유는 한참 생각한 뒤 이 간곡한 편지를 거칠게 찢었다. 사람들은 강유가 딴 사람처럼 변한 것을 지켜보며 침을 삼켰다.

"썩은 선비 같으니! 교활하게 이따위 글이나 지어 이 강유를 성도에서 은퇴시켜 밭이라도 갈게 만들 작정인가."

강유가 공명에게서 삼군의 통솔권을 받은 뒤로 20여 년의 세월이 흘렀다. 그 20여 년 동안 강유는 오로지 위나라를 쳐서 없애는 일에만 몸과 마음을 바쳐온 것이다.

내정에 관해서는 일체 참견하지 않았다.

그리하여 지금은 환관 황호가 천자 옆에 붙어 있으면서 차츰 세력을 갖기 시작했다.

이건 바로 망국의 조짐이었다.

강유로서는 초주가 중산대부의 지위에 있으면서 목숨을 걸고 황호 같은 간신을 천자 옆에서 제거하지 못하는 것이 불만이었고 노엽기까지 했다.

강유 자신은 어디까지나 무인으로서 싸우고 그리고 싸움터에서 죽고 싶었다. 그것이 자신의 운명이라고 마음을 채찍질하고 있었다.

강유는 초주의 충고를 묵살하고 한중에 있는 촉군에게 진격 명령을 내렸다.

"부첨, 결전 시기가 왔다. 그대의 전략을 듣자."

"이미 말씀드렸습니다만 승리를 위해서는 먼저 위나라 군량이 비축되어 있는 장성(長城)을 공략해야 합니다. 장성을 점령하려면 단숨에 낙곡(駱谷)에서 침령(沈嶺)을 넘는 것이 지름길입니다. 군량을 탈취한 뒤는 장성을 불태워 버리고 진천(秦川)을 돌파하지 않으면 안 될 것입니다."

"내 생각과 같다."

강유는 그 진격로를 택했다.

장성을 수비하는 것은 사마소의 육촌 아우 사마망(司馬望)이었다. 강유가 쳐들어온다는 급보가 들어오자 사마망은 각오를 단단히 다지고 급히 왕진(王眞)과 이붕(李鵬)을 불러들였다. 그들은 성 안에서 기다리는 것보다 공격해 나가는 것이 좋다고 판단하고 성 밖 20리 지점에 진을 쳤다.

이튿날 아침해가 떠오르자 촉나라 대군이 와락 밀어닥쳤다.

"촉나라 총수 강유다. 위나라 주장은 나와 맞서라!"

"좋다, 붙자!"

사마망은 즉시 대답하고 말을 몰아 나왔다.

강유는 말 위에서 가슴을 펴고 외쳤다.

"싸움을 시작하기 전에 그대에게 할 말이 있다. 사마소가 그대를 이 장성 수비로 임명한 것은 자기 독재권을 앗기지 않으려는 속셈이 틀림없다. 그러므로 지혜가 있다면 지금 여기서 촉나라에 항복하는 것이 좋으리라. 그렇지 않으면 그대의 일족을 모조리 없애고 말 것이다. 어서 대답하라."

"그 말을 고스란히 네게 돌려 주겠다. 위나라와 촉나라의 힘을 비교해 보아라. 결과는 뻔하다!"

쌍방은 서로 상대방의 비참한 패배를 장담했다.

“장군, 더 이상 설득이 필요없습니다!”

위나라 진영에서 왕진이 말을 몰아 돌격해 왔다. 촉군어서는 부첨이 이를 맞아 나갔다.

이들은 싸움터에서 처음 만나는 것이므로 서로 상대의 실력을 알지 못했다.

그러나 10합 가량 창과 칼을 맞부딪치고 나자 부첨은 왕진과의 실력 차를 알았다.

‘상대가 안 된다.’

속으로 비웃으며 부첨은 일부러 틈을 보였다.

왕진은 빈틈을 놓칠세라 잽싸게 창을 내질렀다.

부첨은 됐다 하고 왕진이 내미는 창을 피하면서 왕진을 낚아채 허공으로 집어던졌다.

곤두박질치며 땅바닥에 떨어진 왕진은 당장 촉나라 군사들에 의해 묶이고 말았다.

“그대로 땅바닥에 놓아 두어라!”

부첨은 생각하는 바가 있어 군사들에게 그렇게 명령했다.

과연 포로가 된 왕진을 구하고자 이붕이 큰칼을 높이 들고 돌입해 왔다.

그러자 부첨은 무슨 생각을 했는지, 칼을 땅바닥에 누워 있는 왕진에게 던져 그의 가슴을 꿰뚫었다.

즉 이붕 앞에서 맨주먹이 된 것이다.

“이놈, 그건 무슨 속셈이냐?”

이붕은 팔짱을 끼고 있는 부첨을 바라보며 외쳤다.

“어서 덤벼라! 너 같은 애송이에게는 무기가 필요치 않다.”

“큰소리치는구나!”

화가 치민 이붕은 부첨의 목을 치려고 칼을 번개처럼 휘둘렀다.

순간 몸을 숙여 종이 한 장 차이로 칼을 피하는가 싶자, 부첨은 어느 사이에 이붕의 말로 옮겨 앉아 있었다.

동시에 오른손에 숨겨 가지고 있던 쇠부채로 이붕의 얼굴을 내리쳤다. 이붕은 비명을 지르며 순식간에 눈도 코도 석류처럼 터져 뒤로 넘어졌다.

부첨의 초인적인 활약으로 촉군의 사기는 하늘을 찌를 듯이 높았다. 성 밖 20리 지점에서의 싸움은 겨우 한 시간 남짓으로 끝났다.

사마망은 정신없이 성 안으로 도망쳐 들어갔다.

강유는 계속 공격하지 않았다.

"패한 장수에겐 오늘밤 푹 쉬게 해두자."

짐짓 웃어 보이며 장수들을 칭송하고 진지를 돌며 군사들도 위로했다.

총공격은 어제와 마찬가지로 아침해와 함께 서서히 사라지려는 안개 속에서 시작되었다.

죽은 공명이 발명한 연노에서 발사된 불화살은 무서운 바람을 뚫고 성 안으로 날아들었다.

그 불은 보통 불이 아니었다. 물을 뿌리면 불길이 더욱 강해지고, 사람이 연기를 마시면 그 독성 때문에 숨통이 막혔다.

장성 근처의 집들은 대부분이 초가지붕이었다.

삽시간에 집들이 불에 타고 말았다.

강유는 성벽에 사다리를 걸치고 마른 장작을 올려놓고 기름을 부은 다음 불을 붙이게 했다.

장성은 함락 직전에 놓였다.

성 안에서 불덩이로 변한 위병들이 지르는 비명은 사방의 들에 메아리쳤다.

강유는 장성이 열에 아홉은 손에 들어온 것으로 생각했다.

아무리 맹장일지라도 이럴 때에 방심이 생기는 것은 어쩔 수 없다. 등애가 짐승이 다니는 숲속 길로 해서 소리도 없이 등 뒤로 다가오는 것을 강유는 꿈에도 생각지 못했다.

갑자기 숲 속에서 뛰어나온 등애는 순간 하늘이 무너지는 것처럼 5만 대군에게 함성과 북소리를 울리게 했다.

깜짝 놀란 강유가 머리를 돌려 보자, 무수한 깃발이 질서있게 세워져 있고, 여덟 패로 나뉜 군대의 진형은 그림을 그린 듯이 반듯반듯했다.

그 중앙에 나부끼는 문기 앞에 20살쯤 돼 보이는, 흰 얼굴에 입술이 붉고 늠름한 대장이 화려한 갑옷과 투구로 몸을 장식하고 말 위에 의젓하게 앉아 있었다.

"저것이 등애인가!"

감탄한 강유는 자신의 어릴 때 모습을 그 젊은 무사에게서 찾아볼 수 있었다.

촉군은 순간 놀라움과 두려움에 휩싸였다.

싸우면 공연히 군대의 손실만 가져올 뿐이다.

'지금은 물러가는 수밖에 없다!'

그렇게 깨달은 강유는 성을 포위한 장병들에게 명령했다.

"장성을 포기하고 철수하라!"

그리고 자신은 후비(後備)로 남아 등애의 추격에 대비했다.

후퇴하는 길은 왼쪽 산길을 택했다.

흰 얼굴의 젊은 장수는 맹추격을 해왔다.

강유는 창을 안장에 걸치고 활에 화살을 얹어 달리면서 뒤쫓는 장수를 향해 쏘았다.

상대는 말 위에서 몸을 엎드렸다.

"좋아! 적이 위나라 제일의 등애라면 당당히 싸워주는 것이 무인다운 대접일 것이다!"

물론 이것은 아직 스물 남짓밖에 되지 않은 젊은 무사를 죽여야 하는 안타까움에서 나온 자문자답이었다. 강유는 말머리를 돌려 긴

창을 들고 기다렸다.

창과 창이 번개치듯 마주쳤다.

무술에 있어서는 강유를 따르지 못했다.

한순간의 틈을 놓치지 않고 강유가 내민 창 끝이 상대방 왼쪽 어깨를 찔렀다.

비틀거리는 것을 두 번째 찌르려는 찰나!

"강유는 눈이 멀었는가! 등애가 여기 있다."

오른쪽 진문 옆에서 큰 소리가 울렸다.

깜짝 놀란 강유는 말 위에 몸을 숙인 젊은 무사를 가리켰다.

"이건 누구인가?"

"내 아들 충이다."

등애는 천천히 말을 몰아 왔다.

"잠깐!"

강유는 한쪽 손을 들어 제지했다.

"나는 이 젊은 무사를 그대인 줄 알고 굳이 무찌르려 했다. 나는 이 젊은 장수에게서 그 옛날 젊은 날의 내 모습을 보았다. 그러나 전장에 나선 무사는 비정할 수밖에 없는 것. 내 감정을 죽였다. 그대가 진짜 등애라면 나는 두 사람의 등애와 싸우는 셈이 된다. 장수된 자 1대 1의 싸움은 한 편으로 족하다. 그대와 자웅을 결정하는 싸움은 내일 하고 싶은데, 어떤가?"

의리를 아는 무장은 역시 같은 무장의 마음을 안다.

용기에는 용기로써 응하고, 의기에는 의기로써 대하는 것이 당시의 명장들의 태도였다.

강유와 등애는 서로 상대방 눈동자를 마주보며 정중히 고개 숙여 보이자 말머리를 돌렸다.

등애는 위수(渭水) 가에 진을 쳤다.

강유는 20리를 떨어져 두 산에 걸쳐 진형을 가다듬었다.
척후병의 보고를 듣고 등애는 촉군 진영을 잠시 지켜보더니 이윽고 사마망에게 편지를 보냈다.

산악을 이용한 적의 포진은 완벽하오. 이쪽에서 공격하는 것은 절대 금물이오. 모름지기 관중(關中)으로부터의 응원을 기다릴 일이오. 관중에서 응원군이 이를 무렵에는 촉군도 식량이 거의 다 떨어져 갈 것이므로 삼면에서 한꺼번에 공격하면 승리는 틀림없소. 성 안으로 내 자식 충을 보내겠소. 그리고 낙양에도 응원군을 청하겠소.

참으로 묘책이라 말할 수 있었다.
촉나라에 강유가 있으면 위나라에는 등애가 있다. 그들의 전략은 막상막하였다.
"등애는 아마 우리의 도전을 피할 것이다."
그렇게 짐작하면서도 강유는 굳이 사람을 보내어 싸움을 청했다.
"알았다고 전하라."
등애는 그 자리에서 대답했다.
이튿날 아침 날이 채 밝기도 전에 강유는 전군에 명령을 내렸다.
"장성의 군량을 한 톨도 남기지 않고 앗은 다음 불을 놓아 초토로 만들 것이다."
이윽고 날이 훤히 밝았다.
"등애란 놈!"
강유는 성 밖 20리에 등애편 군사의 그림자 하나, 깃발 하나 보이지 않는 것을 보고 격노했다.
'어쩌면 그놈의 술책일지도 모른다.'
생각을 돌려 한낮을 기다렸고, 낮이 지나 해가 저물 때까지 진형을 무너뜨리지 않고 기다렸으나 끝내 위군은 나타나지 않았다.

다음 날 강유는——

'무장으로서의 면목이 있는가?'

등애에게 조롱하는 도전장을 보냈다.

등애는 그 사자를 후히 대접하고 약속을 어긴 것을 사과했다.

"내가 어제는 새벽부터 고질병인 복통으로 일어날 수가 없는지라 본의 아니게 무인으로서 약속을 어기고 말았다. 내일은 기필코 승부를 결정지을 것을 약속한다. 강 장군에게 분명히 전해 주기 바란다."

그러나 강유는 그 다음날도 역시 등애에게 속고 말았다.

"등애란 놈은 보통 뻔뻔스러운 놈이 아니구나."

강유는 노엽다 못해 어이가 없었다.

부첨이 강유에게 말했다.

"등애가 우리를 무서워해서 나오지 않는 것은 아닐 겁니다. 여기에는 뭔가 우리에게 결정적인 타격을 주기 위한 술책이 들어 있을 것으로 생각됩니다."

"나도 그렇게 생각했다. 아마 등애는 관중으로부터의 응원군을 기다리고 있을 것이다. 우리의 진형을 보고 삼면에서 공격하지 않으면 이길 수 없다고 생각한 거겠지."

"그럼 어떻게 하시겠습니까?"

"부질없이 적의 술책을 기다릴 바보는 없다. 급사를 오나라에 보내어 손침으로 하여금 오나라 군사로 위나라 등 뒤를 치게 하는 것이 이럴 경우 가장 좋은 계책이겠지."

강유가 손침에게 사람을 보내려 하고 있는 참에 불길한 소식이 전해졌다.

사마소가 대군을 이끌고 장성을 구원하러 오고 있다는 것이다.

강유는 온몸에 힘이 쭉 빠지는 것을 느꼈다.

"부첨! 여기서 사마소를 맞아 싸울 것인가, 아니면 일단 철수할 것인가?"

"사마소와의 결전은 바라는 바였지만……등애가 지휘를 하는 한, 군사 수에 많은 차이가 있는 만큼 분하지만 일단 철수해야 할 것 같습니다."

"으음!"

강유는 침통한 표정을 감출 길이 없었다. 이렇게 되면 이번 원정도 헛일로 끝나고 마는 것이다.

네 번 출격했는데 네 번 모두 공이 없다.

강유에게 평생 한이 될 일이었다.

이번에도 강유는 무기를 실은 차량과 이를 지키는 수송부대를 먼저 철수하게 하고, 그 다음에 보병을 퇴각시켰다. 기병대는 후진을 맡아 적의 추격을 저지하며 후퇴하게 했다. 사마소가 이끄는 대군에 대비한 퇴각 전술이었다.

등애는 이 사실을 척후병으로부터 보고받자 장군들을 말렸다.

"강유 같은 명장이 조용히 물러갈 리가 없다. 추격은 안 된다. 쫓으면 반드시 강유의 술책에 말려들 것이다."

과연 추격해서 결정적인 타격을 줄 수 있는 골짜기, 산길마다 장작과 마른 풀들이 쌓여 있다는 보고였다.

"강유는 그 장작과 마른 풀 밑에 화약을 숨겨두고 우리 추격군을 불태워 죽일 속셈이었을 것이다."

등애는 이렇게 내다보았던 것이다.

사마소는 장성에 이르자 등애의 공로를 칭찬하고 벼슬을 올려주었다.

그러나 강유는 어떠했는가? 성도로, 돌아온 그를 맞은 것은 문무백관의 차가운 눈초리뿐이었다.

집 안에 들어앉은 강유는 자신에게 일렀다.

“네 번 철수했다고 해서 다섯 번 단념할 강유가 아니다.”

이번 철수는 패배에 의한 것은 아니었다. 사마소 대군과의 격돌을 피해 잠시 싸움터를 피한 것뿐이다.

등애만 없었으면 강유는 사마소를 격파하고 말았을 것이다.

강유는 성도로 돌아오면 반드시 공명의 사당에 참배한다.

사당 앞에 엎드린 강유는 이번 싸움의 내용을 죽은 스승에게 보고했다. 그러고 나서 두 시간 가량 꼼짝도 않고 있었다.

공명의 영혼은 강유에게 아무것도 가르쳐 주지 않았다. 사당 안의 정적은 강유에게 영원불변의 것으로 느껴졌다. 공명은 영영 하늘로 돌아가고 다시는 이 땅에 돌아오지 않는다는 것을 정적으로 말해 주고 있었던 것이다.

강유는 머리를 숙인 채 꿇어앉아 있었다.

그 옛날 공명의 맑고 신비스러운 모습이 머릿속에 차 있었다.

문득 등 뒤에서 사람의 기척이 나 강유는 퍼뜩 제정신을 차렸다.

고개를 돌려보니 웬 사람이 지팡이를 짚고 서 있었다.

“당신은?”

눈살을 찌푸린 강유는 다음 순간 깜짝 놀랐다.

“그대는 마현이 아닌가!”

공명이 돌아간 뒤 강유의 추천으로 부대장이 된 마현은, 아직 마흔도 안 되었는데 일흔이 넘은 것처럼 늙어 보였다. 마현이 가슴병을 앓고 있어 위나라와의 싸움에 참가할 수 없는 것을 알고 있었던 강유도, 그가 이토록 병이 무거운 줄은 몰랐다.

마현은 그 병든 몸으로 말을 타고 여기까지 달려온 것이다.

“마현!”

강유가 다가가려 하자 마현은 고개를 저으며 말했다.

“가까이 오지 마십시오.”

“그 몸으로 일부러 여기에 온 것은?”

"돌아가신 승상의 뒤를 따르기 위해서입니다."

"뭐라구?"

놀라 두 눈을 부릅뜬 강유를 보며, 마현은 여윈 얼굴에 희미한 미소를 띠었다.

그러고는 지팡이에 의지하여 사당 앞으로 다가와 땅바닥에 단정히 앉았다.

"마현!"

"장군, 지켜보아 주십시오. 해가 서쪽에 지는 때를……."

강유는 숨을 삼켰다.

마현은 공명에게서 점치는 법을 배워 알고 있었다.

자기 삶이 끝나는 날과 시간을 알고 있었던 것이다.

단식한 지 벌써 한 달이 지났다.

'아아! 착하고 의로운 이 용사의 죽음을 속절없이 지켜보아야만 하는가!'

강유는 가슴 속으로 울부짖었다.

이윽고 서쪽 하늘이 붉게 물들었다. 그리고 남은 빛이 서서히 엷어지기 시작했다.

강유는 마현의 뒷모습을 지켜보며 몇 번이나 외쳐 부를까 생각했는지 모른다.

드디어 해는 지고 어둠이 찾아들었다.

"마현!"

강유는 피를 토하는 듯한 소리로 울부짖으며 그의 옆으로 달려갔다. 두 눈을 감은 채 열 손가락을 가슴 위에 끼고 있는 마현은 이미 숨이 끊어져 있었다.

짙어가는 어둠 속에서 강유의 통곡이 그칠 줄 몰랐다.

이보다 앞서 오나라에서는 대장군 손침이 위나라에 항복한 전단과 당자 등의 가족 및 친척들을 한 사람 남기지 않고 처형했다.

그때 오왕 손량은 건업 한복판에 자리잡은 광장에서 수만 명의 구경꾼을 모아놓고 이같은 살육을 감행하는 손침의 잔인 흉포한 행동에 대해 마음 속으로 분노를 느꼈다. 그러나 그 절대적인 권세 앞에는 황제로서도 어쩔 도리가 없었다.

손량은 아주 총명한 소년이었다.

다음과 같은 일화가 전해지고 있다.

어느 날 서원(西苑)에서 놀 때, 손량은 문득 잘 익은 매화 열매를 보자 먹고 싶어졌다.

매실은 꿀을 발라 먹게 되어 있으므로 손량은 내시를 시켜 꿀을 가져오게 했다.

곧 꿀병이 들어왔다.

손량이 매실에 꿀을 바르려고 하자 병 속에 쥐똥이 몇 개인가 들어 있었다.

"에이, 더러워! 이렇게 허술하게 간직할 수가 있나!"

손량은 창고지기를 불러들여 몹시 꾸짖었다.

창고지기는 엎드려 땅바닥에 이마를 조아리며 아뢰었다.

"소인은 쓰고 난 뒤 꼭꼭 뚜껑을 닫아 두옵니다. 결코 쥐 같은 것이 들어갈 리가 없사옵니다."

"정말이렷다?"

"어찌 감히 거짓말을 하겠사옵니까."

"그럼 묻겠다. 내시가 너에게 어명이라면서 꿀을 가지러 온 일은 없었느냐?"

"있사옵니다. 대여섯 차례 왔었사옵니다. 그러나 소인은 폐하께서 쓰실 일이 계시면 소인이 직접 가지고 가게 되어 있었으므로 단호히 거절하고 주지 않았사옵니다."

그 말을 듣자 손량은 환관을 보고 말했다.

"너는 꿀을 몰래 먹으려고 거짓말로 꿀병을 가지러 갔다가 거절 당한 것이 틀림없다. 창고지기가 거절한 것에 원한을 품고 쥐똥을 넣어 그를 죄에 빠뜨리게 한 것이리라."

환관은 기를 쓰고 부인했다.

"폐하! 지나친 억측이시옵니다. 소인이 어찌 감히……."

손량은 차갑게 말했다.

"바른 대로 아뢰면 용서하려니와 그렇지 못하면 벌을 면치 못하 리라. 너는 창고지기가 이곳 정원까지 가져온 것을 받아들였을 때 감춰두었던 쥐똥을 넣은 것이다."

"억울한 말씀이시옵니다. 소인이 어찌 감히 그같은 짓을……."

"나를 어리다고 업신여기지 마라! 쥐똥이 만일 꿀 속에 오래 잠 겨 있었다면 속까지 젖어 있을 것이오, 방금 넣은 거라면 속은 아 직 말라 있을 것이다."

쥐똥을 갈라 보았다. 속은 마른 채 있었다. 환관은 죄에 굴복하여 처형되었다.

손량은 이같이 조상으로부터 물려받은 지혜를 가지고 있었다.

그러나 16세 어린 나이로서는 손침을 권력의 자리에서 내쫓을 수 가 없었다. 대궐 안은 온통 손침의 일족과 일당에 의해 다져져 있었 기 때문이다.

대궐 정문인 창룡문(蒼龍門) 안에는 손침의 아우인 손거(孫據)가 근위군을 지휘하는 숙영(宿營)을 차리고 있었고, 대궐 안 각처에는 손은(孫恩)·손간(孫幹)·손개(孫闓) 등이 병사(兵舍)를 차리고 물샐 틈 없이 수비를 하고 있었던 것이다.

'언젠가 기회를 보아 손침을 농사꾼으로 만들리라!'

손량은 조금도 두려워 않고 자신에게 다짐했다.

늦가을 어느날 오왕 손량은 우울한 기분으로 남원(南苑) 정자에 혼자 앉아 있었다.

가끔 혼자 한때를 보내는 정자였다. 한숨을 내쉬며 있자니 어느새 황문시랑 한 사람이 가까이 다가와 있었다.

그는 국구 전상(全尙)의 아들 전기(全紀)였다. 따라서 손량에게는 처남이 되는 사람이었다.

"전기인가?"

"안색이 좋지 못하신데 어디 불편하신 데라도?"

"아니……."

손량은 고개를 저었다.

"손침의 횡포를 생각하고 있었소."

"정말이지 대도독이 권세를 멋대로 휘두르며, 자기 뜻을 따르지 않는 사람과 위나라에 항복한 사람의 일족을 모조리 처형하는 가혹한 짓은 천인공노할 일이옵니다."

전기는 위나라에 항복한 전단과는 가까운 친족이었다. 아버지 전상이 국구였기 때문에 겨우 죽임을 면했던 것이다.

"손침을 지금 없애지 않으면 내 자리까지 앗을지도 모르오."

"폐하! 신이 할 수 있는 일이라면 물불이라도 사양치 않겠사옵니다. 하명하시옵소서."

"내 생각은 한 가지뿐이오. 내가 믿을 수 있는 장군은 유승(劉丞) 한 사람밖에 없소. 그대에게 만일 죽음을 마다않을 용기가 있다면, 유승과 상의해서 대궐문을 점령해 주기 바라오. 그와 동시에 나는 근위병을 이끌고 손침을 속여 가까이 오게 한 다음 무찌르겠소. 어떻소, 이 계책은?"

"현명하신 계책이라고 생각되옵니다."

"이 일은 절대로 비밀을 지켜야 하오. 가족들에게라도 눈치채게 해서는 안 되오. 특히 그대의 어머니에게 알려져서는 안 되오."

전기의 어머니는 손침의 사촌누이였다.

“폐하, 걱정 마옵소서. 아무도 모르게 하겠사옵니다.”

“부탁하오.”

“그럼 조서를 내려주시기 바라옵니다. 조서가 있으면 손침의 휘하 장병들을 잠자코 있게 할 수 있을 것으로 아옵니다.”

“그리 하리다.”

손량은 16세의 어린 나이로 볼 수 없을 만큼 능숙하게 명문을 써서 전기에게 건네 주었다.

전기로서는 아무래도 아버지 전상의 힘을 빌리지 않으면 안 되었기 때문에 집으로 가서 사실을 은밀히 말했다.

“폐하께서 어린 나이로 그런 용기를 가지셨단 말이냐! 참으로 마음 든든한 일이다.”

전상은 기뻐하며 아들과 함께 손침을 무찌를 밀담을 주고 받았다.

전기는 그만 이 사실을 어머니에게는 비밀로 해 달라는 부탁을 깜박 잊었다. 잊었다기보다 아버지가 손침의 사촌누이인 어머니에게 그런 비밀을 말할 리 없다 믿고 다짐을 해 두지 않았던 것이다.

전상은 결코 경솔한 사람은 아니었다. 그러나 30년을 같이 지내온 아내를 믿고 있었던 것이다.

그래서 저녁을 먹으면서 무심코 한 마디를 내뱉고 말았다.

“손침의 횡포도 이젠 끝이오.”

아내가 물었다.

“이젠 끝이라니요?”

“전기가 폐하의 칙명을 받아 사흘 안에 손침을 무찌르오.”

그러자 아내는 여자의 좁은 소견으로 가만히 생각해 보았다.

‘손침이 처형되면 사촌누이인 나도 처형되지 않을까?’

그런 공포심이 부인으로 하여금 밀서를 쓰게끔 만들었다. 밀서는 그날 밤 안으로 손침의 손에 들어가고 말았다.

밀서를 읽고 난 손침은 믿어지지 않았다.

‘이건 어느 놈의 거짓 밀서가 아닐까?’

그런 의심도 해 보았다.

그러나 그 글씨는 자기 사촌누이의 글씨가 분명했다.

“에잇, 전상·전기란 부자 놈! 어떻게 되는지 두고 보아라!”

손침은 곧 4명의 형제를 불렀다.

“천자가 나를 죽이려 하고 있다. 상대는 아직 내가 모르는 줄 알고 있다. 내일 아침 선수를 써서 한꺼번에 해치운다. 알았지?”

손침은 오히려 이 일이 잘된 것처럼 기뻐하고 있었다. 4명의 형제는 그날 밤 안으로 정병을 골라 요소요소에 배치했다.

천자 손량은 까맣게 모르고 있었다. 손침을 무찌른다는 흥분 때문에 잠을 이루지 못한 채 밤을 새고 있었다.

황제의 칼

손침의 행동은 번개처럼 빨랐다.

날이 밝을 무렵, 손침 네 형제의 군사가 내원(內苑)을 메웠고, 천자 직속 근위병은 이미 모조리 죽고 없었다.

전상과 유승, 그리고 그 일족과 일당들도 다 잡혀 묶이었다.

어린 천자가 손침에게 선수를 당한 줄 안 것은 아침 수라상을 받았을 때였다.

갑자기 궁문 밖에서 요란한 북소리가 울리는 것을 듣고 불길한 예감에 무심 중 자리에서 일어났다.

"이게 무슨 소리냐?"

시녀와 환관들은 무서워 벌벌 떨고만 있었다.

그때 얼굴이 파랗게 질린 내시가 달려왔다.

"폐하! 손 승상이 대군을 이끌고 내원을 점령했사옵니다!"

"다 틀렸다!"

손량은 맞은편 자리에 앉은 전 황후를 보고 소리쳤다.

"그대 아버지가 이 계획을 누설한 게 틀림없소."

전 황후는 그 자리에 주저앉아 반은 실신했다.

"하는 수 없다! 손침과 1 대 1로 싸우겠다!"

칼을 뽑아들고 뛰어나가려는 손량에게 근시와 내시들이 매달리며 말렸다.

"아니되옵니다. 부질없는 죽임만 당하실 뿐이옵니다."

"놓아라! 놓지 않으면 너희들도 베겠다!"

손량이 뿌리치고 뛰어나가려 하는데 우당탕하며 한 무리의 무장들이 들이닥쳤다.

선두에 선 장수가 양손에 전상과 유승의 머리를 들고 있었다.

"폐하! 얌전히 계십시오!"

방금 자른 두 개의 머리를 확 들이미는 바람에 손량은 역시 나이 어린 탓으로 얼굴이 하얘지며 무심결에 칼을 바닥에 떨어뜨리고 말았다.

그로부터 한 시간 뒤 손침은 후궁 깊숙한 방에 천자와 황후를 가두어 놓고 전기를 포박하여 문무백관들이 보는 앞에서 실컷 욕을 퍼부은 다음 자기 손으로 그의 목을 쳤다.

백관들은 숨을 삼켰다. 손침에 대한 공포로 소리없이 무거운 침묵만 지키고 있었다.

"다들 들으오!"

손침은 뱀 같은 눈으로 일동을 휘이 둘러보며 선언했다.

"우리 오나라를 통치할 천자 자리는, 나이 어리고 몸이 약하며 지혜가 부족한 사람으로는 도저히 지킬 수 없다고 생각되오. 그리하여 오늘로서 금상을 폐하기로 결정했소. ……내 결정에 반대하는 사람은 전상과 유승의 일당으로 보겠소!"

이런 억압적인 단정을 내린 승상도 그리 흔치는 않을 것이다.

백관들은 무서워 몸을 웅크린 채 고개를 숙였다.

그러나 오나라에도 충신은 있었다.

"잠깐만!"

한 사람이 자리를 박차고 앞으로 나섰다.

상서 환이(桓彝)였다. 상서 가운데서도 가장 뛰어난 인물이었다.
그는 조금도 무서워하는 기색이 없었다.

"승상께 말하겠소! 우리들은 지금 폐하께서 나이 어리지만 천품
이 영명하신 줄을 알고 있소. 천자가 되고도 남을 분이요. 총명하
신 천자가 두려워 이를 폐하려는 것은 승상의 본분을 망각한 처사
라 아니할 수 없소! 그같은 천한 인간 밑에서 벼슬을 하느니 차
라리 죽임을 택하겠소!"

손침이 핏대를 세워 군사들에게 명령했다.

"당장 잡아내어 온몸을 갈기갈기 찢어라!"

환이는 웃었다.

"네놈의 손에 죽기 전에 의사의 죽는 모습을 보여주리라!"

그는 차고 있던 칼을 뽑자 그 자리에 주저앉아 칼날을 자기 목에
겨누었다.

"에잇!"

처절한 부르짖음과 함께 자기 목을 찔렀다.

그 피보라를 뒤집어쓰고 문관 중에 몇 사람이 기절했다.

"잘들 들으시오! 상서 한 사람이 자결했다고 해서 이 손침이 결
심한 일을 멈출 것 같소?"

손침은 큰 소리를 치고 나자 자신이 선두에 서서 후궁으로 뛰어들
어갔다.

손량을 연금시킨 방문을 열자 손침은 오른손에 잡고 있던 채찍을
휘두르며 위협했다.

"암군(暗君)은 당장 옥좌에서 내려오시오! 그렇지 않으면 살려두
지 않겠소!"

“나를 죽이는 대역죄를 범할 생각인가?”

“나라를 위해 애쓰는 승상을 죽이려 한 미친 황제를 그대로 놓아 둘 수는 없소!”

“나를 죽여 보아라! 반드시 충의의 신하들이 일어나 너의 목숨을 노리게 될 것이다.”

손량은 소년답지 않은 의연한 태도를 보였다.

순간 손침은 천자로서의 품위에 위축이 되고, 또 방금 자기 목을 찌른 충신의 장렬한 모습이 머리에 떠올랐다.

그는 생각을 바꾸었다.

‘죽이는 것은 서투른 짓이다.’

“죄없는 승상을 죽이려고 한 어리석은 황제를 살려 둘 필요는 없소. 그러나 돌아가신 폐하의 영혼에 슬픔을 안기는 것은 내 본의가 아니기 때문에 천자를 폐위해 회계왕(會稽王)으로 내려앉히고 새 천자는 내가 고르겠소.”

이렇게 퍼붓고 나서, 손침은 중서랑 이숭(李崇)을 시켜 손량의 몸에서 옥새를 앗게 했다. 옥새는 등정(鄧程)이 보관하게 되었다.

후세 사람이 시를 지어 탄식했다.

　　역적이 이윤을 모함하고
　　간신이 곽광을 시기하네
　　가여워라 총명한 군주는
　　조정에 오르지 못하는구나

손침의 뱃속에는 다음 천자를 누구로 할 것인가가 이미 정해져 있었다.

지금 호림(虎林)에 있는 낭야왕 손휴(孫休)였다. 손휴는 손권의 여섯째 아들로 자를 자열(子烈)이라 했다.

손침은 명령했다.

"종정(宗正) 손해(孫楷)와 중서랑 동조(董朝)는 호림으로 가서 낭야왕 전하를 도성으로 모시도록 하라."

한편 호림에 있던 손휴는 낮잠을 자다가 이상한 꿈을 꾸었다.

큰 용을 타고 하늘로 올라가는 꿈이었다. 다만 문득 돌아보니 용은 꼬리가 없었다.

'앗! 떨어진다!'

깜짝 놀라는 순간 잠이 깼다.

온몸이 땀으로 흠뻑 젖어 있었다.

손휴는 겉으로 보기에는 아주 온순했다. 아직 한 번도 가신들을 소리내어 꾸짖은 일조차 없었다.

그런 것을 보고 손침은 그를 평범한 사람인 줄 알았다. 그래서 새 천자로 모시려 했던 것이다.

그러나 손휴는 속이 무척 강인했으며 또 아주 총명하고 직감력도 뛰어났다.

'도성에 무슨 일이 있구나!'

불길한 예감이 들었다.

이쪽에서 사람을 보내어 알아보려는 참이었는데 도성에서 사람이 찾아왔다.

"승상이 전하께서 도성으로 돌아오실 것을 바라고 있습니다."

"무엇 때문인가?"

"그건 승상께서 직접 말씀드릴 것으로 압니다."

"나는 승상의 신하가 아니다. 칙명이라면 모르지만……."

"칙명을 내릴 천자는 현재 도성에 계시지 않습니다."

"뭐라구?"

손휴는 귀를 의심했다.

"폐하께서는 그 어린 나이로 돌아가셨단 말인가?"

"아무튼 도성으로 올라와 주시기 바랍니다."

손휴는 손량이 도성에 없다는 말을 듣자 호림을 출발하지 않을 수 없었다.

호림 성문을 나서자 전부터 얼굴을 아는 간휴(干休)라는 늙은 도사와 마주치게 되었다.

"도성으로 가시는 길이시군요? 전하."

"그렇소, 폐하께서 도성에 계시지 않는다고 하므로……. 도사는 이 일을 어떻게 생각하는가?"

"급히 들어가시면 나쁜 일이 좋은 일로 변하게 될 것입니다. 만일 전하께서 조금이라도 겁을 먹고 주저하시면 돌이킬 수 없는 이변이 일어날 것입니다."

늙은 도사는 분명히 말했다.

그 말을 듣고 손휴는 말을 채찍질하며 건업을 향해 급히 달렸다.

포색정(布塞亭)이란 곳까지 오자 천자의 수레가 놓여 있고, 손은(孫恩)이 옆에 대기하고 있었다.

"기다리고 있었습니다. 어서 오르십시오."

손은이 권했다.

순간, 의심에 싸인 채 말을 달려온 손휴는 금세 모든 것을 훤히 알 수 있었다.

'손침이 폐하를 폐하고 나를 대신 세우려 하는구나!'

손휴는 손침에 대해 분노와 증오로 불타 올랐다. 그러나 얼굴에는 나타내지 않았다.

다만 손은의 권고에 대답하지 않고 천자의 수레에도 눈길을 보내지 않으며 그 옆을 달려 빠져나갔다.

수도 건업성이 바라보이는 곳에서 말을 내린 손휴는, 가까운 지주의 집에 들러 작은 수레를 빌려타고 성문으로 들어갔다.

대궐에서 성문까지의 큰길 좌우에는 백관과 서민들이 줄지어 엎드려 있었다.
손휴는 수레에서 내리자 걸어서 대궐까지 갔다.
대궐 문 앞에는 손침이 기다리고 있었다.
"신들의 소원을 들어 돌아와 주시니 승상으로서 깊이 감사를 드리옵니다."
손휴는 손침의 그같은 말을 들으며 속으로 맹세했다.
'내 너 같은 간악한 무리의 꼭두각시는 되지 않으리라!'
정전으로 오르자 손침은 빈 옥좌를 가리키며 손휴에게 권했다.
"어서 오르시옵소서!"
"폐하는 어찌 되었소?"
"나이어린 임금은 옥좌에 있을 그릇이 못되는지라 내려와 회계왕이 되셨사옵니다."
"그게 무슨 소리요?"
"보시다시피 옥좌를 비운 채 나라를 다스릴 수는 없사옵니다. 어서 전하께서 옥좌에 오르시기 바라옵니다."
"승상, 나는 천자가 될 그릇이 못되오."
"전하를 두고 달리 옥좌에 오르실 분이 없사옵니다."
"회계왕을 다시 오르시게 하면 되지 않소!"
"한번 옥좌에서 내려온 사람이 다시 천자가 된 예는 없사옵니다. 더구나 문무백관이 뜻을 모아 결정한 일을 다시 번복시킬 수는 없사옵니다."
'내가 끝까지 거절하면 나까지 죽이겠지.'
그렇게 생각한 손휴는 마지못해 옥좌에 올라 옥새를 받았다.
백관의 하례가 끝나고 전국에 대사령이 내렸다.
오나라는 영안(永安) 원년(258)으로 연호를 바꾸었다.
승상 손침은 형주자사를 겸하게 되었다. 형주가 오나라에는 아주

중요한 곳이기 때문이다.

손침 일족은 저마다 더욱 높은 지위를 얻게 되었다.

이때 손휴의 배다른 형 손화(孫和)의 아들 손호(孫皓)는 오정후(烏程侯)에 올랐다.

임금이 된 손휴는 손침이 하는 대로 맡겨두고 일체 간섭하지 않았다. 그 때문에 손량과는 비교도 안 될 만큼 무능하고 못난 황제로 비쳤다.

손휴는 일부러 모든 사람이 자신을 그렇게 보게끔 행동했다.

'기회는 만드는 것이 아니고 오는 것이다.'

손휴는 그렇게 생각했다.

손침의 권세는 너무 컸다. 그것을 하루 아침에 꺾는 것은 불가능한 일이다. 끈기있고 조심성있게 기다려야만 한다.

손휴는 몇 해 가지 않아서 좋은 기회가 올 것처럼 느껴졌다.

손침은 손침대로 생각하고 있었다.

'내가 자기를 천자로 만들어 주었으니까……'

사람은 온 세상이 다 자기 것이 된 것 같은 착각을 일으킬 때가 가장 위험한 때이다. 발 밑에 함정이 있는 것을 본인만이 모르게 된다.

천자가 된 손휴는 자기 편이 될 무인이 몇 사람 있다고 느꼈다. 그들 무인 역시 손침을 넘어뜨릴 기회가 오기를 은인자중 기다리고 있었다.

'반드시 들고 일어날 장군이 있을 것으로 기대했는데 내 기대가 헛되지 않았다.'

손휴는 혼자 기뻐하며 자기 편이 될 것으로 보이는 장군들에게 무언중에 자기가 결코 못난 겁쟁이가 아니라는 것을 알게 해 두었다.

권세를 마음껏 휘두르던 독재자가 망할 때는 뜻밖에도 어이없이 무너지고 만 예가 동서고금에 얼마든지 있다.

오나라 손침의 최후도 그러했다.

그해 섣달 그믐날, 대궐에는 백관이 입궐하여 성대하게 송년 잔치를 벌이고 있었다.

독재자인 손침은, 그것이 자기 삶의 마지막 잔치가 될 줄은 꿈에도 알 리 없었다.

마치 천자의 행차 같은 어마어마한 행렬로 입궐했다.

황제 손휴 쪽에서 급히 나와 맞았다.

손침은 그것이 당연하다는 듯 교만하게 고개를 들고 가장 윗자리에 가 앉았다.

그때 좌장군 장포(張布)가 30명 남짓한 장정을 이끌고 불쑥 대청 위로 올라왔다.

장포는 천천히 손침 앞으로 다가가자 외쳤다.

"어명에 의해 역적 손침을 체포한다!"

손침은 장포가 갑자기 미친 줄로 생각했다.

줄에 묶이면서도 이 흉변이 현실로 받아들여지지 않았다. 장난 같은 느낌마저 들었다.

"손침은 듣거라! 네가 나를 옥좌에 앉힌 것이 잘못이다. 나는 너 같은 간악한 무리의 꼭두각시는 될 수 없다!"

임금 손휴로부터 꾸중을 듣고 나서야 손침은 깜짝 놀랐다. 임금 손휴가 비밀리에 일을 꾸며 온 것을 전혀 눈치채지 못했다.

손침은 자기가 금군(禁軍)을 장악하고 있는 줄 믿고 방심하고 있었던 것이다. 결박당한 손침은 욕을 퍼붓고 울부짖으며 난동을 부렸다. 그러다 어쩔 수 없자 태도를 바꾸어 머리를 조아리며 살려 달라고 애원했다.

손휴는 단호하게 처형을 명했다.

손침은 장포에게 끌려나가 동원 한쪽 구석에서 목이 달아났다. 그날 안으로 손침의 일족과 일당 수백 명이 붙잡혀 도성 한복판에서 처형되었다.

손휴는 그것에 그치지 않았다.

다시 명을 내려 손준(孫峻)의 무덤을 파헤치게 했다. 관을 쪼개고 송장의 목을 잘랐다. '부관참시(剖棺斬屍)'라는 것이었다.

반면 손준과 손침에 의해 죽임을 당한 등윤(滕胤), 여거(呂据), 왕돈(王惇) 같은 사람은 새로 무덤을 만들고 충신으로 기리는 사당을 세워 추모하게 했다.

손휴는 손침을 주벌했다는 내용을 문서로 작성하여 촉나라에도 알렸다. 후주 유선은 이것을 받아보자 축하의 사자를 오나라에 보냈다. 오나라에서는 이 답례로 설후(薛珝)가 촉나라로 갔다.

설후가 돌아오자 손휴는 촉나라의 사정을 물어보았다.

"예, 환관 황호가 권세를 부려 조정 백관들이 모두 그에게 굽실거리고 있었습니다. 조정에선 나쁜 일은 일체 천자께 알리지 않고 쉬쉬하며 감추고 있어 죽어나는 것은 가엾은 백성들뿐이었습니다. '제비나 참새가 득세하면 대하(大廈)가 불타는 걸 모른다.' 했는데 촉나라 형편이야말로 바로 그런 형국이 아닌가 생각되옵니다."

"그런가!"

손휴는 크게 한숨을 쉬었다.

"공명이 살았더라면 그렇게까지는 되지 않았을 텐데……."

손휴로서는 촉나라 사정이 남의 일처럼 생각되지 않았던 것이다.

촉나라가 건재해야만 오나라도 안전하다. 위나라가 삼국을 통일시키지 못하는 까닭은 촉한과 오나라가 기각의 세를 이루고 있기 때문이었다.

총명한 손휴는 그래서 촉한 정세의 어지러움을 한탄했던 것이다.

사마소는 머지않아 위나라를 찬탈하고 자기의 위력을 과시하고자 반드시 오나라와 촉나라를 칠 터, 따라서 만반의 태세가 있어야 합니다.

손휴는 이런 내용의 국서를 다시 설후를 사자로 하여 성도에 보냈다.

한편 위나라의 상황은 어떠했을까?
천자 조모는 황제의 권위가 날로 쇠약해가는 것을 분하게 여겼다.
그리하여 그는 속마음을 털어놓을 수 있는 신하들을 은근히 불렀다. 시중 왕침(王沈)·상서 왕경(王經)·산기상시(散騎常侍) 왕업(王業) 같은 사람들이었다.
조모는 그들에게 침통하게 말했다.
"이제 사마소의 검은 뱃속을 모르는 사람은 아무도 없으리라. 이대로 가만히 있다가는 폐위의 부끄러운 꼴을 당할 것이 뻔한 일, 그런 치욕은 받고 싶지 않다. 이제부터 사마소를 치러 가겠다. 경들도 내 뒤를 따르라!"
너무도 어린애 같은 충동적인 행동이었다.
왕업이 필사적으로 말렸다.
"옛날 노(魯)나라 소공(昭公)은 중신 계손씨(季孫氏)의 전횡에 성내어 토벌군을 일으켰습니다만, 오히려 패하여 군주의 자리를 잃고 천하의 웃음거리가 되었습니다. 지금 권력은 확실히 사마씨 손에 쥐어져 있지만 이것은 어제 오늘에 시작된 일도 아니옵니다. 이미 오래 전부터 죽고 사는 권한이 그들 손에 쥐어졌고, 옳고 그름의 이치마저도 무시돼 왔사옵니다. 더욱이 폐하의 어림군은 무기도 변변치 않아 없는 것이나 다름없는 형편이옵니다. 군을 일으키려 해도 정작 병력이 없지 않습니까! 이런 판국에 성급히 행동을 하셨다가는 병의 뿌리를 없애기는커녕 오히려 병을 더칠 염려마저 있습니다. 천부당 만부당한 일이옵니다. 아무쪼록 고정해 주시옵소서."

조모는 품안에서 미리 준비했던 조서를 꺼내어 바닥에 내던지며
외쳤다.
"더 이상 말하지 말라! 이미 결정했다. 목숨 따위 아깝지도 않
다. 게다가 꼭 죽는다고 정해진 것도 아니잖나?"
그렇게 말하고서 조모는 태후궁으로 달려갔다.
왕침과 왕업은 허둥지둥 사마소의 승상부로 달려갔다. 보고를 듣
자 사마소는 부하 장수를 불러 엄중히 경계를 펴도록 했다.

이윽고 황제 조모가 앞장서고 그 뒤에 궁중에서 일하는 내시와 하
인 등 수백 명이 북소리도 제법 요란하게 대궐 문을 나왔다.
이 소식을 듣고 맨먼저 둔기교위(屯騎校尉) 사마주(司馬伷)가 부
하를 이끌고 달려왔다. 사마주는 사마소의 동생이다.
이들은 대궐의 수레 주차장인 지거문(止車門)에서 마주쳤다. 조
모가 사마주의 부하를 보자 호통쳤다.
"너희들이 감히 천자의 앞을 가로막으려느냐!"
아마도 이런 광경은 중국의 역사가 아무리 길다 하더라도 전무후
무한 사건이리라.
군졸들은 느닷없는 천자의 호통에 개미새끼 흩어지듯 달아났다.
조모는 계속 밀고 나갔다.
이어 중호군(中護軍) 가충이 일대를 이끌고 궁전 남문에서 그들
을 저지했다.
이번에는 천자 조모가 호통을 치면서 검을 휘둘러 군사 한둘을 쓰
러뜨렸다. 가충의 부하들은 조모가 나오는 대로 뒷걸음질칠 뿐이었
다. 그 뒤에서 내시들과 하인들이 욕설을 퍼부으며 천자를 성원했다.
이때 태자사인으로 있는 성제(成濟)가 가충에게 물었다.
"천자께서 몸소 검을 휘두르고 계시니 저지할 수 없습니다. 어떻
게 하면 좋을까요?"

가충은 거침없이 대답했다.

"승상께서 너희들에게 은혜를 베푼 것은 이런 때를 위해서다. 망설일 것 없다!"

이 말에 힘을 얻은 성제가 덤벼들어 검으로 조모의 가슴을 찔렀다. 아니 성제가 검을 내미는 것과 조모가 검에 달려드는 힘이 동시에 작용했다. 그 부딪치는 힘이 얼마나 세었는지, 칼끝이 조모의 등뒤까지 튀어나왔다.

조모는 말 한 마디 못하고 숨이 넘어갔다.

이 보고를 받은 사마소는 그만 까무러칠 만큼 놀랐다.

"아니, 그럴 수가! 나는 천하의 지탄을 한몸에 받게 되었구나!"

아무리 독재자라도 자기 부하가 천자를 시살하고 말았다는 소식을 듣자 당혹스럽지 않을 수 없었다. 어리석고 미치광이가 된 천자를 대궐에서 나오지 못하게 하고 그 다음 대책을 강구했어야 하는 것이었다.

그러나 이미 엎질러진 물이다.

사마소는 문무백관을 소집하여 수습책을 강구했다.

이렇듯 긴급한 때에 처하면 사람들의 숨은 마음이 드러난다.

사마소가 모여든 백관들의 얼굴을 둘러보니 복야(僕射) 벼슬에 있는 진태(陳泰)의 얼굴이 보이지 않았다.

일찍이 문제 조비가 죽을 때 조진·사마의·조휴(曹休)·진군(陳群) 네 사람을 불러 뒷일을 부탁했다.

진태는 그 진군의 아들로서 자는 현백(玄伯)이다. 그는 장군으로 옹주·양주의 자사를 지냈고 촉나라와의 국경선을 지킨 일이 있다.

이때는 조정에 들어와 복야라는 중요한 관직을 맡고 있었다.

"현백이 보이지 않는다. 즉시 그를 불러오도록 하라!"

어지간한 사마소도 진태의 도움말을 듣고 싶었다. 즉시 그의 삼촌 되는 순의(荀顗)를 시켜 마중해 오도록 수레를 보냈다.

진태가 오자 사마소는 밀실에서 그와 단둘이 의논했다.

"현백, 이번 일을 어떻게 처리하면 좋을지 귀공의 의견을 말해 주시오."

진태는 내심 사마소의 전횡을 못마땅하게 여기고 있던 인물이다. 그러나 최고 권력자가 머리를 숙여가며 자문을 구하게 되면 그동안 지녔던 조그마한 감정 따위는 눈녹듯 사라지게 마련이다.

진태는 잠깐 생각하더니 대답했다.

"천자를 시살한 대죄를 가충에게 돌려 그를 요참(腰斬)하고 천하에 용서를 빌어야 합니다."

"그것은 곤란하오! 차선의 방법은 없소?"

가충은 사마소의 심복이다.

그래서 사마소는 다른 방법을 물었던 것이다.

그러자 진태는 비꼬듯 말했다.

"없습니다. 그보다 엄격한 방법이라면 얼마든지 있습니다만……."

사마소는 한참 생각하더니 결국 이렇게 말했다.

"성제가 천자를 시역한 하수인이다. 그를 능지처참하리라. 그의 일가 일족을 목베어라."

그러자 성제는 길길이 날뛰며 외쳤다.

"내가 무엇을 알아! 가충이 명령이라면서 나에게 시킨 것인데……."

사마소는 먼저 그 혀를 자르도록 했다. 그리고 '음, 음.' 하며 신음하는 성제의 몸뚱이를 머리·몸통·팔·다리의 순서로 토막내 버렸다. 성제를 대역무도한 중죄인에게 가해지는 참살형에 처해 버린 것이다. 동시에 동생인 성쉬(成倅)도 형장으로 끌려갔다. 삼족이 모조리 칼 아래 놀란 귀신이 되었다.

시 한 수가 남아 있다.

제놈이 죽이게 하고서
눈으론 눈물짓고
뱃속에선 만세 부르네
남의 지시로 사람 죽이는
바보놈의 본보기일세

　사마소는 이때 왕경의 일가족도 하옥시켰다. 그는 왕침이나 왕업처럼 재빨리 사마소에게 알리지 않았던 것이다.
　왕경이 형장에 끌려가는 도중이었다. 자기와 마찬가지로 어머니가 묶여 온 것을 보고 와락 울음을 터뜨렸다.
　"어머님! 저 때문에 이 꼴을 당하시는군요. 부디 불효자의 죄를 용서해 주십시오."
　어머니는 웃으며 오히려 아들을 위로했다.
　"사람은 어차피 죽는 것이란다. 꽃이 피는 죽음인데 무엇을 원망하겠느냐?"
　다음날 왕경의 일가족이 모두 낙양 동시(東市)의 형장으로 압송되었다. 왕경 모자는 서로 웃으며 목이 잘렸다.
　구경하던 모든 성안 사람들은 눈물을 뿌렸다. 후세 사람이 시를 지어 이를 기렸다.

깨진 기왓장 무더기에 꽃은 피고
흐린 세상에도 이슬은 맑구나
그대는 보았겠지
한나라 끝무렵에
왕경과 그 어머니의
사람다운 사람의 마음이 있다는 것을
굳고 맵고 아름다운

　　하늘과 땅에도 부끄럽잖은
　　정성이었음을

　이때 사마부는 조모를 '왕'의 신분으로 장례식을 올려주고 싶다고 조카에게 말했다.
　사마소도 이것을 허락했다.
　가충 등이 이때를 틈타 사마소에게 말했다.
　"이제 천하 대세는 바야흐로 조씨를 떠나 사마씨로 돌아가려 하고 있습니다. 이 기회에 마땅히 천자의 자리에 나가심이 옳은 줄로 아옵니다."
　그러자 사마소가 말했다.
　"옛날 주나라 문왕은 천하의 3분의 2가 자기 수중으로 들어왔건만, 그래도 신하로서 은나라를 섬겼다. 그러므로 성인도 문왕을 지덕(至德)이라 하며 칭찬하지 않았던가. 내가 오늘날 위나라의 선양을 받지 않는 것은 위나라 무제(조조)가 한나라의 선양을 받지 않았던 것과도 같다."
　가충 등은 이 말을 듣고서야 사마소의 속셈을 알았다. 사마소는 그의 아들 사마염(司馬炎)을 염두에 두고 있었던 것이다. 그래서 두번 다시 사마소에게 찬탈을 권하지 않았다.

　그러나 제위는 하루도 비워 둘 수가 없다. 사마소는 상도향공(常道鄕公) 환(奐)을 천자에 앉히기로 결정했다.
　조환은 자를 경명(景明)이라 했고 조우(曹宇)의 아들로서 조조의 손자뻘이 된다. 이때 나이 16세였다.
　조환은 낙양에 와서 태후를 알현한 다음 그날로 즉위했다.
　그리하여 경원(景元) 원년(260)으로 개원하고, 대장군 사마소에게는 상국의 지위와 진공(晉公)에 봉한다는 조서가 내려졌다.

병법대결

강유는 밀정을 통해 위나라의 소동을 알고서 다시 후주 유선에게 상주문을 올렸다.

옛날, 임금은 국난이 닥치게 되면 유능한 인재를 뽑아 총대장으로 임명했나이다. 임금은 사흘 동안 목욕재계한 뒤 조상의 위패를 모신 종묘에 들어가 남쪽을 보고 서시옵니다. 그리고 대장은 북쪽을 보고 서는 것이옵니다. 임금은 승상이 받들어 들고 있는 도끼를 받아 이를 대장에게 넘겨주면서 엄숙히 말씀하시옵니다.

"장군이여, 이것을 가지고 군을 지휘하라."

그리고 다시 이렇게 말씀하시옵니다.

"적의 허를 찌르도록 하라. 무리하게 강대한 적과 맞서서는 안 된다. 자기의 지위를 뽐내며 부하를 얕보아서는 안 된다. 부하의 의견에는 힘써 귀기울이라. 또 공을 서두른 나머지 자기 본분을 잊어선 안 된다. 부하가 휴식하기 전에 휴식해서는 안 된다. 부하가 식사를 들기 전에 식사를 해서는 안 된다. 또 추위에도 더위에도, 괴로워도 편해도, 어떠한 경우라 할지라도 부하와 더불어 행동을 함께해야 한다. 그러면 부하는 반드시 죽을 힘을 다하여 싸울 것이고 승리는 우리의 것이 된다."

대장은 왕의 말씀을 가슴에 새기고 북문을 나가 장도에 오르옵니다. 이때 임금은 북문까지 배웅하고, 대장의 수레 앞에 무릎 꿇고서 이렇게 말씀하시옵니다.

"나아감도 물러남도 모두 때에 따라 할 것. 군중(軍中)에서는 그대의 명령이 절대적이다. 군명(君命)이라 할지라도 무시할 수 있다."

이렇게 함으로써 대장의 지위는 절대적이 되며 마음먹은 대로 부하를 부릴 수 있사옵니다. 아무쪼록 이 기회에 신 강유에게 전권을 주시와 위나라 토멸의 대업을 이룩하게 하여 주시옵소서.

후주 유선은 승낙했다.
강유는 곧 군 편성에 들어갔다.
이번의 북정은 그 동안의 경험을 거울삼아 신중에 신중을 기했다.

요화·장익은 선봉
왕함(王含)·장빈(蔣斌)은 좌익
장서·부첨은 우익
호제(胡濟)는 후비

강유는 스스로 중군을 이끌기로 했다. 이번에도 병력은 20만이었다. 군단이 한중에 이르자 강유와 하후패는 곧 작전 회의에 들어갔다. 그 자리에서 하후패가 말했다.

"기산(祁山)은 이른바 '쟁지'입니다. 당연히 위군도 그곳으로 나올 것입니다. 제갈 승상이 여섯 번 기산으로 쳐나간 것도 역시 그곳을 중요하게 보았기 때문입니다."

강유는 고개를 끄덕이고 전군을 기산으로 진출시켰다.

그리고 골짜기 입구에 성채를 쌓게 했다.

그 무렵 등애 역시 기산의 진지에 있으면서 농우(隴右)의 군을 집결시키고 있었다.

때마침 급한 파발마가 달려왔다.

"촉군이 몰려와 골짜기 입구에 성채를 셋이나 구축했습니다."

등애는 곧 높은 고지로 올라갔다. 그리고 촉군 쪽을 바라보더니 얼굴 가득 웃음을 띠었다.

"잘 되었어!"

등애는 미리 지형을 조사하고 일부러 성채를 구축할 만한 장소를 비워 두었던 것이다. 미리 계책을 세우고 그 계책을 쓰기에 적당한 곳으로 촉군을 유도한 것이다. 그리고 기산의 자기 본진에서 그곳까지 땅굴을 파 두었다. 위군이 언제라도 은밀히 촉군의 성채에 접근할 수 있게 해둔 것이다.

강유는 그런 것도 모르고 골짜기 입구에 성채를 셋이나 만든 것이다. 땅굴은 왕함·장빈이 지휘하는 왼쪽 성채까지 뚫려 있었다. 등애는 아들인 등충과 사찬(師纂) 두 사람을 불러 명령했다.

"너희들은 저마다 5천 기를 이끌고 좌우에서 야습을 감행하라!"

또 부장인 정륜(鄭倫)에게는 500명의 병사를 주고 땅굴을 통해 촉군의 성채 안으로 진격하라고 지시했다.

"어둡기 시작하면 곧 땅굴로 적진에 돌격하라."

땅에서 솟은 것처럼 촉진 한가운데 느닷없이 나타나게 하려는 작전이었다.

왕함과 장빈은 성채는 구축했지만 아직 진영을 다 정리하지 못했을 뿐 아니라 특히 위군의 기습이 염려되어 군졸들에게 갑옷을 벗고 잠을 자라고 하지도 못하고 있었다.

그러는 와중에 갑자기 성채 안에 적이 나타나 대혼란에 빠졌다.

두 장수는 우선 급히 말에 올랐다. 성채 밖에는 이때 등충이 밀어 닥치고 있었다.

안팎으로 적을 맞은 것이었다.

왕함과 장빈은 결사적으로 싸웠지만 부하들이 기습에 흩어져 버려 할 수 없이 성채를 버려야만 했다.

강유는 중앙 성채에 있었다.

왼쪽 성채가 소란해지고, 이어 적이 안팎에서 호응했음을 알자 말에 올라타고 곧 중군 앞에 나갔다.

"당황하지 마라! 적이 오거든 사정없이 화살로 쏘아 버려라!"

또한 우측 성채에도 가벼이 움직이지 말라고 전령을 보냈다.

위군은 밀물처럼 10여 회나 공격해 왔지만 그때마다 연노(連弩)의 위력 앞에 숱한 시체만 남기고 물러갔다.

전투는 새벽까지 계속되었다.

위군은 끝내 촉군의 성채를 점거하지 못했다.

그러자 등애는 미련없이 군사를 20리 후방으로 물렸다. 등애는 부하 장수에게 말했다.

"강유는 용케도 공명의 병법을 터득했구나! 병사를 야습에 놀라게 하지 않고, 막다른 곳에서도 어지럽지 않게 군을 통솔하고 있다. 참으로 훌륭한 장수다!"

제갈량 공명은 일찍이 병사들이 용감히 싸우는 이유를 이처럼 설명한 일이 있었다.

'벌이나 전갈이 적을 겁내지 않는 것은 그 무기인 독침을 믿고 있기 때문이다. 그것과 마찬가지로 군사가 용감히 싸우는 것은 방어의 굳건함을 마음 든든히 여기기 때문이다. 예리한 무기, 견고한 투구와 갑옷, 이것이 있기 때문에 병사는 용감히 싸운다.'

즉 군사에게 안도감을 심어주라고 강조했다.

그러자면 장수된 자의 침착이 무엇보다도 중요하다.

'투구나 갑옷이 견고하지 않다면 벌거숭이로 싸우는 것과 같다. 화살을 명중시키지 못한다면 화살을 갖고 있지 못한 것과 같다. 명중시켜도 깊이 꽂히지 않는다면 활촉이 없는 것과 같다. 척후를 두지 않는다면 눈이 없는 것과 같다. 장수에게 용기가 없다면 장수가 없는 것과 다를 것이 없다.'

대장은 언제나 그 군의 상징이다.

강유는 적의 습격이 있을 때 성채 앞에 말을 몰고 나가 우뚝 서 있었다. 이것은 곧 아군에게 용기를 주기 위한 연기였다.

만일 강유가 그런 침착한 사후 조치마저 강구하지 않았다면 등애에게 또 한 번 보기좋게 패하고 말았으리라.

아침이 되었다.

성채를 버리고 달아났던 왕함과 장빈이 강유 앞에 나오자 머리를 조아렸다.

"야전의 실패는 저희들의 죄입니다. 어떠한 처벌이라도 달게 받겠습니다."

강유는 그들을 위로했다.

"장군들의 죄가 아니오. 내가 지형에 유의하지 않았던 것이 실책이었소."

그리고 두 장수에게 새로 병력을 나누어 주었다.

그들은 새로운 마음으로 자기네 성채로 돌아가 진지 보강을 서둘렀다. 전사자는 땅굴 속에 넣고 흙으로 메웠다.

한편 강유는 도전장을 써서 등애에게 보냈다.

공연히 시간을 끌 것이 아니라 결전함이 어떤가!

등애는 좋다고 응해 왔다. 이튿날, 양군이 기산 앞에 나가자 강유가 먼저 공명의 팔진법에 따라 하늘·땅·바람·구름·새·뱀·용·호랑이의 모습으로 부대를 배치했다.

등애는 이것을 보고서 똑같은 진을 쳤다.

좌우전후의 배치, 출입구 위치에 이르기까지 강유의 그것과 똑같았다.

강유가 말을 몰고 나가며 외쳤다.

"용케도 흉내를 냈구나. 그러나 변화하는 법은 모를 테지!"

그러자 등애가 비웃었다.

"그대 혼자만 알고 있다는 건가! 이 진법의 변화쯤은 나도 환히 알고 있다."

등애는 말을 몰아 진형 속에 들어가자 군졸에게 깃발을 흔들게 하였다.

그러자 진은 빙글빙글 돌았고 금방 64개의 문이 생겼다. 등애가 그 문 밖으로 달려나왔다.

"대충 이 정도다."

"잘 했다."

강유는 말하고 다시 도전했다.

"그렇다곤 하지만 설마 내 팔진은 에워싸지 못할 거다."

"에워싸면 어떻게 하겠느냐!"

양군이 곧 접근했다.

마침내 양군이 충돌했다.

진형은 아직 어느 쪽도 무너지지 않았다.

강유는 양군을 노려보고 있다가 기회를 포착하여 깃발을 흔들어 신호를 했다.

팔진이 순식간에 장사권지(長蛇卷地)의 진으로 바뀌었다.

포위할 속셈으로 몰려온 등애군이 오히려 포위되고 말았다.

등애는 주위의 함성으로 귀가 멀 것만 같았다. 등애는 하필이면 이 장사권지의 진법만은 몰랐기 때문에 몹시 당황했다.

계속 돌파를 시도했지만 점점 나갈 길만 막혔다.

"등애, 이제야 좀 알았느냐? 목숨이 아깝거든 항복하라."

촉병들이 놀려대는 목소리가 귀청을 따갑게 울렸다.

마침내 말고삐를 당긴 채 옴짝달싹할 수 없게 되고 말았다.

"아아, 병법을 뽐내려다가 강유에게 당하고 말았구나!"

신음하며 후회했지만 이미 때는 늦었다.

이때 진의 서북 한 귀퉁이에서 쏜살같이 돌입해오는 한 무리가 있었다. 등애를 구출한 일대는 사마망(司馬望)의 부대였다.

등애는 다시 용기를 내어 사마망의 일대가 돌입함으로써 무너지는 장사권지를 벗어났다.

등애가 이렇듯 간신히 구출되었을 때 기산에 있던 위나라의 아홉 성채는 고스란히 촉군에 점령되어 있었다.

등애는 패잔병을 수습하여 위수(渭水) 남쪽으로 진을 옮겼다.

한숨 돌리고 나자 등애는 사마망에게 궁금했던 일을 물었다.

"장군께선 어느 틈에 그 진법을 알고 계셨나요? 덕분에 나는 사지에서 목숨을 구했지요."

그러자 사마망이 대답했다.

"제가 젊었을 때 형남(荊南)에 유학한 적이 있습니다. 그때 공명의 친구였던 최주평(崔州平)·석광원(石廣元) 등과 교제하면서 진법을 연구했습니다. 장사권지의 진은 서북에 있는 머리가 급소이며 약점입니다."

등애는 다시 한번 감사하며 겸손하게 말했다.

"저는 팔진법을 배웠지만 변화까지는 익히지 못했습니다. 장군이 그것을 아신다면 그 진법을 써서 내일 기산의 진지를 되빼앗고 싶습니다."
"글쎄요?"
사마망은 말했다.
"나 정도의 솜씨로서는 강유가 속을 것 같지 않군요."
"뭐, 걱정할 것 없습니다. 나의 작전 계획은 이렇습니다. 내일 장군은 기산 앞에서 강유를 상대로 진법 싸움을 하십시오. 나는 그 사이에 기산 뒤로 돌아가 기습을 가하여 아홉 성채를 되빼앗겠습니다."

등애는 정륜을 불러 은밀히 기산 뒤로 돌아가라고 명했다. 그리고 사자를 보내어 내일 진법으로 다시 겨루자고 강유에게 도전했다.
강유는 승낙의 회답을 들려 위군의 사자를 돌려보냈다. 그런 뒤 여러 장수에게 말했다.
"나는 제갈 승상에게서 병법을 배웠지만 팔진법에는 365가지의 변화가 있소. 그것은 천문학에서 계산된 변화요. 그런데 등애가 내일 진법 싸움을 하자고 제의해 왔소. 분수를 모르는 허세라고 생각되지만 거기에는 속임수가 들어 있소. 속임수가 무엇인지 알겠소?"
그러자 요화가 말했다.
"우리의 주의를 진법 싸움에 끌어 놓고 그 사이 산 뒤에서 허를 찌르려는 얕은 수작이겠지요."
"맞았소, 그것이오!"
강유는 크게 웃었다. 곧 장익과 요화에게 1만을 주어 기산 기슭에 매복하도록 했다.
강유는 이튿날 아홉 성채의 병사들을 기산 앞에 정렬시켰다. 사마망도 또한 위수 남쪽 진지의 병사들을 기산 앞으로 내보냈다.
먼저 문답이 오갔다.

강유가 외쳤다.

"오늘 도전은 너희 쪽에서 한 것이다. 먼저 그쪽의 솜씨를 구경하고 싶다."

"좋다!"

사마망은 팔괘진을 펼쳐 보였다.

강유는 쓴웃음을 지었다.

"그것은 내 팔진도의 재탕이 아닌가! 볼 것조차 없다!"

"그렇게 말하는 그대도 남의 진법의 흉내가 아니고 무엇인가?"

"그렇다면 그 진의 변화가 몇 가지나 있는지 알고 있는가?"

"어린아이도 대답할 수 있는 질문이다. 참고 삼아 들려 주겠지만 팔괘진에는 구구 팔십일, 여든 한 가지 변화가 있다."

"그럼 한번 해보아라."

강유는 문답으로 몰아세웠다.

사마망은 일단 진 속에 들어가 몇 가지로 변화시킨 뒤 나와서 물었다.

"이런 변화를 과연 그대가 읽었는지 궁금하다."

"흥! 내 진법은 천문학에 의해 365가지로 변화한다. 그대는 우물 안의 개구리로 깊은 것은 모르고 있다."

사마망 역시 365가지 변화가 있다는 이야기는 들었지만 배운 일은 없었다.

약점을 보이지 않으려고 큰소리치며 말했다.

"알고 있다면 해보라!"

"좋아, 보여주마. 보여줄 테니 등애도 불러라!"

"등애 장군은 진법을 싫어한다. 그 대신 놀라운 계책을 쓰는 장군이다."

"앗하하하……."

강유는 배를 잡으며 웃었다.

“정말 훌륭한 계책이야. 그대를 이곳에 미끼로 남겨두고 자기는 뒷구멍으로 돌았을 테지.”

사마망은 그 말을 듣자 얼굴이 파래졌다.

사마망은 곧 돌격 명령을 내렸다. 강유도 채찍을 앞으로 내리쳤다. 난전이 벌어졌다. 진법 대결에서 기선을 장악한 촉군이 우세했다. 촉의 양날개가 위군을 에워싸고 맹공을 퍼부었다. 위군은 큰 타격을 입고 물러나지 않을 수 없었다.

한편 등애는 정륜을 선봉으로 길을 재촉하고 있었다.

정륜이 어떤 산모퉁이를 돌자 난데없는 촉군의 매복병이 일어났다. 대장은 요화였다.

단숨에 격전이 벌어지고 요화의 칼이 번뜩이는 찰나, 정륜의 목이 공중으로 날아 올랐다.

뒤따라오던 등애도 간담이 서늘해져 주춤하는데 이번에는 장익이 강습했다.

위군은 순식간에 박살이 나고 등애도 몸에 화살을 네 개나 맞고 구사일생 위수 남쪽 진지로 간신히 도망쳤다.

그곳에 사마망이 돌아왔다.

“비참한 패전이었소! 무슨 좋은 방법이 없을까?”

등애의 물음에 사마망이 대답했다.

“듣자 하니 촉나라 유선은 요즘 환관 황호의 손끝에 놀아나면서 술과 계집에 흠뻑 빠져 있다고 합니다. 여기서 한 번 반간(反間)의 계책을 써서 어리석은 유선으로 하여금 강유를 소환케 하면 어떨까요?”

“그것이야말로 묘계요!”

등애는 곧 모사들을 불러 말했다.

“어떻소? 촉나라에 잠입하여 황호를 매수할 사람은 없소?”

그러자 양양 사람 당균(黨均)이 자청했다.

등애는 당균에게 금은보화를 들려 성도로 보냈다.

당균은 황호를 뇌물로 매수하여 유언비어를 퍼뜨렸다.

"강유는 후주에게 늘 불만이다!"

"머지않아 위나라에 항복하고 촉나라를 향해 칼을 들이댄다고 하
더라!"

이런 뜬소문은 황호가 퍼뜨린 것이었다.

성도 사람들은 이 말을 믿었다. 소문은 유선에게도 알려졌다. 유
선은 곧 강유를 소환하는 칙사를 기산으로 달려보냈다.

강유는 연일 싸움을 걸고 있었지만 등애는 굳게 지킬 뿐 좀처럼
나오지 않았다.

'이상하다. 어째서일까?'

그러고 있을 때, 후주에게서 급사가 달려와 성도로 돌아오라는 명
령을 전하는 게 아닌가.

칙명이라 도리가 없었다.

강유는 곧 진을 거두고 철수하기로 했다.

그러자 요화가 반대했다.

"대장이 밖에 있을 때에는 군명(君命)도 받지 않는다 했습니다!
비록 칙명이라도 적을 궁지로 몰아넣은 지금 철수할 것은 없지 않
습니까?"

그러나 장익은 요화의 말에 반대였다.

"촉나라에서는 지금 백성들이 모두 해마다 동원되는 데 넌더리를
내고 불만이 많습니다. 다행히 이번의 승전을 기회로 일단 돌아가
인심을 가라앉히고 다른 방법을 강구하는 것이 좋으리라 생각합
니다."

강유는 장익의 의견을 좇았다.

곧 부대를 차례로 후퇴시켰다. 적 추격에 대비하여 요화와 장익이 후비를 맡았다.

등애는 뒤를 추격했지만 조금의 흐트러짐도 없이 일사불란하게 퇴각하는 솜씨를 보고 감탄했다.

"강유 놈! 공명을 꼭 닮은 병법을 쓰고 있잖나!"

이윽고 강유는 성도에 이르렀다. 후주 앞에 나아가 소환 이유를 물었다.

"짐은 다만 경이 오랫동안 원정을 그치지 않아 병사들의 노고가 걱정되어 불렀을 뿐이오. 달리 이유는 없소."

강유에게는 너무도 어처구니없는 이유였다. 그는 끓어오르는 분노를 가까스로 참으며 아뢰었다.

"저희들은 기산의 적 진지를 빼앗고 조금만 더 밀면 장안 진출 꿈도 이루어지려 할 찰나에 그만 이를 버리고 돌아왔습니다. 생각 컨대 등애의 반간계가 있었으리라고 생각됩니다."

후주 유선은 뭐라 할 말이 없었다.

"저는 맹세컨대 나라를 위해 도적을 칠 결심이옵니다. 폐하, 아무 쪼록 앞으로는 보잘것없는 무리의 말에 귀를 기울이지 마시고 저를 믿어 주시기 바랍니다."

유선은 한동안 침묵하고 나서 말했다.

"짐은 경을 의심하지 않소. 우선 한중으로 돌아가 군을 좀 쉬게 하시오."

집념

　강유는 그 이듬해 또 출병했다. 군사 15만, 군량 수천 수레를 동원했고 요화와 장익을 선봉으로 삼았다.
　이번에는 요화가 자오곡(子午谷)으로, 장익은 낙곡(駱谷)으로, 강유 자신은 야곡(斜谷)으로 나아가 기산 앞에서 만나기로 작전을 바꾸었다.
　군을 신속히 이동시켜 적의 허를 찌르며 적을 혼란시키기 위해서였다.
　등애는 이 무렵 기산 성채에서 군사 조련에 힘쓰고 있었다.
　촉군의 침공 소식을 듣자 등애는 장수들을 모아 의견을 들었다.
　참군(參軍) 왕관(王瓘)이 말했다.
　"전부터 생각한 일이 있습니다. 입으로는 말씀드리기 곤란하므로 문서로 작성하여 올리겠습니다."
　등애가 그 문서를 읽어보고 말했다.
　"재미있다곤 생각하지만 강유가 과연 이 수에 넘어갈까?"
　왕관이 대답했다.

"제가 목숨을 던질 각오로 해보겠습니다."

"좋다! 그런 결심이라면 성공하리라."

등애는 왕관에게 5천의 병을 쪼개 주었다.

왕관은 야곡으로 급히 달려갔다. 그리고 촉군의 선봉대를 만나자 외쳤다.

"항복하러 왔소. 대장에게 전해주기 바라오!"

선봉이 곧 이 사실을 강유에게 보고했다. 강유는 경계를 단단히 하면서 부대는 접근시키지 말고 대장 한 사람만 오도록 하라고 전달했다.

이윽고 왕관은 강유 앞에 무릎을 꿇었다.

"소장은 왕경(王經)의 조카 왕관입니다. 사마소가 얼마 전 천자를 시역하고 숙부 왕경 일가족도 베어 버려 원한이 골수에 사무쳐 있었습니다. 다행히도 장군께서 이번에 출병하셨으므로 좋은 기회라 여기고 달려왔습니다. 아무쪼록 응분의 소임을 받아서 역적 일당을 치고 싶습니다."

강유는 기뻐했다.

"네가 진심이라면, 나도 그렇게 믿고 너를 쓰겠다. 우선 염려되는 것은 군량 수송이다. 국경까지 와 있는 군량을 기산까지 운반해 주지 않겠나?"

'옳지!'

왕관은 속으로 쾌재를 불렀다. 강유가 이렇듯 쉽게 걸려들 줄은 정말 몰랐던 것이다.

강유는 또 말했다.

"보급 수레 호위에 5천 병력은 필요 없을 테지. 3천으로 충분하다. 나머지 2천은 기산의 길 안내로 남겨두라."

왕관은 의심을 사지 않도록 3천 병력으로 출발했다. 부첨이 나머지 2천을 맡았다.

때마침 하후패가 찾아왔다.

하후패가 말했다.

"도독, 무엇을 보고 왕관을 그토록 쉽게 신임하십니까? 저는 일찍이 위나라에 있었지만 왕관이 왕경의 조카라는 말은 들어본 적도 없습니다. 수상한 놈이라고 보지 않을 수 없습니다."

강유는 웃었다.

"물론 새빨간 거짓말이오. 그러기에 그의 부하를 둘로 나눈 것이오. 계략에 넘어간 듯이 보이고서 이쪽이 계략을 쓴 것이오."

"그렇다면 알고 계셨습니까?"

"사마소는 조조 뺨치는 간웅이오. 왕경을 죽이고 그 일가족을 몰살했는데 그 조카라는 자에게 병을 딸려 관외(關外)에 주둔시킬 까닭이 없지 않소! 그대가 수상하다고 생각하듯 나 또한 수상하다고 꿰뚫어본 것이오."

강유는 야곡에 머무르면서 척후병을 요소요소에 배치하여 왕관의 동정을 감시케 했다.

과연 그로부터 10일도 지나기 전에 척후병이 왕관의 사자라는 자를 잡아왔다. 등애에게 밀서를 전달하기 위해 가다가 잡힌 것이다.

강유가 직접 심문하여, 몸속 깊이 숨겨둔 밀서를 찾아내어 읽어보았다.

8월 20일, 군량을 운반하여 담산(壜山)까지 갑니다. 담산의 계곡 입구까지 마중할 군사를 보내주기 바랍니다.

이런 내용이었다.

강유는 이 사자의 목을 베었다.

그리고 밀서의 날짜 8월 20일을 8월 15일로 고쳐 쓰고 등애가 몸소 대군을 이끌고서 담산 골짜기 입구까지 와 달라고 썼다. 그리하여 부하 하나를 위군으로 변장시켜 이 밀서를 전달했다.

이어 강유는 수레를 모두 모아 군량을 내려놓고 불 붙기 쉬운 섶이나 마른 풀을 대신 실었다. 그것을 검은 천으로 덮고 부첨에게 맡긴 왕관의 부하 2천을 시켜 호위하도록 했다.

강유 자신은 하후패와 함께 계곡에 숨었다. 또 장서를 야곡에서 내보내고, 요화와 장익은 예정대로 기산을 향해 행군토록 했다.

강유는 이 작전을 세우는 데 그의 머리를 모두 쥐어짰다.

'쥐를 잡는 데도 호랑이 잡듯 한다.' 아무리 쉬운 적이라도 만전을 기해야 한다. 그것은 바로 공명의 가르침을 충실히 지키는 것이기도 했다.

"대장은 부하 장병의 목숨을 맡고 있을 뿐 아니라 국가의 안위(安危)를 걸머지고 있다. 따라서 전쟁을 하기 전에 만전의 작전 계획을 세워놓지 않으면 안 된다. 그 명령은 격류처럼 재빨리 말단 구석구석까지 전달되고 먹이에 덤벼드는 수리나 새매처럼 날쌔고, 그 잔잔함은 마치 보름달 같으며 잡아당긴 강궁의 시윗줄 같고, 그 움직이는 꼴은 마치 계속 터지는 화산의 불길처럼 활활 타고 있지 않으면 안 된다. 그래야만 향하는 곳에 적이 없고 어떤 강적이라도 무찌를 수가 있다.

대장된 자가 생각이 경박하고 무게가 없다면 장병의 기세도 오르지 않는다. 그저 무작정 힘만 믿고 전쟁에 임하려 한다면 비록 백만 대군을 거느리고 있다 하더라도 적에게 위협을 주지 못한다. 그런 군은 오합지중에 지나지 않는다.

작전의 잘잘못을 평가하자면 명공 노반(魯般)의 눈이 필요하지만, 그것과 마찬가지로 작전 계획 입안에는 손무의 계책을 써야 한다."

강유는 공명의 이 가르침을 늘 가슴 속에 새겼다.

"이번 작전이 어떻게 성공하는지 잘 봐 주시오."

강유는 하후패에게 이런 말까지 했다.

한편 등애는 왕관의 밀서를 강유가 개작한 거짓 편지인 줄 모르고 기뻐했다. 그리고 사자에게 회답을 주어 돌려보냈다.

이윽고 8월 15일이 되자 등애는 5만 병력을 이끌고 담산 계곡 입구로 나갔다.

척후병을 내보내어 탐색시켜 보았더니 과연 많은 수레들이 오고 있다는 보고였다. 등애가 몸소 나가 고지에서 굽어보니 수레를 호위하고 있는 병이 모두 위병임에 틀림없었다.

부하 장수가 건의했다.

"곧 해가 지고 어두워집니다. 왕관을 마중하기 위해 서둘러 계곡 입구까지 나갑시다."

그러나 등애는 신중한 장군이다.

"저곳은 저렇듯 산과 산이 겹쳐 있지 않는가. 복병이 있을지도 모른다. 여기서 기다리도록 하자."

그러고 있을 때 기마 무사 둘이 달려와 말했다.

"왕 장군이 바로 저기까지 수레를 호위하여 왔습니다. 적이 뒤를 따르고 있습니다. 곧 마중와 달라는 말씀이었습니다."

신중한 등애도 이 말에 넘어갔다.

그는 군을 급히 전진시켰다.

초저녁이었고 마침 달이 휘영청 밝았다. 그때 별안간 산 너머에서 함성이 들렸다. 등애는 그것이 왕관과 촉병이 충돌한 소리라고 생각했다.

급히 가세하러 달려가자, 갑자기 숲에서 촉장 부첨의 부대가 나타나 측면을 공격해 왔다.

부첨이 등애를 보고 비웃었다.

"이 못난이 녀석, 마침내 덫에 걸렸구나! 꼴 좋다! 성큼 말에서 내려 항복하는 것이 어떠냐?"

등애는 놀라 급히 말머리를 돌려 달아났다.

부첨의 군사는 수레에 불을 질렀다. 그것이 신호였던 것이다.

촉병이 곳곳에서 나타나 등애의 군을 토막토막 끊고 섬멸전을 펼쳤다. 산 아래위에서 외치는 소리가 무서운 메아리가 되어 등애를 더욱 다급하게 만들었다.

"등애를 잡는 사람에게는 천금의 상을 내리리라! 만호후(萬戶侯)에 봉하리라!"

등애는 다급해져서 갑옷도 투구도 심지어는 말까지 버렸다.

그리고 병졸들 틈에 섞여 산을 타고 넘었다. 강유와 하후패가 패주하는 위군 속에서 오직 말탄 자만을 노리며 공격했기 때문이었다. 설마 등애가 보병들 틈에 끼어들 줄은 아무도 몰랐다.

강유는 위병을 실컷 무찌르고 난 뒤 승리군을 이끌고서 왕관의 부대 쪽으로 달려갔다.

그런데 이때 왕관은 어떠했을까?

밀서에 쓴 8월 20일을 기다리면서 수레 준비를 하고 있으려니까 심복이 달려와서 알렸다.

"일이 틀렸어요! 비밀이 모두 누설되었습니다. 등장군은 대패하여 생사조차 확인되지 않고 있어요!"

왕관은 섬뜩했다.

그래도 설마하는 생각에 부하를 시켜 알아보게 했다. 전방에서 촉나라 세 부대가 몰려오는 것을 알았다. 뒤쪽에서도 흙먼지가 일고 있었다

'모두 틀어졌구나!'

왕관은 급히 군량에 불을 지르게 했다. 불길이 하늘을 찌를 듯이

올랐고 검은 연기가 무겁게 내리깔렸다.

왕관은 그 틈을 이용하여 부하를 이끌고 달아났다.

'놈은 기산의 등애한테로 달아나겠지. 중간에서 사로잡아 우는 꼴을 실컷 구경하자!'

강유는 이렇게 예상하고 있었다.

그런데 왕관은 반대로 한중 쪽을 향해 달아났다.

그뿐인가!

"적은 대군, 우리는 소부대다. 뒤를 따라 잡힌다면 하나도 살아 남지 못하리라."

왕관은 부하들을 독려하며 요소요소를 파괴했고 잔도(棧道)를 불질러 끊어 버렸다.

강유는 한중이 오히려 걱정되어 등애 추격을 중지하고 샛길로 급히 달려 왕관의 앞을 가로막았다.

달아날 곳을 잃은 왕관은 흑룡강(黑龍江)에 몸을 던져 자결했다.

강유는 그 부하 군사를 하나 남김없이 생매장했다.

왜냐하면 강유가 등애에게는 이겼지만 군량을 모두 잃어 기산 공격이 좌절되었기 때문이다.

할 수 없이 강유는 군을 철수시켜 한중으로 돌아갔다.

용병(用兵)

촉나라 경요(景耀) 5년(262) 겨울, 강유는——
'이것이 마지막 출전이 되리라.'
생각하면서 유선에게 출사표를 올렸다.

　신은 자주 출전했사옵니다만 아직 위나라를 쳐서 없애지는 못했사옵니다. 이제 병사를 양성한 지도 오래이온데 만일 싸우지 않으면 마음이 게을러지고, 마음이 게을러지면 병이 생기게 되옵니다. 지금 군사들은 나라를 위해 목숨을 바칠 의욕에 불타고 있으며 장수들은 칙명이 내리기만을 고대하고 있사옵니다. 신이 만일 싸워 이번에도 이기지 못할 때는 죄를 청하여 달게 받겠나이다.

　일찍이 공명이 출전할 때는 천자를 비롯한 촉나라 온 백성들이 공명에게 자기 운명을 송두리째 맡길 정도였다.
　그로부터 30년이 흐른 지금, 강유의 출전은 그저 차가운 침묵 속에 배웅할 뿐이었다.

세월과 더불어 인심도 변해 있었다.

변하지 않은 것은 단 하나 강유의 결심뿐이었다.

출전에 임해 강유는 후주 유선의 앞에 서자 말했다.

"폐하께 한 가지 소원이 있사옵니다."

"무엇이오?"

"황호를 멀리하시기 바라옵니다."

황호는 환관이었다. 유선은 이 황호의 달콤한 말에 현혹되어 정치를 소홀히 하고 주색에 빠져 있었다.

환관이 정치에 관여하게 되면 나라는 망하게 되는 법이다.

"황호는 강한 자에게 아첨하고 약한 사람을 멸시하는 천한 인간이옵니다. 이런 환관은 곧 큰 벌을 주어 처형하지 않으면, 폐하께서 도리어 그릇된 길로 드실 것이옵니다."

"대장군이 고작 환관 하나에게까지 신경 쓸 것은 없지 않겠소?"

유선은 근시에게 눈짓을 하였다.

물러가려는 강유 앞에 어느새 황호가 엎드려 있었다.

"소인은 다만 폐하를 정성껏 받들고 있을 뿐이옵니다. 한 번도 정사에 관여한 일은 없사옵니다. 꾸중을 들어야 한다면 폐하를 잘 모시지 못한 점일 줄 압니다. 바라건대 소인의 부족한 점을 낱낱이 들어 꾸짖어 주십시오."

이렇게 말하며 눈물까지 흘려 보였다.

'아아 대궐 안에 썩은 내가 진동하는구나!'

강유는 당장 그 자리에서 이 비굴하고 교활한 환관의 목을 칠까 하다가 생각을 고쳐 먹고 후궁을 나왔다.

강유는 출전에 앞서 요화를 불렀다. 먼저 어느 방면으로 병을 내보낼 것인가 하는 기본 방침을 의논했다.

요화가 말했다.

"해마다 출병했던 탓으로 국내에서는 군사와 백성들이 모두 마음을 잡지 못하고 있습니다. 그리고 위나라에는 등애라는 지혜가 뛰어난 장군이 있습니다. 그는 결코 흔히 있는 장군이 아닙니다. 장군께서 무리한 싸움을 하는 것을 저로서는 도저히 찬성할 수 없습니다.”

강유는 이 말에 발끈 화를 냈다.

“제갈 승상이 여섯 번이나 기산에 나간 것도 다름이 아니라 나라를 위해서였소. 내가 지금 또 여덟 번째의 출병을 결의한 것도 결코 나 하나의 사심(私心)에서가 아니오. 이번에는 먼저 조양(洮陽)을 노릴 것이오. 나의 의견에 반대하는 자는 참하겠소.”

아아, 강유의 이 독단!

강유는 제갈공명의 유지를 입에 올리면서도 그 가르침의 요체를 잊고 있었다.

강유는 요화를 한중에 남기고 이번에는 일찍이 볼 수 없던 30만 대군을 이끌고 출발했다.

첩자가 이것을 재빨리 기산의 위군에게 알렸다. 등애와 사마망은 도읍에서 일어난 일들을 이야기하고 있다가 급보를 받자 척후병을 내보냈다.

이윽고 촉군의 진격 목표가 조양임이 밝혀졌다.

사마망이 말했다.

“강유는 노련한 장군으로서 그 속셈을 좀처럼 알기 힘듭니다. 이번에도 조양을 향하는 것처럼 속이고 실제의 목표는 이곳 기산의 진이 아닐까요?”

그러자 등애는 웃으면서 말했다.

“이번에는 정말 조양을 노리고 있을 겁니다.”

“어떻게 그것을 알 수 있소?”

“강유는 지금까지 군량미가 쌓인 곳만을 노려서 출격했는데 이번에 그들이 향해 가는 조양에는 군량이 없습니다. 강유는 우리들이 기산을 지키고 조양을 버려두고 있는 것으로 보았겠지요. 그러니까 그곳을 함락시킨 다음 양식과 마초를 쌓아올리고 강인과 손을 잡아 지구전을 벌이겠다는 속셈입니다.”
“과연! 그래서…….”
사마망은 감탄하며 뒷말을 재촉했다.
“그래서…….”
등애도 천천히 작전을 설명했다.
“먼저 기산의 부대를 둘로 나눕니다. 일대는 조양을 구합니다. 조양에서 25리 떨어진 곳에 후하(侯河)라는 작은 성이 있는데 그곳이 조양의 목줄기입니다. 사마 장군은 일대를 이끌고 조양 성 안에 매복해 주십시오. 네 성문을 전부 열어젖히고 소장이 준비한 방법을 써 주시기 바랍니다. 나는 다른 일대를 후하성에 넣겠습니다. 그러면 거뜬히 이길 겁니다.”
계획은 세워졌다. 기산에는 부장인 사찬(師纂)을 남기기로 했다.
강유는 하후패를 선봉으로 하여 조양 가까이에 이르렀다.
성 가까이 육박해 보니 깃발 하나 꽂혀 있지 않고 성문은 활짝 열려 있지 않는가!
아무래도 이상했다.
하후패는 말고삐를 당기며 중얼거렸다.
“이상한걸!”
“아니, 염려 없습니다. 조금 있던 백성들도 모두 달아나고 성은 비어 있습니다.”
“글쎄, 위험하지 않을까?”
하후패는 성벽을 따라 빙 돌아서 남문 쪽으로 가보았다. 멀리 남녀노소가 서북쪽을 향해 도망치는 것이 보였다.
“과연 빈 성이구나.”

하후패는 비로소 안도했다.

앞장서서 성문을 향해 달렸다.

그런데 옹성(성문의 바깥 둘레)을 한걸음 들어서기도 전에 '쾅!' 하고 포성이 들렸다. 이어 요란한 북소리.

그리고 성벽에 일제히 깃발이 세워졌다. 그와 동시에 적교가 올려졌다.

"계략에 빠졌다!"

하후패는 급히 말을 돌렸지만 비오듯이 화살이 쏟아졌다.

어처구니없게도 하후패와 그의 부하 500명은 단 한 명도 살아남지 못하고 옹성 안에서 전멸했다.

후세 사람이 깊이 탄식하여 지은 시가 있다.

　　담력 큰 강유여 묘한 책략 빼어났지만
　　등애가 대비하고 있을 줄 그 누가 알았으랴
　　가련타, 촉한에 몸을 맡긴 하후패여
　　성 아래서 순식간 화살 맞아 죽는구나

사마망이 조양성에서 쳐나왔다.

촉군은 무너져 달아나기 시작했다.

마침 강유가 달려와서 패주를 막고 순식간에 사마망의 일대를 격퇴한 다음 성 옆에 진지를 쳤다. 그리고 그는 혼자 하늘을 우러르며 하후패의 죽음을 애도했다.

강유는 이때 무엇을 생각하고 있었을까?

백약! 작전계획은 어디까지나 비밀을 유지하지 않으면 안 된다. 적을 공격할 때에는 질풍처럼, 포착 섬멸할 때에는 매가 먹이를 노리듯이 신속해야 한다. 그리하여 모름지기 싸움은 분류하는 강물처럼 단숨에 결판을 내지 않으면 안 된다. 그렇게 해야지만 아군을 손모(損耗)하는 일 없이 적을 격파할 수 있느니라.

강유는 이렇게 생각했을까?
"예, 승상님! 저는 가르침대로 그렇게 하겠습니다. 비록 하후패는 잃었을지언정 그렇게 하고야 말 것입니다."
그러나 공명의 가르침은 거기서 그치지 않는다.

　백약! 용병술에 능한 장수는 감정에 좌우되지 않는다. 만전의 작전 계획을 세운 자는 적을 두려워하지 않는다. 애당초 지자(智者)는 싸움을 걸기 전에 만전의 작전 계획을 세우고 승리를 부동(不動)의 것으로 만든다. 이에 비해 우자(愚者)는 승리의 전망도 없는데 무턱대고 싸움을 걸고 그런 다음 활로를 찾으려 한다.

하늘에 별이 하나 둘 반짝이고 있었다. 유난히 밝은 별이었다.
강유는 마음 속에서 외쳤다.
"예, 승상님! 유는 자신이 있습니다. 유는 결코 우자가 아니라고 감히 자부하겠습니다."
그러나 마음 속에 울리는 공명의 목소리는 준엄했다.

　백약! 승자는 큰길을 나아가려 하지만 패자는 샛길을 택했다가 결국 길을 잃는다. 하는 일이 거꾸로이다. 대장된 자는 지녀야 할 위엄을 지니고, 군졸은 저마다 맡은 자리에서 책임을 다해 목숨을 바친다. 이렇게 함으로써 군은 본래의 힘을 발휘할 수 있다. 그러면 마치 비탈길 위에서 둥근 돌을 굴려내리는 것과 같아서 무리가 없으며 가로막는 모든 것을 쓰러뜨릴 수가 있다. 이리하여 군은 무적의 강함을 발휘하는 것이다. 이것이 용병의 비결이니라.

강유는 하늘을 우러러보았다. 반짝이던 별들은 어느덧 사라지고 칠흑 같은 어둠뿐이었다.

공명이 말한 용병의 비결은 무리를 하지 말라는 것, 즉 자연의 흐름을 좇아 순리로 나아가라는 것이다. 그리하여 그 흐름을 타고 가속도를 붙여 파괴력을 배가시키는 일이라고 했다.

이것은 용병뿐만 아니라 처세 그 자체를 가르치는 말이기도 했다.

그러나 강유는 그 반대 길을 걷고 있었다. 비극은 그것을 깨닫지 못하는 데 있었다.

이날 새벽녘 후하성에 있던 등애가 살며시 나와 강유의 진을 기습했다.

촉병은 동요했다. 한번 동요하기 시작한 병사들은 강유가 아무리 진정시키려 해도 진정되지 않았다.

사마망도 이때 성에서 쳐나와 촉병은 협격을 받게 되었다. 강유는 혼자 이리 뛰고 저리 뛰며 적군을 격퇴했지만 결국 적잖은 희생자를 내고 20리를 물러나 다시 진을 쳤다.

강유는 여러 장수들에게 말했다.

"승패는 병가의 상사다. 지금 여기서 꺾일 수는 없잖은가! 되느냐 안 되느냐는 단 한 번의 결전에 달렸다."

장익이 건의했다.

"위군은 지금 거의 모두 이곳에 와 있습니다. 따라서 기산의 진지들은 텅텅 비어 있을 것이 틀림없습니다. 장군은 등애를 상대로 다시 한 번 조양과 후하를 공격해주십시오. 소장은 그 사이 기산으로 달려가 9개의 적진을 빼앗고 단숨에 장안으로 진격하겠습니다."

강유는 이 건의를 받아들였다.

곧 장익을 기산으로 보내고 강유 자신은 후하성을 공격했다.

등애가 성을 나와 응전했지만, 그날은 무승부로 하루가 저물었다.

강유는 이튿날 다시금 싸움을 걸었다. 이번에는 등애가 나오지 않았다. 군사들에게 욕설을 퍼붓게 하는 것만으로 끝났다.

등애는 하루종일 진막 안에 앉아 곰곰이 생각하고 있었다.

"촉군은 그만큼 손실을 입고도 물러가지 않는다. ……이것은 어쩌면 군을 둘로 나누어 일군을 기산에 보냈기 때문이리라. 그러면 사찬이 위험하다. 구원하러 가야 한다."

그런 뒤 아들 등충에게 단단히 일렀다.

"여기를 단단히 지키고 절대로 나가지 말라!"

한편 강유는 그날 밤 작전을 생각하고 있었다.

그러자 밖에서 난데없는 함성이 들리고 촉병이 술렁거렸다.

"무슨 일이냐!"

강유가 칼을 잡고 뛰쳐나가 소리질렀다.

"적의 야습입니다."

그러자 강유는 잠깐 생각하더니 설치는 장수들을 막았다.

"가지 말라. 진 밖으로 나가지 말라. 경계 태세를 유지하라!"

강유가 의심했던 것처럼 등애의 이날 밤 야습은 촉진을 정탐하는 것이 목적이었다. 그들은 곧 그길로 기산을 향해 달려갔다.

강유가 장수들에게 설명했다.

"등애는 우리를 이곳에 붙잡아 둘 속셈으로 야습을 한 것이다. 사실은 기산을 도우러 갔을 것이다."

그리고 부첨에게 지시했다.

"그대에게 이 진지의 수비를 맡긴다. 결코 나가 싸우지는 말라."

그런 뒤 강유는 5천 명의 병을 이끌고 장익을 응원하러 출발했다. 장익이 기산에서 사찬을 공격하고 진지 하나를 빼앗아 기세를 올리고 있을 때 등애가 달려왔다.

장익은 뜻하지 않은 위병의 출현으로 크게 타격을 입었다. 장익은 모처럼 점령했던 진지까지 버리고 산기슭까지 달아나지 않을 수 없었다.

그때 강유의 구원병이 달려왔다.

등애는 진지에 틀어박혀 방어만 일삼았다.

자연 전세는 소강 국면에 빠졌고, 날이 갈수록 촉군만 지쳤다.

후주 유선은 모든 것을 황호에게 맡기고 있었다.

그리고 낮이나 밤이나 오직 주색에 탐닉했다. 정사엔 일체 관심이 없었다.

이때 대신 유염(劉琰)의 아내 호(胡) 부인은 천하에서 으뜸가는 미녀라고 소문나 있었다.

유염의 아내는 어느날 대궐에 들어갔다가 한 달 만에 집으로 돌아왔다. 장비의 둘째딸인 장 황후가 말벗으로 붙드는 바람에 머물러 있었던 것이다.

그러나 유염은 화가 머리끝까지 치밀었다.

"더러운 년, 바보 같은 황제에게 몸을 팔았구나. 돼지만도 못한 계집, 그 벌이 어떤 것인 줄 알렷다!"

질투로 눈이 뒤집힌 유염은 자기 부하 500명을 한 줄로 늘어서게 했다. 그러고서 결박한 아내 호(胡)씨를 땅바닥에 꿇어앉힌 다음, 500명의 군사들로 하여금 흙발로 걷어차게 했다. 호씨는 몇 번이나 까무러쳤고 거의 반죽음이 되었다.

유선은 이 소문을 듣자 몹시 불쾌했다. 실제로 유염의 아내를 간통한 것은 아니었으나, 유염이 취한 짓은 자기를 무시하는 행동으로밖에 여겨지지 않았다.

"괘씸한 놈, 당장 잡아들여 국문을 하라!"

형졸이 유염을 잡아다가 갖은 욕설을 퍼부어가며 심문했다. 재판관은 유선의 비위를 맞추기 위해 얼토당토않은 판결을 내렸다.

"군졸은 아내를 때리기 위한 도구가 아니다. 더욱이 아내의 얼굴은 흙발로 걷어찰 대상이 아니다. ……그 죄로 유염은 사형이다."

이리하여 유염은 성도의 저잣거리에서 목이 잘렸다.

유선은 이 사건이 있은 뒤로 벼슬아치의 아내들에게 대궐 출입을 금하도록 했다.

이때 우장군 염우(閻宇)가 있었다. 싸움에 나가 손톱만한 공도 세운 적이 없건만 황호에게 막대한 뇌물을 주어 우장군까지 올라간 자이다. 그런 인물이니 사람됨도 알 만했다.

하루는 황호가 후주 유선 앞에 나아가 아뢰었다.

"기산의 싸움은 강 장군에게는 힘에 겹습니다. 염우를 보내십시오. 반드시 적을 무찌를 것입니다."

후주 유선은 이 말을 듣고 염우를 기산으로 보내진 않았지만 강유에게 철수 명령을 내렸다.

강유가 좀처럼 병을 회군시키지 않자 하루에도 세 번씩 칙사가 성도에서 달려왔다. 강유는 부득이 조양의 주둔병을 먼저 돌려보내고 얼마 후 자신도 장익과 함께 퇴각했다.

강유와 삼군은 무사히 한중까지 철수했다. 그리고 부대를 그곳에 머물게 하고 자기는 칙사와 함께 성도로 달려갔다.

"대체 철수 명령이 무엇 때문인지 알아야 한다."

강유가 성도에 이르러 보니 유선은 후궁에서 주색에 빠져 벌써 열흘이나 조회에 나오지도 않는다고 했다.

"아아, 나라가 어찌하여 이 꼴이 되었단 말인가!"

강유는 탄식했지만 후궁까지 쳐들어갈 수도 없는 노릇이었다.

강유는 속만 태우며 매일 궁전 옆에서 서성거렸다. 그러던 어느날 동화문(東華門) 앞에서 비서랑(祕書郞) 극정(郤正)을 만났다.

"폐하께서 어째서 나를 소환하셨습니까? 선생께서 혹시 짐작되는

일이 없습니까?"

"아직도 모르고 계십니까?"

극정은 오히려 강유에게 되물었다.

"황호 놈이 염우에게 공을 세우게 할 작정으로 폐하께 대장군에게는 기산의 싸움이 버겁다면서 염우를 보내 대장군을 대신하려 했던 것입니다. 그러나 정작 염우는 등애가 명장이란 말을 듣고 겁이 나서 꽁무니를 뺀 것입니다."

강유의 머리칼이 있는 대로 하늘로 뻗쳤다. 강유는 이를 갈며 부르짖었다.

"내 맹세코 황호 놈을 처단하고야 말 테다!"

"잠깐, 대장군!"

이렇게 되자 극정이 당황하지 않을 수 없었다.

"장군은 무후(武侯) 공명의 뒤를 이어 무거운 책임을 진 분이 아닙니까! 쓸데없는 일로 천자의 노여움을 사시면 안 됩니다."

그 말에 강유도 겨우 분을 참았다.

다음 날도 유선은 궁전 후원 누각에서 황호와 함께 술잔치를 벌이고 있었다. 그곳에 강유가 시종 몇 사람을 데리고 나타났다.

황호는 얼굴이 하얗게 질리면서 천자 등 뒤에 숨었다.

강유는 유선에게 절을 올린 뒤 아뢰었다.

"소장이 기산에서 등애를 에워싸고 거의 사로잡으려 할 찰나 칙사가 연달아 내려와 퇴각 명령을 전달했습니다. 부득이 명을 받들었습니다만 대관절 무슨 일로 부르셨습니까?"

이런 때면 유선은 침묵 전술로 나갔다. 입장이 곤란하면 도무지 말을 않는 것이었다.

강유가 다시 힘주어 말했다.

"폐하, 제가 이번 출전할 때 부디 황호를 측근에서 물리쳐 주십사 하고 아뢰었습니다. 폐하께서는 저 후한 말기 십상시(十常侍)의

애기를 들으신 적이 있겠지요? 폐하, 아무쪼록 십상시를, 이를테
면 그 가운데의 장양(張讓)을, 또는 말을 가리켜 사슴이라고 말
한 진나라 때의 환관 조고(趙高)의 일을 상기하시고 한시라도 빨
리 황호를 궁중에서 내쫓기 바랍니다. 그래야 조정이 비로소 깨끗
해지고 따라서 중원도 회복할 수 있게 되옵니다.”
그러나 유선은 끝내 말이 없었다.
강유가 맥없이 궁중을 물러나오자 극정이 기다리고 있다가 자기
집으로 안내했다.
“장군의 몸에 반드시 위험이 닥칠 것입니다. 장군에게 만일의 일
이 생긴다면 이 나라는 멸망합니다…….”
강유는 고개를 폭 수그리고 있다가 물었다.
“선생님, 나라를 위해, 그리고 이 몸을 위해 무엇인가 좋은 방법
을 가르쳐 주십시오.”
그러자 극정이 기다렸다는 듯이 말했다.
“농서(隴西)에 답중(畓中)이라 하는 기름진 땅이 있습니다. 어떻
겠습니까? 천자께 상주하시어, 무후 제갈공명이 둔전(屯田)하던
그대로 그곳에서 둔전하시는 것이……. 그러면 첫째로 보리를 심
어 군량으로 쓸 수가 있습니다. 둘째로 농우의 여러 군이 감히 촉
나라를 엿보지 못하게 됩니다. 셋째로 위나라가 한중을 엿볼 수
없게 되며, 넷째로는 장군이 밖에 있으면서 병권을 쥐고 계시면
소인들이 장군을 해칠 수 없습니다. 이것이 곧 보국안신책(保國
安身策)이라는 겁니다.”
“선생님의 말씀은 금과옥조와 같습니다.”
강유는 새삼 절을 하고 그에게 감사했다.

강유가 둔전을 열겠다고 상주하자 후주 유선은 이의가 없었다. 오
히려 귀찮은 존재가 멀리 가게 되어 다행이다 싶은 낯빛이었다.

강유는 한중으로 돌아오자 여러 장수들을 소집한 자리에서 선언했다.

"나는 오늘에 이르기까지 여러 번 병을 일으켰지만 언제나 군량 부족으로 공을 이루지 못했소. 그래서 이번에는 8만의 둔전병(屯田兵)을 답중에 두어 보리를 심고, 앞일을 기약하기로 했소. 여러분에게 그동안 많은 고생을 시켰소. 당분간은 양식을 모으면서 한중을 지켜주기 바라오. 설사 위군이 쳐들어온다 하더라도 천 리 먼 곳에서 군량을 나르고 산 넘고 들을 가로질러 오기 때문에 지칠 것이 틀림없소. 따라서 결국은 물러갈 도리밖에 없고, 그때 기습을 가한다면 쉽게 이길 것이오."

이리하여 호제(胡濟)에겐 한수성(漢壽城)을, 왕함에게는 낙성(樂城), 장빈에게는 한성(漢城)을 맡겼다. 또 장서와 부첨에게는 좁은 계곡길의 요소를 지키게 했다.

배치를 끝낸 뒤 강유 자신은 8만 명을 답중으로 옮겨 둔전을 개척케 함으로써 뒷날에 대비했다.

한편 등애는 강유가 답중에서 둔전을 시작했다는 것, 한중에서 답중까지 40군데 남짓 성채를 꾸미고 연락을 끊임없이 하여 마치 '긴 뱀의 기세'를 이루었다는 정보를 듣고 즉시 첩자를 풀었다. 그리하여 상세한 지형을 조사하여 그림지도로 만든 뒤 표문과 함께 이것을 낙양으로 올려보냈다.

사마소는 이것을 보더니 외쳤다.

"강유 놈이 아직도 중원을 단념하지 못한 모양인데 이것을 그냥 둘 수는 없다!"

그러자 가충이 간했다.

"강유는 공명의 전법을 모두 전수받았습니다. 따라서 쉽게 쓰러뜨리기는 어렵습니다. 오히려 자객을 보내어 암살하는 것이 어떻겠습니까?”

그러자 종사중랑 순욱(荀勗)이 반대했다.

“아닙니다. 그것보다도…… 촉나라에선 유선이 주색에 빠져 정사를 돌보지 않고 환관 황호가 정사를 멋대로 하고 있습니다. 대신들은 화를 입을까 겁내어 벙어리인 양 간언은 않고 보신에만 급급합니다. 강유의 둔전도 그 때문일 것입니다. 따라서 자객 따위를 쓸 필요 없이 정면에서 전쟁으로 자웅을 결판내는 편이 훨씬 낫습니다.”

“옳은 말이다!”

사마소는 기쁜 듯 소리쳤다.

“누구를 토벌대장으로 보내면 좋을까?”

“등애는 큰 인물입니다. 부장으로 종회를 딸려 주면 호랑이에 날개를 달아 주는 격이 되겠지요.”

사마소는 곧 종회를 불러들였다. 그리고 시험삼아 물었다.

“나는 너를 대장으로 삼아 오나라를 칠까 하는데……?”

“그러시면 촉나라를 먼저 치셔야겠군요.”

“그렇다!”

사마소는 크게 웃었다.

“그런데 장군은 무슨 계책이라도 있는가?”

그러자 종회는 정밀 지도 한 장을 내밀었다.

“승상의 명이 있을 줄 알고 준비해 가지고 왔습니다.”

사마소가 그 지도를 펼쳐 보니 어디에 군영(軍營)을 두고 어디에 성채를 구축하며 어디에 군량미를 저장할 것인지, 또 어떻게 나아가고 어떻게 물러날 것인지 한눈에 환히 알 수 있게 표시되어 있었다. 사마소는 자기도 모르게 감탄의 신음소리를 냈다.

“참으로 훌륭한 장군이로다! 그대와 등애가 하나가 되어 나아간다면 촉나라는 꼼짝없이 내 손에 들어오겠지.”

"덧붙여 말씀드립니다만, 촉나라는 그런 대로 널찍한 땅입니다. 한 길로 나가기보다 등애 장군과 제가 길을 달리하여 따로따로 진격하는 것이 효과적일 것입니다."

군법엄정

　사마소는 종회를 진서장군에 임명하고 부월을 내려 관중의 병마권을 주었다.　청주·서주·연주·예주·형주·양주 등 각지에서 병사들을 모았다.

　사마소는 또한 등애에게도 사자를 보내어 그를 정서장군에 임명하고 관외와 농서 지방을 그의 지휘 아래 넣었다.

　이어 사마소는 이튿날, 중신회의를 열어 군 동원을 의논했다. 전장군 등돈(鄧敦)이 말했다.

　"강유의 침공으로 우리측은 숱한 사상자를 냈습니다. 지키는 것이 고작입니다. 어째서 지금 산천의 위험을 무릅쓰고 적지에 깊숙이 들어가 스스로 화를 부르려는 것입니까?"

　"우리 위군은 인의(仁義)의 군으로써 무도한 적을 쓰러뜨리는 것이다. 너의 그 말은 무슨 수작이냐! 괘씸하도다."

　사마소는 곧 등돈을 끌어내어 베게 하였다.　이윽고 등돈의 피묻은 목이 회의 탁상에 놓여졌다. 사람들은 모두 새하얗게 질렸다.

　사마소가 말했다.

"나는 오나라와의 싸움 이래 꼬박 6년 동안 전쟁을 하지 않았다.
그동안 군량 비축과 군사 양성에 힘써 군비는 알차게 되었다. 모
두 알다시피 촉나라와 오나라 토벌은 오랫동안 우리 위나라의 숙
원이었다. 이번에는 먼저 촉을 공략하겠다. 그런 다음 그 기세로
수륙 두 길로 병을 진격시켜 오나라도 앗아 버린다. 말하자면 '괵
(虢)을 멸하고 우(虞)를 얻는' 작전이다. (춘추시대의 일. 진나라
가 괵을 칠 때 우나라를 지나서 갔다. 길을 빌린 셈이다. 진나라
는 괵을 멸망시키고 돌아오는 길에 우나라마저 삼켜 버렸다.) 내
가 대충 셈하건대 촉나라는 성도에 8~9만, 변경에 3~5만, 강유
의 둔전에 6~7만, 이것이 적의 전병력이라고 생각된다. 나는 이
에 대해 등애에게 10여 만의 병을 주어 강유를 답중에서 꼼짝 못
하도록 묶어두고 있다. 또 종회에게 2, 30만의 병을 주어 낙곡으
로 내보내고 거기에서 군을 세 패로 나누어 한중을 강습할 작정이
다. 더욱이 촉나라 주인 유선은 암군(暗君)이다. 국경이 무너졌
다고 들으면 먼저 그에게 달라붙어 있는 후궁 여자들이 훌쩍훌쩍
울기 시작하여 나라는 단번에 무너지고 말리라."

종회는 진서장군으로서 촉을 치기에 앞서 기밀의 누설을 무엇보
다 두려워했다. 그래서 겉으로는 오나라를 친다고 말하게 하며 청
주·연주·예주·형주·양주의 다섯 지방에서 배를 만들게 했다. 또 등
주(登州)·내주(萊州)와 같은 바닷가 지방에서는 바닷배를 징발토록
했다.

사마소가 이상히 여기고 종회를 불러 물었다.

"촉나라엔 육로로 진격할 텐데 배를 만들어 뭣에다 쓰는가?"

"촉나라는 우리의 침공을 받게 되면 반드시 오나라에 구원을 청
합니다. 그런데 이렇듯 오나라를 친다 친다 하고 소문을 퍼뜨리면
오나라도 자연히 경계를 하게 되어 좀처럼 움직이지 못하겠지요.
그리하여 1년이 지나는 동안 한쪽에서는 촉나라가 패강하고 다른

한쪽에선 배가 모두 만들어져, 그 배로 오나라를 치기 꼭 알맞게
됩니다.”

사마소는 무릎을 쳤다.

이리하여 위나라 경원 4년(263) 가을 7월 3일, 마침내 대군이 낙
양을 출발했다.

사마소가 낙양 성 밖 10리까지 종회의 군을 배웅하고 돌아오자
서조연(西曹掾) 소제(邵悌)가 살며시 다가와 그의 귀에 속삭였다.

“종회는 큰 야심가입니다. 뱃속을 알 수가 없습니다. 군사를 그에
게만 맡긴 것은 위험하다고 봅니다만.”

사마소는 웃었다.

“그것을 내가 모를 줄 아는가.”

“그렇다면 어째서 누군가 그와 실력이 비등한 사람을 함께 보내
그를 견제하지 않으셨습니까?”

사마소는 소제의 귀에 대고 한두 마디 일러 주었다. 소제는 그 귀
엣말을 듣고서 비로소 고개를 끄덕였다.

사마소는 대체 무슨 말을 은밀히 소제에게 해주었을까?

“조신들이 지금은 촉을 칠 때가 아니라고 모두들 말했다. 마음으
로 두려워하고 있기 때문이다. 그것을 억지로 싸우게 한다면 패배
하리라. 그런데 종회는 남모르게 촉나라 공략책을 준비하고 있었
다. 자못 배짱이 두둑한 자이다. 반드시 촉나라를 격파하리라고
생각한다. ‘패군의 장은 병을 말하지 않고 망국의 대신은 정사를
말하지 않는다.’는 말이 있다. 일단 촉이 패한다면 촉나라 사람들
은 기력을 상실할 터. 설사 종회에게 어떤 음모나 야심이 있더라
도 그를 어찌 도울 수 있겠는가! 또한 그와 함께 출정한 위나라
장병들은 전쟁에 이겼다 하면, 한시라도 빨리 돌아오고 싶어할 것
이다. 그것이 인지상정이다. 종회와 더불어 거기서 모반을 일으킬

걱정은 없다. 이것이, 내가 종회를 걱정하지 않는 이유이다. 이것
은 자네 혼자에게만 알려주는 것이다. 다른 사람에게 절대로 말하
지 말라!"
소제는 사마소의 깊은 생각에 고개를 끄덕이며 감탄했다.

종회는 본진에 여러 장수들을 모이게 하여 의논했다. 모인 것은
감군(監軍)인 위관(衞瓘), 호군(護軍)인 호열(胡烈), 장군 전속(田
續)·방회(龐會)·전장(田章)·원정(爰彭)·구건(丘建)·ㅎ-후함(夏侯
咸)·왕매(王買)·황보개(皇甫闓)·구안(句安) 등 80명 가까운 장수들
이었다.
종회가 먼저 입을 열었다.
"누군가 선봉이 되어 산을 깎고 다리를 놓아 행군의 길을 닦아줄
사람은 없는가?"
그러자 때리면 울리듯이——
"제가……."
외치는 자가 있었다.
사람들이 바라보니 호랑이라는 별명을 듣던 맹장 허저(許褚)의
아들 허의(許儀)였다.
종회가 그에게 말했다.
"돌아가신 아버님과 마찬가지로 그대도 뛰어난 용사로다. 부디
선봉을 맡아주기 바라네. 기병 5천, 보병 1천을 데리고 먼저 떠나
길의 장애물을 치우고 행군의 길을 닦도록 하라. 실패는 용서치
않는다!"
이리하여 허의가 먼저 출발했다. 그 뒤를 종회가 10만 대군을 이
끌고 따랐다.

한편 농서에 있는 등애는——

촉나라 토벌의 조서를 받자 먼저 강인과의 동맹을 타진하려고 사마망을 보냈다. 동시에 옹주자사 제갈서(諸葛緖)·천수(天水) 태수 왕기(王頎)·농서태수 견홍(牽弘)·금성(金城) 태수 양흔(楊欣) 등에게 각자 휘하병을 이끌고서 집결하라고 명했다.

이윽고 병사들이 구름처럼 모여들었다.

때마침 등애는 이때 꿈을 꾸었다.

산에 올라가 아득하게 한중을 굽어보고 있노라니 갑자기 자기 발밑에서 샘물이 솟고 물줄기가 뻗쳤다.

놀라서 잠을 깼다.

온몸에 땀이 후줄근했다.

이튿날 아침 심복 원소(爰邵)를 불렀다. 그는 주역에 능통했다.

등애의 꿈 이야기를 듣더니 말했다.

"「주역」에 '산 위에 물이 있음은 건(蹇)'이라고 나와 있습니다. 이 건은 '서남에 이(利)가 있고, 동북엔 불리하다'는 괘로서 공자도 '건에서 서남에 이가 있다 함은 가서 공이 있다는 것. 동북에 이가 없다 함은 그 길이 막힌다'고 했습니다. 장군께서는 이번 출전으로 반드시 촉을 쓰러뜨리지만, 그 뒤가 막혀 돌아오실 수가 없을 겁니다."

등애는 그 말을 듣고서 미신이라고 웃어 넘겼으나 마음 한 구석은 씁쓸했다.

때마침 종회로부터 격문이 도착했다. 함께 쳐나가 한중에서 합류하자는 내용이었다.

등애는 먼저 옹주자사 제갈서의 병력 1만 5천으로 강유의 퇴로를 끊게 했다.

천수태수 왕기는 병력 1만 5천으로 좌익이 되고 농서태수 견홍도 1만 5천 병력으로 우익이 되어 동시에 답중을 공격케 했다.

금성태수 양흔은 병 1만 5천으로 감송(甘松)에 진출하여 강유를 맞아 싸우기로 했다.

등애 자신은 3만 병력을 이끌고서 유군(遊軍)이 되었다.

답중의 강유에게 급보가 잇따라 들어왔다. 강유는 곧 후주에게 상주문을 올렸다.

조서를 내려 주십시오. 장익에게는 양안관을, 요화에게는 음평(陰平)의 교두보를 저마다 지키게 해 주십시오. 이 두 군데는 아주 중요한 곳입니다. 일단 이곳이 깨어졌다 하면 한중을 잃게 됩니다. 동시에 오나라에도 사자를 보내어 구원을 청하십시오. 저는 답중의 병사들로 적을 막겠습니다.

후주는 그 무렵 촉나라 경요 6년(263)을 염흥(炎興) 원년이라고 연호를 고쳤다.

후주 유선은 여전히 환관 황호와 더불어 놀이에만 열중하고 있었다. 위의 전면 공격을 알리는 강유의 상주문이 올라왔을 때도 먼저 황호와 의논했다.

"이번에 위나라가 종회와 등애에게 대군을 주어 쳐들어온다 하는데 어떻게 막으면 좋을까?"

"폐하, 강유란 놈이 공을 뽐내기 위해 이따위 상주문을 올렸을 것입니다. 걱정 마십시오. 성도 성 안에 아주 용한 무당이 있는데 이 무녀는 길흉을 족집개로 집어내듯 알아맞힌다고 합니다. 한번 그 무당에게 물어보도록 하시지요."

"알아서 하라."

궁전 한구석에 향과 초와 제물들이 준비되었다. 그리고 황호를 사자로 보내어 무당을 작은 수레에 태워 대궐로 맞이했다. 무당은 천자 전용의 폭신한 보료에 앉혀졌다.

유선이 먼저 향불을 사르고 절을 했다. 무당이 덩더쿵덩더쿵 하며 춤을 추기 시작했다. 노파답지 않게 그 춤은 격렬했고 반주하는 피리와 징소리가 따갑게 울려퍼졌다.

황호가 후주에게 설명했다.

"무당에게 신이 내렸사옵니다. 아무쪼록 사람을 물리치옵소서. 그리고 폐하께서 직접 물어보셔야 하옵니다."

유선이 신하들을 모두 물러가게 했다. 그러고는 무당에게 두 번 절하고서 물었다. 무당이 노래하듯 말했다.

"나는 서천의 토지신이다. 폐하는 태평을 누리고 계시다. 쓸데없는 걱정을 왜 물으시지? 앞으로 4~5년이면 위나라는 폐하의 것인데 염려 말라구, 염려 말라구!"

이윽고 무당이 까무러치며 쓰러졌다. 깨어난 것은 조금 뒤였다.

후주 유선은 매우 기뻐하며 무당에게 막대한 금품을 내렸다. 강유의 상주는 무시되었고 대궐은 전보다 더욱 질탕한 주지육림(酒池肉林)이 되었다.

강유는 계속 위급을 알리는 상주를 올렸지만 황호가 중간에서 받아 천자에게 전하지 않았다.

종회의 대군은 한중을 향해 진격했다. 선봉 허의는 공을 세우고자 젊은 호랑이처럼 설치며 벌써 남정관(南鄭關) 앞에 이르렀다.

"저 관문을 지나면 한중이다. 관에는 수백 명의 촉병밖에 없다. 단숨에 밟아 버려라!"

무턱대고 공격 명령을 내렸다.

관에는 촉나라 장수 노손(盧遜)이 지키고 있었다.

노손은 위병이 몰려온다는 보고를 받자 관문 앞 나무 다리 좌우에 복병을 배치했다. 그리고 한꺼번에 10개의 화살을 날리는 연노(連弩)를 장치하고 기다렸다.

허의는 그런 것도 모르고서 공격했다. 그러자 북소리가 울리면서 화살이 비오듯 쏟아졌다.

"아뿔싸! 적에게 방비가 있었구나!"

허의가 외치며 말머리를 돌렸을 때는 이미 수십 명의 군졸이 쓰러진 후였다. 허의는 즉각 종회에게 보고했다. 종회는 100여 명의 호위 무사를 데리고 몸소 정찰을 나왔다.

그때 화살이 무섭게 날아왔다.

종회는 재빨리 활의 사정 거리 밖으로 물러섰다. 노손은 '이때다!' 하며 500명의 병을 이끌고서 종회를 추격했다.

종회는 말에 채찍질하여 나무다리를 건너려 했으나 중간에서 흙이 무너지며 구멍이 뚫렸다.

그 구멍에 말 다리가 빠져 종회는 하마터면 그대로 나가 떨어질 뻔했다. 노손이 바짝 뒤쫓아와서 그런 종회를 향해 힘껏 창을 내밀었다.

"위험하다, 대장이!"

위군 중에서 순개(荀愷)가 말 위에서 몸을 뒤로 돌리며 활을 쏘았다. 화살은 노손의 목젖을 관통했다. 노손은 말에서 떨어졌다. 지휘관을 잃은 촉병은 단번에 기가 꺾여 달아나기 시작했다.

종회가 예사 사람과 달랐던 것은 바로 이런 기회까지도 적절하게 이용할 수 있다는 점이다. 달아나던 위군을 돌려세우자 바로 도망치는 촉병을 공격했다. 관에 남아 있던 촉병은 관 밖에 촉병이 남아 있어 연노를 쏘지 못했다.

종회의 군사들은 이 틈을 타 돌격을 감행, 순식간에 남정관을 점거해 버렸다. 반나절도 안 되어 국경을 돌파한 것이다.

종회는 이 승리 직후 순개를 호군으로 올려주고 말과 갑옷을 상으로 내렸다. 한편 허의를 불러 물어뜯듯 꾸짖었다.

"선봉의 중요한 소임은 길 없는 곳에 길을 내고 다리 없는 곳에

다리를 놓는 게 아니냐! 그게 뭐냐? 그것도 나무다리냐? 말다리
가 빠져 하마터면 나가떨어질 뻔했다. 만일 순개가 없었다면 나는
죽었을 거다!”
그리고 태만죄로 허의를 베라고 명했다. 다른 장수들이 말렸다.
“아무쪼록 그의 아버님 허저 장군을 보아서라도 용서하십시오.”
그러나 종회는 단호했다.
“군법은 서릿발 같은 것. 사정을 보게 되면 결국 삼군을 지휘할
수 없다.”
끝내 허의를 베어 그의 목을 장대 끝에 매달아 효시했다.
위군 장병들은 이것을 보고서 떨지 않는 자가 없었다.

이때 촉나라 장수 왕함은 낙성을, 장빈은 한성을 지키고 있었다.
이 두 성이 외성으로써 중요한 전략 거점임은 말할 것도 없다.
그들은 위나라 대군이 몰려오자 성문을 굳게 닫고 방어에만 힘썼
다. 종회는 말했다.
“병은 신속을 생명으로 한다. 우물거리는 것은 금물이다.”
그리하여 이보(李輔)에게는 낙성을 공격케 하고, 한성은 순개로
하여금 포위케 했다. 그리고 종회 자신은 양안관(陽安關)으로 몰려
갔다.
양안관에선 주장 부첨과 부장 장서가 대책을 논의하고 있었다.
먼저 장서가 의견을 말했다.
“중과부적입니다. 굳게 지키는 것이 상책이라 생각합니다만…
….”
“아냐, 그렇지 않아. 적은 멀리 온 병이다. 틀림없이 지쳐 있다.
그다지 겁낼 것 없다. 어쨌든 우리들이 여기서 적에게 일격을 가
하지 않으면 낙성과 한성이 위태롭다.”
그러자 밖에서 천지를 울리는 함성이 들렸다. 부첨과 장서가 성문

다락마루에 올라가자 종회가 말채찍으로 그들을 가리키며 외쳤다.

"보라, 우리는 10만 대군이다! 순순히 항복한다면 신분에 따라 관직을 높여 주겠다. 그러나 깨닫지 못하고 저항한다면 관은 깨어지고 개죽임을 당하고 말리라."

부첨은 발끈 화를 냈다. 곧 3천 군세를 이끌고 관 밖으로 쳐나갔다. 종회는 촉군이 쳐 나오자 말머리를 돌려 달아났다. 위군도 따라 총퇴각했다.

부첨이 그것을 추격했다.

그러나 '아차!' 싶었을 때에는 위군에게 사방이 포위된 후였다.

간신히 혈로를 열고 관까지 돌아오자 이것이 어찌된 일인가! 관 성벽 위에 위나라 깃발이 꽂혀 있지 않은가.

"어느 틈에 종회란 놈이?"

그러자 그를 비웃는 소리가 들렸다. 장서의 목소리였다.

"나는 위나라에 항복했다. 장군도 속히 항복하는 것이 어떤가?"

부첨은 이 말에 이를 갈았다.

"이놈! 배은망덕한 놈! 그러고서도 하늘의 해를 바로 쳐다볼 수 있다고 생각하느냐?"

부첨은 나머지 병을 이끌고 위군과 격돌했다. 거의 두 시간에 걸친 격전이었다. 창이 부러지고 칼날이 톱날처럼 되었을 때 촉군은 열에 아홉은 죽거나 다쳤다.

그래도 부첨은 꺾이지 않았다.

"이 몸은 살아서는 촉나라 사람이요, 죽어서는 촉나라 귀신이 되리라!"

다시 칼을 집어들고 닥치는 대로 위병을 치고 찌르고 하기를 30여 분. 그는 온몸을 창에 찔렸다. 갑옷도 의복도 온통 피로 끈적끈적해졌다. 말도 다섯 번 이상 갈아탔지만 말이 사람보다 먼저 지쳐 쓰러졌다.

"이제야말로 마지막이다!"

부첨은 자기 칼로 자기 목을 찔러 장렬하게 최후를 마쳤다.

후세 사람이 그를 찬탄하여 시를 지었다.

　　하루 동안 충성과 비분을 펼쳐보여
　　천추에 의로운 이름을 얻었네
　　차라리 부첨처럼 의를 따라 죽을지언정
　　장서의 삶을 구하지는 않으리라

종회는 양안관을 앗았다.

관 안에 양식과 무기가 가득 저장돼 있음을 보고 그는 몹시 기뻐
했다. 전군에게 푹 쉬도록 했다. 군사들은 소와 돼지를 잡아 술과
밥을 배불리 먹은 다음 곧 잠에 떨어졌다.

그날 밤 갑자기 서남쪽에서 함성이 들려왔다.

군사들이 푹 쉬고 있을 때라도 장수는 한시도 긴장을 풀지 못한
다. 종회는 갑옷끈마저 끄르지 않은 채 진막에 앉아 있다가 놀라서
뛰쳐나갔다. 그러나 함성소리는 다시 들리지 않고 사방이 조용하기
만 했다.

"이상하다, 분명히 적군의 함성이었는데……. 하늘로 솟았는가
땅 속으로 꺼졌는가?"

종회는 전군에 경계령을 내렸다. 그 바람에 종회는 밤새도록 한잠
도 자지 못했다.

다음날 밤도 한밤중에 또 서남쪽에서 함성이 들렸다. 종회는 다시
놀라 잠자리에서 벌떡 일어났다. 그리고 새벽이 되기를 기다려 정찰
대를 내보냈다.

정찰대가 돌아와 보고했다.

"10리 남짓까지 가보았지만 사람 그림자 하나 볼 수 없었습니다."

종회는 고개를 갸웃했다.

그는 스스로 1천여 기의 군사를 이끌고 함성이 들렸던 방향을 샅샅이 수색했다.

이윽고 앞쪽에 작은 산이 보였다.

보니 그 일대에 살기가 감돌고 비린내 나는 구름과 안개가 자욱했다.

종회는 말을 멈추고 길 안내자에게 물었다.

"저 산 이름이 뭐냐?"

"정군산(定軍山)입니다. 저기는 저 용맹한 하후 장군이 전사한 곳입니다."

종회는 까닭없이 우울해졌다. 그래서 말머리를 돌려 양안관으로 돌아가려 했다.

그들이 어떤 언덕길에 이르자 별안간 강풍이 불어오고 그 바람과 함께 수천의 군병이 습격해 왔다.

종회는 소스라치게 놀랐다.

부하를 독려하여 허둥지둥 달아났다. 많은 자들이 당황한 나머지 말에서 떨어졌다. 숱한 화살이 날아와 좌우에서 부하들이 죽어갔다. 종회 자신도 화살을 몇 대나 맞았다. 그리고 밤중에 듣던 그 함성은 그들의 뒤를 언제까지나 쫓아오는 것 같았다.

간신히 양안관에 돌아와 군사를 점호해 보았다.

종회가 놀란 것은 한 사람의 전사자도 낙오자도 없는 일이었다.

'그럼, 그때 내 좌우에서 숱하게 죽어간 장병들은 모두 환영이었단 말인가?'

그리고 보니 자기도 분명히 화살을 맞았으나 화살 상처가 어디에도 없었다.

종회는 항복한 장수 장서를 불러 물었다.

"정군산에 신령님을 모신 사당이라도 있는가?"

"사당은 하나도 없습니다만 거기에 제갈공명의 무덤이 있습니다."

"그것이다!"

종회는 자신도 모르게 외쳤다.

"공명의 죽은 넋이 하는 짓이다. 내 몸소 제주가 되어 제를 올리리라!"

종회는 그 이튿날 성대하게 제사 준비를 해 가지고 산에 올랐다. 그리고 공명의 무덤에 절을 했다.

제사가 끝나자 강풍과 어두운 구름이 단번에 걷혔다. 그리고 엷은 바람이 부는 가운데 이슬비가 잠시 내리더니 하늘이 맑게 개었다.

그날 밤이다.

종회가 진막에서 탁자에 엎드려 졸고 있으려니까 한줄기 맑은 바람이 휙 불어왔다. 그러자 그의 눈에 뚜렷하게 보이는 것이 있었다.

윤건에 백우선을 들고 학창의를 입은 인물이 흰 신에 검은 띠를 두르고 있었다. 얼굴은 창백하였고 이마는 넓고 입술은 살구 속같은 선홍색이었다.

'대체 신이냐 신선이냐?'

종회가 놀라 일어나서 다시 물었다.

"누구시오?"

"오늘 아침 일부러 참배까지 와 주셨던 사당의 주인입니다. 한 마디 부탁할 것이 있어서 왔소. 다른 것이 아니라, 한(漢)나라 쇠망은 천명이라 어쩔 수 없는 일이지만 죄없는 촉나라 백성이 전쟁의 재난으로 고통을 겪는 것은 가엾은 일입니다. 앞으로 부디 그들을 함부로 죽이지 않도록 장군께 부탁하오."

그리고 곧 돌아서서 가버렸다.

"잠깐! 잠깐! 뉘신지 성함을……."

종회는 그를 붙들려고 하다가 잠이 깨었다.

공명이 꿈에 나타난 것임을 그는 알 수 있었다. 종회는 곧 막료를 불러 공명이 현몽하여 부탁한 대로 촉나라 백성을 함부로 죽이지 말라는 엄명을 내렸다.
　후세 사람이 찬탄해 지은 시가 있다.

　　수만 명의 신병들이 정군산을 에워싸니
　　종회더러 제갈 신령께 절하도록 하였네
　　살아서는 계책 써서 유씨를 돕더니
　　죽어서도 말을 남겨 촉의 백성 지켜주네

공명의 아들

이 국난을 맞아 강유는 사방에 격문을 보냈다. 요화·장익·동궐(董厥)도 이 격문을 받았다.

이윽고 위군이 침공해 왔다.

위군의 선봉 천수태수 왕기는 선두에 나타나서 외쳤다.

"위나라 대군은 장수 1천 명에 군사 100만을 20개 방면으로 나뉘어 진격 중이다. 성도도 이미 함락되었다. 그런데 어찌 너희들만이 저항하려 하느냐?"

"그런 거짓말에 넘어갈 사람은 우리 촉군에 하나도 없다!"

강유는 선두에서 창을 높이 쳐들고 돌격했다. 왕기군은 곧 패하여 달아났다.

강유는 20리나 뒤를 쫓았는데, 문득 앞쪽에 '농서태수 견홍'이라 쓴 큰 깃발을 세운 일대와 만났다.

"흥, 시끄러운 졸개들이 모두 몰려온 모양이군!"

강유는 싸늘하게 비웃으며 단숨에 공격을 가하여 물리쳤다. 그리고 다시 달아나는 적을 추격하여 10리쯤 갔는데 거기에서 등애의 군과 마주쳤다.

곧 난전이 벌어졌다. 강유와 등애의 혈투는 좀처럼 승부가 나지 않았다.

강유는 일단 뒤로 물러났다. 그때 전령이 달려와 급히 알렸다.

"금성태수 양흔이 감송(甘松)의 아군 성채를 모두 불태워 버렸습니다."

강유는 당황했다.

등애에 대비하여 자기 대신 부장을 남겨두고 강유는 한 부대를 이끌고서 감송으로 달려갔다.

양흔은 일부러 격돌을 피하다가 강유의 군이 들이닥치자 급히 산길로 들어가 매복했다.

강유가 이를 쫓아 어떤 벼랑 아래에 이르렀을 때 갑자기 산 위에서 통나무와 바위가 데굴데굴 굴러떨어졌다.

나아갈 수가 없어 뒤로 물러나자 그곳에서는 등애의 일군이 달려와 기다리고 있었다. 강유는 오도가도 못할 포위망 속에 빠졌다.

그렇다고 쉽게 포기할 강유가 아니었다. 강유는 겹겹이 둘러싸인 포위망을 탈출했다.

강유가 답중의 본진에 돌아오자 기막힌 소식이 기다리고 있었다.

"종회가 양안관을 점거했습니다. 장서는 항복하고, 부첨은 전사했으며 한중은 이미 위군의 손아귀에 들어갔습니다. 낙성의 왕함도, 한성의 장빈도 성문을 열고 항복했으며, 호제는 구원을 청하려 성도로 갔습니다."

"아아!"

강유는 길게 탄식했다.

그러나 탄식만 하고 있을 때가 아니었다.

곧 진을 거두어 그날 밤으로 강천(彊川) 나루터까지 후퇴했다. 그러나 거기에는 금성태수 양흔의 부대가 기다리고 있었다.

“한중의 원수를 갚자!”

강유의 부대는 맹렬하게 타오르는 불덩어리가 되어 그들을 향해 돌격했다.

양흔은 조금 싸우는 척하더니 그대로 달아나기 시작했다.

“비겁한 놈, 달아나느냐!”

강유는 활을 잡자 연거푸 세 대를 쏘았다.

그러나 하나도 맞지 않았다.

“화살마저도 나를 배신하는가?”

강유는 화가 나서 활을 무릎에 대고 꺾어버렸다.

그리고 얼른 창으로 바꾸어쥐고 따라갔으나 말이 앞다리를 꺾고 쓰러지는 바람에 땅에 나가떨어졌다.

양흔이 그것을 보고 뒤돌아와서 칼로 내리쳤다. 순간 강유는 벌떡 일어서며 창을 내질렀다. 창 끝이 양흔이 탄 말의 이마를 깊숙이 찔렀다.

양흔은 땅에 떨어졌지만 위군의 병사들이 급히 그를 구하여 달아났다.

그 사이 강유는 말을 갈아탔다. 그리고 양흔을 다시 추격하려 하는데 뒤에서 등애가 육박해 왔다.

앞뒤로 적을 맞은 셈이다.

어지간한 강유였으나 여력이 남아 있지 않았다.

강유는 두 적을 버리고 일단 본대로 돌아왔다. 그때 척후병이 달려와서 보고했다.

“옹주자사 제갈서가 퇴로를 끊고 있습니다.”

강유는 한중으로 돌아가려던 생각을 버리고 험준한 산에 성채를 구축했다.

위군은 이때, 음평에 교두보를 확보하고 있었다.

강유가 성도로 돌아가는 길이 모두 막힌 셈이다.

“하늘이여! 정녕 저를 이곳에서 죽게 하시렵니까!”

부장 영수(寧隨)가 말했다.

“위군은 모두 음평의 교두보에 나와 있어 옹주는 텅 비어 있다고 생각됩니다. 지금 공함곡(孔函谷)으로 해서 옹주로 나가면 제갈 서에게는 아닌 밤중에 홍두깨격인지라 부대를 옹주로 돌리게 될 것입니다. 장군께서는 그때 검각(劍閣)으로 가서 그곳을 지킨다 면 결단코 한중을 되찾을 수 있게 됩니다.”

강유는 그 의견을 좇았다.

공함곡으로 해서 옹주에 나가려는 움직임을 보였다. 제갈서는 크 게 놀랐다.

“옹주는 우리의 본거지다. 그곳이 함락되면 우리 모두 발붙일 곳 이 없게 된다.”

그리하여 남쪽 길을 따라 급히 병을 고스란히 옹주로 철퇴시켰다.

교두보에 겨우 일대를 남겼을 뿐이었다. 강유는 북쪽 길을 따라 가기 30리쯤, 위병이 교두보를 떠날 즈음 후위를 그대로 전위로 삼 아 바람처럼 강가 진지에 기습을 가했다.

위군은 개미새끼 흩어지듯 했고, 진지는 불타 잿더미로 변했다.

제갈서가 불길을 보고서 되돌아왔을 때는 강유가 통과하고서 반 나절이나 지난 뒤였다.

강유가 얼마쯤 가자 앞쪽에 일대의 부대가 보였다. 격문을 보고 달려온 장익과 요화의 부대였다.

장익이 강유에게 말했다.

“황제는 무당의 말만 믿고 군사를 내주지 않습니다.”

강유는 이때 그들과 한 부대가 되어 백수관(白水關)으로 나갈 작 정이었다.

요화가 이것에 반대했다.

“사면이 모두 적에게 둘러싸여 양도(糧道)도 확보돼 있지 않습니다. 그러니 검각으로 물러가 두 번째 계책을 생각하는 것이 어떻 겠습니까?"

강유가 어떻게 할까 망설이고 있을 때, 종회와 등애가 군을 10여 부대로 나누어 진격해 온다는 소식이 왔다.

강유는 요화와 장익에게 목숨을 걸고 적을 맞아 싸우라고 당부했다. 그러자 요화가 거듭 말했다.

"백수는 땅이 좁고 길이 복잡하게 얽혀 있어 싸우기에 적당치 않 습니다. 어쨌든 검각까지 물러갑시다. 검각마저 확보하지 못한다 면 귀로는 완전히 끊기고 맙니다."

이리하여 결국 검각까지 후퇴했다. 그런데 관 앞에 이르자 별안간 한 부대가 함성을 지르며 나타났다.

"적이냐, 아군이냐?"

강유를 비롯한 장익·요화는 잔뜩 긴장했다.

보국대장군 동궐이 2만 병력을 지휘하여 검각에 머물면서 위군의 침입에 대비하고 있었다.

때마침 그날, 심한 흙먼지가 일어나는 것을 보고 위병의 내습이라 여겨 동궐이 선두에 서서 관 아래로 달려왔던 것이다.

동궐은 강유·장익·요화를 관문 안의 누각으로 안내했다. 그리고 후주와 황호의 요즘 소식을 들려주며 한탄했다.

"걱정 마시오!"

강유의 말이었다.

"내가 살아 있는 한 절대로 촉나라를 위나라에 넘겨주지는 않습 니다. 우선 검각을 단단히 굳히고 작전을 생각해 봅시다."

그러나 동궐은 걱정스럽다는 듯이 말했다.

"이곳은 틀림없이 지킬 수 있다 해도 성도가 문제입니다. 거기에 는 장수가 없어 적의 공격을 받으면 버텨낼 수가 없을 겁니다."

그래도 강유는 낙관적이었다.

"성도는 천험(天險)에 둘러싸여 있어 쉽게 접근할 수 없습니다. 크게 걱정하지 마십시오."

그러는데 관 아래까지 제갈서의 부대가 내습해 왔다. 강유가 곧 5천의 군사로 쳐나갔다.

위군은 풍비박산이 되어 수십 리나 쫓겨나고 나서야 겨우 한숨 돌렸다. 위병은 숱하게 죽고 많은 말과 무기를 잃었다.

한편 종회는——

검각에서 250리 떨어진 곳에 본진을 두고 있었다. 그때 제갈서가 창백한 얼굴로 찾아왔다.

"죄송합니다."

제갈서는 꿇어엎드려 빌었다.

종회의 노여움이 컸기 때문이다.

"너에게는 음평 교두보를 지키고 강유가 돌아가는 길을 끊으라고 명했을 것이다. 왜 멋대로 그곳을 떠났는가? 그뿐 아니라 또 공격 명령을 내리지도 않았는데도 네 맘대로 싸움을 걸었다가 패주해 왔다."

제갈서는 필사적으로 변명했다.

"강유 놈은 속임수의 명수였습니다. 저는 그것도 모르고 그 놈이 옹주로 가는 것처럼 보이기에 옹주를 앗기면 큰일이다 싶어 허둥지둥 구원하러 갔습니다. 그랬더니 그놈이 그 틈을 노려 교두보를 돌파한 것입니다. 그래서 저는 너무도 분하여 검각까지 쫓아갔다가 오히려 패했던 것입니다."

종회는 용서하기는커녕 당장 그를 베라고 소리쳤다. 그러자 감군 위관이 말했다.

"제갈서는 등 장군의 부하입니다. 지금 여기서 그를 베면 장군과 등 장군 사이에 불화가 생깁니다."

"나는 천자의 조서를 받고 있다. 진공(晉公) 사마소의 명으로 촉나라를 치러 온 것이다. 등애가 다 뭐냐? 그에게 만일 잘못이 있다면 그마저 베어 버릴 뿐이다."

많은 장수가 거듭 간했다. 종회는 마지못해 제갈서를 베는 것만은 용서하기로 했다.

대신 제갈서를 함거(檻車)에 넣어 낙양에 보내기로 했다. 사마소의 처분에 맡기기로 한 것이다. 그리고 제갈서의 부대는 자기 지휘 아래 편입시켰다.

그런데 등애가 그 얘기를 듣고서 분개했다.

"나도 그도 지위는 같다. 나는 또한 오랫동안 변경에 있으면서 나라를 위해 힘을 다해 왔다. 그런데 중앙에서 어정어정 나타난 주제에 나를 넘본다고?"

등충이 아버지를 달랬다.

"아버지, 진정하세요. '작은 것을 참지 못하면 큰 것을 그르친다'고 하지 않습니까? 아버지와 종회의 사이가 나빠지면 나라의 큰일이 어떻게 되겠습니까?"

등애도 결국은 그것을 생각하고 참았지만, 화가 덜 풀려 10여 명의 종자를 데리고 종회의 본진으로 찾아갔다.

종회가 부하에게 물었다.

"등 장군은 병을 얼마쯤 데려왔느냐?"

"10명 남짓입니다."

종회는 진막 안팎으로 수백의 병사를 배치했다. 등애가 말에서 내려 들어왔다. 종회는 진막 입구까지 나와 맞이했다. 등애는 자못 경계가 삼엄한 것을 보고 마음이 편안치 못했다.

그래서 일부러 말로 도전했다.

"한중을 손에 넣으신 것은 우리 조정의 큰 다행이었습니다. 계속해서 검각도 손에 넣으시리라 생각합니다."

그러자 종회는 기분이 좋아서 말했다.

"귀공의 지혜를 빌리고 싶소."

등애는 거듭 자기에게는 별다른 지혜가 없다고 거절했지만, 종회가 끈질기게 부탁하므로 말했다.

"이를테면 이렇습니다. ……우선 일대를 음평의 샛길을 택해 한중의 덕양정(德陽亭)으로 내보내어 성도를 기습합니다. 강유는 반드시 검각을 버리고 구원하러 달려가겠지요. 그 허를 찔러 장군이 검각을 앗으면 대국(大局)이 결판납니다."

"이건 정말 놀라운 계책이오! 귀공에게 음평에서의 우회를 부탁하겠소. 나는 여기서 성공을 빌겠소이다."

종회는 등애를 보내고 난 뒤에 여러 장수들에게 말했다.

"남들이 등애를 명장이라 하는데 이제 보니 형편없는 멍텅구리에 불과하구나."

"어째서 그가 멍텅구리라고 하십니까?"

"음평의 샛길은 첩첩이 높은 산으로 에워싸여 있다. 촉병이 100명 남짓으로 도중 협곡을 지키거나 퇴로를 끊거나 한다면 등애의 전부대는 굶어 죽을 수밖에 없으리라. 나는 등 뒤를 치는 전쟁은 하지 않겠다. 정면에서 당당히 촉나라를 격파할 것이다."

그리고 곧 검각 공격을 명했다.

등애는 종회를 만나고 돌아가는 도중 부하에게 물었다.

"오늘 종회 놈이 한 말의 속셈을 어떻게 생각하나?"

"그 태도로 볼 때 그는 장군님을 바보로 여기는 것 같았습니다. 입으로 말한 것은 겉치레였습니다."

등애는 웃었다.

"그 녀석, 내가 성도를 앗지 못할 것이라고 얕잡아본 것이야. 그러나 나는 단연코 함락시키고 말 테다."

본진에 돌아오자 사찬과 등충이 등애에게 물었다.

"종회는 뭐라고 하던가요?"

"종회는……."

등애는 입맛이 쓴 듯 눈살을 찌푸렸다.

"진지하게 얘기해 주었더니, 그런 나를 잘 보았어. 아무튼 한중을 앗았다고 눈에 보이는 것이 없었어. 내가 답중에서 강유를 견제한 덕분으로 공을 세웠다는 것을 모르는 거야. 어쨌든 나는 성도를 앗고야 말 테다. 한중을 얻은 것이 뭐 대단한 것이냐!"

이리하여 그날 밤 전군에 출격 명령을 내렸다. 진지를 거두고 음평 샛길로 향했고 검각에서 700리 되는 곳에 성채를 하나 두었다.

종회는 그 소식을 듣자 코웃음쳤다.

"그 녀석의 어리석음이 어디까지인지 모르겠군."

등애는 밀서를 썼다. 급사를 보내어 그것을 사마소에게 보냈다. 동시에 장수들을 본진에 소집하여 선언했다.

"나는 이제부터 성도를 칠 작정이다. 여러분과 같이 대공(大功)을 세우려 한다. 어떤가, 함께 가주겠나?"

모두가 이구동성으로 말했다.

"만 번 죽는 한이 있더라도 당연히 장군을 따르겠습니다. 꼭 데려가 주십시오."

등애는 아들 등충에게 5천의 정예를 주어 먼저 출발시켰다.

전원이 갑옷도 없는 경장(輕裝)이었다.

도끼와 괭이와 곡괭이를 손에 들었다. 행군하기 쉽도록 길을 내기 위해서였다.

등애 자신은 그 뒤로 3만 병사를 이끌고 마른 식량과 밧줄 따위를 준비시켜 출발했다. 전진하기를 100리 남짓. 성채를 하나 만들고 3천 병력을 그곳에 남겼다.

다시 100리 남짓, 거기에도 성채를 마련하고 병력을 남겼다.

그해 10월 음평 길로 나선 지 약 20여 일 만에 산 또 산을 넘어

700리 남짓 나아왔다.

전혀 인적이 없다시피 한 곳이었다.

그 사이에 수십 곳 성채를 세우고 성채마다 병력을 남겼다. 그리하여 마침내 휘하에는 2천의 병력밖에 남지 않았다.

눈앞에 엄청나게 높은 산이 있었다.

산의 이름은 마천령(摩天嶺)이었다. 말은 탈 수가 없는 곳이어서 총대장인 등애도 도보로 산을 올라야만 했다.

바라보니 앞서 간 등충과 그 부대가 와글와글 떠들고 있었다.

"무슨 일이냐?"

등충이 대답했다.

"저 앞쪽은 벼랑입니다. 길을 열 수가 없어 지금까지의 고생이 물거품이 될 것 같아 군사들이 울며 떠들고 있습니다."

등애는 말했다.

"산길을 700여 리나 걸어왔다. 바로 건너편이 강유성(江油城)이다. 어찌 여기서 되돌아갈 수 있겠는가?"

모두를 무섭게 노려보며 말을 이었다.

"'호랑이 굴에 들어가지 않으면 호랑이 새끼를 얻지 못한다.' 이미 이곳까지 왔다. 앞으로 조금만 참으면 우리 모두가 부귀를 얻는다."

일동은 맹세했다.

"무슨 일이건 명령을 따르겠습니다!"

등애는 그들에게 무기를 벼랑 아래로 던지게 했다. 그리고 등애 자신도 자기의 몸을 침구로 묶었다. 그리고 남보다 먼저 벼랑을 데굴데굴 굴러내려갔다.

침구를 가진 자들은 곧 이처럼 뒤따랐다.

침구가 없는 자들은 밧줄로 서로 묶고 나무 등걸이나 풀뿌리를 잡아가며 질질 미끄러져 내려갔다.

기슭에서 그들은 다시 무장을 갖추고 무기를 손에 잡았다. 그러고는 막 출발하려 할 때였다.
　문득 길가의 돌비석이 눈에 띄었다.

　　　두 불이 비로소 일어나서(二火初興)
　　　이곳을 넘는 사람 있으리(有人越此)
　　　두 장수가 공을 다투다가(二士爭衡)
　　　이윽고 스스로 멸망하리(不久自死)

　공명이 세운 비석이었다.
　아무리 읽어도 수수께끼 같은 글귀였다. 등애는 갑자기 섬뜩하여 그 앞에 꿇어엎드렸다.
　"아아, 무후 제갈공명은 사람이 아니고 신이다!　내가 그 가르침을 받지 못했음이 천추의 한이로다!"
　후세 사람이 이 일을 시로 지어 읊었다.

　　　음평의 험한 고개 하늘과 맞닿아
　　　검은 학도 빙빙 돌며 감히 날아오르지 못하네
　　　등애가 양털 가죽 몸싸고 굴러 내려오니
　　　뉘 알았으랴, 제갈량이 이미 알고 있을 줄을

　등애가 더 앞으로 나아가자 이윽고 커다란 성채가 나타났다.
　사람이 없는 성채였다.
　"공명은 이곳에 언제나 1천 명의 병사를 두라고 했었지요. 그러나 후주 유선이 철수시켜 버렸답니다."
　나무꾼 하나가 그렇게 일러주었다. 등애는 더욱더 공명의 귀신 같은 예지력에 머리가 숙여졌다.
　그리고 그는 부하에게 말했다.

"우리들에게는 이미 돌아갈 길이 없다. 그러나 이 앞의 강유성에 양식이 넉넉히 저장돼 있다. 그러니 나아가면 살고 물러나면 죽을 수밖에 없다. 곧 공격해서 강유성을 함락시켜야 한다."

"죽음으로써 싸우겠습니다!"

강유성에서는 수비 장수 마막(馬邈)이 한중이 떨어졌다는 소식을 듣고 방비를 보강했지만 그것은 시늉에 지나지 않았다.

"검각에서 강유 장군이 지키고 있으니까 안심이야."

그래서 마막은 별로 걱정도 하지 않고 있었다. 그날 마막은 군대 훈련을 끝내고 자기 집으로 돌아와 반주로 술을 마셨다. 아내 이씨(李氏)가 말했다.

"국경이 위험하다고 하는데 어째서 그리 태평하신가요?"

"뭐 강유가 알아서 막아줄 테지. 내가 알게 뭐요."

"하지만 뭐니뭐니해도 강유성은 당신이 책임지고 지켜야 하는 것 아닌가요?"

"천자가 틀렸어. 황호의 말밖에 듣지 않아. 어차피 촉나라는 망하고 말 거야. 위군이 오면 항복하면 되니까 뭐 걱정할 것도 없소."

그러자 '퉤!' 하고 이씨가 그의 얼굴에 침을 뱉었다.

"그래도 당신은 남자인가요? 대체 나라를 뭘로 알고 계시는 거죠? 저는 그렇게 비겁한 당신의 태도는 보고 싶지도 않아요."

어지간한 마막도 부끄러워 얼굴을 돌렸다.

그때 부하 하나가 뛰어들어오며 외쳤다.

"위나라 등애가 어, 어……어디로 들어왔는지 2천 남짓한 병력을 이끌고 성으로 들어오고 있습니다."

"그래? 항복이다!"

마막은 술잔을 내던지고 밖으로 뛰어나갔다. 관아까지 달려가 그는 땅바닥에 거미처럼 납짝 엎드리며 말했다.

“전부터 항복할 생각이었습니다. 백성도, 군대도, 저항을 못하도록
하겠습니다.”
등애는 그의 항복을 받아주고 성병을 자기 부대에 편입시켰다. 그리
고 마막에게는 길 안내를 명했다.
그때 마막의 아내 이씨가 집에서 목을 매고 자결했다는 소식이 전해
졌다. 등애는 마막에게 자세한 얘기를 듣고 이씨를 정중히 묻어주고
몸소 영전에 절까지 했다.
위군들도 이씨의 장렬한 죽음에 크게 감동했다.
후세 사람이 시를 지어 이 일을 찬탄했다.

　　후주 혼미하여 촉한 사직 엎으려고
　　하늘은 등애를 보내 서천을 취하였네
　　슬프다 파촉 땅에 명장들이 많다지만
　　강유성의 이씨 부인 따를 자 없었다네

등애는 음평의 샛길에 남겨둔 군대를 모두 강유성으로 불러들였다.
곧 부성(涪城)을 공격하려 했다. 부하 전속(田續)이 말했다.
“병사들 모두가 지쳐 있어 2, 3일 쉬게 하는 것이 어떨까요?”
“쓸데없는 참견 말라!”
등애는 버럭 소리를 질렀다.
“병은 신속이 생명이다. 쉬게 하면 긴장이 풀린다.”
그리고 전속을 끌어내어 베려고 했다. 그러나 다른 장수들의 만류로
전속은 겨우 목숨만은 살았다.
등애는 곧장 부성으로 달렸다. 부성의 촉군은 위군이 하늘에서 내려
온 듯 갑자기 나타나자 싸우지도 않고 그대로 항복했다.
성도에 급보가 전해졌다.
유선은 황호를 불러 의논했다. 황호는 아뢰었다.

"그런 정보는 모두 거짓된 것입니다. 그렇게까지 영험한 무당이 어찌 거짓된 예언을 하겠습니까?"

그래도 후주는 미심쩍어 다시 무당을 불러오게 했다. 그러나 데리러 갔던 사람이 혼자서 돌아왔다. 무당은 어디로 갔는지 행방불명이라는 것이었다.

이때부터 위급을 알리는 공문이 사방에서 밀어닥쳤다.

후주는 오랜만에 조회에 나갔다. 백관들에게 대책을 물었다. 그러나 그들은 하나같이 꿀먹은 벙어리처럼 눈만 껌벅거렸다.

극정이 앞으로 나섰다.

"엄청난 사태가 벌어졌습니다. 아무쪼록 무후 제갈공명의 아드님을 불러 의논토록 하십시오."

공명의 아들 제갈첨(諸葛瞻)은 자를 사원(思遠)이라 한다. 첨은 어려서부터 총명했다. 후주의 딸을 맞아 부마도위(駙馬都尉)가 되었고, 아버지의 작위인 무후(武侯)를 계승했다.

경요 4년(261)에는 행군호위장군으로 있었으나, 환관 황호가 궁중에서 권세를 휘두르자 병을 핑계로 집에 들어앉아 있었다.

후주는 그날 극정의 건의를 받아들여 세 번이나 칙사를 보내어 제갈첨을 궁전으로 나오도록 명했다.

그리고 울음 섞인 말로 호소했다.

"등애가 부성까지 와 있다. 성도는 위기에 빠져 있다. 부디 아버님 생각을 해서라도 짐을 도와 다오."

제갈첨 역시 울면서 대답했다.

"저희는 부자 2대에 걸쳐 선제 및 폐하의 은혜를 입고 있습니다. 죽음으로써 보답하지 않으면 안 됩니다. 아무쪼록 성도의 병력을 모두 저에게 주십시오. 제가 감히 등애와 결전을 하겠습니다."

이리하여 성도에 있던 7만의 병력은 모두 제갈첨에게 맡겨졌다.

제갈첨은 먼저 여러 장수들을 모아 물었다.

"선봉은 누가 맡겠소?"

그러자 한 젊은 무사가 나섰다.

"아버지께서 출정하시는 겁니다. 선봉은 소자에게 맡겨 주십시오."

제갈첨의 장자 상(尙)이었다. 이때 19세였다.

제갈첨에게는 상과 경(京)이란 아들이 있었는데 그때 경은 어렸다. 제갈첨은 상을 선봉으로 삼았다.

망국

마막이 지도 한 장을 등애에게 내밀었다. 부성에서 성도까지 360리에 걸쳐, 산·강·도로·넓은 곳·좁은 곳·험준한 곳·평탄한 곳이 아주 세밀하게 작성되어 있었다.

등애는 한 번 보고 섬뜩했다.

"부성에 머물러 있는 동안 만일 촉군이 진격로가 될 산을 점거한다면? 일단 강유가 오게 되면 돌이킬 수 없는 일이 벌어질지도 모른다."

그는 즉시 사찬과 등충을 불렀다.

"너희들은 급히 면죽(綿竹)으로 가라. 나도 곧 뒤따라 가리라. 우물쭈물하면 안 된다. 적이 먼저 험준한 곳을 차지한다면 너희들은 목숨으로써 죄값을 치러야 한다."

사찬과 등충 두 사람은 곧 출발했다. 면죽 가까이 이르렀다.

거기서 촉군을 만나 대치했다.

보니 촉군은 공명의 8진을 펴고 있었다.

북소리가 한 차례, 두 차례, 세 차례, 진문의 깃발이 좌우로 열리며 수십 명의 장병들이 한 대의 사륜거를 밀고 나왔다.

마차에는 한 사람이 단정하게 앉아 있었다. 윤건에 백우선을 들고 학창의에 흰 신을 신었다. 뿐더러 마차 옆의 큰 깃발에는 글자도 선명하게 '한승상 제갈무후'라고 씌어 있는 게 아닌가!

"엉? 공명이 살아 있다?"

사찬과 등충은 말만 듣던 공명의 모습을 보자 겨드랑이에 식은땀이 흘렀다.

그들은 급히 군사들을 물렸다.

촉군이 그런 위군을 무섭게 공격했다. 위군은 무너지며 피투성이가 되어 20여 리나 도망쳐 뒤따라 온 등애에게 겨우 구원되었다.

등애는 사찬과 등충에게 호통쳤다.

"너희는 싸우지도 않고 도망부터 치다니 무슨 꼴이냐!"

"예, 그것은……제갈공명이에요. ……그는 아직 살아 있었습니다. 나타났어요! 도저히 당할 수 없다 생각되어……."

등애는 화를 냈다.

"비록 공명이 살아서 나타났다 하더라도 그것이 어쨌다는 것이냐? 너희들의 경솔한 퇴각은 도저히 용서 못한다! 참수형에 처하리라!"

사람들이 말렸다.

등애는 겨우 가슴을 문지르면서 참았다. 척후를 내보내어 다시 알아보니 공명의 아들 제갈첨이 대장이고, 선봉은 첨의 아들 제갈상, 그리고 사륜거의 공명은 목상이라는 것을 알았다.

등애는 사찬과 등충에게 엄명했다.

"이기느냐 지느냐, 이 일전으로써 판가름난다. 가거라! 이번에 지면 용서치 않으리라."

두 사람이 다시 나갔다. 그러나 제갈상이 혼자 쳐나와 이들을 물리쳤다. 이어 제갈첨이 승세를 몰아 좌우의 군을 출격시켜 위군을 짓밟았다. 위병이 수없이 죽었다. 사찬과 등충도 부상을 입고 달아 났다. 제갈첨은 20리나 추격한 뒤, 멈추었다.

사찬과 등충은 초주검이 되어 등애 앞에 나갔다. 등애는 두 사람이 부상당한 모습을 보고 다시 꾸짖거나 하지는 않았다.

"촉나라에서는 제갈첨이 아버지 공명의 뜻을 이어 받아 두 번에 걸쳐 아군을 공격, 1만 남짓의 인마(人馬)를 쓰러뜨렸다. 지금 여기서 그를 해치우지 않는다면 두고두고 화가 되리라."

그러자 감군 구본(丘本)이 의견을 내놓았다.

"어떻겠습니까? 항복하라는 편지를 써 보내는 것이……."

등애는 그 계책을 좇아 편지를 써서 제갈첨에게 보냈다.

정서장군 등애는 행군 호위장군 제갈사원에게 글을 올리오. 생각컨대 근래의 현재(賢才)로 귀공의 아버님을 따를 만한 이가 없소. 한번 초려에서 나오자 천하를 삼분하여 형주와 익즈를 평정하고 패업을 이루었으니, 참으로 고금에 비할 데 없는 큰 공이라고 할 수 있으리다. 또한 그 뒤 여섯 번 기산으로 나아갔으나 끝내 뜻을 이루지 못했던 것은 그분이 부족해서가 아니고 실로 하늘의 정함이었소. 이제 후주는 어리석고 약한지라 등애는 지금 우리 천자의 명을 받들어 촉을 치고자 나와 이곳에 이르렀고 성도의 함락도 멀지 않았소. 속히 대세의 변화를 깨달아 투항하심이 어떠시오. 그럴 경우 등애는 반드시 천자께 상주하여 귀공을 낭야왕에 추천하리다. 결코 거짓말이 아님을 맹세하는 바이오.

제갈첨은 글을 다 읽고나자 찢어 버렸다.

편지를 가져온 사자를 목베고 그 목을 사자의 종자에게 들려 돌려 보냈다. 등애가 격분하여 달려나가려 하자 구본이 말했다.

"기다리십시오. 갑자기 출진하기보다 먼저 계책을……."

이리하여 등애는 왕기와 견홍을 매복시키고 몸소 출전했다.

한편 제갈첨도 이때 전투를 서두르고 있었다. 등애가 쳐들어왔다고 듣자 곧 이를 맞아 격돌했다. 하지만 등애는 조금 싸우다가 말머리를 돌려 달아났다.

제갈첨은 그 뒤를 추격하였다. 그러나 매복한 적군의 덫에 걸려 간신히 혈로를 열고 면죽으로 도망쳐 돌아왔다. 등애가 재빨리 반격했다. 위군이 함성을 질러가며 면죽을 포위했다.

제갈첨은 사태가 심상치 않음을 깨달았다. 그래서 바로 팽화(彭和)에게 편지를 들려 오나라로 구원의 청을 하려 보냈다.

오나라 천자 손휴는 이 편지를 받자 가신들과 의논했다.

"촉나라가 위험하다. 가만히 보고만 있을 수는 없다!"

이리하여 노장 정봉(丁奉)을 총대장으로 삼고 손이(孫異)를 부장으로 삼아 5만의 원군을 보내기로 결정했다.

정봉은 먼저 정봉(丁封)과 손이에게 2만의 병력을 주어 면중(沔中)으로 보냈다. 자기는 나머지 3만을 거느리고 수춘을 목표로 삼았다. 즉 군단을 셋으로 나눈 출정이었다.

면죽에서는 제갈첨이 원군을 고대하고 있었으나 탈주병이 늘어나고 위군의 공격이 맹렬하여 성이 더욱 위태로워졌다.

마침내 그는 결심했다.

"들어앉아 있는 것만으로는 도저히 지켜내지 못하리라!"

그리고 자기 아들 제갈상과 상서 장준(張遵)에게 면죽을 맡기고 자기는 성문을 열고 쳐나갔다.

등애는 예봉을 피하기 위해 일단 물러섰다. 결사대와 맞서 싸우는 것은 이미 승리를 눈앞에 둔 지금, 쓸데없는 희생을 더할 뿐이기 때문이다.

제갈첨이 그것을 추격했다.

그러자 갑자기 방포소리가 울리며 매복한 위병이 사방에서 나타났다.

등애의 상투적인 전법이었으나 자포자기한 촉군에게는 곧잘 위력을 발휘하곤 했다.

제갈첨은——

"싸워라, 싸워라!"

목이 터져라고 외치며 좌충우돌했으나 뚫고 나갈 길이 없었다.

등애는 그런 제갈첨에게 일제히 화살을 쏘게 했다. 촉병은 거의가 죽고 나머지는 항복했다. 제갈첨도 화살을 맞아 말에서 굴러 떨어졌다. 급소를 맞은 것이다.

"아아, 이제는 마지막이다!"

제갈첨은 갑옷 깃을 풀자 자기 목에 칼 끝을 대고 그대로 힘껏 엎드렸다.

제갈상은 이때 성벽 위에 올라가 전투를 지켜보고 있었던 제갈상은 아버지의 고전을 보자 더 참지 못하고 말에 올라탔다. 장준이 말렸다.

"안 됩니다. 성에 남아 있어야 합니다."

"아버님도 할아버님도 나라의 은혜를 받았다. 아버지가 저렇듯 죽어가고 있는데 뒤에 남을 수 있겠는가!"

그는 약간의 병을 이끌고서 위군 속으로 돌입했으나 곧 장렬하게 전사하고 말았다.

후세 사람이 제갈첨과 제갈상 부자를 찬탄하여 시를 지었다.

> 충신의 지모 모자라서가 아니라
> 하늘이 촉한의 운을 끊으려 함이로다
> 그때에 제갈량은 훌륭한 자손 남겼으니
> 굳은 절의 참으로 무후를 이을만했네

등애는 이들 제갈첨 부자의 충성을 가상히 여겨 합장해 주었다.
이어 면죽관을 맹렬히 공격했다.

장준·황숭(黃崇)·이구(李球) 등이 끝까지 분전했지만 성의 함락
은 시간 문제였다. 그들은 싸우다가 차례로 죽었다.

유선은 아직도 정신을 차리지 못하고 있다가 면죽의 낙성과 제갈
첨 부자의 전사 보고를 받자 허둥지둥 문무백관을 소집했다. 꿈속을
헤매다가 비로소 깬 기분이었다.

그러나 신하들 가운데 누구 하나 뾰족한 대책을 말하는 이가 없었
다. 기껏 한다는 소리가 비참한 얘기뿐이었다.

"폐하! 지금 성 밖에선 야단들이랍니다. 백성들이 울부짖으며 피
난 가기에 바쁘지요. 저희들도 빨리 가족을 피난시켜야 합니다."

나라 걱정보다 가족과 일신의 안위를 먼저 염려하는 한심한 작태
였다. 후주 유선은 그것을 꾸짖기는커녕 도무지 어찌할 바를 몰랐
다. 그러자 한 신하가 말했다.

"도읍의 작은 군세로는 도저히 적을 막지 못합니다. 더 늦기 전에
성도를 버리고 남으로, 남만으로 피하시옵소서. 그곳은 험산 준령
이옵니다. 기필코 지켜낼 수 있사옵니다. 남만의 추장들도 돌아가
신 제갈 승상의 은혜를 입었으므로 이런 때 틀림없이 폐하를 도울
것이옵니다."

그러자 초주가 말했다.

"그것은 안 되옵니다. 남중의 남만족은 신의가 없어서 도무지 종
잡을 수 없는 무리들이옵니다. 게다가 기후가 불순하여 싸워 죽는
이보다 병들어 죽는 이가 더 많을 것이옵니다."

"촉나라와 오나라는 동맹국이옵니다. 차라리 오나라로 가서 오제
의 도움을 청하는 것이 어떠하시옵니까?"

초주가 또 반대했다.

"고금 역사를 통해 대체 어떤 나라의 천자가 남의 나라 신세를
지는 식객이 되었나이까? 폐하! 지금, 신의 판단으로는 위나라
는 오나라를 병탄할 수 있어도 오나라가 위나라를 집어삼키지는
못하옵니다. 이제 그런 오나라에게 의지하여 그 신하가 된다면 그
것은 참으로 부끄러운 일, 게다가 만일 또 오나라가 위나라에 항
복하는 날이면 폐하는 또 한번 위의 신하가 되지 않으면 안 되옵
니다. 그것보다 지금 여기서 위군에 항복하시면 위나라는 아마도
폐하를 위해 땅을 쪼개고, 종묘도 무사하고, 백성도 무사하게 해
줄 것이옵니다. 이 편이 얼마나 나은지 깊이 생각해 주시옵소서."
후주는 결단을 내릴 수 없어 그날은 그대로 후궁으로 들어갔다.
논의는 다음 날이 되어도 결론을 내리지 못했다. 초주는 마음이
다급해서 다시금 상소문을 올렸다. 후주 유선이 마침내 그 의견을
받아들여 위나라에 항복할 뜻을 정하자 병풍 뒤에서 달려나오며 초
주를 꾸짖는 젊은이가 있었다.
"목숨을 아까워하는 사이비 학자놈! 네 따위에게 나라가 어떠니
종묘가 어떠니 지껄이게 하다니 촉나라엔 사람도 없단 말인가!"
보니 그것은 후주의 다섯 번째 아들 북지왕(北地王) 유심(劉諶)
이었다.
유선에게는 일곱 아들이 있었다. 맏이가 유선(劉璿)이고 그 아래
로 유요(劉瑤)·유종(劉琮)·유찬(劉瓚)이며, 다섯 번째가 북지왕 유
심이었다. 그리고 그 밑으로는 유순(劉恂)·유거(劉璩)였다.
이 일곱 아들 가운데 유심 하나만이 어려서부터 총명하고 꿋꿋한
기상을 갖고 있었다. 나머지는 그저 평범하고 착할 뿐 유약하기 그
지없었다.
후주가 유심에게 말했다.
"대신들이 모두 항복을 주장하는데 너 혼자 젊은 혈기로 성도를
피바다로 만들 작정이냐?"

"옛날 선제께서 살아 계실 적에는 초주 따위는 제대로 입도 벌리지 못했습니다. 오늘날 나라의 큰일에 함부로 나서서 참견할 뿐 아니라 신하로서 감히 입에 담지 못할 항복 운운하다니 괘씸한 일이옵니다. 폐하, 성도엔 아직도 수만의 병이 있사옵니다. 또한 강유의 대군이 검각에 있고 이쪽이 위험하다고 들으면 당연히 응원하려 달려올 것이옵니다. 그리하여 안팎으로 공격한다면 위군 따위가 다 무엇이겠사옵니까. 썩은 선비의 잠꼬대를 곧이듣고 선제에게서 물려받으신 이 나라를 남의 손에 넘기시겠다는 것이옵니까……."

후주는 그를 꾸짖었다.

"너는 아직도 애송이다. 네가 하늘의 때를 안단 말이냐!"

유심은 이마를 땅바닥에 부딪쳐가며 아뢰었다.

"힘을 다한 뒤 이제는 끝장이다 할 때 부자·군신들이 모두 성을 베개삼아 전사하고 저승의 선제를 뵐 뿐이옵니다. 항복만은 아무쪼록 거두어 주시옵소서."

후주는 그래도 받아들이지 않았다. 유심은 큰 목소리로 통곡하면서 부르짖었다.

"선제께서 여신 이 나라를 기어코 버리시겠다면 소자는 차라리 죽음을 택하겠나이다!"

후주는 시신에게 명하여 그를 궁 밖으로 내몰게 했다. 이어 초주에게 항복문을 쓰게 하고 사서시중(私署侍中) 장소(張紹)·부마도위 등량(鄧良)을 초주에게 딸려 옥새를 받들어 위군의 진으로 가게 했다.

등애는 그 무렵, 매일 수백 명의 기마대를 이끌고 성도를 정찰하고 있었는데 때마침 그날 성벽에 백기가 걸려 있는 것을 보고 '옳거니!' 하며 좋아했다.

이윽고 초주 일행이 찾아왔다. 등애가 본진으로 불러들이자 초주 이하 셋이 땅에 꿇어엎드리며 옥새와 항복문을 바쳤다.

등애는 항복문을 읽고 옥새를 받았다. 그리고 좋은 말로 그들을 안심시키고 회답문을 써서 돌려보냈다.

초주 일행은 급히 성도로 돌아가 후주에게 등애의 회답을 읽어주고 자기들이 얼마나 좋은 대접을 받았는지 자세히 이야기했다. 유선도 그 회답을 읽고서 가슴을 쓸어내렸다.

후주 유선은 곧 태복(太僕) 장현(蔣顯)을 강유에게 보내어 칙명을 전하게 했다.

"속히 항복하라!"

후주는 또한 상서랑 이호(李虎)에게 명하여 모든 문서를 등애에게 전하게 했다. 가구수 28만에 인구 93만, 군사 10만 2천, 관리 4만, 그리고 식량 40여만 섬, 금은 2천 근, 비단 등 20관 필, 대강 이와 같은 자료였다.

12월 1일, 군신이 정식으로 적장 앞에 나가 항복하게 되었다.

북지왕 유심은 이 소식을 들었을 때 분노로 몸을 떨었고, 한동안 땅을 치며 통곡했다.

한동안 넋을 잃고 있더니 별안간 벌떡 일어나 의관을 갖추고 허리에 칼을 찼다.

아내 최씨(崔氏)가 물었다.

"어디를 가시렵니까?"

"위군 놈들이 머잖아 성 안에 들어온다. 아버지께서는 이미 항복하셨소. 내일은 모두가 이 성을 나간다. 사직은 이것으로써 끝이 난 거요. 나는 이제 먼저 죽을 결심이오. 죽어 저승의 선제를 뵐 작정이오. 적에게는 절대로 무릎 꿇지 않을 거요!"

유심은 허공을 노려보며 끝의 말을 외치듯이 부르짖었다. 아내 최씨도 이미 각오하고 있었다.

'적군이 들어오면 맨먼저 재난을 당하는 것이 여자의 몸. 살아서 욕을 보느니 차라리 죽어 정조를 지키느니만 못하다.'
그런 각오라 최씨는 오히려 차갑다고 할 만큼 침착하게 말했다.
"과연 훌륭하십니다. 장하신 최후! 제가 당신보다 먼저 죽게 해 주세요."
"어째서 당신까지 죽으려 하오?"
"당신은 나라를 위해 목숨을 끊지만 저는 당신을 위해 죽겠습니다. 그 의(義)는 같습니다. 지아비가 죽는데 아내가 세상을 떠나는 것, 거기에 무슨 이상스러움이 있겠습니까?"
그러더니 최씨는 스스로 기둥에 머리를 부딪쳐 죽었다. 유심은 이때 세 아들도 직접 찔러 죽였다. 그리고 부인과 나란히 눕히고 나자 자기는 소열묘(昭烈廟)로 달려가 한동안 슬피 울었다.
"저는 조부님의 나라가 적의 손에 들어가는 것을 살아서 차마 볼 수 없습니다. 아내를 죽게 하고 자식을 죽여 뒷근심을 없앴습니다. 이제 저는 이곳에서 죽겠습니다. 조부님은 손자인 저의 이 비통한 마음을 알아 주시리라 믿습니다."
말을 마치자 유심은 검으로 자기의 목을 찔러 자결했다. 이 일을 기리는 뒷사람의 시가 있다.

군신이 스스로 무릎을 꿇는데
왕자 하나 홀로 비통해 눈물을 뿌리누나
서천 회복의 길은 이미 끝나버렸는데
장하여라 우뚝 선 북지왕이여!

한 몸 바쳐 소열 조부께 보답하고자
머리칼 쥐어 뜯어 하늘 우러러 통곡하였네
그 늠름한 기상 아직 살아있는 듯한데

누가 이미 한나라 망했다고 하는가?

후주는 북지왕의 자결 소식을 듣자 사람을 보내어 장례식을 치르게 해주었다. 이튿날 위군은 벌써 성벽 아래까지 이르렀다. 후주는 스스로 손을 뒷결박짓고 관을 수레에 싣고 북문 밖으로 나갔다. 그 뒤로 태자, 각 왕, 대신 등 60여 명이 모두 상투를 풀고 맨발로 따랐으며 등애 앞에 나가서 항복했다.

등애는 손수 후주 유선의 뒷결박을 풀어주고 후주와 나란히 수레를 타고서 성도에 입성했다.

후세 사람이 이를 시로 지어 탄식했다.

위나라 군사 수만 서천으로 들어오니
후주는 목숨 아까워 자결도 못하네
황호가 끝까지 천자 속일 뜻 품었으니
강유의 나라 구할 재주 어디에 쓰랴

충성 다한 열사의 마음 너무나 매웠고
절개 지킨 왕손의 그 뜻 참으로 애달파라
소열황제 나라 다스릴 제 쉬운 일 아니었건만
하루아침에 그 공업 재가 되고 말았네

성도의 주민들은 길에 꽃을 뿌리고 향을 사르며 위군을 맞았다.

등애는 후주를 우선 표기장군에 임명했다. 다른 문무백관도 종래의 지위에 따라 관직을 주었다. 그리고 방문을 내붙여 백성은 안심하고서 생업에 종사하라고 위무했다.

궁중에 있는 금은, 후궁 여자들은 관례대로 위군의 장병들이 전리품으로 나누어 가졌다.

등애는 다만 황호의 악랄함을 듣고 그를 끌어내어 참수하려 했다. 그러나 과연 미물 같은 놈이라 벌써 등애 측근에게 아낌없이 뇌물을 써서 이번에도 죽음을 용케 모면했다.

후세 사람이 한의 멸망을 두고 제갈무후를 그려 시를 지었다.

물고기와 새들조차 군령이 두려워 따르고
바람과 구름도 영채를 감싸주네
제갈량이 휘두른 신필도 헛되구나
끝내 항복한 후주 끌려가는 꼴 보고마네

관중과 악의의 재주 어디에도 부끄럽지 않았건만
관우와 장비 명이 짧으니 어찌해 보랴!
뒷날 성도 가서 승상 사당 지나게 되면
그 옛날 양보음 곡조 한이 되어 넘쳐나리라!

아! 천명

　장현은 후주의 칙사로서 검각에 이르렀다. 강유를 만나 곧 칙명을 전하고 말했다.

　"폐하께서는 이미 등애 장군에게 항복하셨습니다."

　강유는 너무도 놀란 나머지 한동안 말도 하지 못했다.

　숨이 막힐 것만 같은 긴박한 한순간이 지나자 부하 장수들이 일제히 분개했다. 눈을 부릅뜨고, 입에 거품을 물고, 어금니를 부드득 갈았다. 머리를 쥐어뜯고 울부짖거나 욕설을 퍼붓거나 뭐라고 말할 수 없는 광경이 벌어졌다.

　요화가 칼을 높이 뽑아들더니 댓돌을 힘껏 내리치며 외쳤다.

　"우리들이 목숨 걸고 싸우고 있는데 항복을 하다니!"

　강유가 뜻밖에 침착한 태도로 부드럽게 말했다.

　"여러분, 슬퍼할 것 없소! 나에게 한 가지 생각이 있소. 촉나라는 반드시 되찾고 말 거요……."

　이렇게 말하고 나서 장수들에게 은근히 귀띔해 주었다.

　그제서야 요화·장익 등 장수들의 얼굴이 조금 밝아졌다.

강유는 먼저 검각 관문에 항복의 기를 내걸게 했다.

이어 종회의 본진에 사자를 보내어 장익·요화·동궐 등을 이끌고 항복하겠다는 뜻을 전했다.

종회는 기뻐했다.

곧 자기의 진영으로 오게 하더니 강유에게 말했다.

"왜 좀더 일찍 오지 않았소?"

강유는 눈물로 볼을 적시면서 대답했다.

"소장은 아직도 많은 군대를 거느리고 있소. 오늘 이렇게 나온 것만 하여도 나로서는 빨리 찾아뵌 것이오."

종회는 그제서야 강유에겐 아직도 저항할 힘이 남아 있다는 것을 깨달았다.

그러자 그는 상석에서 내려와 강유의 손을 잡아 대등한 자리에 앉혔다. 종회는 역시 상황 판단력이 있는 대장이었다.

강유는 다시 말했다.

"듣자니 장군께서는 연전에 회남에서 제갈탄을 상대로 싸우신 이래 무엇을 하여도 행운이 뒤따르는 분. 사마씨의 오늘이 있음은 오직 장군의 힘이라던가요? 그러기에 소장은 오늘 장군의 진문을 찾은 것입니다. 장군이 만일 등애였다면 끝까지 싸우고, 죽어도 항복은 하지 않았을 겁니다."

종회는 강유가 추켜 주자 감격했다.

"칭찬을 듣고 보니 오히려 부끄럽습니다. 앞으로는 위나라를 위해 의형제가 되고 싶습니다."

전통에서 화살 하나를 뽑아 맹세의 표시로 분질러 보였다. 그리고 지금까지처럼 촉군을 강유에게 모두 맡겼다.

강유는 마음 속으로 '됐다!' 하고 회심의 미소를 지었다.

성도에서는 등애가 사찬을 익주자사로 임명하고 견홍·왕기 등을 태수로 올렸다. 그리고 면죽에는 전승을 기념하는 큰 비석까지 세우게 했다.

그리고 크게 잔치를 베풀어 촉나라의 문무백관을 모두 초대했다.

등애는 그 자리에서 자못 뽐내듯이 말했다.

"내가 성도에 온 것은 여러분에게 다시 없는 행운이었소. 만일 다른 사람이 왔다면 당신들은 모두 죽임을 당하고 말았을 것이오."

그러자 멸망한 촉나라의 벼슬아치들은 그 앞에서 두 번 절하며 '등애 장군 만세'를 불렀다.

이윽고 장현이 돌아왔다.

"강유는 항복하여 종회에게로 갔습니다."

"뭐라고!"

등애는 소리쳤고 이어 종회를 욕했다.

강유가 노렸던 계책은 먼저 등애와 종회의 사이를 이간시키는 일이었다. 그 계책이 들어맞기 시작했던 것이다.

등애는 사마소에게 밀서를 올렸다.

신(臣), 애는 삼가 글을 올리나이다. 무릇 전쟁은 싸우기 전에 이기고 있지 않으면 안 됩니다. 지금 만일 촉나라를 타도한 이 기세로써 오나라로 향하면 오나라를 이내 석권할 것이 틀림없사옵니다만, 그렇다고 우리 장병에게 휴양할 겨를도 없이 진격시킨다는 것은 무리라고 생각되옵니다. 그래서 농우의 병 2만과 촉의 병 2만을 일단 이곳에 머무르게 하여 휴양 겸 식산(殖産)에 힘쓰도록 하겠사옵니다. 또한 병선을 건조시키겠나이다. 언제라도 물길 따라 병을 보낼 수 있게 준비를 갖춘 뒤 사자를 보내어 이해를 구하고 타이른다면 오나라는 싸우지 않고 항복해 올 것이옵니다. 또한 촉나라 주인 유선은 오나라 손휴를 꾀기 위해서라도 얼마 동안은 성도에 두고 우대해야만 하옵니다. 그러지 않고 지금 곧 낙양에 호송한다면, 오나라는 그것을 보고서 반드시 경계심을 품게 되옵니다. 따라서 적어도 명년 말쯤까지는 성도에 그를 머물게 하시옵소서. 그를 봉하여 부풍왕(扶風王)으로 삼고 경제적으로도 그를 도우며 그의 아들들을 공경에 임명하여 투항자를 우대하는 우리 위나라의 은총을 보여야 할 것이옵니다. 곧 오나라 사람들도 이를 보고서 기꺼이 우리들에게 귀순할 줄 믿사옵니다.

사마소는 등애의 보고를 읽자, 위관에게 넘겨주며 말했다.
"등애가 촉나라를 멋대로 요리하겠다는 건가?"
"우선은 그에게 조서를 내리도록 하십시오. 관직을 올려주고 무훈을 칭찬하는 것입니다. 그런 뒤 그의 행동을 유심히 살피도록 하십시오."
등애의 공을 기리는 천자의 조서가 내려졌다. 조서의 글은 정서장군 등애의 무훈을 찬양하는 것이었다. 이를테면 옛날 명장인 진나라 백기(白起)나 한나라 한신이라도 그만은 못하다고 씌어 있었다.

　등애를 태위에 임명하고 식읍 2만 호를 주며 두 아들도 정후(亭侯)에 봉하고 저마다 식읍 1천 호를 하사하노라.

이런 말로 맺어져 있었다.
위관이 칙사가 되어 성도로 달려갔다. 등애는 조서를 받아 읽고 나자 기쁨의 빛을 얼굴 가득 띠었다.
위관이 그때를 틈타 조용히 말했다.
"그런데 장군께서 먼저 건의한 일은 조정에서 정하는 일이므로, 단념하시는 게 좋을 것입니다."
등애는 이 말을 듣자 금방 발끈하여 외쳤다.
"'대장은 밖에 있을 때는 군명도 받지 않는다'고 했소! 나도 명을 받들어 밖에 머물고 있는 대장이오. 군명이라 할지라도 일에 따라서 받지 않을 수도 있소이다."

그러고서 다시금 상소문을 써서 올렸다.

등애의 두 번째 상소문은 사마소의 비위를 건드리고 의심을 사게 만들었다. 사마소는 두 번째 상소문을 읽자 분노가 끓어올랐다.

애는 대명을 받들어 서쪽으로 촉나라를 쳤나이다. 다행히도 이에 적의 항복을 받았고, 따라서 이것을 선무(宣撫)하기 위해 시기 적절하게 모든 일을 처리하고 있사옵니다. 만일 일일이 조정의 지시를 기다렸다가는 부질없이 시일만 지연시킬 뿐이옵니다. '대부로서 사직을 보존케 하고 나라에 이익되는 것이 있다면 전단(專斷)해도 좋다.' 함은 「춘추」에 씌어 있는 영지(英智)이옵니다. 촉나라가 비록 항복하더라도 오나라가 아직껏 우리 위나라에 머리를 조아리지 않고 있는 지금은 사정이 여느 때와는 다릅니다. 기회를 잃어서야 되겠습니까! 병서에 '나아가되 이름을 구하지 않고 물러나되 죄를 피하지 않는다'고 했나이다. 이것이 소장의 솔직한 지금의 심정이옵니다. 우선 이 상소문을 올리고, 이로써 가불가(可不可)를 가려 시행할까 하옵니다.

사마소는 끓어오르는 분노를 가까스로 억누르며 가충을 불러 물었다.

"등애가 공을 세웠다고 교만해진 나머지 모반의 뜻마저 명백히 했다고 생각되는데 경의 의견은 어떻소?"

"종회의 지위를 높여 등애를 누르십시오."

그래서 사마소는 종회에게 사도(司徒 : 승상)의 관직을 내리고 또 위관에게는 등애와 종회의 군대를 감독하는 권한을 주는 한편 종회와 위관이 협력하여 등애를 감시하라는 밀명을 내렸다.

사마소가 종회에게 내린 조서 내용은 진서장군인 종회의 군공을 칭송하고 그의 모략을 칭찬하는 것으로 시작하여 이렇게 끝을 맺었다.

……그러므로 회를 사도에 임명하고 현후(縣侯)에 봉하며 식읍 1만 호를 더해 주노라. 아울러 두 아들도 정후에 봉하여 저마다 식읍 1천 호를 내리노라.

종회는 이 조서를 받고 나자 강유의 의견을 물었다.
"등애의 공은 나보다 위이고 또한 태위까지 올려 주었소. 그런데 사마소는 그 등애의 모반을 걱정하고 있소. 위관에게 우리의 군을 감독시킨 것이라든가, 나에게 조서를 내린 것이라든가 모두 요컨대 그것을 걱정해서요. 무엇인가 좋은 지혜가 없겠소?"
강유가 대답했다.
"등애는 본디 천한 신분이었습니다. 농가에서 소를 먹이고 있었다고도 들었습니다. 그런 녀석이 이번에 음평 샛길을 쥐새끼처럼 뚫고 들어가 성도를 함락시켰습니다만, 이것은 반드시 그의 작전이 뛰어나서가 아니라 실은 나라 힘 덕분이었습니다. 장군께서 만일 나를 검각에 붙들어 매두지 않았다면 등애의 이번 큰 공은 있을 수 없었습니다. 그가 지금 유선을 부풍왕에 앉힌 것은 촉나라 인심을 자기에게 모으기 위한 술책으로서, 그것을 진공 사마소가 의심하는 것도 당연하겠지요."
강유는 자기의 심산원모(深算遠謀)가 더욱 진전되고 있음을 속으로 인정했다.
종회는 그런 것도 모르고 강유의 말 하나 하나에 고개를 끄덕여 가며 기뻐했다.
강유는 또 말했다.
"비밀히 아뢸 말씀이 있습니다."
종회는 곧 측근들을 물러가게 했다. 그러자 강유는 소매 속에서

지도를 꺼내 펼치며 설명했다.

"이것입니다. 옛날 제갈무후께서 남양의 초려를 나오실 때 이것을 선제께 바치고 '익주는 옥야천리(沃野千里), 백성이 풍족하고 나라가 부유해서 패업의 훌륭한 거점'이라고 하셨지요. 선제가 성도에 계셨던 것도 그 때문이었습니다. 지금 등애가 그 성도에 들어간 것입니다. 야심을 품는 것은 당연하겠지요."

종회는 지도에 나와 있는 산과 강을 가리키며 여러 가지로 물어보았다. 강유는 자세히 질문에 대답했다.

종회가 다시 물었다.

"등애를 제거하자면 어떤 계책이 있소?"

"진공의 의혹을 틈타 지금 당장 상소문을 쓰십시오. 등애는 이러이러하며 반드시 모반한다고 쓰셔야 합니다. 진공은 아마 장군께 토벌을 명하시겠지요. 자아, 어떻습니까? 그러면 뜻대로 될 것이 아닙니까!"

종회는 곧 낙양으로 상소문을 올렸다. 등애를 모반자라고 중상 모략했다. 종회는 또 등애가 낙양으로 보내는 사자를 중간에서 붙잡아 밀서를 찾아내고 교만한 글귀로 내용을 바꾸어 보냈다.

사마소는 이것을 보고 불덩어리처럼 성을 냈다. 종회에게 등애를 포박하라고 명령했다.

그뿐 아니라 가충에게 병 3천을 주어 야곡으로 내보냄과 동시에 위나라 천자 조환의 친정(親征)이라 하고 사마소도 함께 출전하기로 했다.

서조연(西曹掾) 소제(邵悌)가 말했다.

"종회의 병력은 등애의 병력에 비해서 여섯 배나 많습니다. 등애를 잡는 것만이라면 종회 하나만으로도 충분합니다. 일부러 전장에 가실 이유가 없지 않습니까?"

그러자 사마소는 껄껄 웃었다.

"언젠가 그대가 말한 것을 벌써 잊었느냐? 종회는 방심할 수 없다고 했지 않은가! 나의 이번 출전은 등애가 목적이 아니야."

소제도 웃으며 말했다.

"딴은, 종회가? 알았습니다. 실은 진공께서 잊으신 것은 아닐까 하고 시험삼아 물어보았던 것입니다. 부디 비밀을 누설치 마시도록……."

사마소는 끄덕였다.

이윽고 대군이 낙양을 떠났다.

이때 가충도 '종회는 방심할 수 없다.'는 밀서를 올렸다. 사마소는 시치미를 떼며 말했다.

"그러면 내가 그대를 중히 쓸 경우에도 먼저 그대를 의심하라는 건가? 어쨌든 장안까지 가 보면 알 일이다."

종회는 첩자의 보고로 사마소가 장안까지 나온 것을 알았다.

급히 강유를 불러 대책을 물었다.

"먼저 감군 위관을 보내어 등애를 체포하도록 하십시오. 등애가 그때 위관을 죽인다면 그것이 모반의 증거라 하며 토벌군을 보내는 것이 어떨까요?"

이리하여 종회는 위관을 성도로 보내어 등애 부자를 체포하기로 했다.

이때 위관의 부하가 말했다.

"이것은 등애로 하여금 주인님을 살해하고 그를 역적으로 만들려는 종회의 음모입니다. 거절하십시오."

"내게도 생각은 있다."

위관은 말하고 2, 30통의 격문을 준비했다.

조서를 받들어 등애를 체포한다. 다른 자에게는 관계가 없다. 순순히 항복한다면 작위와 은상은 지금 그대로 둘 것이다. 그러나 저항하는 자가 있다면 그 삼족을 주살할 것이다.

이런 내용의 격문이었다.
이어서 급히 함거를 두 대 준비했다. 그리고 밤길을 서둘러 성도로 갔다.
새벽 첫닭이 울 무렵이었다.
격문을 읽은 등애의 부하가 벌써 위관의 말 앞에 나타나 머리를 조아렸다.
등애는 승상부를 차지하여 기거하고 있었는데 아직 잠에서 깨어 있지 않았다. 위관은 수십 명의 무사를 이끌고 뛰어들며 외쳤다.
"어명이다! 등애 부자는 순순히 오라를 받으렷다!"
등애가 졸린 눈을 비비면서 침상에서 굴러떨어졌다. 무사들이 달려들어 그를 포박했다. 등충도 쉽게 묶여 함거에 실렸다.
등애 부하들이 뛰어나와 자기 주인을 구할까 말까 망설이고 있는데, 그때 뭉게구름같은 흙먼지를 일으키며 대군이 몰려왔다.
종회의 군세였다.
등애 부하들은 뿔뿔이 흩어져 달아났다.
종회가 강유와 더불어 말에서 내려 건물 안에 들어가 보니 등애 부자는 이미 묶여 있었다. 종회는 말채찍으로 등애의 얼굴을 때리며 욕했다.
"소먹이 목동 녀석! 거드럭대더니 꼴 좋다!"
등애 또한 갖은 욕설로 응수했다.
이리하여 종회는 등애 부자를 낙양에 압송하기로 했다. 그리고 자기는 그대로 성도에 머물러 등애의 부하 모두를 자기 부대에 편입시켰다.
종회는 강유에게 자못 뽐내면서 말했다.
"내 평생의 소원이 이루어졌소!"

그러자 강유가 충고했다.

"옛날 한신은 괴통(蒯通)의 충고를 듣지 않아 미앙궁(未央宮)에서 죽임을 당했고, 문종(文種)은 범려(范蠡)와 함께 오호(五湖)로 망명하지 않아 자결을 하지 않으면 안 되었습니다. 그들은 둘 다 큰 공을 이루었지만, 공교롭게도 일의 조짐을 눈치채지 못하고 그대로 지나쳐 그와 같은 꼴이 되었습니다. 어떻습니까, 장군께서도 한창 영화를 누릴 때 세상을 피하여 호수에 배를 띄우든가 산에 들어가 숨으시는 것이……?"

"글쎄, 꼭 그래야만 할까? 나는 아직 40세도 되지 않았소. 이제부터라도 할 수 있는 나이인데 은퇴란 생각할 수도 없지."

"그렇다면……."

강유는 말했다.

"따로 큰 계획을 세우시지 않는다면 위험합니다. 하기야 이런 일은 제가 말할 것까지도 없습니다만."

그러자 종회는 손뼉을 치면서 말했다.

"그대는 용케도 내 마음을 꿰뚫어 보았구려."

이리하여 두 사람은 매일 모의했다.

한편 강유는 후주에게 밀서를 보냈다.

    폐하, 조금만 참으시면 되옵니다. 해도 달도 때로는 어두워지지만, 그것은 곧 밝아지는 법이옵니다. 결코 이대로 나라를 멸망시키지 않을 것이옵니다.

    종회가 강유를 상대로 모의를 하고 있을 때 느닷없이 사마소로부터 전갈이 왔다.

　나는 그대가 등애를 놓칠까 염려되어 병을 장안까지 나오게 한
것이다. 머지않아 장군과도 만날 작정이다. 미리 이 편지로 알려
두노라.

종회는 불끈했다.
"나는 등애보다 몇 갑절 많은 병력을 가지고 있소. 등애를 체포하
는 일뿐이라면 나 혼자서 충분하오. 물론 진공은 그것을 알면서
출병했소. 이것은 바로 나를 의심하고 있기 때문이오."
"의심을 받은 가신은 거의 비참해집니다. 등애를 보십시오!"
강유는 말하며 종회를 부추겼다. 마침내 종회도 말했다.
"좋아, 나는 결심했소. 일이 이루어진다면 천하를 얻고 이루어지
지 않는다 해도 촉나라에 머물러 유비 정도는 되겠지."
강유가 다시 말했다.
"곽 태후가 얼마 전에 죽었다고 들었습니다. 어차피 일을 일으킬
바에는 태후의 유조(遺詔)를 위조하면 어떻겠습니까? '사마소를
쳐라! 그가 천자를 시역한 죄를 바로잡아라!' 하고 말입니다. 장
군 정도의 기량이 있다면 중원도 한손에 움켜쥘 수가 있겠지요."
"좋소, 장군이 선봉을 맡아 주겠소? 성공한다면 함께 부귀를 누
리리다."
"기꺼이 따르겠습니다. 그러나 다른 분들이 뭐라 할지……."
"다행히 내일은 원소절(元宵節 : 정월 대보름)이오. 궁전에 등롱
을 장식하고 장수들을 불러 잔치를 열어 그 속셈을 떠보기로 하겠
소. 만일 반대하는 자가 있다면 베어 버릴 뿐이오."
강유는 드디어 일이 성사되어 간다고 기뻐했다.

　다음날 종회는 술잔을 손에 들더니 별안간 울었다. 장수들이 이상
히 여겨 그 까닭을 물었다.

"여기 곽 태후께서 붕어하실 때 남긴 조서가 있다. 사마소는 천자를 시역한 역신이다. 나라를 도둑질하려는 자이다. 부디 이를 쳐 달라고 나에게 유명을 내리셨다. ……여러분, 연판장에 서명을 하여 나와 뜻을 같이해 주기 바란다."

장수들은 너무도 뜻밖의 일이라 서로 얼굴을 멀건히 바라볼 뿐 말이 없다.

"싫다 하는 자는 베어 버리겠다!"

장수들은 협박에 못이겨 연판장에 서명했다.

종회는 그들을 그대로 고스란히 궁전에 감금하고, 감시병을 두었다. 그러자 강유가 종회에게 속삭였다.

"그들은 한 사람도 빠짐없이 장군의 계획에 반대하고 있습니다. 생매장을 시키도록 하십시오."

"사실은 궁중에 구덩이를 파게 하고 수십 개의 몽둥이를 준비하도록 했소. 따르지 않는 자는 몽둥이로 때려 파묻을 계획이오."

종회에게는 구건(丘建)이라는 심복이 있었다. 전에 호군(護軍)이었던 호열(胡烈)의 부하였던 자이다.

호열도 이때 궁중에 감금돼 있었다. 그리하여 이 구건이 장수들을 구덩이에 생매장시킨다는 종회의 계획을 살며시 호열에게 알려 주었다.

호열이 말했다.

"밖에 내 아들 호연(胡淵)이 병을 이끌고 있다. 종회의 음모를 아직 모르고 있을 터. 그대는 옛날의 정리로 보아 그에게 알려주지 않겠는가? 죽어서라도 은혜를 갚겠네."

"좋습니다. 해보겠습니다."

구건이 종회에게 말했다.

"갇혀 있는 자들이 식사에 곤란을 받고 있습니다. 누군가를 시켜 식사를 들여보내는 것이 어떻겠습니까?"

종회는 평소 구건을 믿고 있어 그에게 식사 차입 감독을 하도록
했다.
구건은 은밀히 호열의 심복을 궁전 안에 들여보내 주었다. 호열은
그 심복에게 편지를 맡겼다. 밀서는 아들인 호연에게 무사히 전달되
었다.
호연은 그 밀서를 읽어보자 놀란 나머지 까무러칠 것만 같았다.
곧 영(營)에서 영으로 알려 주었다. 부장들은 심한 흥분 상태에 빠
졌다. 호연의 진지에 모여 의논하기 시작했다.
"죽어도 역적 편을 들 수는 없지 않은가!"
그러자 호연이 침착하게 계획을 말했다.
"정월 열여드렛 날 궁중에 쳐들어가서……."
세부 지침을 설명했다.
감군인 위관도 호연의 계획에 찬성했다. 곧 준비를 서둘렀다. 그
리고 구건에게 부탁하여 호열에게 연락했다. 호열이 다시 그 뜻을
감금된 장수들에게 알려 주었다.

종회가 강유를 만나자 꿈 이야기를 했다.
"참으로 이상한 꿈을 꾸었어. 구렁이 수천 마리가 나를 물어뜯는
것이 아닌가. 도대체 길몽일까, 흉몽일까?"
"무릇 용이나 뱀꿈은 길몽입니다."
"그래?"
종회는 얼굴이 환해지며 말했다.
"준비는 다 되어 있네. 어떨까, 장수들을 불러내어 다시 한번 의
견을 묻는 것이?"
"안 됩니다."
강유는 단호히 말했다.
"그들은 모두 장군께 반대입니다. 늦기 전에 해치우는 것이 상책

이겠지요?"

"그게 좋겠지."

종회는 마침내 강유에게 한 무리의 군사를 주었다. 그리고 장수들을 죽이도록 보냈다.

강유는 '드디어 내 밀계가 이루어진다!' 하고 용기백배해 나가려 할 때였다. 갑자기 눈앞이 캄캄해지더니 입으로 울컥 피가 쏟아졌다. 그리고 곧 까무러쳤다.

일찍이 강유는 가슴병을 앓고 있었다. 저 공명처럼.

이때 너무도 흥분하여 가슴의 병소가 터지면서 시커먼 피를 토했던 것이다.

얼마 후 강유는 정신이 깨어났다. 그러나 그때 이미 궁문 밖에서는 불온한 움직임이 있었다.

'아, 하늘이 촉나라를 버리셨구나!'

순간 강유는 이렇게 느끼지 않을 수 없었다.

그러나 기력을 차리고 종회에게 사람을 보내는 한편, 궁 밖의 정세를 탐지케 했다.

하지만 그 결과를 알기도 전에 한꺼번에 함성이 터지며 숱한 위병들이 궁중으로 쳐들어오는 게 아닌가!

종회는 궁전 문을 모조리 닫도록 했다. 직속 부대 병사들을 지붕 위로 올려 보내어 기왓장을 벗겨 난입한 위병들에게 던지도록 했다.

순식간에 수십 명이 쓰러졌다.

여기저기서 불길이 솟았다. 궁전 문이 밖에서 찍는 도끼에 우지끈 우지끈 부수어졌다.

"이제는 사나이답게 싸우자!"

종회는 칼을 뽑아들었다. 그의 칼날이 무지개처럼 달리자 난입군 몇 명이 단말마의 비명을 지르며 쓰러졌다.

그러나 어느덧 종회를 향해 숱한 화살이 날아왔고, 종회는 그 화

살에 고슴도치처럼 되어 곧 쓰러졌다. 수많은 장수들이 달려와 서로
다투어 그의 목을 잘라냈다.

강유도 칼을 뽑아 위군을 닥치는 대로 베었다. 그러자 또 숨이 가
쁘고 가슴이 찢어질 것처럼 아팠다.

"아, 내 계책은 이루어지지 않는구나! 이 또한 천명이로다!"

강유는 드디어 비통한 이 한 마디를 남기고 칼로 자신의 가슴을
찔렀다. 그의 몸뚱이는 높은 누마루에서 아래를 향해 거꾸로 떨어졌
다. 그의 나이 59세.

이때 궁중에서는 수백 명이 죽었다.

대폭군

위관은 목청을 돋우어 외쳤다.

"이제 끝났다. 질서를 찾아라!"

그러나 한 번 피를 뒤집어쓴 병사들의 흥분은 좀처럼 가라앉지 않았다.

"복수다!"

그들은 외치면서 강유의 시체로 달려가자 그의 배를 갈랐다. 그리고 아직도 꿈틀거리는 간을 끄집어냈다. 한편 다른 일대는 강유의 집을 습격하여 그의 가족 모두를 참살했다.

앞서 등애의 부하였던 자들은 종회와 강유가 죽자 호송 중인 등애를 찾으려 달려갔다.

위관은 이 보고를 받고 가슴이 섬뜩했다.

"등애를 사로잡은 것은 바로 나였다. 그가 부하에게 구출되면 나는 어떻게 될 것인가? 이번에는 내 차례가 아닌가!"

그러자 전속이 말했다.

"나는 등애가 강유성을 점령할 때 하마터면 목숨을 잃을 뻔했습

니다. 다른 장수들의 주선으로 간신히 목숨만 건졌습니다. 저에게
한 부대의 병사를 주십시오. 반드시 쫓아가 등애를 죽이고야 말겠
습니다."
위관이 기뻐하고 전속에게 500명의 군사를 주어 면죽관으로 달려
가게 했다.
전속이 이르렀을 때 등애 부자는 앞서 달려온 부하에게 구출되어
막 나오려는 참이었다.
등애는 전속이 오는 것을 보고도 그가 자기의 옛 부하라 별로 경
계하지 않았다.
"무슨 일로 급히 달려왔는가?"
등애가 그렇게 물었을 때 전속은 아무 말도 않고 칼을 내리쳤다.
등애의 목이 날아 떨어졌다. 등충도 난전 속에서 죽었다.
한 편의 시가 등애를 추모하고 있다.

　　어려서부터 머리가 뛰어나
　　싸움하는 계략이 뛰어났었네
　　한 번 보면 지리를 깨닫고
　　우러르면 천문을 알았네

　　깎아지른 산길에서 말을 버리고
　　천 길 벼랑 아래 먼저 몸을 날렸네
　　공을 이루자 해를 입으니
　　서러운 넋 서천의 구름 위를 떠도누나

또 종회를 노래한 시도 있었다.

　　어려서 조숙한 천성이

일찍이 조정에 벼슬해 우뚝했었네
사마소가 혀를 내두른 지략은
장자방의 환생이런가

수춘에서 귀신 같은 계략을 쓰고
검각에선 불패의 진을 쳤었네
다만 공명의 숨는 법 알지 못해
떠도는 넋 고향 그리며 슬퍼하네

그리고 강유를 노래한 시로는——

천수에서 영걸이라 이름 날리고
양주에서 기이한 인재 났다했네
혈통은 강태공 후손으로 태어나
병법은 제갈무후에게 전수받았지

담이 커 응당 두려움 없었으니
장한 뜻 못 이루면 돌아갈 뜻 없었네
성도에서 등애와 종회 죽던 날
한나라 사람 크게 슬퍼했어라

이리하여 강유·종회·등애가 모두 죽었다. 장익 등도 난전 속에서
쓰러졌다.
황태자 유선(劉璿), 그리고 관우의 손자인 관이(關彛)도 역시 위
병에게 살해되었다.
성도는 피바다, 이 세상의 지옥. 군민(軍民)이 뒤섞여 죽이고 죽
임을 당하는 비극이 계속되었다.

대혼란이 열흘이나 계속되어 숱한 사람이 죽어갔다.

이윽고 가충이 먼저 입성하여 방(榜)을 내걸고 민심을 수습했다.

위관이 뒤에 남겨져 성도를 지키게 되었다. 후주 유선과 일족은 낙양으로 옮겨졌다. 가신으로서 함께 따라갈 수 있었던 것은 상서 번건(樊建)·초주·극정 등 겨우 몇 사람에 지나지 않았다. 요화·동궐은 병이라 핑계 대고 집에서 나오지 않았다. 그 뒤 얼마 되지 않아 번민하다가 잇따라 세상을 떠났다.

이때 위나라는 경원 5년이 개원되어 함희(咸熙) 원년(264)으로 바뀌었다. 이해 3월 오나라 정봉은 병을 거두어 돌아갔다. 촉한이 멸망했기 때문이다.

이때 오나라에서는 중서승(中書丞) 화핵(華覈)이 천자 손휴에게 아뢰었다.

"오나라와 촉나라는 순치의 관계였나이다. 한쪽이 멸망하면 한쪽도 위험하옵니다. 사마소는 머지않아 오나라를 칠 것이옵니다. 폐하, 아무쪼록 대비하시옵소서."

이에 손휴는 육손의 아들 육항(陸抗)을 진동대장군 겸 형주목으로 임명하여 강구(江口)를 지키게 했다.

남서(南徐)의 전략 거점은 좌장군 손이(孫異)가 지켰다. 또 장강 연안에 수백 개의 성채를 쌓고 노장 정봉을 대도독으로 삼았다.

곽익(霍弋)이라는 인물이 건녕(建寧)태수로 있었다. 곽익은 성도가 함락되었다는 소식을 듣자 곧 상복으로 갈아입고 사흘 동안이나 통곡했다.

"후주는 이미 항복했습니다. 태수도 왜 속히 항복하시지 않습니까?"

사람들이 이상히 여기고 그렇게 물었다. 그러자 곽익은 분연히 말했다.

"먼 곳의 일이라 폐하의 안부가 염려스럽다. 위나라가 만일 주인에게 예의를 잊지 않았다면 성문을 열고 항복하겠지만 그렇지 않다면 '주인이 욕을 보았을 땐 신하도 죽는다'라는 말대로 누가 항복할 것인가."

나라가 어려우면 충신이 나오고 집안이 가난하면 효자가 생긴다. 이런 옛말이 헛된 말이 아니라고 사람들은 고개를 끄덕였다.

곽익은 첩자를 보내어 후주의 뒷소식을 알아보게 했다.

성도에서 장안으로, 그리고 다시 낙양으로 수레에 흔들려 가는 후주 유선의 마음은 어떠했을까?

그는 결코 새로운 운명에 대해 슬퍼하거나 우울해하지 않았다.

오히려 처음 보는 주변의 풍경들이 흥미롭기만 했다. 유선은 고생을 모르고 자랐기 때문에 세상 물정에 너무도 어두웠다. 좋게 말하면 착하고 온순하고 호인이었으며, 나쁘게 말하면 천치 바보였다.

그러므로 낙양이 가까워지면서 사마소가 느닷없이 호통을 쳤을 때에도 얼굴이 흙빛으로 바뀌었다.

"그대는 황음(荒淫)의 천자였다. 어진 이를 물리쳐 오늘의 이 치욕을 맛보고 있지 않는가. 법에 따라 살려 둘 수 없는 일이다."

유선은 벌벌 떨며 변명의 말 한 마디 하지 못했다. 초주와 극정이 필사적으로 애원했다.

"후주는 나라를 결단나게 했습니다. 그렇지만 어떻든 항복을 한 분, 아무쪼록 특별히 용서해 주시기 바랍니다."

사마소는 마지못한 듯 표정을 누그러뜨리고 유선을 안락공(安樂公)에 봉했다. 저택을 주고 다달의 녹미(祿米)를 주는 한편 1만 필의 비단과 100명의 하인 하녀를 내려 주었다.

그리고 아들인 유요, 가신 번건과 초주·극정에게도 각각 관작을 주었으므로 유선은 감사해하며 물러갔다.

그러나 사마소는 환관 황호의 간사함을 미워하였다. 그를 공개 처형장으로 끌어내어 참혹한 사형으로 다스렸다.

곽익은 이런 소식을 모두 듣고 나자 무리를 이끌고서 위나라에 항복했다.

유선은 이튿날 문안하기 위해 상국(승상) 사마소의 저택에 얼굴을 내밀었다. 사마소는 잔치를 베풀고 그를 초대했다.

위나라 음악 반주로 미녀들이 나와 춤을 추었다. 여기에 참석한 촉나라 가신들은 음악도, 맛좋은 술과 안주도, 또 미녀도 눈에 들어오지 않는 듯 시종 침통한 표정이었으나 유선만은 손뼉을 쳐가며 무척 즐거운 모양이었다.

미녀들이 퇴장하자 궁중의 악사들이 금을 연주했다. 금소리가 구슬피 들려 촉나라 가신들은 멀리 떠나온 고향 생각을 하며 저도 모르게 눈물을 흘렸다. 그런데 유선만은 무엇이 그렇게 즐거운지 연신 싱글벙글 웃고 있었다.

사마소는 그런 유선의 모습을 보고 하도 어이가 없어서 옆의 가충에게 속삭였다.

"저 녀석 꼴좀 봐라! 도무지 망국을 슬퍼하는 빛이 없잖나? 저래 가지고서는 제갈공명이 살아 있다 해도 나라를 보전하지 못했을 거야. 하물며 강유 따위의 힘으로써야!"

그러자 가충이 능글맞게 되물었다.

"말씀이 옳습니다. 만일 유선이 저렇지 않았다면 아무리 전하라도 촉나라를 항복시킬 수는 없었겠지요."

사마소는 약간 불쾌했으나 사실이 그렇기 때문에 웃어버렸다. 그리고 이번에는 목소리를 높여 직접 유선에게 물었다.

"안락공, 어떠시오? 촉나라가 그립지 않소?"

"그리울 것 없소이다. 도읍에 온 뒤로 매일 즐거운 날이 계속되고 있을 뿐입니다."

조금 있다가 유선은 뒷간에 가기 위해 일어서 자리를 떠났다. 극정이 따라와서 속삭였다.

"폐하, 어째서 촉나라가 그립다고 대답하시지 않았습니까? 진공이 다시 물으면 이번에는 울면서 대답하십시오. '아버님의 무덤이 멀리 거기에 있습니다. 매일 서쪽 하늘을 보면서 울지 않는 날이 없습니다'라고 말입니다. 그러면 진공은 아마 폐하를 촉나라로 돌려보내 주실 겁니다."

유선은 고개를 끄덕이며 극정이 일러준 말을 입속으로 몇 번이고 되뇌어 본 다음 연회석으로 돌아왔다.

유선의 표정을 날카롭게 지켜보던 사마소가 다시 물었다.

"안락공, 촉나라가 정말 그립지 않소?"

그러자 유선은 대답했다.

"아버지의 무덤이 머나먼 그 땅에 있습니다. 매일 서쪽을 바라보며 울지 않는 날이 없습니다."

눈물을 흘려보여야 할 텐데 눈물이 나오지 않았다. 그래서 눈을 감고 얼버무렸다.

사마소가 말했다.

"참 이상하군. 그 말은 극정의 말과 똑같지 않은가?"

"예, 그렇습니다. 극정이 그렇게 말하라고 하더이다."

이 대답을 듣고 연회장의 사람들이 모두 웃었다.

너무도 바보스러운 대답이었기 때문이다. 사마소는 이 정도의 위인이라면 안심이 된다고 믿고 유선에 대한 경계심을 모두 풀었다.

유선을 탄식하며 읊은 시가 있다.

　　나라가 망했는데 슬퍼하지 않는
　　이렇듯 얼간이 천자도 있을까
　　웃어라 노래하라, 안락공
　　천하 고금에 다시없는 복받은 자여

며칠 뒤, 가충 등은 조회 때 천자 조환에게 아뢰었다.

"진공 사마소는 이번에 촉나라를 평정하여 그 공이 큽니다. 마땅히 왕으로 올리셔야 할 줄로 아옵니다."

조환은 물론 이름뿐인 천자였다.

"좋을 대로 하시오."

이리하여 진공 사마소는 진왕(晉王)에 봉해졌고 아버지 사마의는 선왕(宣王), 형 사마사는 경왕(景王)에 추증되었다.

본디 사마소의 아내는 왕숙(王肅)의 딸로 두 아들을 낳았다. 맏아들은 사마염인데 체격이 참으로 늠름한 인물이었다.

서면 그 머리털이 땅까지 닿았다. 두 손을 늘어뜨리면 손 끝이 무릎 아래까지 닿는다. 총명한데다 무예가 뛰어나고 남다른 배짱이 있었다.

둘째 아들은 사마유(司馬攸). 같은 형제가 어떻게 그리 다를 수 있을까 할 만큼 온화함·공손함·효성과 형제애가 있었다.

따라서 사마소는 유를 더 사랑했다. 형님 사마사에게 아들이 없었으므로 유를 그의 양자로 보내 형의 집안을 잇게 했다. 그리고 사마소는 입버릇처럼 이렇게 말했다.

"천하는 본디 우리 형님의 천하였다."

사마소는 진왕이 되자 유를 태자로 세우려 했다. 산도(山濤)가 이를 간했다.

"순서를 지키는 것이 예입니다."

가충·하증(何曾)·배수(裵秀) 등도 반대하며 말했다.

"맏이이신 염이야말로 큰 재주와 인망이 있으며 더욱이 그 괴위(魁偉)함은 인신(人臣)으로 끝날 분이 아닙니다."

'죽림 칠현'의 하나인 산도는 이때 61세였다. 근위무관·황제 정무비서·건의관·의전대신·인사원 총재·태자소부(太子少傅)·황제 정무

비서장 등을 지냈다. 특히 그는 관리를 전형하는 직책을 역임했는데 이 방면에서의 그의 업적이 뛰어났다.

'산도의 관리 추천은 거의 백관 모두에 걸쳤다. 그의 선고(選考)에는 틀림이 없었으며 그의 인물 비평은 모두가 들어맞았다.'

'산도는 천거에 즈음하여 인물 하나하나에 적절한 평가를 내렸다. 당시의 사람들은 이것을 산공의 계사(啓事 : 상신서)라 부르며 높이 평가했다.'

사실 산도는 벼슬아치로서 청렴결백한 인물이었다. 벼슬이 아무리 올라도 검소한 생활은 그대로였고 젊은 측실 하나 두지 않았다.

녹봉으로 받은 쌀과 비단은 모두 친척과 친구에게 나누어 주고 사는 집도 아들과 손자들마저 받아들일 수 없을 만큼 비좁았다고 한다.

산도는 마지막으로 염원했던 삼공의 하나인 사도(司徒)에 임명되었다. 이때 그의 나이 78세. 그는 사도가 되자 곧 사직서를 써냈다.

"죽을 날이 가까운 몸, 더 이상 관공서를 더럽힐 수 있겠는가!"

즉 그는 삶의 전성기를 알았다.

여름이 있으면 이윽고 가을과 겨울이 있는 법. 그 여름에 미련을 갖지 않고 물러서는 것이 '유종(有終)의 미(美)'를 거두는 것임을 산도는 잘 알고 있었다.

이런 산도이니만큼 말에 무게가 있었다. 사마소도 그를 신임했다.

지난 번 촉에서 종회와 등애의 행동이 수상쩍을 때 사마소는 몸소 대군을 이끌고 장안까지 갔다.

그때 위나라 왕공들은 모두 업(鄴)에 살고 있었다. 사마의가 반란에 대비하여 그곳에 모아놓은 것이다.

사마소는 출정하면서 뒷일을 산도에게 부탁했다.

"촉나라 일은 내가 해결하겠소. 업에서 만일 무슨 일이 있게 되면 그대에게 부탁하오."

이때 산도는 행군사마(行軍司馬)에 임명되어 특별히 정예병 500을 지휘했다. 산도는 그 병력을 지휘하며 업의 치안 유지에 임했던 것이다.

사마소가 개선하자 산도는 그 공에 의해 신답(新畓)의 자작이 되었고 다시 상국의 장사(長史)로 선임되어 행정 전반을 관할하고 있었다.

태자 결정만은 사마소도 좀처럼 결단을 내리지 못했다.

사마소는 말했다.

"형님이 시작한 사업을 아직 완성하지 못하고 있소. 내가 무엇을 해 왔는가 살펴보니 형님 돌아가신 뒤 그 사업을 한때 맡았을 뿐이오. 그러니 아무래도 사업을 유에게 계승토록 하여 공업을 형님에게 돌려주고 싶소."

그러자 산도가 거듭 주장했다.

"그것이 그릇된 생각이라는 것입니다. 연장자를 놔두고 연소자를 후계자로 세움은 예에 어긋나는 불길한 일. 국난의 씨앗을 뿌리는 것입니다."

이리하여 사마소도 결단을 내려 사마염을 태자로 정했다.

진왕이 된 사마소에게 사람들이 다투어 아첨하기 시작했다.

"올해 양무현(襄武縣)에 거인이 나타났습니다. 키가 20자 남짓, 걸음 너비가 놀랍게도 석 자 두 치나 됩니다. 게다가 머리는 백발이고 턱수염은 푸르며, 노랑 옷을 걸쳤는데 명아주 지팡이를 짚고서 '나는 백성의 우두머리다. 와서 너희들에게 알린다. 속히 천자를 바꾸어라. 그러면 천하가 태평해지느니라.' 하며 이틀 동안 외치고 다니더니 문득 사라졌습니다. 이는 곧 전하에게 상서로운 조짐입니다. 아무쪼록 12가닥 장식끈의 관을 쓰시고 천자의 깃발을 세우시며, 여섯 필 말이 이끄는 금근거(金根車)로 출입하시는 한편 왕비를 황후로, 태자를 황태자로 올리도록 하십시오.”

사마소는 이 말이 싫지 않았다. 그리하여 고심을 거듭하던 어느 날 자기 왕궁에서 식사를 하고 있을 때였다. 갑자기 중풍의 발작이 일어나 말을 할 수 없게 되었다. 그리고 그 이튿날에는 벌써 목숨이 경각에 놓여 있을 만큼 위독했다.

태위 왕상·사도 하증·사공 순의, 그밖의 대신들이 달려왔다.

사마소는 혓바닥이 굳어져 말을 할 수 없어 손가락으로 태자 사마염을 가리키며 숨을 거두었다. 함희 2년(265) 8월의 어느 날이었다. 사마소가 죽자 사도 하증이 말했다.

“천자보다도 진왕이 중하다. 먼저 태자를 진왕에 올리고 상을 발표해야 한다.”

이리하여 사마염은 그날 중에 진왕으로 올랐다. 그리고 하증을 위나라가 아닌 진(晉)나라 승상으로 삼았다. 사마망이 사도, 석포(石苞)가 표기장군, 진건(陳騫)은 거기장군에 임명했다. 그리고 아버지에게는 문왕(文王)이라는 시호를 내렸다.

산도는 대홍려(大鴻臚)로 올려 주고——

“고맙소.”

감사의 인사를 했다. 자기를 태자로 강력히 밀어준 산도에게 응분의 대접을 한 셈이다.

장례식이 끝났다. 사마염이 가충·배수를 불러 물었다.

“조조가 일찍이 ‘만일 천명이 나에게 있다면 나는 주문왕이 되고 싶다’고 했다는데 과연 그 뜻이 무엇인지?”

“조조는 세상 사람들이 한 황조를 찬탈했다고 손가락질하는 것이 싫어 그렇듯 말을 얼버무렸던 것입니다. 주문왕은 자신이 천자가 되지 않고 아들인 무왕이 천자가 되었지요. 곧 조조는 그렇게 말하여 아들인 조비에게 네가 천자가 되라고 가르쳐 주었던 것입니다.”

“나의 부왕은 조조와 비해서 어떨까?”

사마염이 거듭 묻자 이번에도 가충이 대답했다.

“조조의 사업은 특별한 것이지만, 그러나 백성이 그의 권세에 두려움을 느끼고 그에게는 친근감을 느끼지는 못했습니다. 조비는 그 뒤를 이었지만 무역이다, 전쟁이다 하여 백성을 동서로 몰아댔을 뿐 하루도 편한 날이 없었습니다. 그 뒤 우리의 선왕(사마의), 경왕(사마사)께서 자주 공을 세우시고 백성에게 덕을 베푸셨기 때문에 천하 인심이 두 분께 돌아갔던 것입니다. 또 문왕(사마소)에 이르러서는 촉나라를 평정하시어 천하에 비길 데 없는 공을 세우셨습니다. 이것은 조조가 도저히 미치지 못하는 것이었습니다.”

“조비도 한나라 뒤를 이었다. 그렇다면 내가 위나라 뒤를 이었다 하더라도 안될 것은 없겠군?”

가충과 배수는 그 말을 듣자 두 번 절하고 꿇어엎드렸다.

“전하 분부대로 곧 조비의 전례를 좇아 수선대(受禪臺)를 쌓고 전하의 즉위를 천하에 선포하심이 옳을 줄 압니다.”

사마염은 아주 흡족한 표정을 지었다.

사마염은 이튿날 칼을 차고서 후궁에 들어갔다.

천자 조환은 이때 20세인 애송이로 아예 조회를 폐지하고 매일 후궁에만 틀어박혀 있었다. 여자와 술도 싫증이 나서 허탈 상태에 빠져 있었다. 그런 곳에 사마염이 성큼성큼 나타났다. 조환은 섬뜩하여 몸을 떨었다. 자기도 모르게 보료에서 일어나 그를 맞았다.

사마염은 인사조차 않고 털썩 천자가 앉았던 보료에 앉더니 노려보듯 하며 물었다.

“위나라 천하가 평안함은 누구 덕택이오?”

“그야 진왕 부조(父祖)의 덕이 아니겠소?”

주객이 뒤바뀐다더니 이런 일을 두고 하는 말이다. 오히려 천자가 진왕에게 공손히 대답했다.

사마염은 크게 웃고 나서 말했다.

"폐하는 보아한즉 글도 못하고 무예도 없어서 도저히 한 나라의 주인 그릇이 못되오. 어째서 재덕 있는 이에게 나라를 물려주려 하지 않소?"

조환은 벙어리처럼 대답을 못했다. 옆에 있던 황문시랑 장절(張節)이 오히려 큰소리로 꾸짖었다.

"진왕의 말씀이 틀렸소. 옛날 위나라 무조황제(조조)는 동서로 도적을 평정하고 남북으로 토벌군을 이끄시며 예사롭지 않은 고난 끝에 천하를 평정하셨소. 또 금상폐하는 덕은 있을지언정 죄는 없습니다. 어째서 물러나셔야만 하오리까?"

사마염이 성이 나서 버럭 소리를 질렀다.

"천하는 한나라 것이다. 위나라가 다 무엇이냐! 조조는 한나라 천자를 볼모로 잡고 제후를 호령한 놈이다. 스스로 멋대로 위왕이 되고 한나라 천하를 훔친 놈이 아니냐. 또 위나라는 우리 사마씨 3대에 의해 세워졌지 결코 조씨 혼자의 힘으로 이루어지지 않았다는 것은 세 살 먹은 어린애라도 아는 일. 나, 여기 있는 사마염이 오늘날 위나라 천하를 계승하는 데 무슨 잘못이 있느냐!"

장절도 지지 않았다.

"찬탈이다! 역적이다! 네놈이 역적이 아니고 무엇이냐!"

그러자 사마염은 싸늘하게 말했다.

"찬탈도 한나라를 위한 명분있는 찬탈이다! 그래, 그것이 어쨌다는 거냐?"

한나라 천자 헌제는 산양공으로 떨어져 그때까지 살아 있었지만, 만일 사마염의 이 말을 들었다면 쓴웃음을 지었으리라.

사마염은 무사들에게 명하여 장절을 궁궐 밖으로 끌어내어 몽둥이로 때려 죽이게 했다.

후세 사람이 탄식하여 시를 남겼다.

　　위가 한을 멸하자 진이 위를 삼키네
　　하늘의 돌고 도는 이치 피할 길이 없구나
　　가련하도다, 나라 위해 목숨 버린 장절
　　주먹 하나로 어찌 태산을 막으리오

　조환은 그 자리에 꿇어엎드려 울면서 사마염에게 빌었다. 그러나
사마염은 발소리도 거칠게 나가 버렸다.

조환이 가충과 배수에게 물었다.

"짐은 대체 어찌하면 좋을까?"

가충이 싸늘하게 대답했다.

"위나라 명운(命運)이 다 된 것이옵니다. 폐하, 하늘의 뜻을 거슬러가면서까지 천자로 계실 필요는 없지 않사옵니까? 한나라 헌제의 전례를 좇아 수선대를 마련하시고 옥좌를 진왕께 물려주시옵소서. 그것이 순리이며 그래야만 백성도 만족하고 폐하의 옥체도 무사하실 수가 있사옵니다."

조환은 모든 것을 체념했다. 곧 가충을 불러 수선대를 쌓으라고 명했다.

이해 12월, 조환이 몸소 옥새를 받들고 대 위에 섰으며 진왕에게 나라를 물려주는 의식을 올렸다.

사마염이 옥새를 받았다. 조환이 내려갔다. 그리고 천자의 옷을 벗고 가신의 자리에 섰다.

사마염은 대 위에 높이 앉았다.

좌우에 가충과 배수가 칼을 잡고 시립했다.

조환이 땅에 꿇어 엎드려 절을 두 번 올리자 조서가 낭독되었다.

"건안 25년, 위나라가 한나라 선양을 받고서 45년이 지났느니
라. 이제 위나라는 하늘이 준 명을 끝내고 천명은 진나라로 옮겨
지느니라. 사마씨의 은덕이 천하에 고루 미쳐 황제위에 오르니 아
름답도다! 성수 만세로다. 그대 조환은 진류왕(陳留王)에 명하느
니 낙양을 떠나 금용성(金墉城)으로 갈지어다. 조명(朝命) 아니
면 함부로 도성에 들어오지 말라."

그러자 조환은 울면서 이마를 땅에 조아리고 감사의 뜻을 말했다.

태복 사마부가 조환 앞에 와서 머리를 조아리고 울었다. 사마부는
사마의의 동생으로 사마염에게는 종조부이다. 그가 조환에게 말했다.

"저는 오늘까지 위나라 신하였습니다. 따라서 죽기까지 위나라
가신입니다."

사마염이 사마부를 안평왕에 봉했지만 자기의 맹세대로 사양하고
서 끝내 받지 않았다.

후세 사람이 시를 지어 탄식했다.

　　진나라의 규모 위왕과 비슷한데
　　진류왕이 걸어간 길 산양공과 똑같구나
　　또다시 수선대 앞에서 수난을 당하니
　　지난 일 돌이켜보면 슬프기만 하여라

오나라 손휴는 사마염이 찬탈했다는 소식을 듣자 백관을 소집했다.

"황제가 된 사마염은 공을 세우기 위해 우리 오나라를 칠 것이다.
나는 그 일이 걱정되어 견딜 수 없다."

손휴는 걱정한 나머지 병석에 눕게 되었다. 승상 복양흥(濮陽興)과 황태자 손완(孫雹)을 불러 뒷일을 부탁했다. 그리고 한 손으로 복 승상의 팔꿈치를 잡고 한쪽 손가락으로 황태자를 가리키면서 숨을 거두었다.

복양흥이 중신들을 소집하여 천자 세울 것을 의논하자, 좌전군(左典軍) 만욱(萬彧)이 의견을 내놓았다.

"황태자보다 오정후(烏程侯) 손호(孫晧)를 세움이 어떨까요?"

좌장군 장포(張布)도 이 주장에 찬성했다.

"그분이라면 결단력이 있어 나라를 이끌 만합니다."

그러나 승상 복양흥은 손휴의 고명을 받았고 그 때문에 선뜻 결정을 내리지 못했다. 할 수 없이 후궁에 들어가 주태후(朱太后)의 의견을 듣기로 했다.

"나는 한낱 과부입니다. 나라 일은 여자가 알 일이 아니므로 대신들이 잘 의논해서 결정하세요."

복양흥은 결국 손호를 새 천자로 맞이하기로 결정했다. 손호는 자가 원종(元宗)이며, 손권의 아들인 손화의 아들이었다.

그러나 이 결정은 크게 잘못된 것이었다. 천자가 되자 손호는 날로 인간이 사나워지고 술이다, 여자다 하며 도무지 정사를 돌보지 않았기 때문이다.

가신들이 간했다.

"폐하! 강동의 오나라는 선조들께서 세우신 나라로 천대 만대 지켜나가셔야 할 나라이옵니다. 지금 폐하께서 정사를 게을리하시니 이대로 나간다면 큰 화를 불러오게 되옵니다."

그래도 손호는 듣지 않았다. 그는 늙은 가신들의 간언이 잔소리로밖에 들리지 않고 귀찮게만 여겨졌다.

"잔소리를 듣지 않는 좋은 방법이 없을까?"

손호가 어느 날 가장 신임하는 환관 잠혼(岑昏)에게 물었다.

"물러가라고 명을 내리시고 조정에 일절 나오지 못하게 하시면
됩니다."

"그들을 파직시키란 말인가? 그러면 더 시끄러워진다. 아무튼 조
상의 뼈를 팔며 서로 뭉쳐 있는 벼슬아치들이니까!"

"그럼 이렇게 하십시오."

잠혼이 손호 귀에 입을 대고 무엇인가 속삭였다. 손호는 고개를
끄덕이며 손뼉을 쳤다.

"그것 참 묘계로다!"

이날부터 손호는 신하들을 모아 궁중에서 자주 연회를 열었다.

"오늘은 군신이 화락(和樂)하는 자리다. 천자 앞이라고 어려워
말고 마음껏 취하도록 하라!"

이리하여 백관들은 곤드레만드레가 되도록 술을 마셨다. 그런데
손호는 환관들을 연회석에 시립토록 하여 신하들이 술김에 함부로
하는 말이나 실수를 일일이 기록하여 보고하게 했던 것이다.

잘못이 있다면 귀찮은 가신을 말썽 없이 그만두게 할 수 있기 때
문이었다.

나중에는 천자를 똑바로 쳐다보았다거나 혀꼬부라진 소리를 했다
고 트집을 잡아 처벌 대상으로 삼았다.

이리하여 손호는 잠혼의 계책대로 잔소리하는 가신을 조정에서
쓸어내는 데 성공했다. 그러다 보니 남은 가신들은 뼈대가 흐물흐물
한 인간들뿐이었다.

승상 복양흥과 장포가 이것을 보다못해 간했다.

"폐하! 이러다가는 나라가 망합니다."

"뭐라고?"

손호는 그 말을 트집잡아 중신들마저도 참형에 처했고 그 가족까
지 모조리 죽였다. 그리하여 가신들은 일제히 입을 다물고 손호가
무슨 짓을 하건 벙어리가 되었다.

손호는 개원(改元)을 자주했다. 개원은 천자가 바뀌거나 나라에
큰 일이 있을 때, 그야말로 천하 백성의 마음을 일신하기 위해 시행
하는 법이다.

그러나 손호는 별 이유도 없이 개원했다. 그는 보정(寶鼎) 원년
이라 개원하고 육개(陸凱)와 만욱 두 사람을 새로이 좌우승상으로
임명했다.

손호는 이 무렵 수도 건업을 떠나 무창에 가 있었다. 이 때문에
물자 산지인 양주의 백성들은 일일이 장강을 거슬러 올라가며 산물
을 수송하지 않으면 안 되었다.

손호는 그런 백성들의 노고쯤은 조금도 괘념하지 않았다. 오히려
진시황을 능가하는 쾌락과 사치를 일삼았다. 이를테면 후궁에 이미
수천 명의 여자들이 넘쳐 있었지만 그래도 잇따라 여자를 징발해서
후궁에 넣었다.

그리고 궁중에 강물을 끌어들여 뱃놀이를 즐겼고, 자기 뜻에 거슬
리는 여자는 닥치는 대로 죽여 강물에 던졌다.

보다못해 육개가 상소하여 간했다.

지금 나라에는 천재가 없는데도 백성들이 괴로움을 당하고, 나
라에 큰 변이 없는데도 백성들은 가난하게 살고 있습니다. 참으로
딱한 일이옵니다. 옛날에 한나라가 쇠약해지자 손(孫)·유(劉)·조
(曹) 삼씨(三氏)가 솥발처럼 서 있는 세상이 되었사옵니다만, 유
씨와 조씨는 멸망하고 진나라가 일어섰사옵니다. 이는 무서운 교
훈이옵니다. 저는 다만 폐하를 위해 나라를 걱정하며 말씀드리옵
니다. 무창은 본디 토지가 험준하고 물자가 부족하여 결코 도읍이
될 곳이 못됩니다. 요즘 항간에 유행하는 노래가 있습니다.

싫어요 싫어요, 무창의 물고기

건업의 물이 좋다나요
싫어요 싫어요, 무창의 생활
건업에서 거렁뱅이 짓이 낫다나요

이것으로서도 하늘의 뜻이나 민심을 엿볼 수 있사옵니다. 바야
흐로 나라에는 한 해를 버틸 양식이 없고 관리는 오직 가혹한 징
발만 일삼을 뿐 백성들을 불쌍히 여기지 않고 있사옵니다. 대제
(大帝 : 손권)께서 계실 때에는 후궁 여자가 100명 남짓이었는데 경
제(景帝 : 손휴) 이래로 그것이 천 명을 넘고 있사옵니다. 이 때문에
재정이 큰 압박을 받지 않을 수 없습니다. 그리고 또 가까이 모시
는 신하로서 적임자가 없고 오직 파벌을 만들며 제멋대로 구는 자
만 득시글거리옵니다. 이러고 보면 충신은 해를 입고 현신은 숨게
되옵니다. 폐하! 아무쪼록 가혹한 세수를 중지하시고, 후궁의 여
자를 줄이시며, 백관의 인선을 공정히 하십시오! 그래야만 백성
이 기뻐하고 나라가 안정됩니다.

그러나 손호는 이 절박한 간언을 콧방귀로 흘려 버렸다. 오히려
뒤틀어서 대규모 토목공사를 일으키고 궁전을 여기저기 세웠다.
이러고서도 오나라가 그나마 이때까지 무사했던 것은 장강의 천
험과 육항이 있기 때문이었다.

손호가 하루는 엉뚱한 소리를 했다.
중서승 화핵에게 말했다.
"선제는 경의 권고를 좇아 장강 연안에 수백 군데의 성채를 배치
하고 노장 정봉을 대도독으로 삼았었는데, 짐은 그러한 소극책보
다 진나라를 선제 공격해 촉나라 원수를 갚으려 하오. 어느 곳으
로 쳐들어가는 게 좋겠소?"

"폐하, 지금은 그럴 때가 아니옵니다. 지금 폐하로서는 덕을 닦으시고 백성을 평안케 하는 것이 최상의 방책이옵니다. 만일 그렇지 않고 굳이 병을 일으키신다면 화약을 지고서 불난 곳으로 달려가는 자폭 행위가 되옵니다."
손호는 당장에 시무룩해졌다.
"짐이 모처럼 조정에 나와 나라 일을 펴려 하는데 그 말버릇이 뭐냐? 짐의 기를 꺾겠다는 것이냐!"
손호는 그날로 육항을 시켜 군에 동원령을 내리게 했다. 목표는 형주의 양양이었다.

사마염은 첩자들의 보고를 받고 신하들을 모아 의견을 물었다.
그 자리에서 가충이 말했다.
"오나라 손호는 형편없는 인간이라는 소문이옵니다. 폐하는 장군 양호(羊祜)에게 조서를 내려 이것을 막도록 하십시오. 그러다가 오나라에 내분이 생겼을 때 허점을 노려 단숨에 친다면 통일 대업을 이룰 수가 있습니다."
사마염이 곧 조서를 내렸다. 양호는 칙명을 받들고 양양에 달려가자 곧 군비를 갖추었다.
양호는 범장(凡將)이 아니었다. 오나라 군사로 포로가 되어 있는 자는 과감하게 석방하여 고향에 돌려보내 주었다. 또 휘하 장병에게 둔전(屯田)를 열도록 하여 군량을 자급자족케 했다.
처음 양양으로 갔을 때는 100명 먹을 식량도 없었는데 그 해 추수를 끝내자 10년치 양식이 쌓아올려졌다.
양호는 군중에서 언제나 경장(輕裝)으로 있었다. 투구도 갑옷도 착용하지 않았다. 호위병도 10여 명 정도였다.
어느 날 부하 장수가 권했다.
"척후병에 의하면 강 건너 오나라 병사는 오합지졸이라 합니다.

지금 기습을 한다면 승리는 우리의 것입니다.”

양호가 웃으며 말했다.

“그대들은 육항을 얕잡아보는 모양인데 큰일날 소리다. 몇 해 전 그가 손호의 명으로 서릉(西陵)을 공격하고, 보천(步闡) 등 우리 편 장수를 수십 명이나 베었을 때, 나는 구원하러 달려갈 겨를마저 없었다. 그가 강 건너에 있는 한 우리 쪽에서 먼저 공격하면 안 된다. 기회가 오기를 기다려야 한다.”

어느 날 양호가 사냥을 나갔는데 육항도 역시 사냥을 나왔다.

양호는 부하에게 단단히 일렀다.

“우리 경계를 넘어선 안 된다!”

진나라 영내에서만 몰이꾼을 사용했다. 육항은 그것을 보고서 감탄했다.

“양호도 예사 장군은 아니구나! 사냥하는 몰이꾼의 규율만 봐도 알 수 있어.”

날이 저물자 각각 본진으로 돌아갔다. 양호가 사냥하여 잡은 짐승을 검사했다. 그리고 오나라 군사의 화살을 맞은 동물이 발견되자, 그것을 정중히 오군 진영으로 보내주었다.

육항은 사냥감을 가져온 군사를 막사로 불러들여 물었다.

“그대들의 대장군은 술을 마실 줄 아나?”

“예, 좋은 술이라면 잡수십니다.”

“그런가! 이곳에 담근 지 오래 된 좋은 술이 있는데 양 장군에게 선물로 전해 주겠나? 본디 내가 마시려고 빚은 술이지. 조그마한 답례야.”

군사는 술독을 메고 돌아갔다.

부하가 육항에게 물었다.

“왜 그들에게 술을 주십니까?”

“저쪽이 호의를 베풀었는데 우리도 가만히 있을 수 없잖은가.”

한편 양양에서는 양호가 술독을 보자 기뻐했다.

"육항도 내가 술을 즐긴다는 것을 알고 있었나 보지."

그러고서 먼저 한 바가지 떠마셨다.

부장인 진원(陳元)이 말했다.

"만일 독이라도 들어 있다면 어쩌려고 덮어놓고 마시십니까?"

"아냐, 육항을 믿네. 그는 남을 독살할 만큼 비겁자는 아니야."

한 방울도 남기지 않고 모두 마셔 버렸다.

양자 사이에 이로부터 사자가 오고갔다.

그러던 어느 날 양호가 오나라 사자에게 물었다.

"육 장군께선 그 동안 별일 없으신가?"

"사나흘 병으로 누워 계십니다."

"호오! 그것 안됐군. 술을 좋아하시니까 아마 나하고 비슷한 지병을 가지고 계실 거야. 내가 장복하는 좋은 약이 있는데 이것을 장군께 갖다드리게."

육항의 부하 장수들이 말했다.

"양호는 적입니다. 적이 보낸 약을 잡수시면 안 됩니다."

그러나 육항은 태연히 먹었다.

"걱정 마라! 양호는 독살을 꾀할 사나이가 아니야."

다음날 병이 거뜬히 나았다. 장수들이 병문안 왔다가 병이 나은 것을 보자 기뻐했다. 육항이 그런 모두에게 말했다.

"그의 호의에 우리가 폭력으로 답한다면, 우리는 싸우지도 않고서 그에게 지는 것이 된다. 마땅히 서로 경계를 지킬 뿐 쓸데없는 잔재주를 부려선 안 된다!"

장수들은 공손히 그 말을 들었다.

때마침 손호에게서 사자가 왔다.

"천자께서 말씀하셨습니다. 장군은 속히 군을 진격시키라는 어명입니다."

"먼저 돌아가라. 천자께는 내가 상주문을 올리겠다."
손호는 얼마 후 육항의 상주문을 읽고서 화를 냈다.
"육항이란 놈! 변경에 있으면서 적과 가까이 지낸다더니 과연 그랬었구나!"
곧 육항의 병권을 박탈하고 사마(司馬)로 좌천시켰다. 그 후임으로는 좌장군 손이를 보내기로 했다. 누구 하나 간하는 사람이 없었다.
육항은 이 일로 크게 실망한 나머지 병이 나서 이윽고 죽고 말았다. 진나라 함녕(咸寧) 원년(274)이었다.
양호는 육항이 죽었다는 소식을 듣자 오나라를 칠 때는 지금이라고 생각하고 낙양에 상주문을 올렸다.

　　기회는 하늘이 주시옵니다. 그러나 공업(功業)은 사람이 스스로 이룩하지 않으면 안 되옵니다. 장강과 회수는 확실히 천험이지만, 촉나라 검각에 비한다면 아무것도 아니옵니다. 또한 손호의 폭정은 유선을 앞질렀고 오나라 백성의 괴로움은 촉나라 백성 이상이옵니다. 지금이야말로 대군을 일으켜 오나라를 평정할 때이옵니다.

그러나 가충 등이 이에 반대했다. 사마염은 중신들의 의견을 좇아 양호의 상주를 각하시켰다.
"천하의 일은 열에 여덟 아홉까지는 뜻대로 되지 않는 법이다. 그러나 이런 기회를 놓치다니!"
양호는 통탄해 마지않았다.

진나라 함녕 4년(278), 양호는 남양으로 올라갔다. 고향에 돌아가 병든 몸을 쉬고 싶다는 상주문을 올렸다.
그때 사마염이 시험삼아 물었다.
"나라의 정책에 대해 무언가 하고 싶은 말은 없나?"

"손호가 갖은 흉포를 다하고 있습니다. 지금 이때라면 싸우지 않고
도 오나라를 이길 수 있사옵니다만, 손호가 만일 죽고서 현군이 그
뒤를 잇는다면 오나라는 도저히 폐하의 것이 되지 않을 것이옵니다."
사마염은 명장의 말을 그제서야 깊이 깨달았다.
"장군, 장군이 오나라를 당장 쳐 주오."
양호는 사양했다.
"저는 이미 늙고 몸에 병들어 쓸모가 없사옵니다. 아무쪼록 지용
(智勇)을 겸비한 다른 무장을 보내도록 하시옵소서."
이해 11월 양호가 드디어 위독해졌다. 사마염이 친히 그의 병상
을 찾아가 문병했다.
양호는 눈물을 흘렸다.
"폐하, 신이 이런 꼴이 되어 황공하옵니다."
사마염 또한 울면서 말했다.
"오나라를 치라는 장군의 건의를 좇지 않았음을 짐은 후회하고
있소. 누구로 장군의 뒤를 잇게 하면 좋겠소?"
"마지막 충성으로 말씀드리옵니다. 우장군 두예(杜預)가 적임이
옵니다. 오나라를 칠 때에는 아무쪼록 그를 쓰도록 하시옵소서."
"선인을 올려주고 현인을 권하는 것은 모두 훌륭한 일이오. 그런
데 장군은 사람을 조정에 천거할 때 추천 문서를 남에게 보이지
않도록 스스로 불살라 버리고 있다는데, 그것은 무슨 까닭이오?"
"추천한 당사자에게서 개인적으로 사례를 받고 싶지 않았기 때문
입니다."
말을 마치자 양호는 숨을 거두었다.
사마염은 양호의 유언을 좇아 두예를 진남대장군으로 올려주고
형주를 맡겼다.
함녕 5년(279), 드디어 오나라 토벌대군이 편성되었다.
여섯 방면으로 침공하는 대작전을 짰다.

총병력 20만이며 진격로와 사령관은 다음과 같았다.

> 팽성—저중(滁中) :　낭야왕 사마주(司馬伷)
> 합비—횡강(橫江) :　안동대장군 왕혼(王渾)
> 여남—무창(武昌) :　건위장군 왕융(王戎)
> 남양—하구(夏口) :　평남장군 호분(胡奮)
> 양양—강릉(江陵) :　진남대장군 두예(杜預)
> 성도—건업(建業) :　용양장군 왕준(王濬)

먼저 왕준은 정월에 성도를 출발하여 뱃길로 장강을 내려왔다. 그리하여 오나라 단양(丹陽)을 공격하여 이곳을 함락시키고 적장 성기(成紀)를 사로잡았다.

위군을 맞은 오군은 장강 요충지에 진을 치고 물 위에는 쇠줄을 쳐놓았다. 물 속에는 길이 열 자 가량의 쇠송곳을 세워 적 선단의 내습에 대비하고 있었다.

그런데 이 방어책은 양호가 양양에 주둔하고 있을 때, 이미 상세한 정보를 수집해 두었기 때문에 소용이 없었다.

왕준은 사방이 100자나 되는 큰 뗏목을 수십 개 만들어 그 위에 병사처럼 만든 짚인형을 붙들어매고 물길 안내인이 탄 뗏목을 선두로 장강을 내려왔다.

이윽고 뗏목에 쇠송곳이 꽂혀 쇠송곳은 뗏목과 함께 떠내려 갔다.

또 왕준은 길이 100자, 굵기가 몇 아름이나 되는 거대한 횃불을 만들어 그것에 기름을 담뿍 먹이고서 뱃머리에 고정시켰다. 이윽고 배가 쇠줄에 부딪치자 횃불에 불을 질렀다.

쇠줄이 녹아 뚝 끊어지고 말았다. 이리하여 왕준의 선단은 적의 방어망을 돌파했다. 이윽고 왕준은 서릉을 함락시키고 유헌(留憲)·성거(成據)·우충(虞忠) 등을 사로잡았다. 그리고 이틀 뒤에는 다시

형문(荊門)·이도(夷道)의 두 성을 공략하고 군감(軍監) 육안(陸晏)
을 잡았다. 다시 그 3일 뒤 낙향(樂鄕)을 점령하고 수군 도독 육경
(陸景)을 잡았다. 평서장군 시홍(施洪)은 스스로 항복을 해왔다.
　한편 두예는 양양에서 오나라 강릉을 향해 진격했다. 먼저 참군인
번현·윤림(尹林)·등규(鄧圭)·양양태수 주기(周奇) 등에게 병을 주
어 장강 서쪽 기슭 일대의 적군성을 공격케 했다. 그들은 두예의 작
전 계획에 따라 겨우 열흘 동안에 차례로 평정해 나갔다.
　다시 두예는 관정(管定)·주지(周旨)·오소(伍巢) 등에게 기습부대
로서 병 800명을 주어 어둠을 틈타 장강을 건너게 했다. 그리고 깃
발을 숲처럼 세우게 하고 근처 파산(巴山)에 불을 질러 적의 간담
을 서늘케 했다.
　이윽고 두예는 강릉을 점령했다.
　두예의 군이 진격하는 곳에 오나라 방어진은 허무하게 무너졌다.
　진군은 연전연승하여 마침내 오나라 천기(天紀) 4년(280) 4월 무
창에서 손호의 항복을 받았다.
　이리하여 오나라도 손권이 제위에 오른 지 4대 51년 만에 멸망했다.
　뒷날 당나라 사람이 시를 지어 탄식했다.

　　서진의 큰 배가 익주에서 내려가니
　　금릉 땅 제왕 기운 빛을 잃고 스러진다
　　천 길 쇠사슬 강바닥으로 내려앉자
　　한 조각 항복 깃발 석두성에 걸렸네

　　인간세상 몇 차례나 지난 일 슬퍼하나
　　서새산은 변함없이 찬 물결 베고 누웠어라
　　이제 온 천하가 한집 된 날 맞이하니
　　옛 보루 늦가을 갈대소리만 서걱대네

사마염은 진나라 무제(武帝)가 되었다.

역사에서 이를 서진(西晉)이라 한다.

서진에 이어 동진(東晉)이 천하를 잡았다.

동진은 서진 무제의 아들 혜제(惠帝)의 육촌인 낭야왕(瑯琊王) 예(叡)가 오나라 수도였던 건업을 서울로 삼고 즉위하여 강동 일대를 지키며 만든 나라이다.

동진은 치세를 잘하여 11대 104년 동안 계속되었다.

끝내는 동진도 망하고 남북조시대로 이어져 수(隋)를 거쳐 당(唐)나라 시대로 들어오게 된다.

그것은 길고 긴 피비린내나는 싸움과 숙청의 역사였다. 그러나 그 역사는 몇천 년 전의 일로 끝난 것이 아니고 오늘도 여전히 되풀이되고 있다. 인류가 살고 있는 한 싸움은 되풀이되며 그러는 가운데 역사는 만들어져 갈 것이다.

후세 사람은 고풍(古風) 서사시 한 편을 썼다.

한고조 칼을 뽑아 함양으로 들어갈 때
이글이글 붉은 해 부상(扶桑)에 떠올랐네
광무제가 용처럼 일어나 대통(大統)을 이으니
금까마귀〔金烏〕 하늘 가운데를 높이 날았네

슬퍼라, 헌제가 천하를 이어받자
붉은 해 서쪽 함지(咸池)로 스러지네
하진 무모하여 십상시 난리에 대책 없고
서량 동탁은 조당(朝堂)의 대권을 잡았지

왕윤이 계교를 꾸며 역적 무리 목을 베나
이각 곽사는 칼과 창을 들고 설쳐대네

사방의 도적들 개미 떼처럼 모여들고
천하의 간웅(奸雄)들 매 떼처럼 날도다

손견 손책은 강동(江東)에서 일어나고
원소 원술은 하북하남에서 일으키네
유언 부자는 파촉(巴蜀)을 점거하고
유표 군사는 형주와 양주에 둔쳤다

장연 장로는 남정(南鄭)을 제패하고
마등 한수는 서량(西凉)을 지키도다
도겸 장수 공손찬(公孫瓚)은
저마다 웅재(雄才) 뽐내며 한 고장씩 차지하네

조조가 권력 틀어쥐고 승상이 되니
영재들을 구슬려서 문무관원 임용하네
위엄은 천자를 떨게 하여 제후를 호령했고
용맹한 군사를 거느려 중원 땅을 진압했네

누상촌(樓桑村) 현덕(玄德)은 본디 한 황손으로
관우 장비와 의를 맺어 황실 붙들기 소원했네
동분서주 애를 써도 발붙일 땅 없어 한탄하며
장수 적고 군사 미약 나그네 몸 떠도네

남양 초당에 삼고초려 어쩌면 정이 그리 깊었더냐
와룡은 첫 만남에 삼분천하 결정하네
먼저 형주를 취하고 다음 서천(西川)을 얻으니
왕도와 패도 큰 사업은 익주에 있었네

오호라, 황제 오른 지 3년 만에 세상 떠나니
백제성(白帝城)에서 외로운 아들
부탁하는 마음 아파 견딜 수 없구나
공명은 여섯 번 기산으로 출병하면서
한 손으로 하늘을 떠받치려 원했으나

어찌 알았으랴, 천명(天命)이 이곳에 다할 줄을
큰별이 한밤에 오장원에 떨어졌네
강유는 저 혼자 기력 높은 것만 믿고
아홉 차례 중원을 쳤으나 헛수고만 하였구나

종회 등애 군사를 나누어 촉으로 진격하니
한실 강산은 모두 조씨 것이 되어버리네
조비 조예 조방 조모 겨우 조환에 이르자
사마씨(司馬氏)가 천하를 차지하게 되어라

수선대(受禪臺) 앞엔 구름 안개 피어나도
석두성(石頭城) 아랜 파도조차 일지 않네
진류왕(陳留王) 귀명후(歸命侯) 안락공(安樂公) 들은
왕후공의 작위들이 근본을 따른 것이어라

어지러운 세상사는 끝도 없이 계속되는가
멀고 아득한 하늘 운수 피할 길 없구나
솥발 같던 삼분천하 어느덧 한바탕 꿈이었는데
후세 사람들 탄식하며 공연 가슴만 설레이네

때 모략 운명

때 모략 운명

□ 고발은 좋지만 중상은 나쁘다

권력을 쥐려고 야망을 품은 자가 그 방해가 되는 유력자를 배제할 경우에는 곧잘 중상이란 수법을 쓴다. 이르테면 '그는 공금을 유용한다' '그는 매수당하여 일부러 싸움에 졌다'와 같은 악평을 퍼뜨려 민중을 배반케 하고 실각시키는 방법이다.

중상은 고발보다 하기 쉽다. 중상엔 증인도 증거도 필요 없지만, 고발에는 그것이 필요하다. 중상은 어디든 사람이 모이는 곳이라면 늘 행할 수 있지만, 고발은 일정한 공공기관에 해야 한다.

"중상은 상대를 짜증나게 만든다."　　　　　　　　　　(마키아벨리)

짜증이 난 자는 자기에게 던져진 욕설을 겁내기보다는 미워하므로, 고발은 국가를 유익하게 하지만 중상은 국가를 해친다. 고발이 별로 없거나 고발을 받아들이는 체제가 갖추어지지 않으면, 중상이 횡행한다. 경영자는 사원이 쉽게 고발권을 행사할 수 있도록 하지 않으면 안 된다. 그리하여 중상하는 자를 엄벌해야 한다.

□ 때를 잃지 말자

어떤 나라가 엄청나게 강해지면 그 가까운 이웃 나라들은 겁을 집어먹고 서로 꽁무니를 빼어 남보다 앞서 공격하는 일이 없고 이웃나라가 공격받아도 구원하려 하지 않는 것이 보통이다. 촉나라가 멸망 위기에 놓일 때, 오나라의 대책이 그런 것이다. 그뿐인가. 강국에서 달콤한 말로 꾀면 그만 경계심을 잃고 회유책에 넘어가기 쉬운 심리 상태가 된다. 따라서 강국은 이웃나라 하나를 목표삼아 공격하면서 그밖의 이웃나라를 평화로 꼬드기는 일이 뜻밖에도 쉬운 법이다.

또한 그런 강국과 멀리 떨어져 있는 나라는 그 이웃 여러 나라가 차례로 병탄(倂呑)되는 것을 알고는 있더라도 강 건너 불처럼 여기고 태평하게 여기는 것이 보통이다. 그리하여 어느덧 불똥이 자기 발에 떨어지는 것을 보고 놀라며 허둥대지만, 때는 이미 늦어 불길이 강해서 끌 수가 없고 구원을 청하려 해도 우호국은 이미 멸망해 버려 어쩔 도리가 없다.

□ 동맹은 파기된다고 생각하라

국가간의 동맹은 신의로써 지켜져야 하지만, 성립 기초에 무리가 있고 한쪽이 억지로 맺은 동맹은 지켜지기 힘들다. 또한 어떠한 동맹이라도 그 필요성이 없어지든가 그것을 지킴으로써 그 나라 자신이 위태로워질 경우엔 파기된다고 생각하지 않으면 안 된다.

일반적으로 동맹국은 그 상대국에 위협을 느끼는 동안에는 온갖 곤란을 참고서라도 이것을 지키지만, 위협이 적어지거나 좀더 큰 위협이 딴 곳으로 가해진다면 그것을 파기하기 쉽다.

"여러 약소국가가 군사적으로 손잡아도 강대해지진 않지만, 경제

적인 협력은 지역 전체의 안정을 보장한다."　　　　　(인디라 간디)

□실력 이상의 일을 하자면 모략이 필요

한낱 평민에서 한 나라의 군주가 되는 일은 뛰어난 실력이나 기발한 모략을 쓰지 않으면 될 일이 아니다. 그리고 실력이냐 모략이냐 할 때, 모략 쪽이 도움이 된다.

□분열통치책의 위협

사람은 본디 파벌이 두 개 있으면 그 어느 쪽인가에 가담하는 성질을 가지고 있고 타국에 있는 두 개의 세력을 동시에 한편으로 만들지 못한다. 따라서 통치되는 국민의 일부는 반드시 불만을 가지게 되지만, 이런 때 제3국의 공격을 받으면 쉽게 무너진다. 안팎으로 적을 가진 나라가 버텨낼 수 없기 때문이다.

분열통치책으로선 한쪽 파벌을 완승(完勝)시켜선 안 되며 이 방책을 쓰는 나라는 어떤 때는 A파를 지원하고 어떤 때는 B파를 지원하게 된다. 이것은 번갈아 양파를 적으로 삼는 것이며, 사람은 도와준 일보다 괴로움을 당했을 때의 인상만이 강하므로 결국 한편이 없어지고 지배력을 잃고 만다.

또한 번갈아 지원한다는 것은 정책을 번번이 바꾸게 되므로 좋은 정치를 할 수 없고, 또한 분열하게 된 각파는 지원을 획득하고자 방법과 수단을 가리지 않게 되어 정치가 썩기 쉽다.

현대의 노사 분규도 외부 세력이 주도권을 잡으면 수렁 상태가 되어 파국을 맞는다. 외부 세력은 회사가 도산되어도 곤란받을 일이 없기 때문이다.

□성공시의 관리 비결

위태로운 회사의 경영은 어렵다. 그러나 통솔면에서 본다면 오히려 풍족한 회사 경영이 더 어렵다.

"사람은 지나치게 풍족해지면 단결력이 약해지고 자기 주장을 내세우려 한다."

부족한 회사에선 싸울 범위가 뻔한 것이고 서로 멋대로 굴다가는 도산할 것이 뻔하므로, 내버려 두어도 저절로 수습된다. 이것과는 반대로 풍족한 회사의 분쟁에선 도산할 걱정이 없고 투쟁에 열중할 수가 있는 데다가 대부분의 경우 이익 쟁탈전이므로 이전투구가 되어 좀처럼 수습이 되지 않는다.

풍족함의 관리 비결은 처음부터 뚜렷한 룰을 정해두고, 특히 CEO 자신의 사욕(私欲)을 컨트롤할 수 있게 하는 데 있다.

□싸다고 팔리는 것은 아니다

상품이 팔리지 않는다고 무턱대고 가격 인하를 한다는 것은 생각할 문제이다. 고객은 탐난다 생각하면 비싸도 사고, 탐나지 않는 것은 싸더라도 사지 않는다. 팔리지 않는다고 값을 내리면 가격 인하의 여파가 생겨 오히려 매출이 나빠지는 일도 있다.

'손님이 줄었다면 별 어려움이 없는 물건(인건비의 손실을 방지할 수 있다)이나 상품은 원가로 팔아라. 손님이 손님을 부른다.'

'코스트 다운을 생각해야 하는 상품은 이미 과거의 것이다.'

□경영에도 후퇴가

"36계 가운데 줄행랑이 최상책이다."

이것은 송(宋)나라 명장 단도제(檀道濟)의 말이다. 누구라도 후퇴는 좋아하지 않지만, 후퇴의 필요성은 사정없이 생기게 마련이다. 그리하여 후퇴 때의 손해는 막대하다. 사실 졌기 때문에 받는 손해는 별것이 아닌데 후퇴가 서툴러서 후퇴 도중에 치명적 손실을 입는 경우가 많다. 그러나 '36계 가운데 줄행랑이 최상책이다"라고 하듯 도망치는 방법이 온갖 전법을 앞서는 경우도 있다.

가령 노상에서 주정뱅이를 만났다면 상대를 않고 피하는 것이 상책이다. 경영에도 후퇴는 있다. 판로 축소·공장 폐쇄·인원 정리 등은 경영의 후퇴이다. 이 같은 일이 회사 안팎에 미치는 정신적 악영향은 실질적 손실을 훨씬 웃돌며 자칫 잘못했다가는 기업의 붕괴와 직결될 염려가 있으므로 이를 극력 피해야 한다.

그러나 이것을 단행함으로써 기업의 파멸을 구하는 길이 있다면 늦기 전에 감행할 용기와 자신을 갖지 않으면 안 된다. 경영 후퇴에서 중요한 것은 그 목표를 확립하고, 명시하고 납득시킴으로써 그 동요를 방지하는 일이다. 목표와 단계만 알고 있으면 비록 본사 건물을 팔더라도 사람들은 자신감과 용기를 가질 수 있다.

□ **간언을 존중하고 감언을 멀리하자**

"리더는 비판을 받아들이는 아량을 가져라."

기업이든 국가이든 마찬가지이지만 창업자에는 고생한 이가 많다. 그들은 많은 사람의 협력을 얻고 피투성이 투쟁을 거쳐 천하를 얻었다. 그러므로 충고에 귀기울이고, 비판을 소화시키는 아량을 가지고 있다.

그런데 2대째 '도련님'은 창업자처럼 고생을 모른다. 또 창업자의 공신들로 본다면 선대의 위대성에 비해 2대째는 자못 믿음직하지 못하다. 그러므로 자주 간언한다. 중신들의 충고나 간언을 받아들일 아량이 있다면 좋지만, 대개 2대째는 자의식만 강하고, 세계는 자기를 위해 존재하고 있다고 생각하므로 그런 것은 늙은이의 잔소리라고 일방적으로 물리친다.

더욱이 이런 때에는 2대째에게 달콤한 말로 속삭이는 인물이 나타난다. 이리하여 젊은 당주(當主)는 교언영색(巧言令色)의 무리와 가까워지고 성충고언(誠忠苦言)의 부하를 물리쳐 중신과의 사이가 더욱 냉각된다.

촉한의 유선은 제갈량이 남긴 강유를 멀리하고 환관 황호를 높이 썼다. 이 때문에 마침내 나라마저 잃고 말았다.

2대째뿐 아니라 어둡고 어리석은 CEO는 부하의 간언을 기뻐하지 않으며 타인의 비판을 받아들이는 기량(器量)이 없다. 달콤한 말만 하는 아첨꾼만을 총애하기 때문에 인재는 차츰 떠나간다. 반대로 현명한 리더는 감언(甘言)을 물리치고 고언(苦言)을 받아들이는 아량이 있으므로 천하의 인재가 모인다. 사마사·사마소 형제에게도 이런 기량이 있었던 것이다.

□ 회사는 내 것이 아니다

현대에는 엄밀한 의미로서의 사기업(私企業)이란 것이 없다. 사원이 10명만 되어도 이미 중대한 공공성(公共性)을 지니게 된다. 비록 사원 100명이 못되는 방계회사라도 만일의 일이 있다면 사원 1만 명인 모회사의 생산라인을 멎게 할 수도 있다. 사원이 100명이라도 가족이나 거래처를 생각한다면 막대한 사람이 회사와 연결돼 있는 것이다.

회사에 만일의 일이 있어도 자기 손으로선 어쩔 도리가 없고, 도산하면 여러 사람이 피해를 보는 것이 현실의 모습이라 해도 ‘회사는 내 것이다.’ ‘나 혼자서 만든 회사다.’ 라는 생각은 결코 가져선 안 된다. 그렇다면 인재가 흩어져 버린다.

맨주먹으로 훌륭한 회사를 쌓아올린 창업주로부터 ‘회사는 내 것이다’ 하는 관념을 없애기란 쉬운 노릇이 아니다. 이론으로는 알고 있어도 막상 자기가 그 입장에 놓이면 선뜻 결정을 내리기 어려운 법이다. 이 관념을 없애지 못하는 사장의 공통된 결점은 원맨 경영이 되고 사원을 머슴 취급하게 된다.

이렇다면 조직적 활동을 할 수 없어 그런 회사가 조금 커지면 반신불수가 되고 만다. 기업을 발전시키기 위해선 언젠가 이 관념을 타파해야 하고 그것도 유쾌하게 납득할 필요가 있다.

"하늘은 만물을 낳지만 소유하지 않고, 키우지만 이를 지배하지 않는다."　　　　　　　　　　　　　　　　　　　　　　(노자)

"욕심은 버릴 수 없지만 절제할 수 있고, 채우지 못하지만 가까이 갈 수는 있다."　　　　　　　　　　　　　　　　　　　　(순자)

"소유는 권리이고 경영은 권한과 책임이다."　　　　　　(드러커)

□ 신뢰 관계에서 중요한 인간성

중국에서는 예로부터 장(將)이 되는 다섯 가지 조건으로 지(智)·용(勇)·엄(嚴)·인(仁)·신(信)을 중요시했다.

조조는 능력으로 길을 열고, 유비는 덕으로 부하를 이끌었고 손권은 조직을 교묘히 활용했다.

'신(信)에는 신으로써 보답하라.'

신에는 신뢰·신의(信義) 등 여러 가지 의미가 내포된다. 인간이 인간으로 대접받을 때, 인간은 신으로써 보답한다는 것이 중국인의 기본 사상이며 원한도 인(仁)으로써 갚는다.

□ 인간적 매력―덕의 인간 유비

진수(陳壽)는 유비를 평하여 '홍의관후(弘毅寬厚)'라고 했다. 마음이 넓고 뜻이 너그럽다는 것이다. 관우나 장비 같은, 도무지 조직인과는 인연이 먼 개성이 강한 인간을 장악할 수 있었던 힘이라는 것은, 확실히 예사 사람이 흉내낼 수 없는 것이었다.

유비의 매력은 무엇인가?

능력보다도 덕을 넘칠 만큼 가지고 있었다. 덕으로써 부하들의 마음을 사로잡았다. 의욕을 불타게 하는 타입, 즉 인간적 매력으로 통솔하는 리더였다.

유방(劉邦)도 유비와 비슷했다. 전략전술·권모술수·군량의 조달이나 보급로의 확보면에서 볼 때 유방 자신은 별로 뛰어난 점이 없었다. 그러나 부하를 교묘히 다루고 조직을 이끌고 조직의 기능을 움직이는 비상한 능력이 있었다. 그리하여 남을 끝내 믿지를 않고 개인적으로 절대 강자였던 항우를 꺾고 천하를 차지했던 것이다.

□ 운명을 스스로 연다—능력의 사람, 조조

조조는 전쟁에서도 정치에서도 임기응변을 아는 강한 리더였다. 다만 아무리 권모술수가 뛰어나고 전략이 뛰어나도 그런 능력이나 재능을 되도록이면 노골적으로 표면에 드러내지 않는 것이 중국인으로서 이상적 지도자였다.

임기응변이나 권모술수는 지도자로서 빼놓을 수 없는 요소이고, 그런만큼 더더구나 가슴 속에 숨겨 두어야 한다. 조조는 성격탓이었겠지만 감추어 두지 않고 오히려 지나치게 내놓고 책모를 즐겼다. 이 점이 그에게 '난세의 간웅'이란 평을 듣게 만들었다.

꾸짖는 것과 성내는 것은 엄연히 다르다. 꾸짖는 것은 상대편 입장을 생각하는 마음을 먼저 가지고서 상대의 잘못을 나무라는 것이다. 그러나 성내는 것에는 자기의 감정만이 내포되어 있다.

꾸짖는 것은 상대가 없으면 성립되지 않는다. 화내는 것은 혼자서도 할 수 있다. 그것이 본인의 귀에도 들어가므로 정면에서 꾸중받는 것보다 갑절 정도의 쇼크를 받는다. 미워하지 않아도 되는데 아무래도 미움이 남는다.

설탕만으로써는 음식맛을 제대로 낼 수 없다. 소금을 알맞게 쳐서 참된 맛을 내게 하는 것이 비결이다. 이것은 상대편에게 '내가 했다'는 자부와 보람을 느끼게 하면서 방향을 그르치지 않게 하는 방법이다.

□엄(嚴)과 인(仁) ―신상필벌의 사람 제갈공명

「삼국지」 세계에 등장하는 인물로서 조조는 한 마디로 능력 본위의 선별주의였다. 시켜 보아 '할 수 있다'고 확신이 가면 전력(前歷)이 어떻든 발탁하여 알맞는 포스트에 앉혔다. 유비는 능력있는 인간이든 능력없는 인간이든, 믿고서 일을 맡겼고 부하의 의욕을 끌어내는 온정주의자였다. 손권은 부하를 대함에 있어 '그 장점을 귀중히 여기고 그 단점을 잊어버림' 으로써 조직력을 높였다.

그런데 중국에선 옛날부터 부하를 대하는 자세에 '엄과 인'이 있었다. 엄격함만으로써는 명령을 따를지는 모르지만 심복(心服)되는 데까지는 이르지 못한다. 그러므로 거기에 심복하게 할 수 있는 인(仁)이라는 정(情)을 가미하여 '엄과 인'의 밸런스 위에 서서 부하를 통솔하는 것이 바람직하게 여겨졌다.

공명은 패전의 책임을 물어 마속을 벤다. 그렇게 함으로써 군령(軍令)을 세웠다. 그것이 엄이었다. 그리고 남은 유족에겐 대우와 생활을 보장하여 인(仁)을 베풀었다.

성급한 CEO가 부하를 밤중에 집에서 불러내어 호되게 꾸중했다. CEO는 책상을 두드려가며 고함을 질렀다. 부하는 가벼운 뇌빈혈을 일으킬 정도였다. 이윽고 CEO는 '밤중에 불러내어 아무튼 미안하네' 하고 한 마디 하고서 돌아갈 때에는 비서의 운전으로 집에까지 바래다 주라고 했다.

더욱이 비서를 통해 부인에게 'A군에게 성급한 생각을 일으키게 하지 마시오…….' 하는 전갈을 하게 하고 아침 4시에는 직접 전화로 'A군인가, 잘 잤나? 잘 좀 해주게' 하고 말했다.

호되게 꾸짖었지만 염려도 해준다. 부하의 가슴에 울컥 뜨거운 것이 와 닿는다. ……더욱이 일부러 그런다는 부자연스러움이 없다. 그 점에 사람을 끌게 하는 위대성(偉大性)이 있다.

□리더는 자신에게 엄하라. 사리사욕엔 사람이 따르지 않는다.

꾸짖는 데도 전력투구(全力投球)를 한다. 리더라는 것은 일이든 놀이이든 타협하지 않고 관철시키는 데 참된 지도력이 있다. 지도라 해서 강당에 사람을 모으고 훈시하는 것이 아니다. 매일의 언동 그 자체의 지도가 아니면 안 된다.

자식의 교육 문제라도 젓가락 쥐는 법에서 반찬과 국 마시는 법에 이르기까지, 아침 눈 떠서 밤에 잠자리에 잠들 때까지 '버릇 길들이기'가 쌓여야 그것이 가정 교육이다. 그것을 게을리하고 성적표만 보고 '공부 잘해라' 한다면 자식이 가엾다.

무리한 일을 강요할 때에도 부하가 따라올 수 있도록 하고, 또 그 것을 극복함으로써 부하도 성장하고 조직도 강화된다.

제갈공명은 유비가 죽은 뒤 위나 오에 비한다면 작은 나라인 촉한을 위임받고 10년 가까운 사이 여섯 번이나 원정하는 큰 전쟁을 치렀다. 그러므로 당연히 부하나 백성에게 무리를 강요했다고 할 수 있다. 공명은 꽤 엄격한 정치 자세로 국민이나 부하를 대했건만 불평불만의 소리가 결코 높아지지 않았다. 예사 지도자라면 국정(國政)도 조직도 수습할 수 없을 만큼 무너지고 말았을 것이다.

춘추전국시대 제나라에 사마양저(司馬穰苴)라는 장군이 있었다. 양저가 장군에 임명되고 출전하는 날 감군(監軍) 직책어 있는 장가(莊賈)가 전날 약속한 시간을 어기고 늦게 나타났다.

"친척들이 배웅을 나와서 좀 늦었습니다" 하고 변명했다. 그러자 양저는 군 법무관을 불러 '군법에서 약속 시간을 어긴 자는 어떤 죄에 해당하는가?'라고 묻고, 참형에 해당된다는 대답을 듣자 곧 장가를 참형에 처했다.

장가는 국왕의 두터운 총신이라, 장병들은 추상 같은 군법 시행에 모두 떨었다. 그러나 양저는 이런 엄격함을 보이는 한편 출전 중엔 병사의 숙소나 식사의 배려는 물론 부상병 치료에 이르기까지 솔선

하여 보살폈다.

사리사욕을 내세우는 지도자에겐 부하가 따르지 않는다. 공명도 '공평무사하고 신상필벌을 신념으로 하는 인물'이라 부하들이 어떠한 고난이라도 감내하며 따랐다.

□일이 즐거우면 불평불만은 해소

젊어서 공장장에 발탁되자 그는 감격하여 거의 침식을 잊고 부하를 독려하며 열심히 일했다. 그 결과 공장의 제품도 좋아지고 이익도 올라 괄목할 만큼 성과가 뛰어올랐다. 그런데 종업원들이 '저런 공장장 아래에선 지레 지쳐 죽겠다' 하고 배척 운동을 일으켜 연판장을 만들어서 CEO에게 항의했다. CEO는 곧 공장장을 다른 곳으로 인사 이동시켰다.

좌천된 공장장은 도무지 납득이 되지 않았다. 공장 성적이 오르고 이윤도 냈는데 어째서 강등인가?

CEO가 그에게 말했다.

"전 종업원이 자기의 목까지 걸어가면서 자네를 배척했다면, 역시 공장장 자네의 잘못이야. 자네에게 묻겠는데 자네가 하는 일은 100퍼센트 옳다고 장담할 수 있는가? 남의 윗자리에 서는 인간은 비록 1퍼센트라도 자기에게 잘못이 있다면, 잘못을 잘못으로 고개 숙일 줄 아는 아량이 없으면 안 되네."

이것으로써 알 수 있듯 관리 회사에서의 리더란, 자기가 일을 하는 게 아니라 어떻게 하면 부하들이 기꺼이 일하는 체제를 만들 수 있는가가 포인트이다.

관리직으로서의 중간 간부는 먼저 주어진 자기 일에 반해야 한다. 좋아져야만 한다. 좋아진다면 불평불만은 없어진다. 그러나 인간이니만큼 화가 날 때도 있을 것이다. 그런 때는 역설적으로 여느 때보다 10분 일찍 출근하고 30분 늦게 퇴근하는 시간적인 패턴을 달리

해 보는 것도 한 방법이다. 이것을 의식적으로 한 달쯤 계속하면 눈에 보이게 달라질 것이다.

그 다음은 '부하의 시간은 돈으로 살 수 있지만, 부하의 정열과 창조력은 무엇으로 사는가'를 항상 생각해야 한다. 그런 데서 살아 있는 인간 관계가 태어난다.

□힘으로 싸우는 장수에서 머리로 싸우는 장수에의 개조

여몽은 소년 시절 집이 가난하여 학문이나 교양을 몸어 지닐 경제적 여유가 없었다. 그가 장군까지 올라오자 손권은 말했다.

"지금까지 너는 그것만 가지고도 되었지만, 적어도 일군을 지휘하는 장군쯤 되면 역시 학문·교양이 필요하므로 조금은 책을 읽어라!" 힘으로 싸우는 장군에서 두뇌로 싸우는 장군이 되라고 권한 것이지만, 바꾸어 말한다면 이런 의미도 있다. 조직이란 요컨대 인간 관계가 차지하는 비중이 큰 만큼 부하의 모자라는 점은 지휘관이 보충해 주는 정도의 태도가 필요하다.

「손자」에 장(將)의 조건으로 5개 항목이 있다. 그 하나가 지(智). 이것은 '승산이 없을 때는 싸우지 말라' 했듯 이길 가능성이 있나 없나를 꿰뚫어보는 힘이다. 즉 선견력(先見力)이다. 또 하나는 용(勇). 결단력이라 해도 좋다. 손자는 용을 전진하는 용기보다 오히려 뒤로 물러설 때의 결단력을 설명하는 데 사용했다. 인(忍)과도 통하지만, 손자는 '앞으로 나아가는 것은 누구라도 할 수 있다'는 인식 아래 리더는 전진만 알아선 안 된다고 가트치고 있다. 그밖에 세 가지는 이미 설명한 엄(嚴)과 인(仁), 그리고 신(信)이다.

고산(高山)

서울출생. 성균관대학교국문학과졸업. 성균관대학교대학원비교문화학전공졸업. 소설 〈청계천〉으로 〈자유문학〉 등단. 1956년~현재 동서문화사 발행인. 1977~87년 동인문학상운영위집행위원장. 1996년 〈파스칼세계대백과사전〉 편찬주간. 지은책 〈얼어붙은 장진호〉〈한국출판100년을 찾아서〉〈망석중이들 잠꼬대〉〈한국인〉新文館 崔南善·講談社 野間淸治〈愛國作法〉 한국출판학술상수상 한국출판문화상수상

그림/이우경 정준용 카츠시카 정웬 류성잔 스셍첸

1956

高山 大三國志
9 역사란 무엇인가
고산 고정일 지음
1판 발행/2008년 8월 8일
발행인 고정일
발행처 동서문화사
창업 1956. 12. 12. 등록 16-345(윤)
서울강남구신사동540-22 ☎ 546-0331~6 (FAX) 545-0331
www.epascal.co.kr
잘못 만들어진 책은 바꾸어 드립니다.
*
이 책의 출판권은 동서문화사가 소유합니다.
의장권 제호권 편집권은 저작권 법에 의해 보호를 받는 출판물이므로 무단전재와 무단복제를 금합니다.
사업자등록번호 211-87-75330
ISBN 978-89-497-0472-2 04820
ISBN 978-89-497-0463-0 (세트)